白话 夜谭随录

BAIHUAYETANSUILU

【清】和邦额 ◆ 原著
萧野 ◆ 编著

廣東旅游出版社
GUANGDONG TRAVEL & TOURISM PRESS
悦读书·悦旅行·悦享人生

中国·广州

图书在版编目（CIP）数据

白话夜谭随录 /（清）和邦额原著；萧野编著. — 广州：广东旅游出版社，2017.10（2025.1重印）

ISBN 978-7-5570-1103-1

Ⅰ. ①白… Ⅱ. ①和… ②萧… Ⅲ. ①文言小说 – 短篇小说 – 小说集 – 中国 – 清代 Ⅳ. ①I242.7

中国版本图书馆CIP数据核字（2017）第219197号

白话夜谭随录

BAI HUA YE TAN SUI LU

出 版 人　刘志松
责任编辑　李　丽
责任技编　冼志良
责任校对　李瑞苑

广东旅游出版社出版发行

地　　址　广东省广州市荔湾区沙面北街71号首、二层
邮　　编　510130
电　　话　020-87347732（总编室）　020-87348887（销售热线）
投稿邮箱　2026542779@qq.com
印　　刷　三河市腾飞印务有限公司
　　　　　　（地址：三河市黄土庄镇小石庄村）
开　　本　710毫米×1000毫米 1/16
印　　张　18.25
字　　数　336千
版　　次　2017年10月第1版
印　　次　2025年1月第2次印刷
定　　价　78.00元

娄芳华

　　时值炎夏，娄芳华又一次住进了这座古庙里。他来到古庙时，已经是傍晚了，太阳要落山了，他一个人实在无聊，就到庙门前去散步。走着走着，他突然闻到了一股奇异的香味飘了过来。他觉得很好奇，顺着香味往前走，过了一会儿，他闻到的香味就更加浓了。寻香望去，猛然间，看见对面有一个少女在赶路，后面还跟着一个丫鬟，她们主仆二人风尘仆仆的样子，好像赶了很久的路，现在想往山上走。

赵媒婆

有一天，赵媒婆骑着毛驴进城里去看望她的女儿，回家时已是傍晚。她走着走着，忽然看见从岔路上迎面走来一个穿着黑色衣服的女子，对她行了个礼问道："你不就是替人说媒的赵老太太吗？我正有事找你呢。"

序 言

　　志怪笔记体小说是中国古典小说形式之一，以记叙神异鬼怪故事传说为主体内容，产生和流行于魏晋南北朝，与当时社会宗教迷信和玄学风气盛行以及佛教的传播有直接的关系。汉代以后，儒教、道教和佛教逐渐盛行，鬼神迷信的说教广为流布，所以志怪的书特别多。历朝历代作品中就有不少以"志怪"命名的，如祖台之的《志怪》、孔约的《孔氏志怪》，乃至清代蒲松龄的《聊斋志异》。（"志怪"一词出于《庄子·逍遥游》："齐谐者，志怪者也。"）

　　鲁迅就在《中国小说史略》中说："中国本信巫，秦汉以来，神仙之说盛行，汉末又大畅巫风，而鬼道愈炽；会小乘佛教亦入中土，渐见流传。凡此，皆张皇鬼神，称道灵异，故自晋迄隋，特多鬼神志怪之书。其书有出于文人者，有出于教徒者。文人之作，虽非如释道二家，意在自神其教，然亦非有意为小说，盖当时以为幽明虽殊途，而人鬼乃皆实有，故其叙述异事，与记载人间常事，自视固无诚妄之别矣。"志怪小说的内容很庞杂，大致可分为三类，一是炫耀地理博物的琐闻，如托名东方朔的《神异经》、张华的《博物志》；二是记述正史以外的历史传闻故事，如托名班固的《汉武故事》《汉武帝内传》；三是讲说鬼神怪异的迷信故事，如东晋干宝的《搜神记》、曹丕的《列异传》、葛洪的《神仙传》以及托名陶潜的《后搜神记》等。

　　志怪笔记体小说多以人物趣闻逸事、民间故事传说为题材，具有写人粗疏、叙事简约、篇幅短小、形式灵活、不拘一格的特点。另外不同的作者在这类小说中也倾注了自己的思想、智慧和情感，例如在《聊斋志异》中，蒲松龄"用传奇法，而以志怪"，将生命力和"孤愤"注入其中；而在《阅微草堂笔记》中，纪昀则是将智慧注入其中，以"测鬼神之情状，发人间之幽微，托狐鬼以抒己见"

为核心，目的在于益人神智。大多数的志怪笔记体小说更高超的地方在于对人性的把握，鬼怪皆有人性，甚至比人更为生动真实，可敬可爱。

志怪笔记体小说在明清时代达到了一个新的高峰，为后世树立了一座中国古典小说的丰碑。本着品读经典书籍，弘扬优秀文化的思想，我们首批选取了明清两个朝代中比肩《聊斋志异》的四本志怪笔记体小说，严格遵循原文，编写了这套白话志怪笔记体丛书——《白话夜雨秋灯录》《白话夜谭随录》《白话剪灯新话》《白话萤窗异草》。本系列书所述均系当时社会之旧闻轶事、神鬼狐怪、烟花粉黛一类故事，情节离奇，生动有趣，文笔简洁朴实，颇有艺术造诣，流传甚广，是明清笔记小说中的佳作。

总之，志怪笔记体小说作为中国最传统的文学形式，用的是中国思维，写的是中国神怪鬼狐，讲的是中国故事，这些都渗透在我们每一个国人的骨子里。悠闲时光，品一杯茶，读读这些经典之作，聊发怀古的幽思也是一种极大的精神享受。

出版者语

　　《夜谭随录》是清代笔记体文言短篇小说集，全书四卷，包括传奇和志怪小说。《夜谭随录》在形式上极力摹拟《聊斋志异》，以描写平民女子见长，塑造了一些带有"村野"气的少女形象，如白萍、收香、白氏等，她们天真活泼、开朗大方、敢作敢为。有些长篇，情节诡异，叙述婉曲，颇有新意。作者和邦额，满族，字闲斋、霁园、愉园，号霁园主人、蛾术斋主人，乾隆年间人。青少年时代，曾随祖父、父亲在西北、东南长期居留，见闻丰富，熟悉"诸志异书"，做过县令。此书定稿于作者四十四岁前后，自称"志怪之书"。

　　《夜谭随录》的大部分作品，虽然写的是鬼狐怪异、人妖艳遇的故事，但是题材涉及面十分广阔，故事的地域特征格外明显。其中对异族风尚习俗、异域旖旎风光、异地特产奇物的描摹展现，是其他任何文言小说所不能与之相比的。粤西的癫犬、吐鲁番的獭；滇南的山水、平阳的窑洞……各地的胜景名物、风土人情几乎无所不包而且多姿多彩。

　　此外，在书中我们还可以看到乾隆年间北京中下层社会比较真切的反映。和邦额笔下收罗了相当繁复的各行各业人物——步军、护军、甲兵、笔贴式、仆人、婢女、侍卫、骁骑校尉、秀才、监子、富商、小贩、屠户、童仆、锻工、役卒、知县、县尹、私塾先生、僧道、巫士、汛兵、力夫、店主等等，还有书中所摹拟的京腔京调，十分活灵活现，俨然一幅丰富多彩的社会风情画。

　　《夜谭随录》全书一百六十多篇，本文根据三秦出版社1996年出版的版本所选篇目一百篇左右进行重新编译，有选择以彰显真情敬礼。

目 录

卷 三

卷 四

卷一

崔秀才

以前在奉天，有一位姓刘的老先生，在他还没有发迹之前，原来也是个大户人家的子弟，从小性格就放荡不羁，喜欢交友。因此，他家门前常常是车水马龙，门庭若市，来来往往的人都很羡慕刘老先生交友遍天下，每天有这么多的人拜访他。

有一天，有一个自称是崔元素的人，送来名帖想要拜会刘老先生。刘老先生见到崔元素之后，上下打量着他，觉得此人仪表堂堂，气宇轩昂，便仔细问起他的情况："公子一看就是读书人，听口音不像本地人，不知公子的家在什么地方？"

崔元素拱了拱手说："我的家乡在山东临朐，我自幼苦读诗书，也算是个秀才，本来打算考取功名，做一番事业。可是时运不济屡次落榜，只好在京城住下一边读书一边等待下次考试。前几年，传来消息，家乡发瘟疫，我的父母已经病亡。我就这样兜兜转转地在京城待了二十年。考取功名未果，无颜见家乡父老。听说老先生乐善好施，喜欢交友，我最近生活拮据，只得来求老先生赏碗饭吃。"说到动容之处，眼里竟含着泪水……

刘老先生听了他对自己的赞扬很是高兴，又同情他的时运不济，屡次落榜的遭遇，再加被崔元素的气质、言谈所吸引，于是开始同他交往，为了改变他的窘迫的生活，刘老先生时常会送给他一些银钱。从此之后，崔元素差不多十几天就会来刘府一次，每次来都会伸手借钱。一来二去，时间长了，刘家的人全都有些看不起他，甚至开始讨厌他。可是刘老先生却丝毫没有嫌弃之意，崔元素每次拜访，他都会热情款待，临别时无论什么要求总是会尽量去满足他。

不知不觉就这样两年过去了。在这两年中，刘老先生遇到骗子，家中财产被骗走大半，为此他也生了一场大病，家人遍寻名医，才保住刘老先生的命，可是几乎花光了家中所有的家产。刘府已无往日的风光，几乎没有人再来拜访，真可谓门可罗雀呀！

时光荏苒，又三年过去了，刘家的日子每况愈下，到了后来更是穷得叮当响。刘老先生自视清高，觉得唯有科考中举才是自己的出路，为此他勤学苦读，但因为年幼时过于贪玩，对所读书籍一知半解，学不得法，事倍功半，参加数次科考均名落孙山。亲戚、朋友看到他现在的处境，不但用白眼看他，他无论说什么话、做什么事都会遭到亲戚、朋友的埋怨，甚至有人还会在背后嘲笑他、讥讽他。渐渐地，亲朋都不同他往来了，更有甚者看到他都会躲得远远的。家中的奴仆更是接二连三地离开，有的走时还会顺手偷走家里一些稍微值钱的东西。有的故意做错事情或者言语不敬，让刘老先生把自己辞退掉。就这样，奴仆们走的走，跑的跑。只剩下一个老仆人，虽然老仆家里还有老婆、闺女和儿子要养活，但是仍然对刘老先生忠心耿耿，不离不弃。

到了年末时，家里一点银钱都没有了，全家人只能穿着破破烂烂的衣衫。米缸里的米眼看也要见底了，这年是没办法过了。天黑了，一家人围着唯一的油灯取暖。这时他的女儿开玩笑地道："过年了，我给大家吟首诗吧。"说完便念道，"闷杀连朝雨雪天，教人何处觅黄棉。岁除不比逢寒食，底事厨中也禁烟？"

刘老先生一听就笑了，说："我肩膀子上冻得起鸡皮疙瘩，就像小米粒似的，如果能煮着吃，准能吃个饱。今天听了你这首诗，能不叫人害臊吗？"于是也做了一首诗："今年犹戴昔年天，昔日轻裘今破棉。寄语东风休报信，春来无力出厨烟。"

妻子看着他笑呵呵的样子，怒气冲冲地瞪了他一眼说："从前，你对那些亲朋好友是有求必应。今天这个要酒喝，明天那个要银钱接济，如今你落难了，到年关了，吃的穿的一样没有。你是一家之主还不想点儿办法，找点吃的喝的，让孩子们暖暖肚子，还有闲情逸致跟孩子推敲诗句，也不知道害臊。难道你是知道我们要被饿死了，这是提前给我们作挽歌吗？"

听了妻子的话，刘老先生不由觉得悲凉，无奈地说："我一介书生，肩不能扛，手不能提，我有什么办法？难道你要我去做贼吗？"

妻子不依不饶地说："做贼也不错！至少老婆孩子不饿肚子。只怕你老先生连做贼的能耐也没有。"妻子叹口气继续说，"我记得顺城门外的朱知县和你是好朋友。当年他落魄的时候，经常来我们家拜访，你也不时地给他银钱。最近听说他的父亲刚刚去世，正好在家守孝。他现在当官了，手里肯定挺富裕的，你就不能给他写封信，诉诉苦，让他救救急，帮助我们渡过这个难关？"

刘老先生用手拍着脑门说："幸亏有你提醒，我几乎忘了这件事。当年他赶考的盘缠是我给的，我想他不会不念旧情。"说完急忙拿出笔墨，写了封信，叫老仆人送去了朱家。然后一家满怀希望地等待着，你一言我一语地讨论着拿到钱之后干些什么。

可是直到太阳落山了，才看到老仆人空手回来。他一进门就破口大骂道："都是一群没良心的东西，一个个见利忘义，先生以后不用再理他了！"

刘老先生觉得事有蹊跷，仔细询问："刘伯，你不要生气，告诉我到底发生了什么事情？"

老仆人委屈极了，一屁股坐到了地上从头开始说了起来："先生，你有所不知。我到了朱府，一敲门，看门的人告诉我主人出门了，让我先回去。我当然不相信，于是就坐在门外的墙根儿底下等，果不其然，过了一会儿，就看见朱知府大摇大摆地送客人到大门口。他一看见我，就想马上关门，幸亏我的脚步快，才拦住了他。我毕恭毕敬地把先生您的信递给了他，可是他的两个眼睛瞪得圆溜溜的，拿过信一句话都没有说就进门去了。我又在门口等了很久，还催问了看门的三四回，这次才传出一句话说：'事情太忙，没工夫写回信，给你主人捎个口信，向他致意。我们家主人花销很大，兜里没有一个子儿，正愁没处借钱呢。实在满足不了要求。'等等。像这号丧良心的人，先生以后再也不要和他来往了。如果再同他交往，那您的名誉可就全扫地了。"

刘老先生的心里顿时觉得一阵冰凉，全家人伸长脖子盼了一天，满以为会如愿以偿，可是没有想到等来的是这样的结果，他只好无可奈何地摇摇头，思绪万千，无言以对。

妻子看到了他的失落，强颜欢笑地说："夫君不要着急，莫逆之交靠不住了。那小时候的伙伴总不一般吧。我记得城北的杨先生和你从小一起长大，他不是你小时候最要好的伙伴吗？我们可以试试找找他。"

刘老先生觉得妻子说得有道理，于是又拿出笔墨，给杨先生写信求助。过了不久，杨先生回信了。信中写道："我最近买卖不好，本钱都赔进去了，实在爱莫能助。"

刘老先生拍着大腿叹息道："这些人嘴上都说是朋友，可是看见我潦倒了，没有人愿意接济我，真是让人伤心。但是想想，其实这也不能怪他们，趋炎附势不是人之常情吗？要想得到别人的资助，一定要找那种非常重情重义的朋友。"于是他又点上家里唯一的油灯，开始给南城的靳公子写信。

东方刚刚泛白，刘老先生就叫老仆人去送信。靳公子是贵族之后，家底殷实，光京城一带就有他家很多土地和宅院，家里的银钱更是不计其数。而靳家与刘家是世代相交，又是亲戚。以前每次见面，刘老先生和靳公子都会海阔天空地聊天，一聊就是一个通宵。他们谈论的内容大多数都是关于"仁义礼智信"这些修身、齐家、治国、平天下的大道理，互相劝勉，不亚于同胞兄弟。靳公子本人是个不随俗流，心追习古代圣贤的人。他接信后，看了一遍，立刻写了回信。大意是："我们是知己之交，我本来应该满足你的要求，可是无奈力不从心，一点招儿也没有。请你努力自食其力吧。只要你胸怀大志，不自暴自弃，又哪里会怕什么贫穷呢！况且上天生下刘老先生你来，肯定不是让你成为碌碌无为之辈，你安心等待机会吧，保证你有大富大贵的一天。只是平时崇尚义气、像兄弟我这样的人，碰上这艰难的时刻，不得已也只能眼睁睁看着好朋友遭遇困苦，不能帮一把，实在是太惭愧了，只有请好朋友多加原谅了。"

刘老先生看完了这封回信，气愤到极点，把信扔到地上，连连说道："嘿，嘿，这就是所谓的知己。没事时与你倾诉衷肠，大谈道德。好像可以与羊角哀和左伯桃、任公叔和黎逢这些古代贤人不相上下。就连你生个一男半女都要拿出一百两银子作人情。如今我落难了，不过是求他救救急，却连一文钱也舍不得，反而说了一篇大道理来教训我，难道所谓的道义之交的知己就是这个样子吗？"

老仆人看到他气急败坏的样子，连忙劝他道："主人，您大概没交下一个朋友。您的亲戚中不少有钱有势的，实在没办法，您就抹下脸来去找找您的亲戚，或许会有人愿意帮助您也说不定呢？"

刘老先生长叹了一口气说道："朋友是天底下最难得的，尚且千呼万唤也不应承，更何况我的那些亲戚，又能有什么指望呢？"

主仆二人一时都不知道说些什么，只好唉声叹气。突然听见一阵一阵啪啪的敲门声，老仆人忙去开门，不一会儿来回话说："主人，是崔秀才来了。"

刘妻一听说是崔秀才，气不打一处来："呸！这个崔秀才，真是阴魂不散。我们家穷到这个分儿上，难道他还想来刮瘦腿吗？可是他哪里知道，我们现在连条瘦腿也没了，就是想来刮，恐怕也没个下刀的地方喽！"

刘老先生悠悠地说："恐怕还不至于，这可是空谷足音啊。"还是让老仆人把崔秀才请了进来。

崔秀才一进门就仔细打量了刘老先生一会儿，然后说："刘老先生，几年没见，你怎么变成这样了？不过看你的面相，纵纹没进嘴里，怎么能穷到这种程度呢？我现在还是不明白，从前你的荣华是真的还是假的呢？今天你的潦倒是假的还是真的呢？飞鼠那点能耐很有限，青松也会凋败；木槿的花早晨开，晚上就谢了。如今还有没有一个人肯像我崔元素这样拄着棍子到你门前拜访呢？"

刘老先生苦笑着说："从前我常常对自己说交了那么多朋友，只要能交到一两个知心的人，应该就是一辈子的关系，却怎么也想不到会是今天全都翻脸不认人的样子！从此别再谈什么广交朋友的话喽！"

崔元素连忙劝说道："先生不要这样悲观，话不能这么讲。古时候的翟廷尉罢了官，他的门客都纷纷离他而去；后来翟廷尉复职后，离开他的门客又纷至沓来。这是人之常情呀！您自己看不开，何必埋怨？眼下您有什么打算呢？"

刘老先生叹口气说："我一介书生，只能束手待毙了！"

崔元素笑着说："说这个话就该罚钱！我听说背重物走远路的人，不挑地方如何就休息；家穷负担重的人，不问俸禄多少就去当官。先生何不投笔从戎，挣个斗八升的，不也比端饭碗向人乞讨，受守财奴的窝囊气强么！"

刘老先生摇摇头说："高大的容易折断，干净的容易弄脏。你说的并不是个好办法。"

崔元素又说："先生文采出众，您去卖卖字，夫人做做针线活，也可以不挨饿受冻。"

刘老先生不以为然地说："这种活法，缩手缩脚的像辕下的小马那样，我一向认为是可耻的。"

崔元素想了想又说："既如此，先生，您可以去经商囤积居奇，投机倒把，学点奸商的本事和正经买卖人的生意经嘛。"

刘老先生不屑地说："眼睛盯着孔方兄，心中只有蝇头小利，我从来就看不起，不想学！"

崔元素看着他那副自恃清高的样子说："这么说来，照先生的志向，如果想要扬眉吐气，除非当官不成了。要想当官，就得考中；要考中，就得重新读书；要读书，就得有学费。我看这些事你都不容易办到。这样吧，这几年我还积攒了八万大钱，可以资助你一下，我改日用车送来。"

刘老先生摇摇头说："你也不容易，比我的处境好不到哪儿去，我怎么忍心连累你？"

崔元素说："我这个人就是这样，人家不要的我要，人家要的我给。你又何必客气呢？"说完就告辞走了。

过了不久，崔元素果然用车拉来八万大钱来到了刘家。刘老先生大为感动，想感谢他，打算准备一顿饭款待他。崔元素婉言谢绝了，坐也没坐就走了。

几天以后，他又提着一个口袋来到了刘家，对刘老先生说："先生，最近你复习完功课了吗？"

刘老先生无奈地摇摇头说："还没有，新年快到了，家里杂事很多，实在无心读书。"

崔元素想了想对他说："我也知道八万大钱怎么能够花呢？不过先生，你也不用担心，前几年，我回了一趟老家，找到了父母留给我的一口袋金子，今天我就将这些金子全部给你，你先过个好年，然后再没有顾虑地发奋读书。"说完他急急忙忙把口袋扔到炕头上就走了，刘老先生怎么挽留都没挽留住。崔元素离开之后，刘老先生半信半疑地打开口袋一看，里边果然都是黄澄澄的纯金。全家人看到了这一袋金子，都惊呆了，妻子连忙把金子称了一下，足有三百两。可是崔元素从此再也没来，好像人间蒸发了一样，谁也不知道他住在什么地方。刘家只能默念他的好处。

刘老先生用这笔钱买了新住宅，把典当出去的产业也都赎了回来。说来也巧，在新住宅的宅基里又挖出了两缸金子，刘家似乎时来运转，一夜暴富起来。不到一年的时间，刘家又成了当地首屈一指的富户。那些离去的仆人陆续回来，千方百计地请求刘家再收留他们。亲戚、朋友也时常上门造访，门庭若市犹如当年。可是刘老先生却性情大变，他不再广交朋友了，对待访客也是冷若冰霜，只是整天闭门读书。

一年后，刘老先生再次参加科举考试，这次他一举高中，当上了翰林，前来给他道喜的人更是络绎不绝。

不久之后恰逢刘老先生的生日，家里人准备给他好好地过个生日。宴会之前刘老先生特意派人给所有穷困的亲戚、朋友家下帖子邀请他们参加自己的生日宴会。到了生日那天，所有的亲友们都来了。有钱的亲戚朋友纷纷拿出金银珠玉绸缎，摆满了整个大厅，给刘老先生祝寿。刘老先生摆下酒席，大宴宾朋。两杯酒下肚后，刘老先生令停止奏乐。他离开座位，高举酒杯向客人们祝酒，然后把收到的所有礼物拿出来，分赠给穷困的亲戚和朋友们，让他们一定带走。看到他这样的举动，所有人都感到愕然，不知刘老先生为什么会这样做。有人阻止道："这些礼品是真心实意地给您老祝寿的，即使不值钱，可也是亲朋的一点小意思啊，怎么全送给了别人呢？"刘老先生叹息着说："今天多么幸运啊，诸位全来了，送给我这么些贵重的礼物。遗憾的是，在座的单单少了崔秀才一个人！如果崔秀才在这儿，他一定理解我这样做的目的。"于是他从衣袖中拿出一张纸，上面写了一首五言古诗，吩咐儿子朗诵给众人听。诗的内容是这样的：

主人好施与，挥霍无踌躇。客有谏之者，主人笑曰毋。
君谓财可聚，我意财宜疏。不暇为君详，聊以言其粗。
财为人所宝，人为财之奴。富者以其有，贫者以其无。

有则气逾扬，无则气不舒。逾扬人愈亲，不舒人不知。
昔我贫贱时，颠踣无人扶。有身不能衣，有口不能糊。
贵戚与高朋，相逢皆避途。居然一厌物，俨若非丈夫。
今日奋功名，食禄复衣襦。门庭闹如市，势利日以殊。
一寿千黄金，一箸万青蚨。奢穷欲亦极，无劳用力图。
当时何其啬，今日何其都？顾兹亲串惠，岂我所愿乎！
昔贫今且富，昔我即今吾。清夜维其故，反侧心踟蹰。
其故良有以，今昔人情符。周急不继富，圣言不可诬。
忆昔齐晏子，举火蟾葭莩。又闻范文正，义田置东吴。
设使天下人，能聚复能输。在在无和峤，处处有陶朱。
流过阿堵物，何来庚癸呼。堪叹近富者，唯利之是趋。
满盈神鬼恶，往往寄祸沽。用是常自惕，羞为守虏徒。
况今得之如泥沙，当日求之无锱铢。
君不见栖栖穷巷孤寒儒，此时此际如苦荼！

　　宴会上的所有人听了这首诗，没有不感到惭愧的，他们觉得好像有针扎在后背上那样不自在，还有的人感到十分羞愧，偷偷地离开了宴席。刘老先生假装没有看到，随便他们怎么做，并没有去挽留。

　　过了一会儿，有仆人来通报：崔先生来了。刘老先生听到了十分高兴，急急忙忙出去迎接，慌乱间连鞋都没来得及穿上，左一躬，右一礼，把崔先生请了进来。崔先生握着他的手笑着说："您可真成了街上的疯狗了，逢人便咬啊！何必学杜子春那样为一句话坏了别人的好事！更何况繁华和冷寞又能保持多久？如果不能同样地对待他人，就可能会有麻烦事找来。古贤人接舆被判了徒刑，剃了头发；蜡嘴鸟无食可吃，饿着肚子乱飞。一切都转瞬即逝，何必对繁华冷落、兴盛凋败在意呢！人们彼此遇见，点点头是人情，今天何必多此一举呢？"刘老先生连连施礼，说："先生说得对，您的至理名言，我会铭刻在心的。"

　　当天晚上，客人离开之后，刘老先生单独把崔先生留下住宿，刘妻也出来拜见崔先生。

　　刘老先生真诚地说："近几年，您搬到什么地方去住了？怎么好久不来呢？让我真的很惦记，我要好好报答您呢。"

　　崔先生笑了笑说："当年我什么都向您要，您也想到要我报答吗？"

　　刘老先生一怔说："我实在没有这个意思。"

崔先生又说："那么，难道我就有这个意思吗？"

刘老先生听后大笑起来，又问："不知道先生家中还有什么人？"

崔先生说："我并不孤单，家里有孙男娣女好几十口呢。先生为什么要问这个？"

刘老先生高兴地说："我的女儿还没有婆家，给你们家当媳妇怎么样？"

崔先生听了连忙摇头说："先生美意，我心领了，可是这实在不行。"

刘老先生不解："先生如此推脱，是因为我的女儿愚钝，配不上你的公子吗？"

崔先生支吾了半天才说道："先生，您是个忠厚重义的人，这件事我给您说了想来也无妨。我之所以不敢与先生结为亲家，是因为我并不是人，而是艾山的一只老狐狸。因为得知先生的抱负不凡，才不远千里特来结识先生。至于先生贫穷之后又得以富贵，也是命中注定的，不是我的所为。比如盖房子，上了梁后，大事就完结了。我不过是因人成事而已。今天我俩的缘分已尽，这次拜访就是来告别老友的。"

刘老先生这才恍然大悟，不由得难过地说："先生，您这次走了，当然自有去处。希望别让我成为打到鱼丢了网，捉到兔子丢了夹子的蠢人啊。"

崔先生笑了笑说："我可不是贪天功为己有的人，您何必感激我呢。今后，您的前程全是顺利的。当官不过三品，财富可是要超过十万的。不过临走之前，留下一句话纪念：我听说人们的心不相同就像面貌不相同一般，分清豫樟这两种树木，非得看生长七年的树，才能分清；了解人就更难了。朋友关系开始亲密而后来疏远，不如淡泊相处而容易久远。去掉棱棱角角像一片片的瓦那样搭合在一起，这才是彼此交往的至理名言，先生你可要记住，不要被山鸡野狗所嘲笑噢。"

说完这些话，他就起身告辞了。从此以后，他再也没来过，也没有人再见过他。

刘老先生后来果然当上了桌台，多年之后他告老还乡。他的心里一直非常感激崔先生的情谊，每逢初一、十五日必定烧香上供，至死不变。

闲斋评论道：纷纭复杂的世情，千变万化，与朋友交往当然更不简单了。当在你发达的时候，有很多可以称为朋友的人，不请自来。可是到了衰败的时候，只有像冯骥、灌夫那样重道义的少数人肯同你往来。朋友交往只有除掉棱角像瓦搭合那样，别无良法。心里有主意，肚里有算盘，所以纷至沓来由他，茕茕独往在我，这样，交往才可以始终如一。否则，就如同要把相同的变成不同的，把众多的变成孤单的一样。

兰岩评论道：大多数的人都会对富贵的趋附，对贫贱的回避，这是世情之常。没有一个人能另辟蹊径，可是，却让这只狐狸超越了世俗。做人不如一只狐狸，实在是惭愧呀！

梨 花

京城有个举人名叫舒树堂。有一天，他在雍坊闲逛时，看见有人在卖孩子。他仔细打量着这个小女孩，约莫十岁的样子，唇红齿白，明眸善睐，一副机灵活泼的样子。舒举人一下就被这个女孩所吸引，便上前询问："请问这个孩子怎么卖？"

一个中年男子答道："这是我的女儿，今年十岁了，家里穷，孩子多，不过她很聪明，不要看她年纪小，什么都会做。先生要是看中她，只要五万钱就可以了。"

舒举人摇摇头："太贵了，可否便宜一点？"两人讨价还价了半天，最终舒举人以三万钱买下了。他看到这个女孩面容姣好，皮肤白皙，便给她起了个名字，叫梨花。

梨花长大之后，果然出落得十分漂亮，身材苗条，面似桃花，淡妆浓抹无不合适。随手拈起一根小草，一朵小花，经她插到头发上，便如同簪花仕女图中的美人儿一般耀眼夺目。因此，她的衣服、发髻、妆容常常被舒家女人们竞相模仿。可是无论舒家的女人们如何仿效她，总是不及她本人的百分之一。梨花不仅长相出众，更是做得一手漂亮的女红，无论绣花还是缝织，她都非常在行。更难得的是，她聪明机智，乖巧懂事，做事仔细，因此舒家上下，无论老少都十分疼爱她。

舒举人有个女儿，与梨花年龄相仿，她从小就许配给当地非常有名望的德老先生的二儿子。女儿到了出阁的年龄，舒举人开始为女儿准备嫁妆，按照当地的风俗，舒家必须给女儿准备两名丫鬟作为陪嫁，舒举人觉得梨花聪明伶俐，做事稳妥，便让她作为陪嫁丫鬟之一，嫁入德家。另一个陪嫁丫鬟名叫春棠，也是一个十分讨人喜欢的漂亮姑娘。但是舒举人的女儿比较偏爱梨花，她的夫婿——德二公子也对梨花的品貌垂涎，常常在暗中向她示好，一有机会就找她说话，四下无人时想同她做成男女间之事。但梨花是个洁身自好的姑娘，她机智聪明，善于防范，几次三番下来德公子也没有得逞。从此之后梨花一看到德二公子就躲得远远的，德二公子就连同她说话的机会也很少了。

后来德老先生参加了科举考试，中了举人。他被派到广西的一个地方去当知府，于是带着全家人一起南下去上任。我一个朋友名叫恩茂先，他同德先生和舒举人都是亲戚。于是他向德先生推荐了自己的好友——金华人尚介夫去给德先生当幕府。

三年以后，德先生官运亨通，升任广东去做按察使。那一年的十一月，尚介夫到京城办事，暂时借住在恩茂先家里。早晚无事两人闲谈时，尚介夫就把自己所有去过的地方的人情风俗说给恩茂先听，偶尔也会提及德先生家的琐事。

有一天恩茂先突然想起了梨花，就问道："不知道当年那个聪明可人的梨花姑娘，现在怎么样？"尚介夫就答道："梨花姑娘呀！她去看大门有好长时间了。"

恩茂先觉得奇怪说："你说的是梨花姑娘吗？德家怎么忍心让那么一个娇娇弱弱的女子去看大门呢？怪哉！怪哉！"

尚介夫笑而不言。恩茂先着急了问道："别卖关子了。快说说，快说说，德家为什么让她去看守宅门呢？"

尚介夫这次慢慢悠悠地说："梨花的事又新鲜又奇怪，太骇人听闻了。想听吗？你不是德府的亲戚吗，难道你还不知道？"

恩茂先很诧异："尚兄，小弟这厢有礼了，请尚兄仔仔细细地给我说一说，这样吊着小弟的胃口好吗？"

尚介夫笑了笑说："这个故事可是一个下酒的好佐料，不能随随便便就讲。"

恩茂先明白了他的意思。于是，连忙吩咐家人准备酒肉。不一会儿，一桌酒菜就摆好了。他又拨旺了火炉中的煤火，烫上酒，两个人围着炉子开始说故事了。尚介夫讲得眉飞色舞，恩茂先听得惊一阵，笑一阵，一会儿吐出舌头，一会儿拍拍大腿。因为这个故事太离奇，尚介夫又善于插科打诨，所以两个人都手舞足蹈起来。

德先生前往广西上任时，从张家湾雇了四条船走水路。德先生和他的夫人坐一条船，尚介夫一个人坐一条船，仆人们都坐上那条当厨房的船上。最后一条船是德二公子夫妇与梨花、春棠起居的。开船时四条船，首尾相接，鱼贯而行；停船时就像大雁一样一字排开。

有一天晚上，他们在吴城泊船过夜。那天晚上月光明亮，如同白昼，天气炎热，尚介夫辗转难眠，于是起身独自坐在船边乘凉。这时，月过中天，万籁俱寂。忽然，他听见有吱吱呀呀的声音，闻声望去他发现第三条船上有人在开窗户。尚介夫以为是来了强盗，就在暗中偷偷地观察。只见有一个女人的身影站在小船边，好像在小解。虽然两条船相隔很远，可是在那皎洁的月光中，他看见那人站立着小便，并且仿佛看到了一个男性粗大的生殖器。他心里觉得很是奇怪，于是仔细地看了起来，没想到那女子原来竟是梨花。尚介夫心里更加奇怪了，回想到梨花从十岁到舒家，如今已十八岁了。自己从前在恩茂先家里也见过她很多次，彼此都很熟悉，梨花明明是个女孩，现在怎么变成这样了，难道眼前这个人是有人装成了梨花的样子？于是他又睁大眼睛仔仔细细地打量了一番，看的明明白白确实就是梨花本人。他仍然不相信再一次仔仔细细地看了那艘船，也的确是德二公子夫妇所坐的那艘船。然而他清清楚楚地看到了那女子下面长着男性的生殖器呀！这到底是怎么回事呢？尚介夫心中的疑团越来越大。

第二天早饭后，尚介夫仍在舱中暗自猜测这到底是怎么一回事，突然，听到有人在自言自语。他好奇地走出船舱看了看，原来是德先生的老仆人。这位老仆人姓张，年过半百，他一个人独自坐在桅栏边，对着湖面，长长地叹了一口气，自言自语道："小老儿我活了六十岁了，年龄不算小了吧！自认为见过不少世面，也知道这世上奇怪的事不是一件两件，可是这样的怪事还是头一次遇见，也不知道是不是世界变了……"

尚介夫听了他的话，感到很奇怪，就询问他到底是怎么回事？姓张的老仆人说："我们家的小小子康儿年纪虽然很小，可是他很聪明，鬼点子也多，他常常对我说丫鬟梨花虽然看起来是个女人，可是她说话的声音却像个男人。有时候，我也有这样的感觉，我真搞不明白这到底是怎么回事。"

尚介夫想了想说："张伯，你是个老成练达的人。我心里也有一个疑问，想问问你，你能给我解释一下吗？"

姓张的仆人见他那么客气就问道："先生，有什么事不妨请你说说。小老儿虽然不才，但是听听也算长长见识。"

尚介夫向周围看了看，确信没有其他人，这才压低了声音把昨夜所看到的事情全部说给了他听。

姓张的仆人听他这样说，惊诧地说道："我早就怀疑梨花了！这件事您怎么不跟我们的主人说说呢？"

尚介夫摇了摇头说："我昨天晚上一夜未眠，思来想去，觉得说也不是，不说心里又过意不去。本来想说来着，可是仔细一想，总觉得自己不过个客人，好像不应该管人家屋里的事，所以也就不说了。"

姓张的仆人听他这样一说，立刻站立起来："噫！你这是什么话啊？先生这样想就不对了，先生您不早说，如果再发生什么怪事可就不好了。"

尚介夫想了想说："我想我们还是先告诉公子，你觉得怎么样？"姓张的仆人点点头说："好主意，我这就去禀报给公子。"

就在当天晚上，当船停泊在青山时，姓张的仆人找了一个适当的时机，跑到了公子的船上对他说："二爷，你可知道家里有妖怪吗？"公子不以为意地笑着说："你这老仆，是不是又偷喝酒了，跑到这里来说胡话。青天白日，平白无故的，你怎么能说出这个话来？"

姓张的仆人看他不信，急忙分辨说："二爷，你可不能不信呀！这妖怪离得并不远，就在二爷的船上。"德二公子听他这样一说，也狐疑起来。

老仆人趁机上前附在公子身边，悄声把听到的事情说了一遍。德二公子听了以后大吃一惊，急忙回到自己的船舱里暗中询问自己的妻子。妻子听了之后，也是瞠目结舌，过了好长时间她才叹息着说："难怪梨花平日里守身如玉，从不和我们一起洗澡、玩水。你不是一直想让她当个通房丫头吗，她总是百般拒绝。现在想来她好像已经十八九岁了，月经还没来。今日听你这么一说，我才明白是怎么一回事，看来这个梨花的确十分可疑。"

于是德二公子差人叫来梨花仔细盘问起来。听了公子的盘问，梨花涨红了脸，但就是呆呆地跪在船舱，一句话也不说。德二公子看着她娇羞的脸庞，心里有自己的如意算盘，他想：我要给她检查一下，这样就万事大吉了。如果梨花是个男子，这一查，自然就会原形毕露。如果是个女子，正好趁机与她做成好事。于是德二公子就关上门打算检查一番，梨花看到他要靠近自己，伸手就要扒自己的衣服，梨花心里害怕，也极力抗拒。德二公子身材高大，动作灵敏，冷不防地伸手就摸到了梨花的胯裆，手指果然碰到了什么东西，他僵在那里。过了好一会儿，他才缓过神来，大怒，下令让人把梨花绑上送到德先生的船上。德先生听他们说了这件事，也是不胜惊异。他追问梨花到底发生了什么事情，可是梨花还是一问三不知，只是摇头，抹眼泪。德先生看到她这个样子，心里也难免产生怜悯之情。可是这件事总要弄个水落石出，于是他摆出了刑具严厉地对她说："梨花，你来我家也有几年了，我们一家人对你不薄，如果你有什么隐情就实话实说，但是如果你隐瞒事实，要害我们的家人，本官定不轻饶，给我大刑伺候。"

梨花第一次看到德先生如此生气，心里也是十分害怕，她说："德先生对我的恩情，梨花永世不忘。"说话向着德先生磕了一个头。然后她抬起头一边抹着眼泪，一边娓娓道来："先生有所不知，梨花这样也是情非得已。梨花小时候家非常穷，经常吃了上顿没下顿，十岁之前，我连一件完整的衣服都没有。那一年，家乡大旱，颗粒无收，眼看就要过年，天气愈来愈冷，我们一家人饥寒交迫，父母出于无奈打算在我们兄妹中找一个卖掉了好养家糊口。我是家中的老大，也只有十岁，其他的弟妹年龄都小，我就告诉父亲可以把我卖掉。父亲摇摇头，他捂着脸哭着说要卖掉我的妹妹。我心里难过极了，我妹妹只有四岁。可是当时女孩子的价钱要比男孩子的高出十倍，就是这样也很少有人要男孩。于是我对父亲说，我可以穿上女孩的衣服，装成女孩。父亲想了想，妹妹也的确太小了，所以他只好把我当作女孩给卖掉，也只不过是为了多卖几个钱好来度日。有幸，我遇到了舒举人，他们对我犹如亲生，从未把我当成丫鬟对待，小姐出嫁也让我陪嫁，小姐待我更是像姐妹一般，来到德家这些年，老爷对我也是很好。我原本打算就这样一直装下去，好报答老爷一家的恩情。"

她深吸了一口气，"不曾想到，今天事情会有所暴露。不过也好，既然事情已经暴露，我就不用再藏着掖着，梨花自知罪该万死，不该隐瞒老爷这么多年，不过我也再三反省，我撒谎当然不对，可是这么多年，我一直勤勤恳恳，本本分分，并没干过犯法的事。如果老爷仁慈，愿意留下梨花这条小命，梨花将会竭尽全力报答老爷的恩情，就算来世我也愿意做牛做马来报答这一世老爷的恩德。"

德先生听了他的身世，不觉潸然泪下，看着他楚楚可怜的样子，慈父之情油然而生。于是命人检查，果真见他是个童子身，就打算饶了他："梨花，本官念你从小就深明大义，为了家人能够活命，甘愿男扮女装，这么多年也是难为你了。你的孝心、对妹妹的深情让本官大为感动。你说得对，撒谎固然不对，但你这些年也的确没有做什么违法乱伦之事。本官念你一片赤诚，饶你一命。不过你既是男儿，这身打扮的确不妥，来人，领了梨花下去换装。"

于是仆人给他剪去长发，又改成男装，果然是仪表堂堂，风度翩翩。

德先生说："梨花，你既是男子，给少夫人当丫鬟也是有所不便，本官给你另外安排个差事可好？"

梨花听了忙磕头谢恩："谢老爷不杀之恩，梨花愿意听老爷的安排。"

德先生笑着说："梨花这个名字也不好，本官就赏你个新名字叫珠还吧！"众人听了这个名字都说好："明珠还来，好名字。"

从此之后梨花就改名为珠还，以此来纪念这段离奇的故事。船上所有的人听了这个故事没有一个不感到奇怪和慨叹的。

德先生仍然有些不放心，又请尚介夫再一次做了检验，还给他写了一封信。信里写道："我实在没想到这样的奇闻逸事会出在自己的衙门里。这个梨花真是如同桑茂一样的人物啊。不过幸好他还只是个童男，不是什么妖怪，也免去了许多麻烦。现在我把他送到您处，请先生再帮忙看看。我之所以一定要先生再看看他的缘故，并不是因为他是魑魅魍魉，逃不过秦镜，而是想让先生的疑团也可以得以解开。假如以后先生要把这事告诉别人，也可以用这封信来解嘲，免得让东南西北之人认为德某人有治家不严的罪过。"

尚介夫看完信，边笑边检验了珠还，同时还打趣地对他说："难怪常常听人说南方人多事。在我们家乡的风俗，男的可当女的，今天你却是由女的变为男的，这真是阳长阴消的结果。珠还，我今日对你不薄，今后，你打算如何报答我呢？"

珠还听他这样一说，不由得脸红到脖子根，羞臊得无处容身。尚介夫不再同他开玩笑了，赠给他一双鞋和一把扇子。同时，他又给德先生回了一封信："书生我见识浅薄，眼界不宽，这一次要感谢珠还给我开阔了眼界。这也是我这一次南下最值得庆幸的事情了。我已经自信检查过了，他的确是个童子身，尤其令人感动的是他小小年纪就懂得体谅父母，关爱幼妹。先生对珠还的安排，令书生自叹不如。不是像先生您这样有广阔胸襟的，是不能做得到呢。通过这件事，我也知道，事不足怪，可贵的是见怪不怪呀！"德先生看了他的回信，也不禁大笑起来。

德先生到了广西上任之后，因为他看到珠还伶俐，就命令他看守宅门。这个珠还果然忠心耿耿，勤勤恳恳，做事稳妥，且吃苦耐劳。德先生看到他这样子，便特别喜欢他，对他十分器重。德家姓张的仆人一生未娶，没有儿子，德先生让他把珠还认作干儿子。他看到珠还年近二十，长相俊美，就打算把春棠赏给珠还做妻子。春棠自幼与他一起长大，本来就关系要好，也是非常愿意。只是这个德二公子本是个年少好事的人，他仍然对珠还念念不忘。就在他们成亲的夜里，德二公子还藏在窗外偷偷地看，还对别人说在影影绰绰的灯光下，他好像看到了一幅绝妙的折枝图。

恩茂先听完这个故事，先是出了一阵子神，然后又问："龙阳君搞同性恋的那一套，介夫可知道吗？"

尚介夫听他这么一说，不由得笑着说道："珠还这个人本来就是男的，难道你还想把他当女的吗？"说完，两人四目相对，鼓掌大笑起来，他们的闲谈到此就结束了。

后来，恩茂先还作了四首梨花开绝句，寄给了德二公子。其中有一句是"一树梨花压海棠"，用现成的诗句恰到妙处。德二公子步韵和诗，这里就不一一记载了。

闲斋评论道：梨花在假装女人时能够保守贞操如同处女一般。如果他是个真正的女子，肯定也不会是一个淫乱的人。最终他能拥有漂亮的妻子，得主人的赏识，离开了祸患，获得幸福，过上了快乐的日子，这一切都是他的人品和情操换来的，是应该的。

兰岩评论道：梨花假装女人时艳丽无比，成为男子后依然办事妥当。梨花真是个奇人啊！我曾经见过不少管宅门的人，他们多数人都只想自己的利益，只顾往自己的腰包里揣金银，还有一些傻乎乎的人什么事也不懂，我觉得这些人在面对梨花时为啥不臊死呢！

洪由义

洪由义是靖远协汛这个地方的一个水兵，他为人非常善良，看到小动物都会放生掉。有空时他常常坐在黄河边悠然自得地看日出、看夕阳，遇到渔民起网他会立刻去帮他们。有时他也会遇到一些渔民扔掉不要的小鱼、毛虾和田螺一类的小动物，他都会一一捡起来扔进河里去，看它们在水里快乐地游来游去，他心里有种说不出来的快乐。为此他一直在坚持这个习惯，已经有很多年了。

有一天，洪由义打算要到河对面去办事。可是河上只有一条很窄的独木桥，桥窄路滑，一不小心，洪由义脚下一滑就掉进水中。小河虽然不宽，但是水流湍急，洪由义虽用力挣扎，却还是随波逐流地漂出了十多里地。在他昏迷中，感觉好像有人拽住了他的胳膊，还试图将他往前拖，过了好久，他感觉到自己停了下来，到底到了什么地方呢？他努力了好久才睁开眼。一看，发现来到一个陌生的地方。他的面前有一座大门，门高几丈，是他见过的最高的一座门。他环视四面，都是像黄土一般的墙壁。让他觉得奇怪的是，这个门前竖立着两只威风凛凛的石鳌，不像他见过的都是石狮之类，石鳌非常大，看起来足有好几亩地那样。洪由义觉得十分惊异，这个地方和他以前见过的地方完全不同。

正在他忐忑不安之时，忽然大门被人打开了，他看见两个穿紫色衣服、戴着纱帽的人从门里走了出来。这两个人对洪由义说："先生，请进来吧！"洪由义不知所措，呆呆地站立想了一会儿，然后就跟着他们进去了。到了一座宫殿前面，上好的白玉铺造的地面闪耀着温润的光芒，远方似有袅袅雾气笼罩着不真切的宫殿，檀香木雕刻而成的飞檐上凤凰展翅欲飞，青瓦雕刻而成的浮窗，玉石堆砌的墙板，一条笔直的路的尽头一个巨大的广场随着玉石台阶缓缓下沉，中央巨大的祭台上一根笔直的柱子雕刻着栩栩如生的龙纹，与那宫殿上的凤凰遥遥相对……走进殿内，殿上的宝座上坐着一个人，看起来极有身份的样子，年纪大约四十岁，他身上穿戴的都是古时的服装，两旁站着许多大臣和侍从，让他觉得奇怪的是殿内超过百人，但个个屏气敛声，仿若无人之地。见此情景，洪由义跪在了台阶下边，吓得头都不敢抬起来。

"恩公，不必行此大礼，快快起来。"他抬起头，看到殿上那个人微笑着看着他。洪由义觉得奇怪，答道："大人，此话从何说起，我现在都不知道自己身在何处，更不知道大人您是谁，也不记得我什么时候对您有过恩情。是不是大人您记错了，或者认错人了？"

"恩公可是洪由义？"那人问他。

"正是小人。"他怯怯地说。

"恩公可记得，你时常在黄河边放生鱼虾的事情？"那人又问。

"我的确有这个爱好，我这个人看不得人受苦，就是小鱼小虾也是一样的。"洪由义抬起头，"大人怎么知道这件事？"

那人走下台阶，扶他起身道："恩公，我是这河中的龙王，掌管黄河，水中一切生物都是我的子民。无奈，常常有渔民捕捞，我的子民也是非死即伤，每每看到他们伤痕累累的样子，我心里也很难过，多谢恩公出手相助，救我的子民，请受我一拜。"说完，双手作揖深深地鞠了一躬。

洪由义连忙还礼："大人，行此大礼，这是折我的福寿，我怎么受得起呢？"

"这次碰巧先生掉到水里，正好给我们一个机会来感谢恩公。你对我的子民有这样的大恩大德，就算我救你十次也报答不了，如果恩公不嫌弃，本王还要送你一件礼物，略表谢意。"于是命人拿出一个精美绝伦的盒子，递给了洪由义。洪由义看着这样漂亮的盒子，想："盒子都这么漂亮，还不知道里面的东西有多么贵重。"他打开盒子，只见里面是一颗小珠子，像豌豆粒似的，毫不起眼。龙王将珠子递给了洪由义。看到他一脸的疑惑解释道："恩公不要看它不起眼，它可是一个举世罕见的宝贝。"接着说道，"此珠叫如意珠，恩公只要将它握在手中，想要什么就可以得到什么，没有不能随心如意的。今天就把它赠送给恩公，不过只能借给你三年，之后你还要还给我的。"

洪由义听到龙王这样说，才半信半疑地收了盒子，然后连声答应，叩头道谢。然后龙王吩咐两个身穿紫色衣服的侍从将洪由义送了出去。他们走出大殿，这两个小吏嘱咐洪由义道："请恩公不要害怕，只要闭上眼睛就好。"洪由义立刻闭上眼睛，只是听见耳边传来一阵阵的波涛汹涌之声，然后一阵眩晕，不知道过了多久，周围的一切才平静了下来。洪由义这才慢慢睁开眼睛，他发现自己已经站在黄河的岸边，而那两个小吏却早已不见了踪影。他觉得好像做梦一般，一切都那么不真实，但是他手中的珠子还在，才确信不是做梦。于是他藏好如意珠急急忙忙地赶回家去报平安。

当天回了家里一看，家里已经设置了灵堂，全家人都穿着孝衣，跪在灵前，痛哭流涕呢。他一走进家门，家里的仆人吓得连滚带爬，以为是还魂夜的鬼魂，急忙跑回去通报。家人听到了消息，都来到了院子里看他。他的妻子吓得连声问道："你……是人……是鬼……"

洪由义觉得好笑，对家人说："你看看我身后有没有影子？再看看我有没有长脚？"月光皎洁，一家人仔细打量着他，果然有个长长的影子，他的双脚稳稳地站在地上。

妻子见他完好无缺地回来，扑倒在他的怀里，一家人都不由惊诧万分。家人将他迎进房里，妻子问他："官人，听说你掉进了河里，我们全家寻找你已经半月之久了，官人你去哪里了？"

洪由义不敢把自己的遭遇告诉家人，害怕他们担心自己的安危，更何况这样离奇的经历说出来也未必有人会相信。于是他想来想去就说了小谎："夫人有所不知，为夫真是命大，那天我的确掉到了河里，不过运气好，我在河里漂流时，恰巧遇到一根木头，我死命抱住了这根木头，所以才没淹死。我也不知道自己漂了多久，才被打鱼的人给救下了，休养几日，我的身体恢复了，才顺流而上找到家……"家里人听了他的话信以为真，立刻喜滋滋地脱去孝服，撤了灵堂，一家人都为他平安归来而高兴。

洪由义得到如意珠之后，他不知道自己该干什么，能干些什么？他觉得只要一家人能够平平安安，富裕地过日子就好了。可是他拥有如意珠只有三年时间，干什么可以让家人过上更富裕的日子呢？洪由义思来想去，想起了自己的对色子的爱好。他这个人平时就对掷色子情有独钟，于是他想试一试珠子的威力，就来到了镇上最大的赌坊准备与赌徒们赌上一场。洪由义手握色子，明明是看他掷了个白色，他心想这样一定会输的；可是，他在嘴里大声呼叫："青色、青色……"不消一会儿色子立刻变成了青色，他大获全胜！从此以后，他只要赌博，就一定会赢。就这样依靠如意珠，没过多久，洪家就渐渐地富了起来。

有一次，洪由义跟随水军的长官到西安去办事。西安是省会所在地，又是汉朝、唐朝的旧都，风俗崇尚豪华，人情推重奢侈。这里的王孙公子穿着轻裘制成的衣服，每个人都骑着高大的骏马，他们常常吃一顿饭花一万钱也不觉得贵。而西安的贵族都喜欢赌博，耍起钱来，一次就押一万钱。洪由义一进西安城立刻打听最大的赌坊在哪里。当天中午，他就挤进了赌场，撸胳膊挽袖子地凑到了赌桌前去。那天，他赌得忘记了时间，从中午一直玩到了晚饭时，腰包中赢了二百四十两银子。一旁看热闹的人，更是惊讶得直吐舌头；而赌钱输了的人，个个都是心急火燎、垂头丧气。这次之后洪由义满载而归，一下子成了当地的大富户。他先是给大儿子花钱买了个官儿，给二儿子花钱买了个监生。安排好了家里的一切，这时，他才把得珠子的事告诉了老婆孩子。从此之后，他更注重放生了，更加善待所有的生物。有时还会从集市上买来鱼虾放入河中。也是因为这样的缘故，黄河两岸的人们都称他为洪善人。就这样，慢慢地洪家的实力成为了五原一带的第一名。

过了三年，一个秋天的夜晚，洪由义刚刚睡下，就做了一个奇怪的梦。他梦见从前的那两个穿紫色衣服的小吏来了，对他说道："恩公，瓜熟了，您该把珠子还回来了。"洪由义听了他们的话，跪下双手把珠子奉还。一觉醒来，他急忙打开柜子，看到锦盒依在，只是珠子已经没有了。

后来，洪由义依旧乐善好施，放生动物，就这样活到一百岁，无病而终。我在靖远时，洪由义的孙子都五十多岁了，依然是个富贵老头。

兰岩评论道：人有愿望只要能实现就好了，也不一定必须得到功名富贵。一个人能够满足自己的愿望是最难得的。可是，洪由义得到如意珠以后，没有什么远大的抱负，就仅仅用它去赌博，来满足自己三年的愿望，这种志向也太小了。虽然如此，人如果能大富起来，凡是想得到的，想干的，没有不成功的。洪由义也可算得上掌握了要领而实现了愿望喽。

邵廷铨

在江西峡江县境内，有一条江，江边上有座周瑜庙，门匾上写着四个龙飞凤舞的大字：巴邱古迹。奇怪的是：庙里停放着一口不知何年何月何人放置的棺材，应该已经非常年旧，棺材锈迹斑斑，上面也落满了厚厚的尘土。

天台县的邵鄍曾经在临江府当官，经过三年一次的考核，他的成绩优异，政绩突出，于是被升为了峡江县令。他来到峡江县上任，之后仅仅用了两个月，就为当地百姓做了很多好事、实事，为此他赢得了老百姓的爱戴，博得了很好的名声。邵鄍有两个孩子，一儿一女。女儿早已出阁，现在身边只有一个儿子跟随左右。他的小儿子名叫邵廷铨，年纪不大，但是长相俊秀。这个孩子与众不同，不喜欢人多的地方，喜欢独处，更喜欢清静，每到一处他都会游山玩水。来到峡江县后，他十分喜爱这城外的风光美景，流连忘返。于是他便禀明了父亲，在周瑜庙的西边盖了几间瓦房，在四周围扎上竹篱笆，在院子里开辟了一块菜地，又开辟了一个花圃，又是种菜又是栽花，一副怡然自得的样子，从此之后，他便每天住在这里静静地读书。到了峡江县不久，他就与本县里的学生边、魏二人彼此要好，志趣相投，不久就成了交谊深厚的朋友。边、魏二人有空时就会来到这里拜访他，他有事也会去县里找他们，三人谈天说地，高兴起来甚至会手舞足蹈，流连忘返。

有一年，在边生科考发榜的那天，邵廷铨前去祝贺那些中了举人的同窗。那天所有的同窗兴致都非常高，席间邵廷铨因高兴喝醉了酒，于是便跌跌撞撞、摇摇晃晃地往回走。回到家里时，太阳已经落山了，天已晚，皓月当空。影影绰绰间，他看见大门外有一个身影，因为酒喝得太多，他一不小心撞到了这个身影。

"哎哟！"听到声音，邵廷铨的酒意已经醒了大半。他立刻俯下身子把对方扶起来。这才发现是一个少女，借着月色，他看到这个少女体态窈窕，身材适中，不胖不瘦，穿着一身白绸衣裳，在月光下更是显得风姿绰约，犹如嫦娥。邵廷铨自认为见过不少美女，可是他一看见这个少女，就不由得心旌摇荡，他连忙上前行了一个礼。只见少女闪动着水灵灵的大眼睛，羞答答地看了他一眼，整个脸就变得通红。邵廷铨问道："这么晚了，姑娘要去哪里？夜路难走，姑娘可愿意在敝舍借宿一晚，明天一早赶路可好？"

少女嫣然一笑："公子好意，小女心领了，借宿一晚，实在不方便。我就不打扰公子了，况且今夜月光皎洁，我还是快快赶路吧！"

邵廷铨指着门里说："这是敝舍，姑娘可以进去休息一会儿。现在天色已晚，姑娘你又孤身一人，我心里实在为你担忧。姑娘还是明天一早再赶路吧！"

少女看他反复劝说，于是变了脸，厉声说道："青年男女，道路不同，哪里来的书呆子，竟然来到这里多嘴多舌！如果不是本姑娘有孝服在身，所有事都得忍耐，我早就回去告诉家里人，让他们打折你的腿，打断你的肋骨条！"说罢，少女就怒气冲冲地走了。

邵廷铨自觉一番好意，却无端被少女抢白了一顿，觉得很是没趣。于是独自一人进了屋子，无精打采地耷拉着脑袋，一副垂头丧气的样子。书童早就睡熟了，邵廷铨躺在床上，辗转反侧，过了好久才有了一丝睡意。他正要入睡，恍惚间却忽然听到一阵叩门声，于是他竖起耳朵认真去听，可是响声没了，倒像是产生了幻觉。于是摇摇头，打算继续入睡，可是这时停了的声音，又响了起来。这次邵廷铨听得非常真切，他被吓了一跳，整个人立刻坐了起来，他披上衣服，悄悄地打开屋门，走出房去，从篱笆内往外一看，隐隐约约地看见了一个人影，仿佛就是傍晚所碰到的那个姑娘。邵廷铨不觉喜出望外，立刻打开院门，果真是那少女。少女示意他不要出声，轻轻地进来，又示意他把门关好，然后伸出手，邵廷铨立刻拉住了。两个人牵着手进了屋内，一进屋内邵廷铨立刻作了一个揖，对她说："姑娘，你可知道，你刚刚扔下我走掉了，我觉得自己好像丢了一件宝贵的东西似的。姑娘，你知道吗？我这半夜辗转难眠，就是在思念姑娘，我还以为你会像黄鹤一般，一去不复返了。可是有谁知道，姑娘你会转身回来，小生真是不知道如何言表激动的心情。"少女微微一笑。

邵廷铨把少女拥入怀中："姑娘，小生有一事不解，你刚刚已经走了，为什么半夜又折返回来，到敝舍光顾。小生有事想问，姑娘回来难道是同家里人暗中商量过了，特来向小生问罪的不成？"

少女抿嘴一笑，说："公子有所不知，其实我并不是个无情的人，也不是突然这样返回来啊！刚才我冒犯公子，其实是在逗你玩呀。我今天本来想进城，以为没几里路，谁知走了半天，还是看不到头，天黑道远，实在难行。你想我身单力薄，只身一人，又困又饿，所以实在不得已，我才回来的。我想向公子借个宿，但是不知道公子肯不肯借我一席之地，收留我一夜呢？"

邵廷铨听她这样一说，十分高兴地说："姑娘，何出此言，你不来，我还想去找你呢！更何况天黑路远，姑娘知难而退，我心里正是想着姑娘，你就如仙女般自己降临了呢！"

邵廷铨伸手抚摸着少女的头发，如丝绸一般光滑，手不觉间已滑到少女的腰间，他偷偷将手伸进了少女的衣衫里，一面抚摸，一面斜眼观察少女，见她并没有不悦的神情，似乎还很享受。于是，便肆无忌惮起来，双手上下一齐摸了起来。两人推搡之间到了床边，于是不由自主地亲热起来，如胶似漆，一夜未眠。

次日，鸡叫二遍，邵廷铨怀抱少女，正要入睡，少女却已经起身准备穿衣服。他恋恋不舍："姑娘，为何起得这样早，再陪我睡一会儿，天还没有大亮。"说完，拉住少女的衣角就是不放。

少女挣开他的手说："公子，快点放手，如果天亮了，让人看见对公子的名声不好。"

看着她娇媚的样子，邵廷铨不由得放了手，心里却十分感激少女的懂事、体贴，一股伤感之情涌上心头："小生只是舍不得姑娘离开，不知今日一别，他日，我们还会不会再见……"少女看他一副痴情模样，拉住他的手安慰了好一会儿。

临走时，少女深情款款地对邵廷铨说："公子不必忧心，我是邻村曹家的姑娘。我的父母远在贵州做官，我因为年幼体弱不宜远行就一个人留在了老家养病。现在我的家中没有旁人，只有一个从小抚养的奶妈留下来照顾我的起居。我那奶妈今年已有六十多岁了，她现在耳朵聋、眼睛花，还精神不济常常昏睡不醒，对我也置之不理，不闻不问，既不能约束我，也不能照顾我，更不会陪我说话聊天。公子有所不知，我其实一直是一个人，常常觉得孤独、寂寞，心里非常难过。公子你如果不嫌弃我，小女愿意陪伴公子左右，磨墨倒水，公子你可愿意？"邵廷铨大喜，频频点头，恭恭敬敬地连声应承。

少女接着说："公子，既然不嫌弃，那么小女就会从今天开始，每天晚上来陪公子读书，早上鸡叫离去，既可以不被奶妈发现，也不会连累公子名声，这样可好？公子，小女得走了，以后再来慢慢地同你作长久之计。"

邵廷铨听她这样一说，也不再强留她了。他把少女送到门外，又再三叮咛，唯恐姑娘失约，直到少女起了誓，他才放她离去。

从此以后，少女的确守约。她每天晚上太阳一落山就会来到邵廷铨的小屋里，与他同床而眠，尽男女之欢，鸡叫一遍就会起身离去。邵廷铨每日有她陪伴，就连书童也经常被他找个借口给赶出去办事。

这样的日子过了没有多久，邵廷铨就容貌大变，神色惨淡，精神萎顿。他每天什么都不想干，书懒得读，朋友处懒得去，甚至连饭都懒得吃。每天不是躺在床上发呆，就是坐在桌前冥想。边、魏二位来看邵廷铨，发现友人的样子好生奇怪，不仅样貌发生了很大的变化，就连言谈举止也不像以前那样灵动，一副萎靡不振的样子。他们便私下向邵廷铨的书童询问他近期的情况。书童说："二位公子就是不来向我打听，我也要去向二位报告呢？我家公子近半个月以来饭量大减，每天都是昏昏欲睡的样子，一天天消瘦下去，书都不念了，老是把自己关在房中睡觉。最奇怪的是，他总是找借口和由头让我出去办事，有时一去就是两三天。我也曾想暗中去报告主人，只是没有时间进城罢了。正好二位公子如此关心我家公子，就请二位想想办法，看看我家公子到底是怎么了？"边生吩咐书童道："你对公子一片赤诚，我们都已经了解。从今往后，你要留心观察，看看你家公子是病了还是遇到了什么？以后如果再发生什么就快来向我们报告。这件事暂时一定要保密，先不要泄露出去。"

一天下午邵廷铨对书童说："前几天，我听边生说隔壁县的书店有一套绝版好书，你快快给我寻来，我这几天想读这本书呢。"

书童按照边、魏二人的吩咐，假装出门办事，然后又偷偷返回，藏在了屋后的大树上，偷偷观察。

到了傍晚，太阳刚一下山，就看到公子急急忙忙关上屋门。不一会儿，书童就听见屋内有一阵阵笑语声。书童偷偷爬下树，来到窗前窥视，透过窗子的缝隙，借着微弱的烛光，他看见邵廷铨在床上搂着一个穿红衣服的美女，书童捂嘴偷笑，心想："原来是有美女相伴，怪不得公子茶饭不思。"刚要离开，这时一缕月光照在窗前，他借着月光又看了一眼屋内，这次却被吓了一大跳。月光之下，这个妙龄女子变成了骷髅，全身的皮肉被月光一照，就全部消失了。在微弱的光里，他们一会儿戏笑，一会儿调情；邵廷铨紧紧抱着骷髅，骷髅也双手搂着邵廷铨，扭怩作态，十分恐怖。书童年龄尚小，从没有见过如此情景，不由大吃一惊，吓得不敢动弹，半日之后，才缩着脖子跑了出去。

他连夜赶路，把这件事告诉了边、魏两位公子。边、魏二人虽然也是饱读诗书，见识不少，但是听到这件事，二人还是大吃了一惊，说道："世上怎么会有这样的事情！长此下去，这可怎么得了？你家公子好好一个人，居然同枯骨亲热？光天白日，竟出了怪事了！我们是好朋友，知道了而不劝说，是不义呀！你先别声张，暂时保密，让我们想想办法来对付她。"

第二天，恰好同学刘生从广东游学回来，边、魏二人就约着邵廷铨举办了一次宴会招待刘生。宴席间有一道菜是鳖，魏生用筷子夹了一块鳖肉，送到嘴里，细细咀嚼鳖骨头，又翻来覆去打量鳖骨，说："奇怪呀，你们看着这鳖骨头，它既不是飞禽，也不是走兽，又不同于其他水产，有肉有裙尚且不好看，剩下这具白骨有什么值得留恋的？"

边生接着说："是啊，恋恋不舍是因为爱它的美，既然不美，还何必留恋。"

邵廷铨说："两位兄台，话不能这样说。千金买骏马的骨头，那骏马又在哪儿呢？正因为看见骏马的骨头，才如同看见骏马一样呀。"

听他说出这话，边、魏二人相视无语，认为邵廷铨是不可理喻的了。

于是，边、魏二人将这件事禀告了邵县令。邵县令听了更是大吃一惊说道："我儿子年纪轻轻，气血未定，在荒郊野外住久了，可能是遇到了什么妖物，这样下去恐怕小命不保。但求二位公子快点叫他回衙门来，希望这样可以远离妖物，杜绝大祸。"

边生说："世伯让公子搬回城这是好主意。但是，就害怕那鬼不肯善罢甘休，它要是不甘心的话，将来必然会来祸害，所以当务之急是赶快想出根除祸害的办法。"

魏生说："不行！公子这会儿的状况刻不容缓，目前不尽快急救，还要考虑什么将来！眼下要立即想主意把公子从鬼手里救出来，然后再考虑怎样除掉这个祸害。"

边生笑着说："老兄，你所说的是睡醒了觉点蜡烛——怕黑不早哇。邵公子被蛊惑已经半个月了，现在还没到支持不住的程度，又怎么急于争一个晚上呢？"

邵父说："边世侄说得有理，看来你已经想到办法了，既然你已经成竹在胸，我就不发愁了，这件事全仰仗边世侄你了。我现在送给你白马金鞍，另外还会再派十个精明干练的差人听你指挥。魏世侄率领六个人当助手，作为后援。这样安排，两位世侄觉得可好？"边生慨然应允。

于是，边生吩咐众人吃饱了饭，喂好了马，等黄昏时前往邵廷铨住处，悄悄埋伏在树林里。事先，边生已同邵廷铨的书童约好，叫他注意观察，等鬼一到，即刻前来报告。打一更时，书童悄悄来报告："公子，那鬼来了。"边生立刻把人分派停当，各就各位，自己同书童一起来到窗下，向内偷看。只见邵廷铨一副痴痴迷迷的样子，怀抱那女鬼正准备睡觉。边生吩咐众人藏在门外，等到鸡叫头遍时，柴门轻轻打开了，邵廷铨送一个女子出来，又关门回去了。

边生暗中尾随那女子，只见她步履轻盈地径直走进了周瑜庙，然后就消失了。边生回来告诉众人说："我已经找到了她的老窝，她的窝就在庙里呢。"于是立刻叫齐所有人点燃了火把、拿着武器去了周瑜庙。众人来到了庙里，里面空空的，什么也没有，边公子觉得很奇怪，于是吩咐众人在庙里找找，看有没有什么机关暗道。众人寻找了半天，只看到一口黑漆棺材停在廊下。

边生上下打量这棺材，锈迹斑斑，落满了灰尘。于是吩咐仆人扫掉棺材上的灰尘细细看去，见那上面写着：故曲江县丞曹公之女秋霞之柩。这时，他想起曾经听附近居家的人们说起过："棺材寄存在庙里已有二十多年了，无人认领，也没有听说过尸体还害人呀。"边生立刻派人骑马去报告邵父。

邵父听到消息，也骑马赶来。到了现场，派人打开棺材查看。只见棺材内只有一具尸体，奇怪的是，据说这尸体已经停放在这里二十多年了，可是尸体的衣服竟然像新的一样，颜色鲜艳，款式也是昨晚见到的样子。这具尸体的其他部分早已化作白骨，唯独脸上那两只眼睛没有变化，炯炯有光仿佛仰望天空。众人正是称奇，又有人发现了什么，惊叫起来，指着女尸的脸部说："快看，快看，那个尸体……长出新肉了……"众人朝着他的手指的方向望去，只见那枯骨脸上凹陷之处的确已开始长出新肉。在那枯骨的枕边又发现了一方白玉镇纸，邵父认出那是邵廷铨珍藏的东西。

邵父不由叹息道："这真是千古奇闻，像这样怪异的尸体怎么能不成妖精呢？"说完，向边公子深深地鞠了一躬，"在下谢谢边世侄，假如今天不是边世侄的帮忙，只怕我儿子会性命不保，就算死后他也会给鬼当女婿了。"于是急忙下令命众人堆起柴禾把棺材烧了。大火熊熊，不一会儿，棺材就烧了起来，这时众人听见有东西敲打棺材的声音，也听见枯骨发出吱吱的叫声，这场大火烧了整整一夜，直到第二天太阳升起老高才把棺材烧光，可是棺材里散发出的臭气传出好几里地去，好几天都没有散掉。

此后，那个美女再也没有出现过。

烧掉棺材的第二天，邵廷铨被父亲下令搬回衙门后，他的心里还很惆怅、郁郁寡欢，常常思念那个少女，于是还向父亲提出想回去郊外住的想法。父亲听到了大为不悦，立刻制止了他，但邵廷铨还是坚持要去。邵父只得命人叫来边、魏两个公子，三人一起和他说明了事情的原委。邵廷铨听到了众人一词，才不得不信，之后才感到后怕，也不敢再作痴想了。从此之后，他便发奋读书。几年之后，他科考得中，一生为官，官至太守。他的好友边生也高中科考，当了大官，最后升至巡抚。

兰岩评论道：邵生搂着骷髅以为是搂着美女，世上还少这种人吗？只不过仅认为她美而不知她恶罢了。可叹啊！有弯弯的眉毛、白白的牙齿的美人，转瞬就不存在了；荒郊孤坟，凝想不能释怀。天地间痴情的人能自己解脱吗？一个夜晚的欢快，酿成了粉身碎骨的灾祸，这个女子也不是聪明的啊！

苏仲芬

从前有一个姓苏的书生，他的名为桂，字仲芬。他乡学上完后进入了京城，在王御史家中当教书先生。王御史的孩子们渐渐长大了，他考虑到自己的房子有些狭窄又靠近集市，实在不利于孩子们读书学习，就想另外再买几间房子，叫孩子们去那里读书学习。恰好，王家邻近有梁家花园，这个院子虽然是在城的边上，但院子却是很安静的。况且这一座空宅离王家仅一条胡同。王御史喜欢距离近，又看中了它的幽静安然，就花了一百两银子买下了这座宅子，然后派人修缮。这座宅子虽然很多年没有人居住，但是院子并不十分破旧。所以仆人只是铲掉了院中杂草、扫除了垃圾，又重新粉刷墙壁、糊好窗户，虽然又花了数十两银子，但是，房子却焕然一新了。一切修缮好了，王御史就让苏仲芬带一个仆人和一个书童搬了进去，而王家的孩子早晨来读书，晚上再走回家去，就这样每天跟着苏仲芬念书，由于两栋房子离得很近，他们两下里都是很方便。后来，有人路过，见苏仲芬在院中读书，就私下悄悄告诉他："先生，你胆子可真大，你知道为什么这么大一座院子卖得又不贵，却这么多年无人问津吗？传说这是座凶宅，一到半夜就会传出怪声，先生可要小心点。"苏仲芬听了微微一笑，却不以为意，说道："我这个人不信妖怪，妖怪就无法兴妖作怪，不要多讲了，扰乱人心。"

谁知苏仲芬在这里住了不久，奇怪的事就逐渐发生了。

一天傍晚，有个仆人从市场里打酒回来，他见到一个弯腰驼背、白发苍苍的老太太，眼睛红红的，噙满了泪水，从厨房中走出来，仆人好奇想跟上去看个究竟，但是那个老太太一转眼就不见了踪影。

还有一天，仆人看见一个鹤发童颜的老头，身着一件白衣，头戴着一顶软沿白毡帽，一个人站在院子当中，背着手赏月，嘴里好像还念着诗句。这位老人身高不足三尺，深情悠然。仆人以为有外人闯进院内，就大声吆喝了一句："什么人胆敢私自闯入我们王府？"闻声，那老头立刻不见了。书童偶尔也会说起他碰到过此类怪事。唯独苏仲芬从来没看见什么奇怪的东西，他认为那是下人们大惊小怪，还责怪仆人和书童以后少吃酒，连做梦和现实都分不清楚，两人受到了他的责怪自是不敢多言。

过了不久，就到了会考的日子，苏仲芬带着仆人到国子监去应考。因为考期需要三四天，于是他留下书童一人看宅子。当时正是七月，天气炎热，暑气正盛。到了晚上，书童为了乘凉，就架起一扇门板当床，对着窗口睡觉。那天半夜时，他正睡得迷迷糊糊，蒙眬间好像听见院子里有女人说笑的声音。书童一下子被惊醒了，睡意全无。于是坐起来，仔细地听，果然是年轻女子的笑声，这笑声如果是白天听到，书童一定想一睹她的芳容；可是深更半夜，四下无人时，听到这样的声音，他不由得全身毛发都竖了起来，像个刺猬似的缩进被窝里，一面强迫自己快快睡着，一面却竖着一只耳朵留意倾听外边有什么动静。虽然隔着门板和墙，他听得不是很清楚，但还是偶然有一些断断续续的话传入他的耳中。

一个女子说："买的酒我可热好了。我没想到今天晚上还要伺候你这个丫头了，就为你说了句想喝酒，我还叫老爷子深夜跑一趟给买回来。刚才我跟十一妹解手时，她咧着嘴喘着粗气，屁股撅得比头还高。我问她怎么了，才知道她到市场去买鸡蛋，叫杀回家的恶狗追上咬了一口，才弄得这副狼狈相。十一妹她倒不生气，反而一个劲儿地傻笑，可是我们旁边看的人真是又生气又怜惜。我们家的阿连看见她那个难受样都火了，非要去同丫头评评理，我劝了半天，他才安静了下来……"接着又传来一阵肆无忌惮的大笑，又有一个女子边骂边笑着说："小娼妇不要太轻狂了，明天王家那二位翰林要是来了，你要是还敢这样唧唧呱呱，说天谈地，我就凑钱给你……"不知为何，她们后边的说话声音愈来愈小，最后细得像小燕子叫一般，模模糊糊听不清楚，直到天亮时四周才静下来。书童不知外面发生了什么事，浑身乱抖，全身淌汗，一夜未曾合眼。直到日上三竿，才胆战心惊地出了屋子，到外面一看，四周一片寂静，并没有其他任何一人。

第二天，书童逢人便讲这件事。王家的孩子都是年轻人，好奇心重，听到书童说的这件事之后，也想去一探究竟，看看发生了什么事。于是他们对王御史撒谎说："父亲，苏先生进城去了，学馆中就剩一个书童，先生离开前曾嘱咐我们哥俩到他那里去住，以防着出点什么意外的事，好有个照应。所以，我们两个人来请示父亲，允许我们去那边住几天。"王御史听他们说得合情合理，又看到他们长大懂事，很是欣慰，就答应了他们的请求。王家两个孩子离开了家，高兴得跳了起来，连忙收拾好行李就去了那座宅院。这哥俩住进来后，十分高兴，没有父亲的管教，自以为可以自由自在地过几天，于是两个人打来几两酒喝了起来，一直喝到半夜，两人才躺下睡觉，可是他们都想看看到底晚上会发生什么，于是睁着眼一直躺到天亮，可是却没听到一点动静。第二宿也是如此。过了两天，苏仲芬考完试回来了，王家哥俩便搬走了，回了家，他们觉得那个小书童一定是晚上做梦了，分不清梦和现实，才说那样的话来哄骗他们。

过了两天，苏仲芬夜里醒来，他隔着窗纱恍恍惚惚间，好像看见了院子里有个人在溜达。他以为是仆人或者书童没有睡觉，在院子里溜达，便也没在意。可是过了好一会儿，那人还没有离开的意思，他慢慢踱到台阶前，在月光下，苏仲芬看到他头上似乎戴着假发，不像一般男子那样，好像还有发簪，并插着花。苏仲芬好生奇怪，像蜜蜂一般贴到窗上偷偷向外看，这才看清那人是一个少女，穿着轻纱衣服，脚上是一双厚底鞋，婀娜多姿，令人销魂。少女侧身回头一望，那神态嫣然，笑容极美，令人陶醉，他觉得这么漂亮的女孩，不像人间的女子，而是像九天下凡的仙女。苏仲芬不禁眼花缭乱，心旌摇动，意往神驰，再也控制不住自己了。少女似乎感觉到有人在偷看她，她回过头，瞥了窗户一眼，笑着说："哪里来的书呆子，刚刚才丢了草料盘子就来到这里窥视人家的小姐呀？"

苏仲芬听她这样一说，应声答道："蝴蝶若是没有花香勾引，怎么能张狂放浪呢？听说你屡次打扰我的仆人和书童，今天既然叫我碰上了，何不到我这小屋里来，展示一下姑娘的花容玉貌？我这书呆子就是死了也不枉啊！"

少女一句话也没有说，只是笑嘻嘻地挪着小步，一步一步地进了屋子。走进屋内，苏仲芬才看清楚了少女的样子。她面若桃花，目光如流水一般，清澈透亮，眼光里透着一股机灵。看着她娇媚可爱的样子，苏仲芬想：故事中的美女西施和南威也不过像她这样吧？如此美女真是世间罕见。苏仲芬礼貌地请她坐下。少女也毫不客气，一屁股就坐在了床边上。苏仲芬给她倒了一碗凉水，又切开一个瓜请她吃。

苏仲芬偷偷打量着少女，只见她穿着藕荷色的纱衫，好像薄雾笼罩着的一朵鲜花，白嫩的肌肉在薄薄的衣衫里隐隐约约可以见到，苏仲芬不由得咽了下口水。她穿着一条碧绿的纱裙，就像夏天里的荷叶。而裙子之下，似乎是一个白白的、细细的物件。他觉得奇怪，挑灯一看，原来少女是光脚拖着一双红色的鞋。苏仲芬不由得春心荡漾，便说些挑逗的话给她听："我听人说过，古代有个赤脚丫头，喜欢光脚，不喜欢穿鞋袜，难道姑娘你也是和她一类的人物吗？"

少女启齿一笑，犹如天空中的繁星一般耀眼夺目，她说道："我就是这样的，我的脚白如霜雪，不穿鸦头袜子，更是好看。古代美女没缠足时，她们的脚都不如我的好看，只是你没见过罢了。"

苏仲芬轻挑地抓住她的一只脚，少女并没有反抗，于是他的胆子更大了，抓起那只脚仔细地瞧，这个脚背和小腿丰满漂亮，脚底很平，脚趾紧紧拢在一起，脚大不过六寸，还会散发出一股奇异的香味，扑鼻而来。闻到这股味道，苏仲芬的心不由得激烈地跳了起来，他情不自禁地突然扑上去把少女搂住。少女也不拒绝，半推半就的，两个人就亲热起来，一夜难舍难分。直到鸡叫时，少女才起身离去。

自此以后，每当夜幕降临，少女都会来陪他。有一天苏仲芬问她："姑娘，我们相识已久，直到今天我还不知道，姑娘你姓甚名谁？家住哪里？"

少女想了一会儿对他说："我本来姓花，老家是在甘肃，自我爷爷就已经搬家到了北京，后来已有两代了。先生房后的梁家花园就是我们的故居。先生搬来之后，小女就很仰慕先生的才华和为人，又觉得和先生很有缘分，所以常常在夜半时分，偷偷上门来看看先生。先生知道我的身份会不会因为害怕而不再见我呢？"

苏仲芬笑着说道："其实在我第一次见到姑娘时，就知道姑娘并非凡人，不过圣人说过对待任何人都要像对待亲兄弟一般。因此，万物同时生长而互不相害。我早就深明此理。敢问姑娘，你是狐狸精还是鬼呢？请不要糊弄我，如实回答。"

少女笑着说："人家怎么会是那些，我可是仙女啊，怎么会是狐鬼呢？"

苏仲芬摇头表示不信，对她说："不对。我听仙书上说，仙人是不吃东西的，看你吃喝同凡人一样，而且不戒酒和荤腥，仙女是这个样子吗？"

少女笑他说："人家都说冥顽固执的是书呆子，今天我算信了！先生你既然根据书上的东西来盘问我，我就用书上的东西来回答你。我看你读过不少书，可你单单没看过记载神仙的那些书。龙的肝、麒麟的肉，只有神仙能吃；玉造的酒、金造的水，只有神仙能喝。其他像千年的桃子、万年的藕、百石的烈酒、凤凰的骨髓以及交梨、火枣、橘子汁、云霞杯一类的东西，散见在各种书上，数不胜数。仙人怎么有不吃不喝的呢？蚕吃而不喝，一过春天就僵了；蝉只喝不吃，秋末便干了；蜉蝣不吃不喝，早晨生下来，晚上就死了。说它们是神仙，可以吗？"

苏仲芬听了，无言以对，只轻轻拍着她的肩头说："你这张利嘴，强词夺理，我不再同你辩论了。既然你自称是仙女，我听说仙人能知道未来的事，你看我今年科考能榜上有名吗？"

少女掐指一算，摇头说道："先生虽然一直在苦读圣贤之书，但无奈先生你才疏而气高，又喜欢同轻薄的朋友说说笑笑，这对你很不利。常言道：隐恶扬善是现成的功德。先生为何舍不得伶牙俐齿，也必定以不善言谈为可耻，如果先生只顾逞那尖嘴巧舌一时之快，恐怕滑稽的名声一出去，吉祥也就跟着减损了。这是君子的言谈与命运一致的道理。今年的考试，你是没有希望了。先生如果从今改过自新，当官尚能有望；否则，只能在饿死的人堆里看见你喽。"

苏仲芬一听，面如死灰，心也凉透了。他不禁对少女肃然起敬，连连行礼，说道："姑娘所说的话，说中了我的要害，我一定把它作为座右铭。"少女听罢点了点头，便离开了，自此以后，足有好几个月没有来。苏仲芬十分想念她，常常到后院花园中寻找，但是除了盛开的鲜花，却是什么也没有。

等到发榜时，果然不出少女所料，苏仲芬名落孙山。他情绪低落，借酒消愁，一直喝到半夜。在他半睡半醒之际，他听到了有脚步声从身后传来，抬头看到少女来了。苏仲芬一见她，眼泪便在眼眶里打转。少女没说什么，只是将他的头揽入怀中，安慰了他一番。从此之后，少女每夜都会来陪他读书，有了少女的鼓励，他也更加奋发图强了。

有一天，苏仲芬的一位同乡约他去陶然亭。吃饭时，他们行起酒令来，苏仲芬酒足饭饱，就开始忘乎所以了，把佛经中涉及因果的话作了酒令。傍晚回到住处时，少女已经等在屋里了。一见苏仲芬，她便板着脸训斥道："先生又把我的话当成了耳旁风。你怎么可以故意糟蹋圣人的话？你可知道，你这次犯下了多么大的罪过！你真像吹得鼓溜溜的猪尿泡，一点骨力也没有。圣人说过，所谓粪土之墙不可圬也。先生这样不谨言慎行，我还跟你干什么呢？"说罢，气呼呼地出房去了。苏仲芬听了她的话，惭愧得无地自容，立刻跪在地上扯住少女的衣后襟，求她不要走。少女心意已决，并不理他，自顾自地往前走，苏仲芬仍不松手，少女扯掉衣服走了，他仍不死心，紧紧跟随其后，可是到了后园中，少女就消失了，从此再也没有来。

这件事开始苏仲芬还能守口如瓶，可是时间长了，他就忍不住把这事告诉了学生。学生们都很好奇，就向他讨要那件衣裳看看。只见他拿出的那件衣服，薄得像蝉的翅膀，大约重三两，看了之后学生们大为吃惊。

数年以后，王家的两个兄弟同时进了翰林院。这也验证了少女有关王家两兄弟"两位翰林"的说法是正确的。苏仲芬也果然像少女所说的那样，连连科举，但是却屡战屡败，一次也不中。就这样许多年过去了，他的生活只能勉强度日。又过了一年，他竟然因为生病没钱医治，贫病交加死在京城寓所，他在京中的朋友，把他葬在乱坟岗上。

李高鱼和苏仲芬是自幼的朋友，因此他熟知此事。这个故事就是他讲给我听的。我还询问他少女的衣裳现在在什么地方，他回答说这件衣服已经叫王御史带回江南去了。

闲斋评论道：看到苏仲芬的遭遇，有人说是遇到了鬼，我认为他遇到的少女是狐狸。恩茂先说无论是狐还是鬼，仲芬是个穿儒生衣服、戴儒生帽子、为人师表的人，这个女的算什么呢？

兰岩评论道：像苏仲芬这样的人，有一张轻薄的嘴，就连狐狸也看不起他，何况人呢？可是，像苏仲芬这样的人，听到对自己有意的劝解之言以后，却又不懂得检点自己的行为，冒犯神圣，这是自己找罪过呀！读书人能不以此为戒吗？

陈宝祠

在山西蒲东这个地方有一个叫杜昀的人，他的长相非常清秀而又很有风度，只是到了二十岁还尚未结婚。

雍正初期，杜昀跟舅舅在兴安州做买卖。后来，舅舅年纪渐渐大了，就经常在布店里待着看门，而派遣杜昀出去办货。从此之后，他就常常往返于陕西和山西两省，一年最少能有两三次。

有一天，杜昀从褒斜道上出发，进入栈道。他正在发愁道路崎岖难走，不知如何是好，突然从深林里蹿出一只斑毛老虎，仆人见状拔腿就跑，老虎看到活物，立刻追了上来把杜昀的仆人叼走了。杜昀见到这个情景，惊恐万状，一不小心，失足掉进深深的山涧之中。杜昀非常幸运，他落在了有厚厚的落叶的地方，才没有摔伤。当他抬起头向四处看看，周围的高山都是耸入云端。他想爬上去，可是没有办法，山太高了。他爬出山涧，不一会儿，太阳落山了，四周林深草密，一片漆黑，他只能听见泉水叮咚乱响。他找了一个很高的石头坐在了上面，心里既难过，又感到忐忑不安，担心害怕，根本没有办法入睡。

夜幕降临后，四周一片漆黑，伸手不见五指，他觉得又累又饿，又怕深林中随时还会有老虎再次扑出来，几近绝望。忽然他好像隐隐约约地看见了一点灯光从树影中照了出来。杜昀顿时喜出望外，立刻来了精神，便站起来一瘸一拐艰难地朝灯光走去。

他离灯光愈来愈近，走到了跟前，才发现原来是一座大宅院。这个宅院非常之大，大门有几丈高，门口有两只威风凛凛的大狮子，门不但高而且大，能并排进出四匹马。他仔细观察了，看到门旁有个小耳房，灯火明亮，于是上前去敲门。不一会儿，就从里面出来了一个长胡子老头，看见他，老头很惊异地问："小伙子，你是怎么来到这里的？"杜昀就把事情的经过都告诉了他。老头恍然大悟地说道："小伙子，你是杜昀吧？"杜昀觉得非常惊奇地说："是啊！老人家，你是怎么知道我的名字的呢？"老头说："我的主人常常提到你，他已经等你好久了。请你在这儿歇歇，我先去通报一声。"说罢，他叫出老妻陪着杜昀，自己进去了。

不一会儿，老头回来了，身后还跟着一个小书童，小书童不过十几岁的样子，手里提着一盏红纱做的灯笼，一路小跑气喘吁吁地跟了过来，脚步还没有停下，就催着杜昀说："主人等你呢，请公子快点过去吧。"杜昀跟着小书童进了大院里，走进了红色大门，门上钉着几排亮闪闪的铜钉，看那气派就像是王侯的府第。他跟在小书童后面，一连穿过了好几进院子，每个院子都是宏伟的雕梁画栋、红漆柱子、刻花的椽子，仆人们来来往往不断。还有一些穿着漂亮的女人，挤挤挨挨，吃吃笑着，一看到杜鼠就指指点点地悄声说着什么。杜鼠不觉自惭形秽起来，走起路来都有些迟迟疑疑的。书童领他走进了最后一间小房子，房间里面早就预备好了澡盆和洗澡水，还放着一套新衣服。杜鼠洗完澡，换上了一身新衣服后，这才被小书童带到了大厅去。

宅子的主人年纪四十多岁，红脸膛，长胡子，穿着一件五彩缎衣，不过衣服的式样不是本朝的。主人一看见杜鼠走了进来，立刻站起来向他作揖，杜鼠连忙回礼。主人拉他坐下后，杜鼠偷眼看那主人，觉得很奇怪，自己好像并不认识他，而主人却对他这样热情，杜鼠略感诧异。主人见他诧异，也并没有解释，只是说道："年轻人，你是杜鼠对吧？今年也二十岁了，还没有娶亲是吗？"

杜鼠更觉得诧异："老先生，我不记得认识你，我的事情你是怎么知道？"

主人笑着答道："有些事是早已注定的。我有一个女儿，今年刚好十六岁，尚未婚配，今日见到公子，非常欣赏公子的人品，想把女儿许配给你。"

杜鼠虽然对这件事感到很奇怪，但是想到自己年纪已经不小了，现在可以不花钱就得来一个媳妇，天下有这样便宜的好事，为什么不捡，当下便应承了。

主人看到他同意了就高兴地说："公子，你既然与我的女儿有缘分，择日不如撞日，我今天就成全你们，给你们举办婚礼，望公子你不要推辞啊。"杜鼠看到主人这样殷勤，就点头答应了。主人大喜，立即吩咐仆人，帮他们举行婚礼。

不一会儿，傧相都来了，还有众多的侍者穿梭于庭院之中。在笙箫之声中，喜娘们簇拥着一位小姐出来了。这位小姐身上穿着一件绣花衣服，色彩斑斓，她身材窈窕，步履轻盈，每走一步，身上的玉珮就会叮咚作响。

大厅中已经铺着红地毯，到处香气四溢，令人心旷神怡。两位新人拜过天地后，一同进入洞房，杜鼠仔细打量这位新娘子，只见她容若桃花，眼似繁星，相貌出众。她的脸色像朝霞掺和着白雪一样，光彩照人。杜鼠虽然从来没见过姑射仙女，但是看到她，她觉得这个新娘的样子应该和仙女是一样的，不出得心里一阵欢喜。

新婚之夜，两个人如胶似漆，如鱼得水，非常甜蜜幸福。杜鼠问道："娘子，我们已经是夫妻了，我还不知道娘子的闺名是什么？"

新娘莞尔一笑说道："夫君说笑了，小女父亲姓陈，我是家里最小的孩子，父母都唤我雏儿，夫君以后也可以这样叫我。"

新婚之后，两人感情日笃，他们总是在一起，形影不离。慢慢地，杜鼠知道了这家人姓陈，先祖为了避世，来到这里已经过了几百年。

婚后三天，陈家的几位亲戚来请他们去吃饭。杜鼠看到陈家的这些亲戚也都是富贵人家。在诸多亲戚中，杜鼋却独与主人家的姓封的外甥交情非常好。新娘雉儿知道了以后，非常担心，她不时告诫杜鼋："我父亲没有儿子，正想让你充当个半子，你生性软弱，封哥哥性情暴戾，作为亲戚可以走动走动，但不能太密切了。"杜鼋口头上虽答应了，但却没有同封表哥断绝交往，仍与他非常要好。

婚后又过了一个月，亲戚们都来祝贺他们。杜鼋和封表哥在房里饮酒，聊天。当时正是夏天，天气炎热，不一会儿，封表哥就喝醉了，他的行为不由得放荡起来，不一会儿他就脱光了衣服。杜鼋有点生气，责备他说："这是我们的卧房，你表妹虽然不在旁边，但是表哥，你也该稍稍避避嫌，怎么放荡到这个样子！"

封表哥一听到他这样说话，立刻就火了，瞪圆了眼睛对杜鼋说："你以为你是谁，你本来不过就是个微不足道的丑小子，只会盯着那一分一毫的小利。我可怜你像条孤单单游水的鱼，才给你搭个桥，使芦苇靠上了玉树，比成仙也差不到哪里。怎么酒后嘟囔上了，当面羞辱我？你难道把我当成大傻瓜了吗？"

杜鼋听到他羞辱自己的话，也非常生气，操起座位旁边的一面铜镜朝他掷了过去，弄坏了他的罩衣。封表哥这下气坏了，立刻咆哮如雷，一蹦老高，声音就像老虎的叫声一样。众位亲戚听到叫声都赶来劝解，可是封表哥不依不饶，使得满屋子的人都吵吵嚷嚷的，最后还是众人架着封表哥好说歹说才把他给劝走了。

杜鼋也是十分生气，他追出门外，对着众人的身影万般谩骂。回到宅子，杜鼋看见陈家主人的脸色变得像死灰一样，耷拉着脑袋站在台阶上，一副无精打采的样子。过了一会儿，他把女儿叫到跟前，对她说："俗话说得好：蜜蜂不能变成豆青虫，小鸡不能孵鹁鸟的蛋。我本想把杜鼋招为养老女婿，胜过给自己找个干儿子养老。不料杜鼋却得罪了封家外甥，大祸眼看就要来了。你快点打发他走吧，千万不要迟了。"女儿听他这样一说，只是低下头，泣不成声。

杜鼋听到后，更是又伤心又气愤，他跪在地上说："父亲言重了，封家那小子不过是个蠢家伙，行为就像汉朝的灌夫，自己仗着是内亲，在咱家中胡闹。杜鼋虽然不成材，但愿意同他一比高低，一定不给父亲添烦恼。"

主人哭丧着脸，摇摇头说："贤婿，你有所不知。封家外甥在这山中住了好多年了，他们家的实力不可小觑，就是有十个你、百个你，也不是他的对手。我老头子与小女儿以及全家老小倒不怕他，只是考虑到你孤零零一个人，在深山中居住，无依无靠的。贤婿，你和我们缘分已尽，为了你的安全，你不如离开这山谷，回家去吧。这也是上天的安排，望姑爷不要再留恋什么了，就当这是一场梦好了。"杜鼋很难过，跪在地上不起来，雉儿更是失声痛哭起来，两个人相互拥抱，依依不舍。陈家主人派两个丫鬟搀扶着杜鼋送他出门去了。刚走出门外，杜鼋立刻觉得两只脚离开了地面，渐渐升上了半空中，有种腾云驾雾的感觉。转眼间，他已置身栈阁之上了，转身看见两个丫鬟变成两只野鸡鸣叫着飞走了。

杜氞感到怅然若失，他向四处观望，想知道自己在什么地方。他恰巧看到栈阁边上有座荒废的祠堂，走到了前面看到门上写了三个字：陈宝祠，一副年久失修的样子，破旧得不成样子了。杜氞进到了祠堂里边等待天亮。天已经黑了，可是他却一点睡意也没有。他抬起头看祠中供的神像，觉得似曾相识，好像就是陈家的主人，看到他的塑像就如同再次见面一般。杜氞顿时感慨万端，拜了两拜，算是辞别，不觉又一次泪流满面了。

第二天天一亮，他一路讨着饭打算返回兴安，过了好久，他才回到了兴安。当他出现在舅舅家时，舅舅一见他狼狈的样子，很是吃惊，就询问他到底出了什么事。杜氞把这几个月自己经历过的事情说给了他听。舅舅到底年长，见多识广，听后长叹一声，向他解释道："杜氞你有所不知，封生应该就是叼走仆人的老虎啊。我记得《广异记》上有封使君的事迹，所以相传老虎姓封。"杜氞听了心悦诚服地点点头。

舅舅接着说："不知道你还记得十五岁那年发生的事情吗？那一年你跟我到凤县南边，在路上我们抓到了一只雌野鸡，本来想带到家中炖了吃，但当时你可怜它，偷偷把它放了，因此陈家主人才会说跟你有缘分啊！古人都说得到野鸡就能称霸，我们是小人物，没什么大的奢望，只求发财过上好的生活罢了。"又过了几年，舅舅去世了。杜氞接受了舅舅所有的物业，经商数年，他挣了一百万两银子，买了房子，置了地，过上了安逸的生活。

有一年他经商办货，路过他当初掉进山涧的那处地方，心里十分怀念他的妻子，于是他站在那里望着山下惆怅了很久，不由得两行热泪沿着面颊流下。路过陈宝祠，看到它更加破旧，心里便更加难过。于是他捐资重修了陈宝祠，并且给他死去的仆人招魂，在祠里陪祭。

兰岩评论道：动物还能不忘旧日的恩惠，为什么人反而不如野鸡了呢？

张　五

某知县最近得了一种怪症，他看到什么东西都觉得恐惧，无论白天还是夜里他总是很害怕。因为这样，他把全家几十口人都叫到一起，到了晚上通宵点起蜡烛围着他。尽管这样，他还是一宿被吓醒好几次。就这样，过了半个多月，仍没有任何好转。

县城的街里住着一个叫张五的人，四十多岁，开了一个很小的豆腐坊，一直以卖豆腐为生，因为生意很小，所以每件事都要亲力亲为。他们夫妇两人经常五更天时起身，开始磨豆子，做豆腐。

有一天早上，他估错了时间，才四更天，没亮时就起床了，赶着叫妻子快做豆腐。

妻子看了看天色，奇怪地问："孩子他爸，今天起得也太早了吧？"张五说："早什么？我们都是受苦的人。一天不卖力气干活，一天就吃不饱饭。早做早卖，卖完了就可以早早休息。起已经起了，他妈，你快起来点灯，磨豆子，我先出去解个手就回来。"

于是他打开门到胡同里，刚要上厕所，忽然看到有两个人从他面前经过，跟他招呼道："张五，到这里来。"

张五以为是邻居熟人，就跟着声音来到了胡同口，站在人家的房檐底下。借着微弱的灯，他仔细打量那两个人，竟然都是从未见过面的陌生人。

这两个人都穿着青色衣服，腰间垂下绿头带子，头上戴着红色帽子，手里拿着朱批传票，很像衙门里的公差，但是又和他见过的官差很不一样。他们对张五说："我们有一件事想麻烦你，请你务必不要推辞。"

张五很奇怪地问："我只是个卖豆腐的，字都不认识几个，有什么事是我可以帮你们的？"

两名公差一脸神秘地说："张五，你不必细问，请你跟我们来就好了。"说罢，他们两个人就拉着张五向东走去。张五还不清楚发生了什么事情，他心里虽不愿意，可是不知道为什么，自己的两只脚好像不听使唤似的，不由自己，踉踉跄跄地跟着走了。

他们一行三人很快就绕出市场，到了县衙门前。只见门前有六个衙役模样的人站在大门口，他们的身上都穿着盔甲，身高大概都有八九尺。两个公差看了一会儿，没有从前面走进去，而是带着张五转到衙门后边，他们到了一个流水洞前，两名公差叫张五先进洞去。张五不知道里面是什么情况，吓得不肯进去。两个公差也不同他多说什么，用力一推他，不知不觉间他已到了墙里了。两个公差也紧跟着走了进来。

他们就这样一个接一个，连着穿过了好几道大墙，最后来到了一间卧室里。从房间的窗里散发出的灯光很明亮，两个公差叫张五到窗前去偷看。

张五走上前来，只见那知县正躺在床上似睡非睡地一直在哼哼，而他的床角及脚底下坐着六七个妇女，同时地上也铺着地毯，还有八九个男人和女人杂坐在地毯上，他们看起来都很累了，但是仍然强撑着，睁着眼睛。张五看了一会儿，回来之后把他的所见所闻都告诉两个公差，两个公差听完之后也上前偷看。

很快，五更就过去了，两个公差显出焦急的样子，多次近前偷看。又过了一阵，知县的哼哼声渐渐地小了下来，那些男女仆人也是十分的疲倦了，他们看到知县睡着了，也开始偷偷睡觉了。他们有的歪着身子打起了呼噜，有的躺倒睡着了……不一会儿整个房间安静了下来。两个公差看到屋里的人都睡着了，他们高兴得跳了起来，急忙拿出一根铁链子，把它交给张五说："张五，你快点进屋去，把这铁链子系在知县脖子上，不要害怕，一直牵着他出来。"

张五听了他们的话吃了一惊地说："他可是知县，是官老爷呀！我是什么人，敢靠近吗？"

那两个公差摇摇头说："你不要害怕，他虽然是一方父母官，但是他既不勤政也不爱民，反而一味地贪财好色，滥杀无辜，滥用酷刑，对百姓十分苛刻。于是今天他成了罪人，面对这样的人，你还有什么可怕的？"

张五依然只在原地打着转转，始终不敢上前。两个公差急坏了，一直劝他，又使劲推他、挤他，张五这才进到房里去了。他胆战心惊地用铁链系住知县的脖子，立刻返身走了出来。两个公差看他归来，立刻迎了上来，三人一同沿着原路向回走。走了一会儿，张五听见了脚步声，回头看去，不禁大吃一惊，原来那知县已经被铁链锁住跟着一同来了。

他们刚走到房后，突然看见一男一女正在墙根底下搂在一起，看见了他们三个从一旁走来，两人既不怕羞，也不躲藏，好像旁若无人似的。两个公差从二人跟前过去后，张五问道："他们两个是什么人？怎么干这丑事既不挑一个隐蔽的地方，也觍着脸不怕人啊？"

公差指着知县对张五说："那个女人就是他的爱妾翠华，那个男人就是供他玩弄的男妾郑禄啊。这个知县欺男霸女，这些人早已忍受不了他的淫威，这次因为知县卧病在床，所以他二人在此幽会。他们自以为很秘密，所以并没有注意到我们，哪里想到我们能看见他们，而且一清二楚呢？"张五听了，瞅着知县笑了，知县低下头，不说一句话。

不一会儿，他们来到了水洞前，又看见另外两个人的打扮同这两个公差一样，也锁着一个人，蓬头垢面地站在那里。

两个公差问："你的人已经拘来了吗？"对方答道："我们的已经拘来了。"那个被拘的人看见知县就要哭，一名公差急忙过去抽他的嘴巴，那人因此而没有哭出来。张五私下偷偷询问："这人是谁？"

公差悄悄地说："这个人就是知县的幕僚，负责刑名的郭某人。跟他是一个案子，所以一同抓来了。"说话间，听见内宅哭声此起彼伏。公差说："时候到了。"

于是他们一行走到了大街上。那里早已经有二人预备好了两辆囚车，停在大路边上。四名公差就把知县和郭某人推进囚车里面，并嘱咐张五道："你自己回家去吧，千万不要讲给旁人知道。"说罢，赶着车，吆喝着拉车的牛走了。

张五回到家中，鸡已经叫了。他不知道家里发生了什么事，只看见妻子背着灯在哭泣，邻居家的几个妇女正在一旁劝慰道："张大嫂，人死不能复生，天命早就定下了。再说，老张还没断气，等天亮后你赶紧请医生治治，也许不妨事的。"

张五听了大吃一惊，失声高叫，眼前豁然开朗，犹如大梦醒了一般。一觉醒来，他只见自己躺在炕头，而他的妻子依然守在身旁，邻居家的女人挤了一屋子。妻子见他苏醒过来，又惊又喜。张五奇怪地问她："为什么哭？"

妻子一边擦着眼泪，一边说："孩子他爸，我看你去解手好久也不回来，非常担心，我就出去看看你，却发现你直挺挺地躺在房檐底下，早已昏死过去了。我一个妇道人家，一下子没了主意。于是我急忙去敲开邻居的门，求他们帮着把你抬进屋来……"

妻子说到伤心处，已经泣不成声："孩子他爸，你不知道我有多害怕。我摸了你的手脚还是温乎的，可是我怎么叫你，也总叫不醒你。从四更天到如今，已经半宿了。幸亏你又活过来了！"张五这才明白刚才那段事，全是魂灵干的呀！他站起身，给邻居们作揖道谢，人们见他活转来，便高兴地告辞走了。等众人走了以后，张五才把自己的那段经历告诉了妻子，妻子听了之后也觉得又是害怕又是叹息。

等到天亮时，全城军民都乱哄哄的，张五一打听才知道，都传说知县在五更天时暴病而死了。同时他也暗中打听到，知县那个姓郭的幕僚也同时得暴病死了。

这件事过去不久，张五渐渐大意起来了，闲谈之间，他把事情泄露给了别人。一传十十传百，这些事被知县的儿子听到后大怒，他把张五押到了公堂里，命人打了他三十大板。紧接着知县的儿子又审问郑禄和翠华通奸的事，对他们使用了大刑，两个人全部都承认了，果然不假。郑禄在公堂上被痛打一顿，死在了狱中；翠华在花园中被人勒死，给知县殉了葬。

这件事发生在雍州、凉州交界的地方，直到今天陕西人还在转述这个故事。恩茂先说："这个故事是真实的，我祖父在世时也曾经说过这件事。"

兰岩评论道：罪大恶极，被上天夺走福禄，鬼也抓你、污辱你，百姓也可以把你不放在眼里。回想坐着虎皮交椅，治理百姓时的威风八面，此时他的权威又在何处呢？鬼卒不能锁他的脖子，而假手于张五；不是鬼卒不能去锁他，而是让张五亲眼见证，以暴露他的罪恶罢了。

娄芳华

  从前陕西有个人名叫娄芳华，父母双亡，从小就和他舅舅一起相依为命，他的舅舅姓杨，后来到了蓝田当县尉，他也跟着舅舅住在了任所。他现在已经二十岁了，还未结婚。

  蓝田县里有个举人姓董，是辋川人，很有学问。舅舅就叫娄芳华跟他多多交往，向他学习。从娄芳华家去辋川，路程很远，且道路难走，沿途没有什么人家可以借宿，幸好途中有座古庙，娄芳华每次来回都要在庙里住两宿。他每次去辋川学习，都会在那里住上大约一个月的时间，请教完学问之后，他才会回家看看舅舅。前不久，庙里的和尚们得了瘟疫，大部分的人都死了，只剩下一个瞎眼的老和尚。娄芳华再来庙里借宿时，便独自一个人住在西院。

  时值炎夏，娄芳华又一次住进了这座古庙里。他来到古庙时，已经是傍晚了，太阳要落山了，他一个人实在无聊，就到庙门前去散步。走着走着，他突然闻到了一股奇异的香味。他觉得很好奇，顺着香味往前走，过了一会儿，他闻到的香味就更加浓了。寻香望去，猛然间，看见对面有一个少女在赶路，后面还跟着一个丫鬟，她们主仆二人风尘仆仆的样子，好像赶了很久的路，现在想往山上走。

  少女年纪不大，约莫十六七岁的样子，面容姣好，身材婀娜，尤其是那小腰如扶风杨柳一般。少女看见对面过来一男子，立刻害羞起来，连忙用衣袖遮着脸，丫鬟的年纪与少女相仿，水汪汪的眼睛，白白的牙齿，也很秀气，两个人从他身边匆匆而过。

  少女虽然害羞，但还是被娄芳华的气质所吸引，不由得数次回头顾盼，好像很注意他似的。娄芳华看着她羞答答的眼神，心神登时收不住了，快步绕上一条小道，抄在少女前边，然后向她深深施了一礼，说："姑娘，这天快要黑了，山高路远，你们两个姑娘要往哪里去啊？"

  少女看到他，退后一步，仍旧羞答答地还了一礼。丫鬟倒是很大方，立刻上前用身子挡住少女，回答说："你是哪里来的小子，硬同人家小姐说话！我们小姐出身矜贵，家中有钱有势，就是关系稍远的亲戚也不肯轻易交谈一句，更不用说路人了。你如此冒失，难道是欺侮我是年轻女子，不能握起拳头力透掌心，只能咬破牙花子吗？"说完，捂着嘴看着少女笑了起来，少女也笑了。

  娄芳华看着她们那样子并不像真的生气，于是也装出手足无措的样子，一再赔礼道歉，说："小生我无礼，只是看见二位姑娘要走夜路，怕山中有虎狼出没，未免担心。我有一处住房，离这里很近，又空着，如若二位姑娘不嫌弃，可暂时住一宿，等到天明以后再上路。可好？"

丫鬟看着他的样子，不由得咯咯地笑着说道："公子你看上去像个书呆子一样愚笨，可是实际上却很是狡猾。公子这样为我们打算，让我无话可说了。这件事我还是先和小姐商量一下，再给你答复。"

娄芳华笑着说："姑娘先和小姐商量一下也可以，就算不肯，还指望您好好说，为什么反来讥笑我？所谓可心的人儿原来是这个样子吗？小生这样都是为二位姑娘着想的。"

丫鬟听他这样一说，于是就跟少女耳语了半天。少女捂着嘴笑道："常言道：'男女授受不亲。'我们孤男孤女，同住在一块儿合适吗？"

娄芳华听她这样一说后很是欢喜，上前施了一礼，说："小生居住的寺庙虽很小，但还洁净。如果小姐不嫌弃，我们可以同屋而住。不然就一晚上，我们同睡在一张床上将就一晚上也是可以的呀。"

少女义正词严地说道："公子还是读书人，难道不知道男女有别吗？公子言语这样轻浮，怎让我们可以放心同公子前去。"

娄芳华连忙道歉作揖。少女不说话，只是笑。

丫鬟看到了少女的神情。于是一只手拽住了娄芳华的袖子，另一只手拉住小姐的腕子，把他俩拉到一块儿，说："公子、小姐，天色已晚，这里也不是说话的地方，要不我们先回古庙中，再作打算。"

少女和娄芳华都没有反对，三个人就这样回到了古庙里。娄芳华一把扶小姐进了房间里之后，独自坐在窗外的长廊上发呆。丫鬟看到了他的样子就问道："公子，为何还不去休息，坐在这里干什么？难道真的打算和我家小姐一屋同寝？"

娄芳华笑着说道："姑娘打趣了，我不过是真的仰慕小姐的人才，不由得出了神而已，想我也已经二十岁了，还尚未婚娶，看到小姐这般，便想若能娶到小姐这样的妻子，小生我今生也别无他求了。"

丫鬟听了他的话说道："好，好！千里姻缘一线牵呀。今天先生说的话，天神全都听见了。泉水松风可作订婚用的羊羔和大雁，行喽，不要辜负了'普救寺'里的美好幽会哟！"

于是，就把娄芳华请进了房间中。娄芳华因为寒酸，担心遭少女的耻笑，颇露出惶惶不安的神态。小姐笑着告诉了丫鬟，丫鬟说："主人如此手忙脚乱，又怎么能殷殷勤勤地招待客人呢？"于是，她叫娄芳华在佛殿前架起了梯子，自己轻飘飘地爬上去，在房檐上摸索，得到了数十个雀崽儿；又从袖筒里拿出一根银的小煎勺，一个漆盒，从中倒出一点油，那油像酥油那样的颜色，将雀崽儿一只只煎了；又拿出一杯酒，绿汪汪的特别香，味道极浓。娄芳华与少女相对而坐，吃喝起来。当晚，二人睡在一起，温柔乡中，娄芳华快活极了。

第二天一早，两人相互拥抱，依依不舍，握手不放。小姐看着他这个样子说："这里虽然偏僻，房子周围毕竟有人家。我们在这里约会，难免会被人看见。公子如果不嫌弃，我家在西边，离这里十几里地，有几间房子，可以躲开嘈杂的人声。白色的板门外边有五棵老杏树、一棵甘棠树，可作标记。今天晚上，我派丫鬟来领你前去，可好？"

娄芳华满口答应了。约定好后，小姐与丫鬟走了，娄芳华站在庙门口，怅望许久。他决定不去辋川，每夜在此与那小姐幽会。整整一天，他心神不宁，坐立不安，一会儿出来，一会儿进去，苦苦地等着日落。

傍晚时分，丫鬟如约而来。一见到娄芳华就笑着说："先生亭亭玉立在树下，神仙似的，怪不得小姐想念，叨咕了半天，数十次催我来呢。"娄芳华见到丫鬟，高兴得什么似的，忙问："小姐在哪里？"丫鬟说："只跟我走吧，不要多问。"

于是他们一起越过山涧，沿着山谷，深一脚浅一脚地走去。丫鬟蹚水踩石，行走如飞。娄芳华平日只知道读书，不一会儿就累得受不了，呼呼直喘。他们大约走了十余里，进入一片橡树林，这时太阳已落山，风声如吼。走在林间，只觉得浓荫把衣服都染绿了，清澈的空气令人身心爽快。转眼间，到了一座小别院前面，这里花木繁盛，泉水清凉。丫鬟对娄芳华说："到了。公子不是生人，进去吧。"

娄芳华走进别院，一进门就看见小姐正倚着栏杆等他呢。看到娄芳华来了，小姐格外高兴。两个人情不自禁地相互拥抱起来，互诉衷肠。

丫鬟悄悄离开，忙着准备饭菜，不一会儿桌上便摆满了珍馐，尤以雀崽儿这道菜为最好，看来小姐很喜欢吃，一大盘都被她一个人吃光了。吃过饭，少女便拉着他进入房间，屋里的摆设同凡间大不一样，小姐自己身着古装，举止均像古人。

这个房子除了丫鬟外，还有七个小丫头，个个生得娇小玲珑。小姐管束丫鬟们很严厉，丫鬟们说话做事，无一不看她眼色行事。而小姐单单对娄芳华第一个见到的丫鬟却特别宽宏，常常听到有人叫她的名字"收香"。八个丫鬟中，收香尤其聪明伶俐。除了丫鬟外还有一个老女仆，大约七十来岁，她主要负责管烧饭做菜，出于好奇，也过来打量娄芳华。临转身走时，她笑着对众丫鬟说："这个穷小子空长着一副臭皮相，原来也不过是我老婆子一百多年前药箱里的东西啊。小姐少见多怪，第一次交往就像喝了甜酒似的，但是私自把外人领到家里来，我想怕不长久啊！"

娄芳华听到了她的话后又气又羞，正准备离开。收香制止了他，反驳道："人家相好，干你什么事？为什么提到一百多年前的事？早就把别人的耳朵弄脏了！做饭炒菜、缝缝补补是你的事儿，其他你就别管了。何况先生住在这儿，对你也大有好处，你就不想想碗里的剩汤，盘里的剩肉，有谁同你争一匙一筷子了？"另外七个丫鬟附和着嘲笑她，娄芳华和小姐也拍掌大笑。老女仆满脸惭愧地走了。

娄芳华在小姐家住了一个多月，不免思念舅舅，他想回去看望一下。小姐听他这样一说，便十分不愿意，恋恋不舍。收香更是气哼哼地用双手推着娄芳华的后背，将他推出大门，说："先生既铁了心，要走就走，就是勉强留在这儿也不痛快，请快回去吧，别停留了。只是以后再也不要回来了。"还没有等到娄芳华答应，两扇门已"砰"地关上了，他在门口等了很久，门还是没有开。

于是，他闷闷不乐地回去了。刚到寺庙，就碰上了舅舅领着一大帮伙计来了。看见娄芳华，舅舅又惊又喜，关切地问道："娄芳华，这么久了，你一个人到哪里去了？"

娄芳华想了想，就把实情说给了舅舅，希望舅舅请个媒人给他作媒娶那个小姐。舅舅听了之后大吃一惊说："孩子，你年纪过轻。深山里面会有什么呢？肯定没有人会住在那里，怎么会有小姐呢？据你的遭遇，肯定是遇上妖精了呀！"说罢，集合了数十个身强力壮的伙计，让娄芳华领路向山谷而来。到了橡树林前边，娄芳华踟蹰不前，舅舅生气了，用马鞭子狠狠抽打他。娄芳华推说自己迷路了，记不清地点。舅舅也没了办法。正打算回去时，众人忽然闻到一阵奇异的香味从林中飘来，便又转身进了树林，循着香气，一路到了一个山洞前。只见洞口藤萝攀援，周围林木茂密，香气浓烈。舅舅说："这里肯定是妖怪的老巢，不能随便进去，用火熏就行了。"

于是，众人在舅舅的指挥下，砍来枯枝，收集落叶，点着了火。霎时，洞中浓烟缭绕，呛人咽喉。不一会儿，有许多野兽冲了出来，仆人们一看见这些野兽，急忙抢起锄头狠打，将所有的野兽全打死在山岩下边。不到一顿饭的工夫，仆人们清点猎物，他们得到了香獐两只、獐子七只、老灰狼一只。舅舅非常高兴，便用驴驮着猎物回到了县里，将肉吃了，兽皮用于铺盖。

娄芳华看到这些猎物，他明白了这些猎物就是陪了他一个多月的少女和丫鬟们。于是又惊又气，心里怨恨，又时常想起她们对自己的好，忧思过度，从此一病不起，一月之后便死了。

闲斋评论道：麝被猎是因为肚脐上有香，象有牙，犀牛有角，鹗鸟有尾，老雕有翎，鳝鱼有皮，鲥鱼有油，大龟有甲，蠬有珠，貂有毛，蚺有胆，全像麝似的，它自以为得天独厚，而不知天之惩罚。人也如此，女的有模样，男的有才华。

兰岩评论道：两只獐子因情而死，因香而败亡。如果能克制住一时情欲的冲动，那么古洞幽深，谁又能打扰呢？厉害啊，情欲一动，就是死亡的机关呀；香气被闻到，就是败亡的征兆啊！可惜呀！

清河民

在清河县这个地方有一个人，有一天他到县城里去赶集，往回走时，天已经全都黑了，他独自一个人骑着一头毛驴，从城里往家里赶。他的家离县城很远，其中有一段路十分荒芜，他独自走在荒野里，这天恰逢初一，天上连颗星星都没有。因天黑他看不清方向，不知怎么就误入一片坟地。

走着走着，忽然，他好像感到一阵凉意，不由得缩了缩肩膀，裹起衣服来。他扬起小皮鞭抽打着毛驴，想让它跑得快一点，离开这片坟地。

这时，他听见有人在背后叫他的名字。这人顿时感到毛骨悚然，哪敢回头，慌忙间更加用力地鞭打毛驴，急急而去。身后喊他的人追着叫喊的声音越来越急切，转瞬间好像有什么人也骑到了驴背上，并且用两只手紧紧地搂住这人的腰。这人害怕极了，想挣扎摆脱开。于是用手摸去，只感到搂他腰的手凉如冰，任凭他怎么挣扎也挣脱不开。他想了想便暗地里解下腰带，猛然间出其不意地将背后的人反绑起来，并在自己胸前结好。背后的人似乎很难受，絮絮叨叨地央求放了他。这人置若罔闻，急急赶驴跑回家去。

刚到了门前，他大叫："我抓到了一个鬼！快来给我帮帮忙。"家人闻声，点起火把出来，见他已经下了驴解开了腰带，背上原来是一片烂棺材板，并没有什么人的踪影。

梁　生

汴州有一个叫梁生的人，他从小没有了父母，家里很穷。他努力赚钱，好不容易订了一门亲，可是还没等结婚，他的未婚妻就害病死了。梁生便没有能力再定亲。从此之后，朋友们给他送了个外号叫"梁无告"。

梁生这个人，性情温和，有酒量，会下棋，因此他能够博得朋友们的好感。在所有的朋友中，他尤其与姓汪的、姓刘的两个朋友交情最深。他这位姓刘的朋友父亲是刺史，姓汪的朋友也是家财万贯，他们都是有钱有势的人。梁生以穷书生的身份与他俩交友来往，有的人就讥笑他攀附权贵："贫伴富，身无裤。怎么这样不自量力呢！还不是想捞点好处。"

梁生听到这话后并不生气，笑着说：“我们每个人不都是两个肩膀扛一张嘴，我的朋友就算他是像陶朱公、猗顿那样的大富豪，又与我有什么关系，这些人又能把我怎么样呢！”人们听了他的话，更加讥笑他没有品格，又送了他个外号叫“梁希谢”，以《金瓶梅》中的谢希大来比喻他。

刘生有一个妻子和五个妾，汪生有一个妻子和四个妾，另外，他们每个人家里还都有不少漂亮的丫鬟和俊俏的小厮。每逢请客吃饭，都叫他们出来斟酒陪客，两个争相比富。

有一天，汪生花了一千两银子从江南又买回来两个美女，长得窈窕妩媚，性情柔顺，家中其他的妾都比不上她们漂亮，汪生因此洋洋得意，以为天下的美人全在他家了。于是，写了请帖，大摆宴席，请了客人们来聚会。酒过三巡之后，他命令人打开屏风，卷起幔帐，两个美人迈着轻盈的莲步出来见客。她们一进门，整个屋立时充满了扑鼻的香气。座上的客人看到这样的情景，被惊得目瞪口呆。两位美人向众宾客拜了一拜就退回后堂去了，仅仅是这样短短的出场，就已经让客人们眼花缭乱，心神摇荡了。汪生看见这样的状况，心里十分得意，连干几大杯之后对客人们说：“诸位有什么福气，能看见这仙女般的美人？”众人听了张口结舌，答不上话来。唯独梁生坐在一边，含笑饮酒吃菜，犹如什么都没见到一般。刘生看到这样的美女也呆坐了好久才清醒过来，对梁生说：“众人都被那两位美女给迷醉了，唯独你还算清醒，我看你不是没眼睛就是没感情的人。”

梁生慢条斯理地说：“就算多漂亮的美女，我看一眼也就行了，但绝不至于被迷醉。这样的美人也仅仅能入我的眼，不能令我动情啊。”

汪生听了他的话不高兴地说：“梁兄这话又是怎么讲呢？”

梁生说：“这两个美人比起二位兄长平素宠爱的那些妻妾，确实有大壤之别。可是，如果你们以为她俩就是西施、夷光，那么二位兄长的眼光也未免太低了。二位兄长见识得少，必定以为我说的不着边际，请让我详细说说可好？”二人异口同声地说：“请梁兄细细说来。”

梁生摇头晃脑地说：“美女一般都要留着长头发，身着长裙，脚也要被裙子遮住。放开头、脚我们先不去说它，就先说一说大家都能看到的地方，只要我挑出一些特点，一个人的美丑立刻就能分清了。”

汪生点点头说：“在下愿意听梁兄的高见。”

梁生说：“所谓美女，一定要有漂亮的眉毛。这眉毛一定要够长的，如同弯弯的柳叶才会好看，可是你看刚才那两位美女她们的眉毛那是用炭画的；而眼睛也一定要有媚气，像繁星一般璀璨，可是你看刚才那两位美女黑白眼珠都不分明；她们的嘴唇的确是红红的，可那是用唇膏抹的；这两位美女虽然也是肩圆腰细，可是却梗着脖子，扭着肘子，真是费了好大力气；仔细观察，你就会看到，她们都缠着胸，裹着肚，都露出了痕迹，这都是修饰出来的。"

他说到这里故意停了停："我听说古代的美女，她们个个都是面色如朝霞伴着雪，光艳照人。而再看看眼前的这两个，无论四肢还是五官都有装饰过的痕迹。如果叫她们蓬头垢面，穿着破衣服，粉不搽，眉不描，我想，即使她俩笑裂了腮帮子，也无法倾国倾城啊！"

在座的客人们听到了这番刻薄的议论，正好符合了自己嫉妒的心理，于是哄堂大笑，纷纷拍手称妙。看到这样的情景汪生羞红了脸，一时无话可答。刘生不以为意，说："梁老兄眼睛像豆粒那么大，也摇舌鼓唇吹毛求疵，他到现在连个妻子都没有，哪有资格来品评人物啊！请问西施和夷光是个什么模样？有谁真正见过，说是光艳照人，能照坏别人的眼睛不能？温柔乡里的那些事儿，必须身处富贵之境的人才能真正领略珠围翠绕的乐趣；梁老兄只是一个穷光蛋，只是看了几行书，就说起书中有美女，好像这些美女都属于自己似的；等到真的开了眼界，美女就在跟前时，他们这样的人一时又乱了方寸；他明明知道今生肯定不会有这个乐趣了，于是就来个大转弯，所谓得不到的一切都是空的，才发了这样的谬论以解嘲。梁兄为什么自己就不想想，直到今天你连一个糟糠老婆尚且还弄不到手，还像一条鳜鱼在那水里扑腾，就是想找几个毛脚丫头对付一下也不行。只是苦死了你那双手喽，不知道一宿有几回当作'那玩意儿'用了。"客人们听这话离了谱儿，也不再笑了。汪生却哈哈大笑，一腔愤懑都消了。梁生知道再说什么也没有用了，没等散席就走了。

从此以后，梁生与汪、刘二人的关系就变得疏远了，交情也变得淡薄了。同学们之间听说这件事后，大家就写了联句逗梁生说："年少生成老面皮，哪知谢大甚难希。而今一发穷无告，不久西山喝采薇。"梁生听到这首联句诗，心中也是十分懊恼。心想这些人都是大富大贵的人，他们喜欢展示自己的财富，喜欢听一些阿谀奉承的话，厌恶听人家的直言忠告。我怎么就不能以贫贱骄人，努力争口气，也娶一个妻，聊以自娱呢！但是，我苦于囊中无钱，这一切只能空想罢了。他做了这一番梦后，又不禁自嘲道：别说世上难见红拂、红绡那样侠烈的女子，就是有这样的美女，她们又怎么能自己送上门来？想着，梁生心中不由十分的烦闷，于是就出门到街上闲逛。

他在街上散步时，偶然碰上一个老头在大街上摆摊卖旧书。梁生过来随手翻看，忽然发现有一本书纸虽很旧，装订却很雅致，翻开书一看，全是手抄的陶渊明诗集。小楷写得很隽秀，不知是出自谁人之手。翻到卷末找落款，才知道是赵孟頫的真迹。梁生心里别提有多高兴了，好像挖到了埋藏的财宝一般。梁生问卖书老头："老者，请问这本书要多少钱？"老头说："不给一百文不卖。"梁生翻来覆去地看着这本书，的确爱不释手，可是身无分文。他想了想，立即脱下衣服当了，付了书钱，把书拿回家，他把书像宝贝一样珍藏起来，以便等机会高价出售。

后来，梁生听说郡里有个大乡绅，平日爱书画成癖，急于买书购画。于是梁生托人把这本书送给乡绅看了看。这个乡绅一看见这本书就如获至宝，立刻赶到了梁生家，问他："先生，这本书你打算卖多少钱？"

梁生说了一个钱数，大乡绅往返了几次讨价还价，最后梁生与他谈好，以一千两银子成交。梁生得到了这笔钱以后，守口如瓶，暗中叫媒婆广找美女。他一连相看了数十人，竟然没有一个中意的。

有一天，来了一个驼背老太太领着一个少女，年纪大约十六七岁。只见她留着一头浓黑的头发，只垂腰间。少女莞尔一笑，就露出了两排洁白的牙齿，她的皮肤柔嫩得像鲜花一样。这样天生丽质的女孩实在是他平生所未见，梁生看到她时魂儿立时叫她勾了去。他急忙请老太太坐下，问道："老妈妈，这个姑娘可是你的女儿？"

老太太点点头说："是我的女儿。"

梁生笑着说："老妈妈，你有这样的姑娘，嫁给王侯有何愁？"

老太太摇摇头说："常言道，一进侯门深似海，真的进了门还能再见到人吗？像我们这种穷家小户，这种事连想也不敢想的，只求有口饭吃，有件衣穿，不至于因挨饿受冻而死，平日可以当个亲戚来往，也就满足了，不敢再有非分之想。"

梁生点点头说："老妈妈说得有理，足可见你的高明。只是我手中拮据，聘礼太少，只能勉强拿出一百两银子作定钱，您老人家能答应吗？"

老太太不以为然地说："先生，这真是书呆子的话！我因为先生忠厚，所以才托付女儿的终身。女儿又不是我老婆子的摇钱树，怎么忍心将她当成奇货可居呢？罢了，罢了，你要再提起钱的事，我就带她到别处去了。"梁生见老太太不高兴了，便不再说什么，摆了一桌酒菜招待。老太太酒足饭饱后，嘱咐女儿好好侍奉丈夫，不要挂念她，过几天她来接女儿回门，说罢便走了。

梁生拿钱带着姑娘去置办衣服和首饰，凡是姑娘喜欢的，无论多贵，他都愿意买给她。这个姑娘天生美貌，淡妆浓抹无不相宜。梁生每每看到她心里就不由得喜出望外。

梁生娶得美娇妻的消息不胫而走。过了不久，同学们都知道了，大家都觉得这是一件奇闻。汪生去找刘生，说："刘老兄你听说没有？'梁无告'也娶了个小老婆！"

刘生笑着说："汴梁城很大，人口众多，像海洋一般，怎么能少得了被抛弃的女人？想来他也只能娶个这样的女人。你不想一想，就是真的美女在他家操劳一个月，早吃糠，晚喝粥，不需要多久，便会成瘦猴饿鬼一般了，看一眼就令人作呕。"

汪生说："我也是这么想的。只是从前他污辱过我，直到现在想起来还是不甘心。今天我们不如借口去他家祝贺，顺便前去看看他到底娶了个什么样的女子，再当面揶揄那穷酸小子几句，也是一件大快人心的事！"刘生笑着答应了。

于是，两人分别准备了五钱银子，穿上礼服，坐着豪华马车，往梁生家去了。

梁生听说汪、刘二人要来，笑着对妻子说道："今天这两个人可是来者不善呀。娘子要作好准备。"于是就把从前的事向妻子说了一遍。妻子微笑着说："夫君不要担心，我自有办法。"梁生吩咐她准备酒菜。

过了不久，汪、刘二人就到了梁生的家。两个人先各自说了一些离别以后的情形，然后对梁生新婚表示祝贺。三人围着酒桌坐下，一边闲谈一边喝酒，几杯酒下肚，两个人就提出要见见新夫人。

梁生假作推辞说："两位贤兄，不必打趣我了。我家内人不过是个干粗活的丫头，我只是用她烧火做饭罢了，两位贤兄见过那么多美女，怎么敢让她出来脏了贵客的眼睛。"

两个人听他这样一说，更加有兴趣了，坚持要见。梁生这才十分勉强地把妻子叫出来。两个人正想嘲笑他，哪承想这位妇人刚一露面，便让汪、刘二生立刻晕了头，他们的心顿时像猫儿抓挠似的，两双眼睛就像是见了腥的猫，一直盯着妇人不放。

妇人看到他们的样子，心中不由暗暗发笑，愈加显示出娇媚之态。她迈着碎步慢慢走近前来，整整衣襟，向二人道了万福，汪、刘二生也不由自主地弯腰还礼。梁生看着他们两个的样子极力忍住笑，对妻子介绍："这两位兄长均是自家兄弟，贤妻你就不必回避。他们今天能来赏光，你理应敬酒一杯。"

妇人听到了他的话连声答应，然后捧起酒杯向二人敬酒。妇人的手指尖如玉笋一般，白如凝脂，说话的声音同磬儿一般好听。二人听到她的声音，愈加神魂颠倒，同木偶一般呆在那里，连酒杯都忘记接了。梁生看到他们失态的样子，不觉大笑起来。三人一直喝酒，直到半夜大醉方才散席。

在回家的途中，汪、刘二人一边走一边议论着，汪生说："真是没想到人间竟有这样的仙女，梁生这穷小子怎么会有如此艳福？"然后又感叹道，"假如能同她亲近一次，就是死也不遗憾了。"

刘生听他这样一说，回道："其实这个也不难。你难道忘记了'梁无告'是以酒为命的人吗？正好后天是他的生日，我们在他家摆一桌酒给他祝寿，暗中把迷魂药放到酒里。只要他睡熟了，那时想干什么就干什么。"汪生听了大喜，连称好主意。

到了梁生生日的那天，汪、刘二人命令仆人挑着菜、提着酒前去梁生家贺寿。

妇人看着他们的样子，悄悄对梁生说："今天汪、刘二人来意不善，夫君尽管在边上看着，我自有办法收拾他俩。"梁生本来就是个酒鬼，见着酒杯就忘了命，他见妻子心里已经有了主意，一副胸有成竹的样子，便十分放心，开怀畅饮起来。

天未过晌午，梁生就已经酩酊大醉了，僵卧在床上动弹不得。汪、刘看到他已经喝醉了，就知道机会已到，便嬉皮笑脸地逼近妇人，一面言语挑逗，一面动手动脚。妇人一面与其周旋，然后嫣然一笑，说道："汪、刘二位先生这么有钱有势又年轻俊俏，我的心又不是石块，怎么能不明白二位对我的意思呢？只是这里不是寻欢作乐的地方，屋后有座小楼，僻静清洁，何不到那儿去坐坐呢？"二生听罢，欣喜若狂，一左一右揽着妇人走了。

三人推推搡搡绕到房后，这里果然有一座楼，很高。汪生奇怪地说："我到你们家几次，怎么从来没见过这座楼？"妇人笑着回答说："这是新盖的，还不到一个月呢。"

这座楼上有内外两间。外间三面有窗，也可以远眺。他们走进房间，里面已经摆好一桌酒席，酒菜俱全，旁边还点着一对白蜡烛，相映成辉。

一进房间，刘生就拍了拍妇人的肩头说："小娘子，你真是个小乖乖呀！"妇人一个转身，走到旁边，只是微笑，不说话。当时正值夏天，天气炎热，两个人脱衣摘帽挂在柱子上，然后就肆无忌惮地饮起酒来。三人正喝着，妇人忽然说："哎呀，我几乎忘了，我还做了一些下酒的好东西，你们先喝着，我这就去拿来。"于是进了里间，却久久不出来。刘生等久了，就起身去看，汪生也跟着进去。可是他们东寻西找，却也不见妇人的踪影。

汪生到阁子前边，他突然听见里面刷刷有声，走近一看，只见妇人慌慌张张地站起又蹲下。汪生惊喜地问道："小娘子，你为什么藏在这里呢？"他一边说一边进了阁内。妇人看见他进来了就夺门而逃，汪生紧追不舍，可是一到楼下，就看见那个妇人藏在花枝下边，汪生看到就冲了上去搂住她，妇人极力抵抗，汪生反而搂抱得更紧，并将她压倒在地下。二人正在推推搡搡的时候，忽然过来了好几个打更的人，他们听见有人声，就好奇地过来看看，见到两人抱在一起，于是便将汪生扭住，一边抽嘴巴一边骂："哪里来的下流坏子，做这些见不得人的勾当。"

汪生见到有人来了，也慌忙放开了妇人，分辨说："我是秀才啊，怎么把我当作贼了，而且还大打出手？"众人这才趁着月光仔细打量，看清了是谁，吃惊地说："啊呀，原来是汪三爷呀！怎么到这儿来了？请恕小人们的罪。"

汪生嗫嚅着回答不上来。众人再看地上的人，原来是刘公子，醉得竟像一堆烂泥。大家忙把他搀起来。汪、刘二人平素以有钱出名，所以汴梁城里的人大多都认得他俩。

刘生责备汪生道："汪老兄，你醉得太厉害了，看到我抱上来就亲，到底是什么用意呀？"

汪生不知如何分辩，这时他才知道刚才的妇人竟然是刘生，不胜惊骇。两人彼此对看，见身上都只穿一件汗衫，极不雅观。这才想起自己的衣服还在楼上，便求其中两个巡逻的人帮忙去取来。

巡逻的人说："二位爷搞错了吧？我们两个打更多年，每天从这里过，这里很荒凉，哪里有什么楼呢？"

二人听他们这样一说，酒已经醒了一半，连忙四面打量，的确与先前完全不一样，不见先前的楼房，只是破墙里面有一棵大树，高十几丈而已。二人更加疑惑，便问巡逻的人："梁先生的家在哪里？"

巡逻的人摇头说："我们从来不认识这个人，也不知道他的家在哪里。这里从前是孙布政使家的花园，早就废弃了。附近虽然有几户人家，也离得很远。二位爷不知听说过没有，'孙家园，狐鬼繁'？躲都来不及，又有谁家肯靠近这个地方呢？"二人听他们这样说，不由得大吃一惊，冷汗直流。

这时，一弯月牙儿斜挂在西边天上。忽然，影影绰绰地可见树影间有黑糊糊的一块东西，随风摇摆，既不像树枝也不像树叶，更不像树上的鹊鸟巢，不知是什么。众人抬起头看到树上，影影绰绰像有个人。大家都觉得毛骨悚然，拔腿就跑，跑了很久，才停了下来，远远地望着，互相猜着，始终没有人知道那是什么东西。

第二天上午，他们几人又回到孙家园，看到那东西仍趴在树枝上一动不动。大家虽然很怕，但还是鼓足勇气一点点靠近，仔细瞧看，原来是汪、刘二生的衣服和帽子！众人不禁大笑。这事很快便传开去，一时之间成了笑柄。

汪、刘二人认为这是梁生用魔术戏弄人，不甘心受辱。于是他们召集家里的恶仆，到梁家兴师问罪。可是到了梁生家一看，院内空荡荡的，没有一个人。

几年以后，有个书生进京参加会试，在磁州路上遇着了梁生。梁生穿着小毛皮袄，骑着高头大马，后边跟随很多仆人。两人相见后，一边诉说离情，一边询问各自的情况。梁生盛情邀请书生到家里去坐，书生欣然随他前往。

一行人沿小道走了几里地，来到山下密林中的一座大宅院。那宅院富丽堂皇，气派非凡。同学惊羡地问梁生："老兄什么时候变得这样阔气？"梁生笑道："老兄当年依附汪、刘二人，被穷朋友当成谈笑的对象。今天看我梁某人，还是'希谢'的样子吗？"那个书生听他这样一说不觉惭愧起来。

第二天，书生到上房拜见了梁夫人，果然称得上世间少有的美女。他问梁生："嫂夫人有什么法术，搞了一个恶作剧？"梁生说："读书人没操行，不该那样整治吗？"

住了三天，书生收拾行装告辞了。梁生拿出一百两银子给他当路费，并送一首诗，其中有"阿紫相依千载期"一句，这时书生才知道梁生当了狐狸的女婿。

后来，这个书生回乡把这件事告诉了汪、刘二人。汪、刘二人又产生了羡慕之意，于是给车上好了油，喂饱了马，逼着这个书生一起去找梁生。当他们来到了那个地方，才发现青山如故，绿水依旧，而房子与人全没有了。一行人只好叹息一番，各自回家去了。

茂先评论道：这个狐狸真替被富豪欺侮过的贫穷朋友大大出了一口气。

兰岩评论道：人贵在保持本来面目，哪里是仅仅限于妇女呢？

士 卒

从前有个士卒到外地服役，他乘船出了广州没走几里路就遇上了大风。到了傍晚，他们的船停在道士湾一个偏僻的港汉里。这位士卒受不了船上的颠簸，就到岸上去散步。

当时正好是秋天，到处菊花盛开。他一边散步一边赏菊，不知不觉就走出了很远很远。他穿过一片树林，看见不远的地方好像有灯光在闪烁摇曳着。他向四周望了望，周围一片荒凉，不由得好奇起来。于是他走近一看，没想到这荒郊野外竟然有几间茅草房，茅屋的四周围着篱笆墙。篱笆内有一棵参天大树，老树下围坐了三男三女六个人在喝酒。这些人见到士卒过来了，都有些慌忙，然后连忙站起来让座，态度诚恳。士卒本来就很喜欢喝几杯，看到他们邀请，也并没有推辞，欣然坐下便喝了起来。

六个人中有一个是老头，一个是小伙子，他的额头很大；还有三个是女子。她们三人，一个穿藕色的衣服，一个穿绿色的衣服，一个穿浅红色的衣服，看起来十六七岁的样子；最后一个是老书生，年纪五十岁上下，态度看起来温文尔雅。

他们看到了士卒说道："好久没有人来，敢问贵客从什么地方来？"

士卒告诉他们说："我是一名士卒，要乘船去某地当差。"然后又问："这里四处荒凉，几位怎么会有此雅兴在这里喝酒聊天？"

老书生站起来解释道："我们是当地人，也是这些房子的主人。我们几个人都不喜欢热闹，又志同道合，就在此处一起生活。"

士卒说道："这里虽然荒凉，但是的确安静。"

其中穿红衣的女子问他："小哥你家里还有些什么人？"

士卒便把家中的情况介绍了一番。在座的人都说："原来是贵人啊，一杯水酒实在是怠慢了！"

士卒说："我们萍水相逢，实在是有缘啊！皇帝与文人往来尚且不感到有失身份，何况我这个小卒呢！明天委屈你们到我的船上，聊备薄酒以表心意。"

书生说："礼尚往来，也是应该。既然小哥如此诚信，我们不妨明天前往。况且，各位还真的有事情要同这位贵人商量呢。"众人听了他的话，脸色变得难看起来，莫名的都有些不高兴起来，但还是互相祝酒。士卒也逐个询问了各人的姓名，书生告诉他，老头姓余，小伙子姓骆，三个女子姓方，是堂姊妹，都是广州人。自己姓庄，是个秀才。

就在他们开怀畅饮的时候，老头忽然慨叹起来："我年轻时，最爱读《瘗旅文》，人们都以为我这个爱好不吉利。今天我独自在数千里之外漂泊无依，而那个吏目毕竟还有一个儿子一个仆人跟随着，比起我老头子来，真有天壤之别了！"小伙子及三个女子听了他的话，都呜咽流泪起来。

书生连忙满满倒了一大杯酒，说："贵客在跟前，你不好好劝酒，只顾哭哭啼啼的，弄得人心烦意乱，这不是扫客的兴吗？况且我已经说过，事情可以商量，为什么又学楚囚对泣呢！"五个人都不觉惭愧起来，连声说道："我们甘愿受罚。"首先是三个女子依次给士卒敬酒，其中绿衣女子说道："我们姐妹最擅长唱歌，小哥要是不嫌弃，请准许我们唱歌佐酒助兴。"

士卒刚要站起来表示谢意，被书生按住，说："贵人不必多礼，她们这样做全出于诚心，贵客为什么要辜负她们呢？"说罢，书生击掌，小伙子嘬起嘴唇吹口哨，声音像笙箫那般清越。

红衣少女清了清嗓子唱道："夜深风露凉，蟋蟀吟秋草。空江孤月明，魂迷故园道。"声音婉转凄凉，听到的人没有不感动得流泪的。

书生听了她的歌声，皱着眉头说："玉姑，别再唱这个调子了，听了让人难过。"

小伙子解释说："玉姑满怀愁绪，她哪里来的欢快的歌声唱给客人听啊！我不怕大家见笑，替她唱一首。"于是斟一杯酒，边喝边唱道："滚滚江上涛，溶溶沙际月。渺渺雁惊秋，迢迢乡梦绝。"他的声音高亢，像猫头鹰啼叫。满座的人都笑了，只有士卒很欣赏他的曲调。

老头说："歌也听了，酒过三巡。我们不要光顾乐了，而忘记了还有正事没有办呢。刚才庄先生说过这件事只有贵客才可以帮助大家，为什么我们现在不说出来和贵客商量商量呢？"

书生笑着说："还是您老人家年纪大些,办事沉稳。您老虽然都日暮途穷了,还念念不忘自个儿的事。不过,这实在是件大事儿,让我给贵客说说,大力帮忙以满足我们的奢望,你不会推辞吧?"

士卒这时已喝得半醉了,撸起衣袖说道："我这人热肠侠骨,既然我们交上了朋友,更应当鼎力相助,哪有推辞的道理?"

众人听他这样说,都非常高兴,连忙拜谢。书生说："贵客既然如此说,我们先在这里谢过你了。贵客你一定要记住:请你明天沿江岸向西走一里多地,那里有个老头,矮矮的个子,有胡须。他以打鱼为生,只要你对他把今天的事讲了,并把我们的模样告诉他,他会告诉你一些事,你听了定会豁然开朗,不再疑惑了。"士卒说:"你的话我记住了,一定照办。"

约莫四更天的时候,老头对士卒说:"贵客你离船已经很久了,仆人又没来接,不如就在这里委屈睡一下吧。"

小伙子说:"这个自然不用说了。但是庄先生你住的地方也不宽敞,大家留在这里难免都休息不好。我俩先走吧,玉姑姊妹不妨留在这儿,侍候贵客休息,也算是酬报照顾我们的恩德吧。"

三个女子听了他的话,都低下头脸红到了脖子根。士卒辞谢道:"我虽然没学问,也曾听说'三个女人就是姦','姦'是美好的东西呀,我有什么德行能消受得了这样美好的事物呢!大家还是各自休息吧!"

老头说:"贵客话不是这么说。你有一副热心肠,连对我们萍水相逢的人都愿意相助,这种行为是天上人间所钦佩的,怎么说没德行呢?玉姑她们姊妹虽说不高贵,也要以结草衔环的心愿,以报一夜之恩哪!贵客不必推辞!"

士卒表面上不愿意,可是看着这三位漂亮的女子,心里又何尝不想抱得美人入怀呢?于是他便一直用眼睛盯着书生看。

书生好像明白了他的意思,就问他:"贵客您心里到底是怎么想?"

士卒想了想说:"我生平从没扫过人的兴,姦不嫌弃我,我敢嫌弃姦吗?"大家见士卒不再推辞,便极力怂恿他们做成好事。

书生故意板起面孔,说:"玉姑姊妹沦落困窘到极点了,承蒙贵客大发恻隐之心,千万不要乘人之危而失去可贵的德行啊!请贵客三思,千万不要听任他人怂恿。"

士卒听了这些话后,顿时觉得无地自容,连忙站起身,行礼道:"余老先生所说的实在是令人糊涂的话,骆先生的意思更助长了狂情。我这个人平日就傻乎乎的,说话做事常常不经过思考,现在受到先生这番教诲,使我明白千万不能做出禽兽的行为。难怪古人崇尚净友,我怎能不谢谢您这番苦口良言呢!"

书生一边还礼，一边说："贵客知错就改，将来的福气真的是不可限量啊！余、骆二位先生是一片好心回报贵人，才干出了这不可原谅的事，听贵客改过，他二人也应当改过了。"余、骆二人顿时显出局促不安的样子，点头谢错。三个女子这才满脸高兴，再三行礼道谢，相继告辞走了。

书生把士卒引进了屋内。屋内很矮小，四周墙上光秃秃的。屋当中只摆放一张小竹床，墙上挂一个灯碗，就再也没有其他的东西了。书生安顿好士卒之后，把门从外面关好就慢步离去了。士卒躺下不一会儿就睡着了。

一觉醒来，士卒发现自己睡在一座古坟旁边的老树下边，只见紫色的花、黄色的花及秋草杂生；露水把身子都凉透了；再看天已经亮了。士卒吓了一大跳，急忙起来穿衣服。这时，他的仆人们已经顺路找来了，都张大了嘴巴，屏住气息，围着士卒高声说道："大爷怎么能在这里露宿呢？奴才们跑了一夜，到处寻找，几乎把腿都跑断了！"

士卒说："唉，有些事情我自己也不知道是怎么回事，真像做了一场梦一样。事情太离奇了，还需要你们来作个见证呢。"于是，他领着众仆人沿江西一路行，走了一里多地，果然发现一个矮老头，满脸胡子拉碴的，正在芦苇荡边解缆绳，看样子要到别处去。

士卒喊住了他，小声把自己昨天晚上遇到的事告诉了他。老头睁大了眼睛，半天才忧郁地说道："先生真的是从庄秀才的坟中来的？我快七十岁了，没想到今天又碰上了怪事。"

士卒奇怪地问："庄秀才是什么人？"

老头叹息道："说起来，这也是一段奇缘。这里是道士湾下游的港岔子。从前，西北大树林里傍山下住着个姓庄的老头，快七十岁了。我跟他是邻居，交情很深。老头话语不多，没什么特长，整天只是吃斋念佛。他的儿子是个秀才，五十岁就死了。到今天他已经死了两年多了，你刚刚说到的饮酒、住宿的地方，正是他的坟地呀。秀才活着的时候，为人非常正直，好行仁义，每逢刮大风下大雨，必定亲到江边去救溺水的人。二十多年来，不知道救下了多少人。有时他救的人有死了的，他也一定会用棺材装殓好，让死者的同伴把遗体拉走。直到现在唯独有一个老头、一个小伙、三个女人，姓名、何方人氏没有人知道，所以就把他们埋在了秀才的坟墓旁边。从去年秋天开始，庄老头常常嘱咐我注意广东南部当官的人。现在想想，先生昨夜遇到的事，与他的嘱咐一致，说不定庄老头听到了什么消息。先生如果愿意，就和我一同前去见见庄老头可以吗？"

士卒说："多谢老先生直言相告，你能给我带路吗？"

老头说:"非常乐意,先生可随我来。"于是,老人拴了船,蹒跚着带领士卒前去。

离庄家大门还很远时,就看见庄老头拄根竹拐棍,捻着念珠,站在大树下念经呢。他们见面后彼此互相介绍了一下后,庄老头叹息道:"老汉我一心向佛门,没有时间干别的。儿子刚死时给我托梦,告诉我埋的那五口棺材,二男三女,都是珠江人,如果有往那地方公出的人,捎回去安葬。虽然没有亲人了,也让他们归葬故乡,不强似念一万声佛吗?老汉我记住了。两年多了,昨夜又梦见了儿子,说这一下心愿可以了却了。所以就站在这里等候。谁知竟有这么灵验!我曾拜托过老朋友,而老朋友能尽心尽力但是却没有办成。今天大人果真能干这件义事,又强过我念佛的功德了。现在我们不妨将他们火化了,带着骨灰南行,先生如果能花一个月的俸禄,买半亩地安葬了他们,那更是一件仁义的事情啊,这不比我这位老朋友更尽心尽力吗?"士卒听了他的话大为感动,急忙命仆人把五口棺材火化了,分别装在坛子里,用船载走了。

闲斋评论道:像庄秀才这样的,可以称得上是努力行仁义的了。活着时没完成的事,死后还一定完成。像士卒这样的人,可称得上是勇于行仁义的了。不为利而为行。然而,不是庄秀才,也不能成全士卒的义举;不是士卒,也不能成全庄秀才的仁德。这两个人,就是所谓互相成全而达到完美的了,而庄秀才更高尚。至于庄老头好善,打鱼的老头为朋友之道,士大夫们做不到的,他们不费力地做到了。不但年纪大该尊重,而德行也应表彰。世上的儒者眼睛像豆粒,又怎么知道乡村老头本来就没有丢掉他那赤子之心呢?

兰岩评论道:庄秀才生前好义,拯救、殡殓多人;死后仍能规劝朋友,以义嘱咐父亲,留心于无主的魂灵,以致能让死者各回故乡,实在是仁人、义事啊!他五十岁就死了,临终还是个秀才,上天的回报怎么这么薄啊!

倩 霞

这个故事是我从汀镇右营游击李锦那里听来的。一个有关于耿精忠封王福建时的骄奢淫逸的事情。

有一个叫林青的人,二十岁时是耿府的护卫。耿精忠特别器重他,对他简直像亲子侄一样。因此,他能够随意出入王府的前庭和后院。他常常出入王府,王府上下的人都认识他,因为他年纪不大,府中上下管他叫小林,时间长了就是耿精忠心爱的那些小老婆们，他也能够见到。

有一年的七月初七，耿精忠同王妃们夜宴，看见小林在一旁伺候，笑着问他："你娶媳妇了吗？"

小林回答道："奴才家里穷，还没有。"

耿精忠笑着说："我贵为藩王，每天同王妃们享尽床上的乐趣，看着牛郎织女星一年一度相会，真替他俩感到乏味。你现在年纪轻轻，正该及时行乐，却像一条鳏鱼独自游泳，怎么受得了？我的使女如云，你可以从她们中挑选一个当媳妇。"

小林跪下说："承蒙王爷恩赐，奴才只要得到倩霞为妻子，这一辈子也就满足了。"

耿精忠笑着看了小老婆们一眼，心想："谁说这个小蛮子没有眼光呢！倩霞从小就跟我在沈阳，不但深谙宫廷礼仪，而且聪明美丽。她到我的王府已十年，如今已经十九岁了。我也曾想娶她，但是更想把她许配给我儿子罢了！如今我的大儿子死了，其他儿子又太小，我又将近老年，实在不想耽误了她的大好青春。如果把她许配给小林，却是美好的一对儿。但这么一个美丽聪明的女子，就这么轻易地许配给小林未免太容易了。我要想一个办法考考他。"于是他想了想说："这样吧！明天你隔着窗户自己选择，如果选中了就让你娶了倩霞，这一切就看你小子福气的厚薄了。"说完之后，尽欢而散。

第二天，耿精忠吩咐仆人用红绸子做了一个很大的屏风，长数丈，把大厅里围成一圈，每隔一尺多就挖开一个洞，有碗那么大。他又命人选了三十名美女，每个人只从洞中伸出一只手来，而全身却都被绸屏风遮住。然后才让小太监把小林领进来，告诉他："这三十个人当中就有倩霞，你自己挑吧，挑中后就把名字写在手心上，我将亲自验看。"

小林听后，仔细地回忆着每一个细节。他翻来覆去地查看着每一只手，可是这些手没有一只不是手指细细的，像美玉一般，实在难以分辨。他正在犹豫选谁时，忽然想起来倩霞左手无名指指甲有二寸多长，为什么不以此为凭据碰碰运气呢！

于是他又一次认认真真地观察起来，当看到第十六只手时，果然发现了这二寸多长的指甲，急急忙忙拿起笔写上了倩霞的名字，向耿精忠报告了。耿精忠一验看，果然是倩霞。他不解地问："你怎么知道那只手是倩霞的呢？"于是他叫倩霞伸出手来，反复查看。当看见手指甲后，他恍然大悟，大笑道："原来机巧在这里了！小林，你且先回去，明天还有一试，一定要最后我认为毫无机巧才行。"

小林回到住处后，就向观音菩萨祈祷。当天晚上他做了一个奇怪的梦，梦见一个侍女，拿着一块白绸子赠给自己，这个白绸上面绣有花纹，仔细辨认，像是个川字形。

他不明白是什么意思，正想询问，梦便醒了过来。之后小林便翻来覆去都睡不着了，他坐起来披上衣服等待天亮。天刚刚亮，他就起床，正在洗漱时，就有人来传王爷的命令，召小林进府。小林急急忙忙穿好衣服，戴上帽子，向王府跑去。

耿精忠这时已坐在书房里了。他一见到小林来了，就对他说："屏风已摆好了，你只要选对了，明天就可以去结婚了。"

小林谢过耿精忠之后，就被一个小太监领着进去了。大厅内红绸屏风布置同昨天一样，只是每个洞口伸出一只白白的脚。小林看到这些脚，不由得吓得要躲开，小太监拉住他说："王爷认为从手上可看出究竟来，所以让看脚。脚上可是少有记号，你可要仔细看好喽！"

小林想要放弃，可是实在舍不得放弃倩霞，于是就认认真真逐个查看。可是这些脚几乎都一样，脚脖生春，脚趾如玉，差异不大。小林一一分辨，终于看见一只脚，洁白细腻，不同于其他的脚，而且这个脚的脚心上隐隐约约好像有个川字纹，简直如同梦中在白绸子上看到的一样。于是小林明白这是观音托梦，心中暗暗高兴，兴奋不已，立刻把倩霞的名字写在脚心上。耿精忠派人一验看，果真又是倩霞。耿精忠大惊，心里叹息道："连脚都能认出来，看来真的是天作姻缘啊！"于是，他就把倩霞送给小林做妻，另外还给了她一千两银子当嫁妆。

林青就这样意想不到地娶到了倩霞。从此之后，他深深感谢耿精忠的恩德，想厚厚地报答他，常常会在行动上表现出来，在言语中流露出来。倩霞看到他这样，就私下对他说："王爷固然对你有恩，但王爷干过这样类似的事太多了，你不能因为这样，就说他以国士的身份来对待你呀。况且你不想一想，你二十岁当了小卒，一年之后你就当上了贴身警卫，你现在简直把王爷当作冰山来依靠了。可是王爷荒淫到了极点，他这样长久下去一定会招来大祸。古人说过，皮之不存，毛将焉附？我觉得你还不如离开他到别的地方去找个事情做，到最后总还算是一个保全自己、远离灾祸的路子吧。"

小林摇摇头说："我被官职拴住了身子，又能去什么地方呢？"倩霞深情地望着他说："夫君，这是你没下决心啊。如果你下了决心，不用怕没有存身之处。我有个姨妈在京师，我们还可以去投奔她呢。"

小林也知道耿精忠意图造反，自然也想为自己打算，只是一时想不到办法无法远离这里。现在听了倩霞的话，他的心里自然是非常高兴。于是他急忙收拾了家里值钱的东西，买了两匹骏马，和倩霞一起骑马趁着夜色往北而去，投奔到倩霞姨妈家。

倩霞姨妈家在宛平县，他们二人到了那里，就用手里的积蓄贩卖茶叶为生，没有想到，竟然生意兴隆，没过多久，他们也成了当地的富户。

　　倩霞原来是开原人。耿精忠当总兵时，有一年他带兵经过兴城，在道上看见一个小女孩在地头上放猪。那个小女孩当时不过九岁上下的样子，虽然一头蓬乱的长发，身上衣服破破烂烂，一看就是穷人家的孩子，但是皮肤白皙，尤其是那眉眼竟像画的一般好看。耿精忠看见旁边有一个扒麻的老太婆，就问她："你可知道那小姑娘是谁家的孩子？"老太婆回答说："她是我的孙女，叫倩霞。"

　　耿精忠给她丢了十两银子就要把倩霞带走，老太婆说："这是我家唯一的女孩，不要说是十两银子，就是一百两也不卖。"于是抱住他的腿，怎么说也不愿意放开。耿精忠大怒，一脚踢开了老太婆，然后抱着倩霞骑马而去，就这样把她抢走了。

　　倩霞长大后果然是个美女，她长得不高不矮，身材窈窕，多一分嫌胖少一分嫌瘦，皮肤如玉，容貌如花，尤其那一双眼睛如同午夜的繁星一般。耿精忠屡次要娶她为妾，可是耿家有个姓袁的姨太太，娘家颇有背景，她说什么也不答应，所以倩霞到了十九岁耿精忠还没得逞，最后机缘巧合，只好把她嫁给了林青。

　　倩霞在耿家当了十年的丫鬟，对于耿府中的事情，她可以说是了如指掌。到了宛平县以后，每当没事时，她都要把自己在耿府中的所见所闻向姨妈家的街坊邻居说一说，以满足人们的好奇心。

　　据倩霞说，耿精忠是个荒淫无度的人，他有很多老婆，除妻子外，穿绸缎像夫人似的有二十余人。其中只有袁姬最年轻，最漂亮。她出身名门，也是因此耿精忠对她有几分忌惮。袁姬得宠的程度远远超过了其他的姬妾。可是袁姬既荒淫，又好妒成性。她常常打扮得漂漂亮亮的去挑逗侍卫、随从，却不愿意耿精忠多看其他女人。

　　福建的夏天炎热，袁姬常常在晚上冲过凉后，穿上薄如蝉翼的丝织衣服，就是那种肉体隐隐约约都能看得到的衣服。耿精忠的小儿子也是一个小老婆生的，这家伙年纪虽小，却生性轻佻放浪。袁姬总是出现在他的眼前，一来二去两个人常常泡在一起，人前还称为母子，人后却有了奸情。时间长了他二人竟然肆无忌惮起来，胡搞时连丫鬟和使女们都不避开，这件丑闻几乎全府上下无人不知无人不晓，只瞒着耿精忠和妻子。

　　耿精忠有个属下名叫卢大眼。这个人为人刚直，颇有本事，深受耿精忠的重用，是他的左膀右臂。一天，他陪着耿精忠闲聊时，正好耿精忠的小儿子从他的跟前走过。只见小儿子身上穿着华丽的衣服，腰带上挂着很多小玩意儿。耿精忠看着小儿子，心里很高兴，对卢大眼说："你看我儿子，他真的是一个风度翩翩的美少年啊！我想要让他到河阳去当官，但是又担心他到了那里会成为万花的主人。这地方风俗不好，你一定要好好保护他，让他出入平安，千万不要让他接近坏人，以免沾染不良的习气。"

　　卢大眼颇有深意地说："我刚刚看到少爷腰间挂了块美玉，这块美玉王爷好像还没挂过呢？"

耿精忠听到他话里有话就问："你说的是什么意思？"

卢大眼答道："从前小臣我在野外打猎，一面架着鹰另一面牵着狗，我一路打了不少猎物，一两只小兔子也不放过。可是，离我一百多步有只鹿我却没有看到。我的心里十分后悔，一直在想：难道是我见小不见大，还是精神有时集中，有时不集中吗？王爷看见公子的穿戴而不会感到太过分妖娆，就像小臣我只看见兔子而看不见麋鹿一样啊！王爷明鉴，人们戴帽子是为了给脑袋增光，穿衣服是为了给身上添彩。因此，戴獬豸冠的是表示打击奸邪，戴蝉冠的是表示高洁；穿豹皮衣服是表示勇猛，穿貂皮衣服是表示美德；有志于道则佩玉环，修养德行则佩玉石，佩玉玦的表示有解决疑难的能力，带镶的表示有排解纠纷的办法。所以通过佩戴就能知道一个人的能力。如今公子穿的衣服很奇特，这是不中正的，打扮得油头粉面是招祸的阶梯。我担心丑事就发生在大门以内，而不在大门之外呀。"耿精忠听了此话，明白了他的意思，他特别生气，当时没有发作，过了不久以后他就找了个借口，把卢大眼用乱棒打死了。

耿王府里养了许多戏子，都是当时挺出众的。其中有个唱贴旦的名叫珍儿，她的长相十分的娇媚。耿精忠的小儿子看上了她，就找了个机会同她好上了。有一次，小儿子趁耿精忠进京不在府里的时机，就偷偷去了珍儿家，同她睡在一处。袁姬得知这件事后很生气，说道："小没良心的，敢如此胆大妄为！"于是她立刻带领十几个丫鬟，打着灯笼火把，从王府后门出去，乘其不备，打进了珍儿家。耿精忠的小儿子见他们的奸情败露，吓得趴在地上叩头向袁姬告饶；珍儿也跪倒在地上，浑身打战。

袁姬喝令一声："你就是珍儿，抬起头来！"然后她又命人用灯一照，发现珍儿长得特别漂亮，立即安慰她说："你别怕，我又不是吃人的。"于是袁姬便把珍儿带回王府，将她留在房中同她胡来一气。当天晚上，袁姬即因房事过度而死。袁姬死后，王府中经常闹鬼闹怪，还常常现形，凡见过的，都说是个白色的猿猴。耿精忠得知后，哭着说："我本来就知道她是巴山老猿猴变的呀！"就把珍儿杀死给她殉葬，从此妖怪就再也不见了。

耿精忠的性格十分暴躁。每逢大怒时，他往往都会活剥人皮以取乐，这样杀人剥皮的事情每年都要发生十数起。还记得曾经有一个丫鬟叫玉笙，在一次宴会上，她一不小心失手打碎了玉杯，为此耿精忠非常生气，立即下令剥了玉笙的皮。这个玉笙胆子非常小，刚刚被一个士兵绑住，就吓死了过去。耿精忠看到她已经死了，就命令一个老士兵把她扛出去埋在了乱坟岗。谁知道刚走到半路上，玉笙又醒了过来，老士兵看她可怜，就把她藏了起来，还把她认做干女儿。几年之后这件事被人们淡忘了，他就做主将她嫁给了李秀才。李秀才发奋读书，后来考中了进士，现在担任山东一个县令，玉笙至今还是官太太呢。

耿精忠的儿子喜欢每天夜晚外出寻欢作乐，当时有个刘参将刚刚上任城守营，他执行军纪特别严，打更鼓，敲刁斗，整肃森严。有一次他在巡夜时，正赶上耿精忠的儿子穿着便衣打算到相好的家去。

刘参将命人将他捉住了，问他："你是谁，为什么大半夜里不睡觉，在外面行走，快快报上姓名，免受皮肉之苦。"耿精忠的儿子害怕被别人知道了自己的丑事，故而只字不提。刘参将看到他的样子十分生气，就命令手下在街头扒去耿精忠儿子的衣服，打了二十大板，打得血肉横飞，在家躺了一个多月才好。耿公子吃了皮肉之苦，又不敢告诉父亲，只好默默地认了这个哑巴亏。

耿精忠平时喜欢吃鸡尾巴肉，每次非吃几百个不够，有时仆人一次买的鸡不够多，就会被他砍掉脑袋。袁姬生前特别爱吃榛子、栗子和熊胸口的白油，为了满足她的口腹之欲，耿精忠让人千方百计弄来，而这熊胸口的白油十分难煮，火小了煮不熟，火大了就会煮化，有许多厨师就是煮熊油火烧大了，就立刻被他们处死了。

府中有一名使女叫灵芝，不知怎么就被狐狸精上身了。从此之后灵芝行为放荡，喜欢接近男人。耿精忠得知这件事之后十分恼火，他立即挑选二十多个年轻力壮的部下，挨个脱光衣服去轮奸灵芝。可奇怪的是，被轮奸过后的灵芝仍不疲倦。耿精忠看到这样的情景却又笑着说："山沟可以填满，这个可没个够啊。"说罢，竟然又把灵芝放了。

倩霞又说，自己在耿王府时，唯独耿精忠的妻子最喜欢自己，她把自己当成女儿一样，常常同睡一床。耿妻是个大户人家的小姐，性格贤惠，乐善好施，她看到耿精忠的行为，常常暗自落泪，于是长年吃斋念佛，以求保佑子孙平安。耿精忠有那么多的美妾，也很少来看她，更不要说同房之事。也是因为有了耿妻的庇佑，自己能够保全住身子。否则，也难免同那些干活的丫鬟们一起被耿精忠污辱糟践。但是因为在众人眼前光着脚叫人家挑选这件事，倩霞始终感到是一辈子的耻辱。

耿精忠死后，林青才带着倩霞又回到了福建。他们一直勤勤恳恳地做生意，童叟无欺，林家的生意也越做越大。从此以后他们子孙昌盛，至今不衰。

兰岩评论道：热闹场中，能抽身远远躲开，士大夫也很难做到。倩霞作为一个女子，看到大逆不道的藩王凶暴成性，就知道灾祸跟着要来了，劝说林青急流勇退，见识多么高，行动多么坚决呀！真是女人家胜过了大丈夫。

落 漈

所谓落漈，就是水往下流而不往回流的意思。海水一到澎湖，水势渐渐就低了，当海水接近琉球，就形成了落漈。常常有洋船到了澎湖，遇上飓风刮起来，漂到海中就消失了，一百只也回不来一只。

我以前在鄞江的时候，听说曾经有一艘福建去的船打算去台湾，这艘船后来漂进了落漈，它的速度迅猛如飞，一眨眼间就驶出了几千里。这艘船里的数十个人，都认为这下肯定活不成了，一个个吓得面色惨白，也都毫无办法，只能听凭船只漂流颠簸。

不知道过了多久，忽然间船身猛烈地一震荡，发出一声巨响，人们都摔倒了，船也不动了。大家也不知道发生了什么事，一个个都慢慢钻出来。这时他们才知道，这是抵达了一个荒岛，船被漈水推动，直蹿上沙岸，搁浅了。大家看到得救了，都欢呼着，一起登上岸。

众人一登上岛，就发现这里的砂石全是赤金。天空飞过许多形状各异的怪鸟，有的足有几丈长的翅膀，这些怪鸟胆子很大，见到人也不惊飞。人们饿极了，就捕鸟来吃。其中有一种鸟的样子非常像鹅，呆头呆脑的很容易抓，它的肉味特别香。

天渐渐黑了，夜色降临，这个岛上便传来了极为恐怖的声音，啾啾叫个不停。众人害怕极了，相互依偎着靠在一起，不敢睡觉，直到天亮时鬼叫声才消失，他们才轮流放哨，休息了一会儿。可是到天黑以后又照样传来啾啾的声音，叫个不停。过了几日，他们才知道这些声音都是死在海里的鬼魂发出的声音，但这些鬼魂也没有伤害他们的意思，于是就相安无事地过了半年。慢慢地，人们逐渐同鬼熟了，也明白鬼的语言了。这些鬼说，这里离中国数千里，他们也都是中国人，是从前行船时掉进落漈，尸体漂到这里，因离家太遥远，梦里也无法回去，每每思念家乡只能哭泣聊以慰藉。不过也是因为他们长期待在这里，倒熟悉了海洋潮汐的规律，大概每隔三十年就有一次落漈平满，现在屈指算来，一两个月后，落漈又要平满了。鬼魂们说："你们快点修补船只吧，落漈平满了，你们还有希望活着回去。"

众人听了他们的话不由得喜出望外，连忙向鬼道谢。又有人问鬼："我们吃的像鹅的那种鸟叫什么名字？"

鬼回答道："那不是鸟，也是鬼呀。经过的年代太久了，精气耗散了，所以变成这个形状。"大家听后不免叹息一番。

于是，大家分头拿起斧子、凿子，连夜修理破船。破船刚刚修好，落漈果真平满了，同一般的海水没有了区别。众人欢声雷动，把船推下了海，张起船帆就要开船的时候，他们又听到了群鬼的哭声，有人问道："你们可是有什么心愿没有实现？"鬼魂说道："我们离开家乡已久，就是魂魄也没有办法回去，如果你们真的有心，就请把这岛上的金砂带一些回去，分给我们的亲人，也好让他们可以好好过日子。"说完就争着捡岸上的金砂相送，并嘱咐道："回去后不要忘了我们，希望给家人捎个信，好让他们做一场佛事，超度我们。"众人争着答应。于是，众人张起船帆，船破浪而去。

船在大海上行驶一天一夜后，就到达了福建的金门。众人感激鬼的情义，为他们的魂灵沦落他乡而难过。他们一起出钱做了水陆道场，还查访了当时死者的家，给予救济。大家将鬼赠送的金砂平分了，每个人都成了富翁。

兰岩评论道：赤金为人所争、所爱，至亲好友为这个东西结怨打官司的多了。竟然有地方金子和沙子掺在一块儿，听凭拾取，这实在是安乐国了。没有人肯舍弃这个地方而到别处去的，可是群鬼却痛哭不已，乞求超度，大有不愿再住一天的念头。鬼为什么不贪恋这些金子呢？因为死是可悲的啊！世界上占有很多金子、可心却死了的人，自然活着也没什么趣味了。不想离开金子而予以留恋，佛爷有灵，怕不能超度这种人吧。

伊 五

古时候有个士兵，名叫伊五。他不但长得身材矮小、面目丑陋，而且穷得家徒四壁，他常常感觉到活着实在没有什么意义。

有一天，他觉得心灰意冷，于是便出城到树林里，找了一棵歪脖子槐树，系了一根绳子正准备上吊，这时候碰巧被一个路过的老头看见了。老头问他："小伙子，你这么年轻，有什么想不开的事，为什么不想活了要寻短见？"

伊五正愁有话没人说，就把自己的烦恼和穷苦告诉了老头。老人笑话他道："小伙子，常言道茅草还知道保护它的根茎，人怎么能不爱惜自己的生命呢？"

过了一会儿，老人见伊五停止了伸颈上吊，略有沉思时，接着说："这样吧，我看你精力充沛，人心眼儿也很好，该是个对社会有用的人才。这里有一本书，送给你，你好好看看，足够你一辈子受用了。"说完，他就从袖筒中拿出一本书来。书中全是符咒，抄写得很潦草。伊五打开一看，完全都不明白，就把书还给老头了，说："你给我这本书，就好像贫瘠的土地，对我来说没有用处。"

老头不解地问道："为什么呢？"

伊五说："我租别人的房住，房屋又低又矮，靠着大街，这个符咒就算灵验，我怎么练习它呀？"

老头沉思了一会儿，点点头说："这的确是个问题，值得考虑。你如果没事，就跟我一起去一个地方，你愿意吗？"

伊五点点头说："我这个连活都不想活的人了，还有什么地方不能去呢？"

于是，伊五跟着老人一起走了。他们沿着一条僻静小道，往左边走去。不大一会儿，他们来到一片水塘前，这里有一大片芦苇，延绵好几里地。苇子深处，有一间小矮房，房顶的茅草虽没有修剪，但是里面却很宽敞、干净。伊五就在里面住下了，跟着老头学习。他们一天两顿饭，有酒有肉，还不限量管够吃。伊五觉得日子过得畅快极了。就这样直到第七天后，他竟然掌握了所有的法术。伊五很高兴，打算和老头一起分享，可是转身却发现老头和茅草房全不见了。伊五明白自己是得到了仙人指点，高高兴兴地回家了。

从此伊五的生活慢慢地好了起来。

他平日的那帮酒肉朋友，看到他过上了小康生活感到很奇怪，就经常来到他的家里蹭吃蹭喝，还常常对他说些奉承话，伊五为人豪爽，凡有请求都爽爽快快地答应了。

有一天，他们一起来到富春楼，七八个人尽情大吃大喝，共花了八千四百文钱。朋友故意坐着看他如何结账。这时，一个黑脸大汉来到桌前，对着伊五作了个揖，说道："我家主人知道伊五爷在这里请客，特地送上酒钱，请过目。"说完就从腰上解下钱包，放在桌上就走了。朋友一数，正好是八千四百文。众人看到这样的情景都大吃一惊，只有伊五毫不见怪。

从饭馆出来后，大伙都酒足饭饱，几个人一起到街上溜达，只见迎面有人骑一匹大白马，从他们身旁急驰而过。伊五放开脚追了上去，抓住马嚼子大声呵斥道："你快点把这东西给我！"话音刚落，那个人立刻从马上跳了下来，跪在地上哀哀地向伊五央求，显出一副很怕他的样子。

伊五生气地说："你如果不给我，我就动武了！"

那个人看到他的样子，知道自己没办法打过他，非常不情愿地从怀里掏出一样东西交给了伊五。

伊五接过来，依然厉声说道："以后少做这些伤天害理的事情，再让我遇到你，我定不饶你。"这才放了那个人。那个人很不高兴，但是面露惧色地骑马跑了。

众人都觉得奇怪，围上来问他："这是怎么回事？他给了你什么，你也不拿出来让我们瞧瞧。"

伊五只得拿出那个东西给大伙看，原来是一个小皮口袋，淡藕色，像个胀起一半的猪尿脬，不知是什么东西。伊五解释道："这就是你们常听说的储气口袋，里面装的是小孩的魂魄。那个骑马的是过往的神灵，往往偷摄人家小孩的魂魄。如果不是碰上我，又要死一个小孩了。现在咱们大家去救那个小孩。"众人虽然不太相信，也只能跟在他身后走着。

过了一会儿，他们一行人都进了一条小胡同。这里有一户人家门朝西，静悄悄地关着门，院里传出哭声。伊五拿出小皮口袋，凑到门缝，打开口袋，从里边出来一缕浓烟，像蛇似的飘游进去了。不一会儿，他们就听到院内有人说："孩子苏醒了！没事了！"这些哭声随即被一阵笑声代替。伊五连忙招呼众人回去，人们从此把他当成了神仙。

南城有位大官，女儿好像中了邪，一会儿哭，一会儿笑。他们听说伊五有神术，便拿着厚礼把他请来为女儿看病。伊五刚到这户人家，这家的女儿在屋里就已经知道他来了，脸色很难看，六神彷徨无主。伊五进屋后，这家的女儿屏住气，靠在屋角，提着熨斗自卫。伊五在屋里环视了一圈，然后退出来对大官说道："小姐的病是器物成精在作怪，今晚给老大人把它除掉。"大官听了很高兴，问清了伊五需要什么东西，都给准备好了。

晚上到了一更天时，伊五打开口袋拿出一把小铜剑，剑刃飞快，闪着白光，像彗星似的。伊五拿着小铜剑进了内室，大官领着家人在院外等着。不一会儿，听见屋里传出一阵怪声，有斥责声、扑打声，还有扔东西的声音及小姐的谩骂声，乱嘈嘈吵成一片。过了许久才安静下来，只听到小姐叩头的声音及带着哭腔苦苦哀求的声音，众人吓得不敢动弹。又过了一会儿，所有声音都消失了，房间里一片寂静，这才听到伊五急急忙忙地叫点灯来。丫鬟仆妇争着点起灯，一拥而入。这时，伊五已经把小铜剑收到口袋里去了，只见小姐趴在床下不动弹。伊五指着地上一件东西对大官说："这就是作怪的玩意儿，现在捉住了，小姐的病就好了。"大家定睛一看，原来是一个藤夹脉。众人把它放到柴堆上用火烧，不一会儿那东西通身流脓淌血，气味像烤肉似的，一直过了两个时辰才烧完。伊五又写了一道符，叫小姐吞下去，没有多时，病就好了。大官很感激他，送了他许多金银。

伊五用捉妖得来的这些钱买房子、娶媳妇，俨然是个有钱人了，过上了富裕满足的日子。

兰岩评论道：伊五想死没成，反而得到了法术。伊五实在是有造化啊！不然，那老人每天各处周游，一碰上穷困之人就救助，我想老人可救不过来哟！

段公子

平阳县是尧建的都城。这个地方民风勤俭，人们都住在窑洞里。有钱人就喜欢多修几个窑洞。御史赵吉士曾在《竹枝词》中写道："三月山田长麦苗，村庄生计日萧条。羡他豪富城中客，住得砖窑胜土窑。"这首诗就是对平阳县的真实写照。

离平阳县镇台衙门三台不远的后院里，也有五个窑洞，窑上还盖楼五间，围着女墙，有人传说那里常常有狐狸出没。

乾隆初年，平阳县来了一位姓段的总兵，他非常勤政爱民，经常外出巡防不回家。家里只剩下他的儿子，这个孩子刚满二十岁，他就带着一个小书童住在花厅的西里屋。

有一天晚上，大约二更天以后，那天的月光照得夜晚像白天一样，台阶下的传来虫子唧唧的叫声，夜晚的空气很清凉，公子不想睡觉，就躺在床上发呆。这时，他忽然听见院里传来脚步声，就光着身子悄悄地起来趴在窗户上往外面看，在皎洁的月光中，他隐隐约约地看见一个男子和一个姑娘面对面坐在花台边上，两个人的长相都挺清秀，两个好像在一起赏月。

只听见姑娘说："没想到今天晚上月光这样皎洁。三哥，你还记得去年七月十五那天，在姑射山石室中与无一师父喝般若汤、吃穿篱菜、酬唱《柳梢青》、说说笑笑的情景吗？"

男子说："当然记得，那些事好像还是发生在眼前的事情，怎么能忘了？只是那天我心里不太愉快，你是知道的，我是最讨厌人家既是贬斥鸠鸟，又是笑话大鹏的；妹妹你那天也喝多了，说南道北的话特别多。我心里替妹妹你难过，好不容易遇到一个志同道合的人，他却已经不在了。昨天，我和妹妹一起，路过李家新墓地，那坟上长出草都一年多了。看到那样的情景我心里难受，不觉眼泪就流了下来。可是妹妹竟然一脸淡然，好像什么事也没有发生过。今晚不知道你是不是又有了别的打算，我觉得人与人之间应该重情重义，你这些做法实在不值得我们的族人们效法。"

姑娘说："古人说过，少壮不努力，老大徒伤悲。人生活在世上，就像灰尘落在小草上。妹妹我虽说长得不怎么样漂亮，但是也要爱惜自己啊！我怎么能因为李生死了，就心甘情愿守独身一辈子呢？更何况妹妹我已经报答了李生了。三哥，你还记得我刚到他家时的情景吗？他家真穷，家中没有一石米，除了一口破锅连个盆盆罐罐都没有，到处都是灰尘！李生就盖着件破衣服躺在床上。那寒酸的样子就像一个要饭的。是妹妹我给他造了新房子，为他做饭弄菜，添衣做鞋。不到两年的时间，他的家中就变了大样。人们都说藤子不能自己生长，必须缠住乔木才行，而李生却是乔木依靠藤子呀！就是当时妹妹不守礼法也没有什么对不起李生的！可是到了现在李生坟里的骨头都干了呢。再说了，李生他才学疏浅，对待朋友常常冷漠刻薄，还常常做一些对不住我的事情。我刚开始认识他的时候，还觉得他长得还算俊俏，可是半年以后，他的相貌也渐渐变了。你还记得他临死时的样子吗？整个人都走了形，瘦得只剩下了一把骨头。妹妹我常常在想，当初怎么会对他有那样的痴情。那时候只要他想吃鱼婢羹，我就屁颠儿屁颠儿地给他去做。这些事三哥难道都忘了吗？"

男子说："我也就是说说罢了，也没有想叫妹妹一定听从的意思。只是考虑到你曾经做过的那些冤孽累积起来，要得罪上天，恐怕会城门失火殃及池鱼啊。我们兄妹本是一条心，我怎么能忍心对你置之不理，不过就劝一劝你。我在这里奉劝妹妹你快和我一起回去，不要再得罪那些不好惹的客人，要是你又被他们爱上了，也不足以给家族添光彩呀！"

姑娘不高兴地说："被爱虽然不足以给五族增光，被厌恶想必也不会祸灭三族。三哥，请不要干涉我的事了。就算是上天惩罚我，有了灾祸，我也绝不连累你呀！"

男子听了她的话也立刻变了脸，站起来，一甩手就走。到了院门口时，他回过头对姑娘说："妹妹，希望你多保重，以后真的摔了跟头可别后悔。"姑娘眼睛瞅着别处，不回答。男子走后，姑娘笑着自言自语道："这个三哥真是多事，自己不愿意的事情干吗又要阻止别人呢？个人有个人活法，他真是咸吃萝卜淡操心。"说罢，她慢慢走到花下，绕过亭子一下子就没影了。

段公子心想：难道这就是传说中的狐狸。心中难免产生害怕之情，可是一想到她那漂亮的样子，伶俐的口才，心里又有了爱慕之情。这两种想法像两个调皮的孩子，不时地蹦到他的心头，于是他躺在床上怎么也睡不着觉。

过了好长时间，他刚有了一点睡意，忽然间听见了一阵敲门声，于是便问道："门外是谁？"

只听见门外传来一个少女的声音回答说："公子开门就明白了，何必多问。"声音娇滴滴的，像黄莺。

段公子觉得这声音和刚才那个姑娘很像，心里又是高兴又是担心，正犹豫着要不要开门，身子已不由自主地跳下了床打开门把她请了进来。

姑娘刚刚一进门，整个房子顿时充满了异香。段公子立刻点灯，然后仔细打量了那姑娘，她的相貌非常出众，生得美丽无比，貌似天仙。段公子心中的顾虑就这样被打消了，两个人一见如故，拉着手，可热乎了。段公子担心书童醒来看见，所以频频望着窗外。姑娘仿佛猜到了他的心事，到了书童床前用袖子将书童的脸拂了三次，然后返回身子说："这下不妨事了，公子可以安心。"

段公子问她："姑娘你是从何处来的？姓甚名谁？"

姑娘笑着答道："小女姓萧，自知与公子早有缘分，所以前来与公子会面。"段公子这时已经被她迷得神志不清了，魂儿也叫她勾去了三分，顾不上详细打听，就同她亲热上了。两人都很满足，天亮时，姑娘方才离去。

从那以后，萧姑娘每晚都来陪段公子。这位姑娘非常喜欢喝酒，又很善谈论。她常常会说一些有关鬼神的故事给段公子听，言语之间颇不正经，枕席之上狂荡而无节制。

半个月以后，段公子竟然精神恍惚，饭量锐减，人也越来越瘦。夫人看到儿子的变化很奇怪，以为是生病了，请来城中许多名医都没有查出病因。于是夫人又暗中查问儿子左右的人，仆人们都只是摇头，说自己不清楚。她又严厉地讯问书童，书童说："我真的没发现什么不正常的。只是半个月前睡觉就被魇着，手脚不听使唤，软绵绵的，不能翻身，一直到如今，没一宿不这样的，鸡叫后才醒。"夫人听了他的话怀疑是有什么东西缠上了儿子，就不再让他住在花厅，而叫他跟着自己睡。可是当天半夜，夫人和丫鬟们睡觉时也都被魇着了。这样一来，众人都很害怕，可也没什么办法。夫人只有同丫鬟们轮流玩纸牌，坐到天亮。

不久，段总兵外巡回来了，夫人立刻把儿子的情况告诉了丈夫。段总兵听了之后说："夫人先不要声张，今晚叫儿子跟我睡。"于是，这天晚上他们爷俩就都住在了书房。总兵旅途劳顿，一挨枕头就睡熟了；公子在对面的小床上躺着，却无论如何也睡不着，心中不断想起萧姑娘的种种。

正在这时，他突然听到院里有人说话："妹妹，不要冒失。今晚千万不要去了。"

又听到了一个女人应声答道："从前已经说过了，我的事情你不要管。"段公子听出是那个姑娘的声音，立刻像丢了魂一样，急忙起来围着被子坐着。

不一会儿，就听见姑娘用手指弹着窗棂说："公子为什么不开门？"

段公子偷偷地伏在窗下说："今夜家父睡在这里，你先躲躲，以后我们再想法会面。"

姑娘笑着说："今夜我带来了妙药，你却为什么变卦了？难道公子就不想我？况且，你的父亲怎么能干涉儿媳妇的事儿呢！我自有办法收拾他。"段公子中邪已经很久了，听了这话便不再踌躇，急忙开了门。

这时，段总兵其实早已经醒了，他隔着帐子偷偷地观察他们的一举一动，他这才知道儿子是被狐狸迷上了，就假装睡着了，看那狐狸要干什么。接着他又听见姑娘问："大人真的睡在这儿了吗？"

段公子摇摇手，不让她出声。姑娘吃吃地笑着，慢慢走到床前，掀开帐子，用袖子向段总兵的脸上拂去。就在这时段总兵突然跳了起来，一把抓住她。姑娘大吃一惊，撩起衣裳就要跑。段总兵从枕边抽出一把宝剑，急忙向她刺去。姑娘被剑刺中，立刻变成一只黑狐狸，倒在床下。她的衣服却还在段总兵手里，像蝉蜕的皮一般。再看那柄宝剑，上面竟没沾一丝血。段公子看到这样的场景，痛哭流涕地跪在床下，对他的父亲说："父亲，孩儿早已知道她是狐狸，孩儿并没有其他请求，只求父亲允许孩儿把狐狸的尸体掩埋了。"

段总兵看着他的样子，笑着说："傻孩子，你对野兽还恋恋不舍吗？"

段公子连连点头："父亲，她虽然是只狐狸，可是却对我有情有义，望父亲成全。"段总兵可怜儿子一片真情，就把死狐狸给了他。段公子果然一片赤诚，他给狐狸准备了棺材、寿衣，让人打点了埋在了后花园里。

第二天夜里，府中的人听到后花园里一片哭声，这哭声大约过了一个时辰才消失。段公子天亮去查看，发现狐狸尸首竟不见了。从此之后，衙门中再也没有狐狸出现过，狐狸作祟的事也再没发生过。段公子后来中了科举，当上了司马，可是没有多久就因为得罪权贵被处死。儿子死后，段总兵也郁郁寡欢，没有多久就生了一场大病，含恨而终。看到他们的下场，很多人都认为是狐狸报复所致。

兰岩评论道：这个狐狸，有人劝而不听，终于被人打死。狐狸能够做到这样也算够傻的了。情之所钟，死不足惜，狐狸又是该表扬的了。然而，看它对于李家孩子的淡漠样子，则狐狸不是情种，简直是淫乱的东西，死了也不值得可惜。

憨 子

谢梅庄（济世）当翰林时，曾经雇了三个仆人。其中一个仆人非常精明，一个仆人非常老实，还有一个仆人愚钝憨厚。

有一次，谢梅庄在家中举行茱萸会，宴请了他的翰林院的同事们。那时正好是秋天，他们一边赏菊花，一边吃螃蟹，兴趣盎然。这时，一位客人说："大家今天很高兴，要是能有个人唱个小曲助助兴才好呢。"

精明的仆人一听是一个表现的好机会，连忙应声说："报告老爷，奴才现在就去请。"他担心愚憨的仆人会做什么事情，破坏了自己的表现机会，就设计让主人把愚憨的仆人派出去干别的事，又叫老实的仆人看门，而自己去找唱小曲的人去了。

当精明的仆人把唱曲的人找回来的时候，正巧愚憨的仆人也办完事回来了。愚憨的仆人看见有两个人抱着琵琶，还领着四五个年纪轻轻的卖唱的站在门口，就奇怪地问："这些人干什么来了？"

精明的仆人答："奉主人之命请来唱曲的。"

愚憨的仆人瞪着眼睛，厉声说道："自从我到这里十多年以来，从来没见过这些人出出进进的。你一定是趁着主人喝醉了才把这些人叫来的，你让他们滚！"于是他抢起拳头就把那些唱小曲的人赶跑了。客人听到了他的叫骂声，都觉得十分没趣，一个个拂袖而去。谢梅庄因此十分生气。

一天晚上，谢梅庄点起灯，他一边喝酒，一边校书。那天很冷，不一会儿，他就把整个酒瓶都喝空了，但是还没有尽兴，于是叫来精明的仆人对他说："老爷今天酒没有喝好，脸还没有红呢，你再给我打一瓶回来。"精明的仆人仗着自己聪明，就老是欺负另外两个仆人。他把主人的话告诉了老实的仆人，示意他再去打些酒来。老实的仆人很听话，立刻拿着酒瓶出发了。

他刚出门不久，在路上遇到了愚憨的仆人。愚憨的仆人看到他手里的酒瓶，一把夺了过来，急忙赶回了家。他对谢梅庄劝道："大人听我一言，您今天两瓶，明天三瓶，有增无减啊。多打酒多花钱，多喝酒伤身子，有损害而无益处呀！"谢梅庄听了之后心里不高兴，却还是勉强点头同意了。

没过多久，谢梅庄调任当了御史。有一天要上早朝，书童点灯时，一不小心把灯油洒在了谢梅庄的朝服上。精明的仆人看到了直跺着脚说："老爷，这可是一件不吉利的事情！"

谢梅庄听了他的话，不由得发了怒，命令老实的仆人用棒子打书童。愚憨的仆人看到后极力阻止他，并劝他说道："老爷，奴才曾听您说过，古代真正的君子，就算有菜汤脏了衣服、蜡烛燎了胡须也是不动声色的，难道您说这些只是为了讲讲，而不是让我们向古代的圣贤学习吗？"

谢梅庄听了他的话很生气地说："你是想为自己捞个正直的名声呢，还是想要卖个人情呢？"

愚憨的仆人回答道："奴才都不敢啊。这些都是主人的教诲，就算有恩情也是主人的恩情，跟我这个奴才有什么关系呢？奴才这样做是为了效忠主人，而主人却说奴才想捞正直的名声。主人您现在当了御史，还记得您曾经跪在皇帝座前，为了老百姓，您敢跟天子争是非；您坐在朝房，也敢跟大臣们争好坏。您不是说过，要当个好官，就要把丢官看成丢双鞋，把流放当成回老家，主人这样做也是为了得到一个正直的名声吗？"谢梅庄听了他的这席话，一时间竟然无话可说，但是表面上谢梅庄感谢他的提醒，心里却更恨他了。

精明的仆人看透了主人的心思，他想乘机找愚憨的仆人的短处，于是煽动老实的仆人共同去陷害他，还暗中挑唆主人想要把他赶走。

就在这个时候，谢梅庄因为触犯朝规，圣上就下令贬了谢梅庄的职位，又命令他去镇守边疆。谢梅庄心灰意冷，他回到家里打点行装时，才发现精明的仆人已经偷了他家里值钱的细软，私自逃了；老实的仆人虽然没有他那样忘恩负义，但是也说了自己要照顾好自己的妻儿老小，辞去差事；只有愚憨的仆人对他说道："老爷你已经触犯了朝规，圣上让您去镇守边疆，这正是圣上的仁慈，也是您报效国家的时候。俗话说得好，患难见真情，我们的主人落难了，我们不离不弃，才是对主人的报答。奴才愿同主人一同去戍边！"

于是他开始买马、造车、做帐篷、准备干粮，准备随同主人去戍边。谢梅庄看到这样的情景，不由得喟然长叹，说："我向来认为精明的仆人有用，老实的仆人可用。今天才知道精明的仆人有用而不可用，老实的仆人可用而实际上没用，而愚憨的仆人才有用啊。"从此之后他把愚憨的仆人当成养子，给他起名叫憨子。

到了边地没有多久，他们所带的钱就都花光了，憨子就卖了衣服和马匹，可是也没有持续多长时间。慢慢地，他们就身无分文，连最起码的生活都维持不下去了。谢梅庄一介书生，手不能提，肩不能扛，每天发呆叹气。憨子却依然不离不弃，他每天扛着火枪走出十多里地，打麋鹿、獐子、野兔等猎物，然后回来做给谢梅庄吃。

有一天，他追赶一头鹿时不小心撞入沙地里，跌倒了，脚陷进地里一尺多深。他使出全身的力气，拔出脚来一看，沙子里面埋着什么光闪闪的东西，他捡起来一看，原来是一包白银。他数了一下，每锭五十两，竟然有二十锭，正好一千两。他喜出望外，兜起银子就回了家，把银子交给了主人。谢梅庄看到这些银子想了想，还是决定把这事报告给将军，并把银子上缴了。将军看到这么多银子很是奇怪，问明了事情的经过，这才得知是憨子捡的，便拍着大腿叹息说："沙漠里怎么能有埋藏的银子？大概是老天以此来表彰义仆吧！"于是，仍把银子还给了谢梅庄，并把憨子叫来，奖给他衣服、羊、马和十两银子。

谢梅庄和他义仆的事情很快传开了。从此以后，塞外的王侯都对谢梅庄以礼相待。

过了几年皇上大赦天下，谢梅庄他们就回去了。后来，他又得到重用，在湖北和湖南一带当官。看到这样的情景，憨子劝他急流勇退。谢梅庄想了想听了他的话，告老还乡了。

从此之后，他们一起游山玩水，颐养天年。憨子活到九十岁，寿终正寝。人们都认为这是上天对他忠义的报偿。

兰岩评论道：憨子能够直言不讳，始终如一，这才是能享高寿的原因。那种奔走奉迎，不顾名义，一旦失势就躲起来，唯恐灾祸临头的做法，实在是小人的作为，哪里仅仅是奴才如此呢。

李伯瑟说："古往今来，全是这三种人，却被一支笔描写无遗。老实的仆人犹可原谅，精明的仆人真该杀，而愚憨的仆人可以不朽了。"

米芗老

康熙年间，总兵王辅臣叛乱时，凡是他的军队经过的地方，都会大肆掳掠。他们不但抢劫财物，还会抢劫妇女。这些妇女不管是老的、少的、丑的、俊的，他们都会装进布口袋里，在集市上放出消息，一个妇女四两银子，只要给钱他们就会卖。

三原县有个人叫米芗老，他父母很早就去世了，只给他留下了一间很小的客栈。他倚靠这客栈挣钱养活自己，日子过得紧紧巴巴，直到二十岁了还没结婚。一天，他在集市上买东西，听说有卖女人的，正好他积攒了些银子，于是便拿出了五两银子到兵营去了。他先给了管卖妇女的军官一两银子说："长官，我攒了很久才有了这些银子，您帮帮忙，给我挑一个年轻漂亮的女人。"军官收到了他的贿赂，就把他领进兵营，让他自己挑一个。

这些女人还被装在袋子里，米芗老看不到，他想了想就挨个口袋摸。到了第十个口袋，他摸到了一个细腰、小脚的女人，他想这个女人一定身材很好，就背走了这个口袋。

回到了客栈里，他迫不及待地打开口袋一看，却是一个老太婆！那老太婆看起来快要七十岁了，满脸的老人斑，瘦得只剩下一把骨头了。米芗老失望极了，后悔不迭地呆坐在地上，脸色像死灰一般。过了一会儿，他才从厨房里拿出几个馒头对她说："这里有几个馒头，你先吃了它们垫垫肚子。"说完就走了出去，但他还是不知道如何来处理这个老太婆。

就在这时，有一个花白头发的老头牵着一头黑毛驴，上面坐着一个年轻漂亮的女人要进店住宿。老头扶着女人下了驴，把驴拴在槽子上，就到米芗老的西屋把行李放下了。老头与米芗老互相行了礼，高兴地对他说："小老儿我姓刘，是虾蟆洼的人。我活了六十七岁了，一辈子都没有见过女人，谁知昨天却交了这样的好运。我一辈子才攒了十两银子，我花了七两银子从兵营里买了一个口袋装的人，没想到打开一看是个小姑娘，还长得这么漂亮。真走运啊！"刘老头很得意，说完就非拽着米芗老到酒店去喝酒，米芗老心情也不好，正好想喝酒，便随着他去了。

老太婆看着他俩走远了，就来到了西屋，掀起帘子走进去。这时，那个年轻女人正捂着脸在哭，她看见老太婆走了进来，连忙擦掉眼泪，站起身行了个礼，可是大眼睛里仍然满是泪水，就像雨打过的桃花一般。

老太婆问："小姑娘，你是从什么地方来的？"

女子哽咽着说："小奴家是平凉人，姓葛，今年十七岁了。本来我们一家人生活得很安逸，可是一天那些贼人闯进了我家，他们不但杀了我的父母兄弟，还逼着要糟蹋我。我又哭又骂，誓死不从。贼人们生气了，所以把我卖给了老头。现在想起来，还真的不如死了干净，心里实在委屈难过，所以才在这里哭啊。"

老太太问她："你不愿意嫁给那个老头，那么你愿不愿意嫁给这家客栈的小伙子？"

女子听她这样一说，不知她是什么意思，问道："老妈妈，我不明白您是什么意思？"

老太太叹息道："老婆子我活了六十岁了，老而不死，遭此大难，遇到了这个小伙子。他虽然对我不满意，但还是拿馒头给我吃。我年纪大了，怎么活都可以，怎么能无缘无故地坑了这么一个心地善良的小伙子。"女子听了她的话，擦了眼泪不哭了。

老太婆继续说："我刚刚看到了买你的那个老头，年纪也不小了，正好和我相当，你和他老夫少妻并不是什么好事。"

女子想了想说："老妈妈，您的主意是不错，可是只怕那个老头他不愿意。"

老太婆说："他们两个一起去喝酒。一个高兴，一个愁闷，不喝醉是不会回来的。我俩何不来个'李代桃僵'，换地方睡觉，等明天天一亮，你同那个小伙子早早起来，一起走吧，我拼了这把老骨头，与老头一起进棺材！"女子犹犹豫豫，没有立刻答应。

老太婆板着脸说："姑娘，你好好想想，我的主意是各得其所、一举两得的法子啊。你还犹豫什么？快点过去吧，等他们回来就晚了，事情就做不成了。"

于是两个人把身上的衣服脱下来交换着穿上了，女子连连行礼道谢。老太婆领着女子到米芗老的房间，用被子把她蒙上，嘱咐她不要说话。然后自己也回到西屋，蒙上脑袋躺下了。

几杯酒下肚，刘老头的话更多了："我这辈子也算没白活，这么大年纪了还有这样的艳福。"米芗老一肚子的火又没有地方撒，就只好喝闷酒。一直到了二更天，老头和米芗老才喝得酩酊大醉回来了。

忙了一天，又喝得大醉，一进客栈两个人也就各回各屋睡下了。米芗老一回屋就倒在床上睡着了，恍惚间好像听见了敲门声，他一下子从梦中惊醒，披上衣服打开门一看，原来是老太婆。

米芎老迷迷糊糊地问她："你到哪里去了？怎么从外面回来？那在这里床上睡的是谁？"

老太婆不让他出声，立刻进了屋把门关上，打开被子。米芎老大吃一惊："这个姑娘怎么会在这里？"老太婆就把事情的经过告诉了他。

米芎老又惊又喜，说："老人家，多谢你费心，可是我们这样做未免有些损人利己了。"

老太婆笑着说："小伙子，你这话说得不对。难道你就忍心丢掉一个姑娘，害死一个老头子？他们两个人年纪相差很大，老头去世了，姑娘又该怎么办？我就不一样了，我和老头年纪相仿，我们搭伴过日子，这样对别人好，对自己也没有损失，何乐而不为呢？"

米芎老想了想，点头应允了。老太婆立刻叫醒了女子，嘱咐他们快快离开，以后不要再回来。米芎老与女子流着泪正要拜谢老太婆，她立刻阻止住他们，并叫他们快点走，然后就立刻出屋去了。

米芎老急忙收拾行李，他还用青纱把女子的脸蒙上。米芎老扶着她出了店，往西逃跑了。

第二天，老头一醒来就看到躺在身边的老太婆，大吃一惊，问："你这老太婆怎么跑到我的房间里了？"

老太婆不甘示弱："明明是我先睡在这里，不知道为什么你半夜就过来，摸上了床。"

老头非常生气："这是我的房间，你怎么会在这里？"

老太婆说："你那小媳妇叫我过来聊天，我喝了一杯茶就睡着了，说不定是他们串通起来的。"

老头气坏了，抢起拳头就要打，老太婆也不示弱。他收回了手，气哼哼地说："我不和你废话，我现在要骑驴去追回他们。"满店的人都来看热闹，围得像一堵墙。人们听他这样一说，哄堂大笑。

有人说："他得了年轻媳妇，连自己的客栈都不要了，怎能从大道上走？更何况你知道他们往哪个方向走的吗？我看见他们出门时才四更天，现在已经走出好几十里地喽！"

又有人劝导："你也一大把年纪了，你的问题就是没有自知之明。如果做人没有自知之明又怎么能安分守己。我听说你攒了一辈子的钱才买了那个媳妇，那么想来你的家境也并不是很好。既然这个客栈是米芎老的，干脆你就带着这个老太太打理这个客栈，老夫老妻正好过日子，也算是他对你的补偿吧。你这么大年纪了，真的把那个小姑娘带回家，怕也难以生活，以后好好过日子，就别生妄想了。"老头呆呆站了半天，气渐渐消了，觉得众人的话很有道理，于是，带着老太婆在客栈里安心地过起了自己的日子。没过多久，这个客栈也让他们打理得有声有色，他们有了一个安稳的晚年。米芎老和女子离开之后，来到了女子的家，也过上了男耕女织的生活，两个人其乐融融。

至今，陕甘一带的人都还在传说这个故事。

兰岩评论道：老太婆给米芎老打算，也可说是忠于他了。然而，也是天赐的姻缘，所以才这般容易。世上竭尽心力而最终也不能成事的还少吗？怎么能有这样的老太婆，如此热心地给帮忙料理呢？

卷二

修　鳞

　　山东人梅和鼎以前在潮阳做生意，后来他发了财，就娶妻纳妾，买了仆人、丫鬟，置办了田地房屋，把家安在了白云坊。梅和鼎虽然富有，但他为人不骄不吝，性格豪放，好行施舍。外乡人因穷困不能回故乡的，只要向他张口，他准会有求必应。所以朋友们都佩服他有义气。

　　梅和鼎晚年时，平常日子里没什么事情可做，又耐不住寂寞，就把房后的几亩荒地开垦了，用来种花种菜。南方气候温暖，土地肥沃，栽竹子几天就成了竹林，植树一个月就有了荫凉。他又在后院里堆起了假山，挖塘养鱼，遍种奇花异草。

　　他的邻居中有个叫修鳞的人，是郡里的秀才，从小没有了父母，三十岁还没娶妻。他的家中虽然穷困，他倒也处之泰然。梅和鼎看重他的人品，经常同他往来。可是，就算修鳞再贫穷，也从不开口向梅和鼎求借。梅和鼎偶然送给他一些东西，他也极力推辞，坚持不接受。即使硬逼他收下，他日后也会想法了还上，决不差一丝一线。梅和鼎赞叹道："古代贤者不轻易要人家东西，也不轻易送人礼物，我在修先生身上得到了证实。"此后，更加敬佩他了。

　　有一年的夏天，梅和鼎正在喝茶乘凉，突然一阵暴雨来临。雨停后，东边出现了一道彩虹。忽然，仆人通报修先生来访。梅和鼎喜出望外，认为高人雅士的鞋能踏踏自家院内的青草，实在是一种荣幸，便急忙拖着鞋去迎接。两人握手言欢，闲聊家常，突然修鳞盯着假山连连口称怪事，说："这难道是定都山吗？"假山东北边十几步开外有块大石头躺在那里，修鳞测了测石头的方向，说："这就是人们所说的大石国呀！"他还顺着假山往南走。离假山不远的地方有个鱼池，鱼池的西岸有个蚂蚁窝，土堆有二三寸高。修鳞指着蚂蚁窝告诉梅和鼎："这是东海，这是蚍蜉国。"说完他又转身蹲在池边，拨开花草，好像在找什么。

梅和鼎糊里糊涂地跟着他，也不知道他要干什么，只是跟在他后面停停走走的。他正在暗笑修鳞的书呆子气时，修鳞忽然找到一件东西，愕然地说道："真有这个呀！"梅和鼎到跟前一看，原来是一条干了的鲋鱼，长三寸多，已经叫虫子蛀过一半了。修鳞退了回来，拉着梅和鼎的手，回到假山下边，围着石头搜寻，看到一群蚂蚁衔着土出出进进地忙着筑窝，不禁怅然若失，站在那里长吁短叹，暗自垂泪。

梅和鼎不解地问他："修先生，你为什么会在这里流泪呢？"

修鳞叹息着说："最近发生的事情太奇怪了，请到室内给老先生详细说。"梅和鼎将信将疑地听他说故事，等到听完后，恍然大悟，两人便促膝而坐，谈禅论道，就像两个出家人似的。后来，两人一起到罗浮山去采药，再也没有回来。

梅和鼎的二儿子叫梅蟠根，他的绘画老师上官周是我的朋友。他把父亲及修鳞的事说给了上官周听，上官周觉得有趣又告诉了我。我听了这个故事以后，不由长叹了一句："这个故事简直就是《南柯记》的续集呀，请让我记录下来吧。"

修鳞以前是一个人独居的，他每天从早到晚就是刻苦读书，也算是一个专心致志于功名的人。

有一天，他读了很久的书，累了，就对着北窗睡午觉。蒙眬中，他好像看见一个穿黑衣服的人推门进来，身高一寸多，他催促修鳞快起来，说："现在快快起来，有使臣拿着令箭到了。"修鳞觉得奇怪，正要问问到底发生了什么，那个人已经出去了，一眨眼就不见了。

修鳞磨蹭着刚下了床，脚一沾地，他就觉得自己的身子有了变化。他惊诧极了，看见了台阶下边排满五彩的仪仗，有许多身着古装、拿着符节的使臣站在台阶的两排，一个使臣模样的人对他宣道："蚍蜉国王召修鳞进京，请马上启程。"

修鳞拜了拜使臣，推辞道："草野小民，地位卑贱，有什么资格见国王，又怎么能承受这隆重的邀请呢，这不是违反了礼仪吗？"

使臣笑着说道："国王因为听说先生是贤人，本来国王准备亲自拜访，无奈国事繁忙，抽不出身来，所以派近臣元蚼恭恭敬敬准备好太平车，捧献白玉，请先生一定亲临海国。伊尹耕于莘野、姜尚钓于渭滨的事，当然先生早就听熟了；而巢父隐于箕山，许由用颍水洗耳的事，却不是国王所希望的。"修鳞再三辞让不过，最终才勉强答应了。

使者的随从送上帽子和衣服，并且帮他穿戴好了，扶着他上了车。一行人马熙熙攘攘，沿着台阶而走。他们约莫走了数十里地，才到达西墙下边。修鳞心中暗想，墙西就是梅家花园了，为什么走起来觉得这么远？他不由得满腹疑团。

他们又走了很久，看见墙下有一座城楼，城墙、城门俱有。城上写着"东关"二字，登城的便道有一百多级石磴。前面的仪仗队按顺序进去了。有数人跑在道的左侧，说："守关的侍候进关。"车马到了驿馆，使者元蚼将修鳞请了进去。室内摆设特别豪华，山珍海味数也数不清，而左右只有元蚼陪着。

第二天出关，守关的小吏请求护送前往，元蚼伸伸下巴颏说："免了。"那派头够尊贵的，修鳞这才知道他是蚍蜉国的显臣。

不到中午，他们一行人都到了城门附近，国王亲自出城，迎出三十里地。只见那个国王头戴着紫金冠，身穿着赤锦袍，披着素罗鹤氅，相貌奇伟，恭恭敬敬地站在那里等候他。

修鳞连忙跳下了车跑上前去诚惶诚恐地对着国王叩头，国王回礼说："祖宗显灵，才请得先生光临敝国。因此，敝国全仗先生保护了。先生不远千里而来，肯定有什么教导寡人的。寡人虽然不聪明，但是全国以内，都听先生的。"

修鳞回答说："小民学识浅薄，喜欢在山林隐居，既缺少管仲使国家富强的才能，也没有王猛挽救时局的志气，不料大王如此的器重，以重于三次聘请的礼仪请小民，小民只好滥竽充数，怎敢不尽绵薄之力以报答呢？"国王大喜，用自己的车子载着他，到祖庙去祭告祖先，又封他为上卿，军国大事都听他的。

修鳞平时就读了很多有关行政管理的书，因此擅长行政管理，一旦位列高官，更是早起晚眠，鞠躬尽瘁，报答国王的知遇之恩。他常常外出巡视，足迹遍及各郡县。察看山川形势，亲手绘制地图。

蚍蜉国西靠连绵的大山，东临大海、森林和湖泊，广大无边。四方边境各设人镇，均有官员驻守，官员各管六七个城，全由皇室成员充任。这个国家的百姓都勇敢有力量。他们崇尚义气，喜欢打猎。向南八百里有个大城邦，叫大石国，民风慓悍，好打仗。蚍蜉国百姓都惧怕大石国的人。修鳞巡视半年，一切都了然于胸。

归京向国王汇报后，写了一封奏章："臣奉命巡视疆土，往返数千里，经过四十余城。郡县中没有像秦朝那样的酷吏，边关上都是像汉朝霍去病那样的武将。地方三老高兴地唱歌，百姓们都平安过日子，天下太平，完全是真的。但是，古代的圣君贤相安不忘危，治必防乱。强大的邻国离得很近，经常如同老虎似的盯着我们。他们粗野成性，不亚于饿狼。敢请国王防微杜渐，移风易俗，鼓励众官，以求得到真理。"

这道奏章呈上之后，国王专门下诏予以表彰。

不久，大石国果然进攻他们。镇南司空元蚼告急，国王命修鳞兼任宰相，赏他尚方宝剑，派他督率元蝉、元蘁的部队，统领西南二镇的一万八千名兵士去抵抗。修鳞出奇兵绕到敌后夹攻，大败入侵之敌，俘虏、杀死敌人数千名，活捉了敌人的元帅。大石国害怕了，上书请求当蚍蜉国的属国，并说："修元帅真是神仙，我们再也不敢反叛了。"修鳞以利害相劝国王，让他释放了全部的俘虏。

当修鳞凯旋之后，国王在紫薇宫设宴犒赏军队，乐工们唱起采芑歌，以慰劳将士。国王非常高兴，他任命修鳞为右仆射兼侍中尚书令，主持军国大事。还将自己的女儿拖花公主嫁给了他做妻子，还赏给他本国第一好的住宅，另外还有不计其数的金玉绸缎。

从此之后，修鳞在蚍蜉国里无人不知无人不晓，大家都很尊重他。他就这样平平安安地过了四十年。他和公主两个人恩恩爱爱，感情很好。他们一共生了五个儿子和三个女儿。无论是他的儿子还是三个女婿，都当上了大官，他们一家势力显赫。

有一年，在一次潮汐之后，海里有条大鱼被冲上了岸。国王命令元蚼率领全国百姓去取这条大鱼。这条鱼有一百丈长，头、尾像山一般。百姓们忙忙碌碌干了一个月，才移动了一百里地。修鳞上奏章请求停止运鱼，说："陛下，微臣以为，我们耗尽百姓的力量以满足嘴巴和肚皮不是件好事，应立刻停止。"

国王叫来修鳞，当面对他说："先生我听说，学问贵在变通而忌拘泥，背离人情而又不合时宜，正是王安石不能成为好宰相的原因。我国的风土人情，丞相治国数十年，难道还没有深刻的了解吗？我国高原贫瘠，低地潮湿，百姓不种田而要吃饭，全靠游猎为生。大鱼出水，这是天赐给的丰年。群臣都为此祝贺，唯独丞相持有异议，难道不是人情世故还不熟悉吗？"修鳞见国王不采纳自己的意见，闷闷不乐地回家了。

一天，太史公元蠕报告山头出现蒸汽，土地发潮，这是发大水的预兆。国王大惊，连忙召集大臣，商议迁都之事，以躲避洪水。

镇北都护宁朔侯侍中元蟜建议道："积石山山高路远，可以在那里建新都城。"国王大喜，派修鳞去察看地形。修鳞奉命到了积石山，发现这里到处是光秃秃的，离水源太远，认为在此建都极不合适。

于是他便写了一封奏章，派人骑马呈送国王。奏章上写道："臣奉命看地形，走遍整座山，很难找到水源。开辟这个地方，可不像古公亶父到岐山；安居这个地方，也不像盘庚到亳地。依我愚见，旧京城很坚固，靠山近海，称雄四方，数代太平，有渔盐之利。不如安定官民，拦水筑坝，保住京城。"

国王看完了他的奏章，叹了一口气，说："真是书生之见！修鳞的眼光怎么这样不远大呢！"于是国王立即批复道："从送来的图表及建议来看，知道丞相想得深远，足可证明忠君爱国。只是都城靠着海，水灾值得忧虑，如果迁都的行动被阻止，则全国百姓都要变成鱼鳖了。现在任命中书令元蚼为左丞相，尽快确定新都城址，寡人即将率后妃、臣民迁移。"修鳞收到诏书，沉默无言。

不久之后元蚼就到了，他们就一起在南山坡上筑城墙、建宫殿、开市场、盖民房，连夜兴工。等到工程基本完成的时候，国王就下令把都城十多万户人家迁来了。

修鳞看见这样的情景，大吃一惊，他连忙拦住国王请求道："国王怎么轻易地丢下国家根基呢？此时大规模动迁，就不怕敌国乘机发兵吗？"国王没有回答，只是安慰他几句而已，便继续下令把积石山改名为定都山。过了不久国王又下了一道旨，任命修鳞为故都留守，晋爵定都公。

修鳞谢恩后，上任去了。公主和孩子并没有随同他赴任，而他的随从也在半路上跑掉了一半还多。修鳞心里很生气。到了故都，只见街空巷静，满地狼藉，他更加愤懑，不由仰天叹道："没想到我尽忠竭力，反落个流放的下场。国王表面上厚待我，暗中却在疏远我，如此下去还有什么意思呢？不如解甲归田，还我本来面目吧！名利场里，不再是我立足的地方了。"

于是，修鳞把官印挂在城门上，单人匹马出关去了。守关的小吏看到他问："大人，您这是要到何处去？"

修鳞告诉了他，小吏说："丞相忠诚倒是忠诚，可是趋吉避凶的道理却没理解透哇！你反对迁都，难道忍心让几百万生命葬身鱼腹吗？小人想，这大概并不是丞相愿意看到的吧？"

修鳞说："这些流言蜚语你怎么能相信？"

小吏摇摇头说："小人请丞相稍留八天，就会看见灾难了。到那时，国王的心迹可明，丞相的怨气大概也可以稍稍平息了。"

修鳞本来就舍不得离开蚍蜉国，见小吏如此说，也想看个究竟，于是便留了下来。到了第四天，突然间就天昏地暗，大雨倾盆，下了十天也没停止。这时，平地水深数丈，树梢上挂满了水草，船行在楼顶之上。那洪水咆哮而至，声如万马奔腾。城墙的地基本来很高，却也被水淹没了两丈四尺。修鳞这才相信迁都是对的。于是他朝西叩了两个头，流着眼泪说："臣辜负了国王的一片心。纵然国王不处分臣，臣还有什么脸见臣民们呢？"说罢，他把乌纱帽扔到地上，纵身跳进水中。

就在这时，修鳞被"扑通"的跳水声惊醒，这时他才发现原来自己刚才竟是做了一场梦。

雨刚刚停下，水从房檐滴滴答答地往下淌。他想了想一翻身跳了起来，自言自语地说："奇怪，奇怪！"于是他穿上鞋走出了房门，沿着台阶向前走，那梦中的去路竟依稀可辨。

当他走到西墙下时，发现花砖缺处有个小洞，像铜钱那么大，恍惚间好像又看到了东关的情形。对着小洞一看，只见梅和鼎家的鱼池、假山历历在目，洞口有蚂蚁爬来爬去。猛然间他才省悟到，四十年的功名富贵，都是梦里的蚂蚁国变化的。

闲斋评论道：梅和鼎慷慨，修鳞耿直，都是神仙品格，所以不学仙而成了仙。世上的人撇下忠孝福田不顾，而热衷于在名利场中追逐，稍有不如意，就妄想学仙。其实七情六欲，纷至沓来，虽然有彭咸在一旁往前拽，从后推，恐怕走一步比退一万步还难啊！

兰岩评论道：四十年功名显赫，反而成了一场梦。因为迂腐之见而去抱怨和责备，总免不掉书生之见。修生也只有在现实面前碰壁了，才会真正明白其中的道理呀！

杂记五则

我听人说过狐狸也是分种类的，有草狐、沙狐、元狐、火狐、白狐、灰狐、雪狐等。我还听人说过，狐狸这种东西老了就会变成妖怪。它们会戴个干巴的脑瓜骨，穿上官服，把自己变成人的形状。

变成妖怪的狐狸，它们经常会害人。所有人们就会烧山、挖洞、用箭射、叫狗咬，想要消灭它们。可是，狐狸想要成为妖怪是很难的，只有很少的狐狸才可以成为妖怪，不是所有的狐狸都能成为妖怪。

在这个世界上，能够成为妖怪的狐狸是少数的；但是还有无数的东西可以成为妖怪，比如：裸虫、鳞甲、花木、庙里的雕像、地窖里的金子等。一般妖怪做坏事都是在夜里，而人做坏事就常常是在白天。那些虚头巴脑、狐假虎威、穿红裙画眉毛的、白脸穿红袍的人，不就是和妖怪一样吗？为什么人们单单想要把狐狸消灭掉呢？

古书上说得好："妖是由人引起的，人的事没有了，那么妖的苗头也就没有了。"

有人说，老了变成妖怪的狐狸叫作狐精，也有人叫它们灵狐。它们的样子像猫，大多数的灵狐都是黑色的，在北方的居多。我和同窗们偶然谈起狐狸兴妖作怪的事情，现在我挑了最有趣的五则记了下来。

则 一

在贵筑这个地方有一个叫刘紫末的书生，他为了科考一直寄住在昌邑县胡辉岩的山东会馆里。

有一年，中秋节的夜里，书生们都在南楼下喝酒。那天去喝酒的人很多：有海阳的鞠慕周、胡岱峰，贵阳的邬敬斋、薛鲁园，还有我和主人。

喝了几杯酒之后，有人说起了有关狐狸的故事。我就把自己听过的"红姑娘"的故事讲给他们听，在座的同窗都认为很奇怪。紫末也说，他作客山西时，听说一个有钱人家中有许多狐狸，这些狐狸往往变化不同的样子来吓唬家里人。有时狐狸会变成佝偻腰的老头，独自在大厅里溜达；有时它们也会变成老太婆，拿着柳条筐进出仓房和厨房；有时还会变成打扮漂亮的少女，靠着大门框往街上看，使路人为之倾倒。

除此之外，它们还会突然出现在楼台、城门、城墙上。这些狐狸的出现，让这家人觉得既奇怪又害怕。虽然这些狐狸不害人，可是这家里的人却非常讨厌它们。

这家主人有个女儿，住的闺房紧挨着佛堂。佛堂里放了数十个坛子，装了许多酒，那门是经常锁着的。

一天晚上，丫鬟扶着小姐正要回到卧房睡觉，路过佛堂时，她好像听见佛堂里有倒酒的声音。于是她偷偷地往里面瞧，看见有两个弯腰驼背的老太婆，倒坛子里的酒喝，两个人喝到高兴处，还边喝边争抢着。

这时，一个老太婆好像喝醉了，走起路来东倒西歪的，那醉醺醺的样子很惹人笑。小姐禁不住"嗤"地一声笑了。

里面的老太婆听见了，生气地说："你这个丫头片了笑什么，我不过喝几杯酒，和你有什么关系，我吃酒有什么可笑的！"

丫鬟应声说道："我们没有看见过人偷酒，更没有见到人家喝酒能醉成这样，怎么能不笑？"

老太婆生气地大骂道："你这个臭丫头敢这样嘲笑你奶奶我，看我不咬你爹的黑鸟！"小姐听见她的话脏，急忙躲走了。丫鬟不愿意受她的骂，立刻回嘴，一个人站在窗户下狠狠地骂她。正骂着，不知从哪儿飞来一块瓦片，打伤了丫鬟的嘴唇，打掉了两颗牙，丫鬟痛得跑了。紧接着，佛堂里传出一阵哈哈大笑。主人知道后，连忙告诫家里的其他人以后不要多说话，这一夜平安无事。

第二天，这家主人早晨起来，看见他的枕边有一件黑乎乎的东西，仔细一瞧，竟然是一个男人的阳具，那上面的血还鲜红鲜红的，像是刚刚被切下来的。主人大吃一惊，害怕家里的女人看见，他暗中将它用火筷子夹着扔进了厕所。然后又私下召集仆人们查问，看看他们有没有缺些什么。

丫鬟的爹是一个河南知县的跟随。那天晚上，他陪知县去妓院嫖娼，丫鬟的爹正要睡觉，突然有个妓女找上门来，说要陪他睡觉。当他们觉睡得正熟的时候，丫鬟的爸爸突然感到下体疼得像刀割一般，大叫一声就昏了过去。

同伴们听到了他的叫声赶忙跑来查看，只见他的下体鲜血直流，那个娼妓早已不知去向。众人都感到很奇怪，连忙把这件事报告了县官。县官将所有的娼妓都抓来审问，娼妓们说都在妓院玩纸牌，一夜没睡觉，实在不知道发生了什么情况。这事竟成了一件疑案。知县查了很久也没有结果，于是他派人把丫鬟的爹送回家乡，他的命虽然保住了，可是已经变成个阉人了。

主人没有办法，急忙把家搬了，这才得到了安宁。

原来，丫鬟的爹掉了的阳具，正是主人在枕边发现的那个阳具。丫鬟姓张，她爹长得黑，外号叫"黑张"。因此，正应了狐狸"咬黑鸟"的话。

闲斋评论道：我听说狐狸淫乱成性，所以被叫作淫狐，而它报仇也靠淫乱，可以称得上名副其实了。狐的淫乱出于本性，这是先有实而后名符之。然而，世上名不符实的人，是连狐狸也不如呀！

兰岩评论道："自己偷酒反而祸害别人，这个狐狸非但不仁而且无趣，大概是恼羞成怒了吧！

则 二

贵筑的蔡举人是位学识渊博、举止风雅的人，他曾向胡辉岩讲过一个有关狐狸的故事。

蔡举人有个同乡叫褚十二，他从小跟外祖父顾明经到四川游历，那时他们就寄住在临筇的罗家。罗家原来是个大族，祖祖辈辈都是当大官，后来家族虽然逐渐衰败了，但是家里的高宅大院、幽美园林，仍然是乡里首屈一指的。

罗家有两个儿子、一个侄儿、一个外甥，都跟顾明经念书，褚十二也跟着一道读书。褚十二与罗家的外甥秦生交情最好，两人同住在花园西边的小厅里，有半年多了。

当年秋天，罗家要给二儿子娶亲，顾明经每天只顾着吃喜酒，秦生也忙着张罗办事，只留着褚十二一个人自己待在小厅中，深感寂寞。他闲来无事便信手抽出一本书看看解闷。

二更天时，秦生提着一个食盒来了，对他说："我整天忙活，没有时间和你一块玩儿。今晚稍稍有点空闲，我特地弄了杯酒，同你谈谈心。"说完，他就打发走了书童，关好园门，点起了灯，二人灯下对饮起来。

褚十二喝了一大杯酒，感叹道："人生苦短，就应该及时行乐，大富大贵是没有什么盼头的！"

秦生笑着说："褚兄说得正是。我们二人单喝酒毫无乐趣可言，如果现在有一个美人相伴，也不辜负这大好时光。"

褚十二问："秦兄这样说，一定是有美女相配了。快快从实招来，她是什么人？我怎么没有听你说起过。"秦生支支吾吾不说话。

褚十二极力追问，秦生才小声说："我已经在这园子里住了两年多了，半年前交上了一个美人，她才十七岁。可是不知道为什么，老兄到此后，她来的次数少了。但是，每逢花香月明之夜，或等你进入梦乡之时，她便来与我尽欢。因为老兄对我很好，所以我才敢把心内的秘密泄露出来，老兄千万不可再告诉别人。"

褚十二说："我以为是兄弟逗我呢，如果这是真的，哪个好人家的女子会半夜来与你私会，那美人不是狐狸就一定是鬼，怎么可以亲热呢？"

秦生坦然道："她不是鬼，但确实是只狐狸。那只狐狸的容貌比得上宓妃，才华赶得上谢安女儿，为什么不可以亲热呢？"褚十二毕竟是年轻人，好奇心重，他们刚刚又喝了酒，他来了兴致，极力要求亲眼看一下那个美女。秦生感到很为难。褚十二再三央求，甚至跪了下来。

秦生想了想说："褚兄见她并没什么不行的，只是不知道美人同意与否。我先试试吧，这要看老兄的缘分了。"

于是，他起身绕过走廊，到湖边假山下，轻声叫了三声"怜姐"。话音刚落，一个如花般的女子，踏着月色轻轻盈盈地来了。只见她身段窈窕，美艳绝伦，穿着浅绿色的丝绸花衣，拖着长长的绸裙，水灵灵的大眼睛流露出聪慧，像莲花似的脸蛋儿生着红潮。

她含羞地瞟了褚十二一眼，责备秦生说："小舅子以为我不敢见这个书呆子吗？"褚十二听她这样说，脸红到了脖子根，说话也结巴了，勉强作了一个揖。

秦生说："褚十二哥年轻，没见过你这样的美女，怜姐别笑话他。"

女子说："这不是他年轻，而是良心发现罢了。哪里像你丧尽了天良啊，一点儿也不知道害臊呢！"

于是，三人一起进了小厅，女子一眼看见酒杯，便笑着说："两个小舅子，人家儿子娶媳妇，你们也正好趁机摸索点什么呢。看来你们捡了点剩汤儿，润润馋嘴巴子，恭喜今天晚上得到饱肚子喽。"

秦生说："你既不能当东道主，干什么嘲笑人呢？"

女子说："你真是旅店的大臭虫——要吃客人了。刚才我在六姐那里吃杨桃，留下几个，拿出来请客行吗？"秦生说："太好了！"

于是那个女子从袖子里拿出一个用金子镶的椰瓢，盛着五只杨桃，新鲜得如同刚摘下似的。四川本没这东西，他们都觉得奇怪，也不知这女子从什么地方搞来的。两人分着吃了，很是香甜。

吃完之后，好菜美酒全都从瓢里拿出来了，不一会儿，就摆满了一桌子。三个人就围在桌前来喝酒。他们正喝得高兴时，女子忽然盯着褚十二说："我看您仪表堂堂，如果努力读书自然能撞进知识的高楼。但是，千叶桃花早开早落，华而不实，这是理所当然。你只要及时行乐，不可以守株待兔。"于是他们两人说说笑笑，关系很是融洽。女子渐渐说了些挑逗的话，令褚十二神魂颠倒，不能自持。秦生被他们冷落在一旁，露出嫉妒的神色。

女子看到他的神情，笑着说："小舅子，你真是个醋葫芦啊！我们不过是萍水相逢，逢场作戏，你又何必在意？如果过一会儿看到新媳妇发生了什么事，罗家少爷又该怎么样呢？"

秦生问："过一会儿新媳妇有什么事儿？"女子说："马上你们就看到了。"

过了一阵，他们猛然听到人们吵吵嚷嚷的像开了锅的水，园子里一片殷红，连树都变红了。屋子里的人们都出来看，原来是厨房失火殃及洞房。

不一会儿，街里的地保、官军都赶来救火，亲戚、邻居们也赶来了，所有人如同蚂蚁、蜂子成群聚堆一般。还好家中数十口的人都没睡觉，连忙跑出来，没有受到伤害。可是新媳妇和罗家儿子为了逃避火灾，跑得太急，身上连个布条也没有，冷得浑身打战。他们站在院子里，映着火光，身上的汗毛都看得清清楚楚。

秦、褚二人不敢正视他们，周围的人都在看热闹。女子遂走到跟前，脱下外衣把新娘子包上，扶着她进到别的房间里去了。这时，姑娘、姐妹们纷纷赶来慰问，一片混乱中，女子已不知去向。所有人都以为她是邻家的姑娘，也没在意她。只有秦、褚二人心里清楚，但都闭口不吱一声。

从此，褚十二每天晚上同怜姐约会，喝酒聊天，相处得很愉快。只是他们一直相敬如宾，遵守礼法，始终没有越轨的行为。大概是因为褚十二为人腼腆，而这个女子也有贞操，就像韦鉴和任氏那样。过了不久，秦生跟着父亲回成都时，女子哭着来向褚十二告别，从此她再也没有来过了。

两年之后，顾明经生病去世了，褚十二送他的灵柩回乡。第二年，他考上了进士，在工部当官员，可惜后来没结婚就死了，死时才二十四岁。

闲斋评论道：酸子所以好嫉妒，只是因为穷，没有其他原因。关着门守着妻子过一辈子，本来没什么远大志向。贞节的狐狸与褚十二不过说话和动作上有点过火，书呆子就露出妒意，为什么见识这么小啊？

兰岩评论道：守身贤贞，明白道理，说话文雅，这样的狐狸不可多得。

则　三

鞠慕周最擅长说狐狸的故事了。他所说的故事太多了，我不能全记下来，就把其中最好笑的讲出来，让大家一起笑一笑。

鞠慕周说，有一年他在关中作客时，因为有事去了扶风。他有一个朋友，人称丁举人，快四十岁了，他这个人命运很不济，娶了三个妻子都死了，现在只给他留下了几个子女，那些孩子还很幼小，没有母亲的照顾，整日啼哭。丁举人既受不了孤身生活，又照顾不了年幼的孩子，打算续娶一个妻子，但总是遇不到合适的人。

丁举人饱读诗书，因此精通气功，对神仙方术颇有研究。他每次静心打坐练气功时，就能见到一只黑狐狸蹲在对面，瞪着眼睛看自己。丁举人也不理它，任凭它和自己一起打坐。时间长了，他就习以为常了。

一天夜里，丁举人坐下闭上眼准备打坐，突然感觉有人上了床，同自己并肩坐下了，随即传来一股扑鼻的香气。丁举人心里想，这些都是邪念招来的，只要我心不动则魔也就无处生了，随它去吧。

于是，他闭着眼睛，静下气来，纹丝不动地打坐。过了不久，他觉得有人用脸来贴自己的腮；过一会儿，又有人用嘴来亲吻他，粉香脂滑，娇喘连连。丁举人觉得心如乱麻，睁眼一看，看见一个十六七岁的少女，贴在自己的身旁。这少女长得可真美，皮肤白皙，光彩夺目，对着丁举人微笑着。

丁举人厉声喝道：“我自然知道你是那个狐狸，为什么扰乱人家修炼呢？快点走开，否则惹恼了我，这拳头可不是好玩的。”

女子依然捂着嘴吃吃地笑，只见她明眸善睐，磨蹭着向丁举人靠近，就是不肯离开。丁举人发火了，一脚将她踹下床去。

那女子疼得在地上打滚，但她还是立即站起来，气呼呼地整了整衣服，笑嘻嘻地说：“没想到先生如此粗野，哪里是读书人举动呢？小奴家走了就不再来了，你可别后悔！”

丁举人抱拳作揖道：“我感谢还来不及，怎么还会后悔呢！你走了就再也不要回来了！”

女子说："从此以后，你就是烧香磕头请我再来，恐怕我也不会来了。"

丁举人笑笑说："不来正合我意，小生永远不敢劳您的大驾。"女子听他这样说，一掉头气呼呼地走了。

几天之后的一个晚上，丁举人正在屋里洗澡，突然又看见那个女子掀起竹帘子进来，笑着说："你不请我，我自己来。先生我又来看你光身子洗澡了。"丁举人不作回答。

女子竟然自顾自地蹲在他身旁，用手抚摸着他的背说："先生，你背上的泥足有二寸厚了，我给你擦擦好吗？"丁举人听了，心怦怦直跳。

女子似乎猜透了他的心思，咯咯笑个不停，戏弄地轻轻抚摸着他的面颊，压低声音说："先生这个书呆子真不是个东西，这样轻薄，不怕弄脏了人家女孩儿的眼睛吗？"说着依然挑逗他。

丁举人暗想：学道之人，岂可纵欲。我明明知道她是狐狸，为什么动心？于是，他睁圆了眼睛，大怒起来，抢起拳头一下子打在女子的鼻子上。女子被打得满地打滚儿，唧唧哀号，逃命似的跑了，打那以后便不再来了。

丁家是大户人家，有钱有房，儿女们虽然各有各的使唤丫头，可是，一个家里总是需要女主人。丁举人又托媒人到处物色，想再娶一个妻子。

有一天，来了个媒婆，她对丁举人说："临县有个姓卞的大户人家，家产百万。他家有个女儿，今年十八岁，聪明、美丽、贤惠，是世上少有的好女子。先生如果不相信我的话，不妨请一位女亲戚去相看一下，便足以证明我说得不错了。"

丁举人想了想，就央求姑妈及守寡的嫂嫂一同去卞家，帮他仔细看看女方的模样。她们看到，那位卞小姐果然是位仙女似的人儿，便欢欢喜喜地回来了。然后向丁举人夸她长得如何漂亮，都说是她们从未见过的美丽女子。丁举人听了，非常高兴，当天就下了聘礼。

结婚那天，丁举人与新人一同入洞房，揭开盖头，准备吃交杯酒时，他才发现新娘不是别人，正是从前的那个狐狸！

丁举人大吃一惊，问道："怎么会是你？这究竟是怎么回事？"女子笑着说："小奴家并没有加害先生呀。我知道先生学道的念头坚定，成功可望，可是，还有些要诀，凭你自己是解不开的。我很爱慕先生，想来启发你，你我二人一同成仙，做一对神仙眷侣，不可以吗？"

媒婆也从旁插嘴道："姻缘自有天定，新郎不要再拘泥了。"

丁举人大怒，操起顶门杠子就打。媒婆与女子见状，吓得破窗而逃。丁举人追出门外，已不见她们的踪影。他急忙叫人点上灯笼到处搜查，终于在厕所找到了她们。

大家伙一齐用力打，厕所里的人慌忙提起裤子，倒在地上嗷嗷直叫。众人用灯照去，哪里是什么狐狸，原来是丁举人的侄儿媳妇和守寡的嫂子。二人一身粪便，遍体伤痕，可怜巴巴地紧紧抱着头缩在墙角。众人看到打错了，无比扫兴，只好把二人抬了回来。

次日，丁举人再去卜家时，见高房大院全无，只有几株楸子树，几座古墓而已。从此，狐狸作祟的事没有再发生过。鞠慕周同丁举人交情挺厚，这是他亲耳听丁举人说的。

兰岩评论道：人说儒生多迂腐，而丁举人单单以迂腐而保卫了道，实在不是真迂腐呀！

则 四

薛鲁园听了他们的故事说："你们上面讲的这些故事都不够离奇，世界上最离奇的莫过于宛邱的狐狸了。"

宛邱县令李老先生，他有个女儿到了出嫁的年龄，可是因为她长得十分标致，竟然被一只狐狸看上，将她给霸占了。李家夫妇深感忧愁，但是无奈他们没有办法把这只狐狸赶走。于是他们四处寻找能人异士，希望可以赶走这只狐狸。

后来，他们听说省城有个巫婆，法术高强，颇能治邪。刚好李老先生去了省城，夫人就把巫婆请到了衙门里来，对她说："老人家，听说您法力高强，请您帮帮我的女儿。"

巫婆问夫人："请问夫人，府上发生了什么事？"

夫人说："我女儿被一只狐狸缠上了，请您一定要设法把狐狸赶走。"

巫婆听了，说大话道："这有什么难的！不过叫大人破费几十贯钱罢了。今天夜里就把它赶跑，一定叫小妖狐吃个大苦头。"夫人很高兴，美美地款待了巫婆一番。

天黑时，巫婆带着她的徒弟，背着鼓和包裹来了，在衙门花园里设了法坛。夫人率领仆妇丫鬟们藏在屏风后边偷着观看。巫婆正在作法时，忽然刮起一阵大风来，一时间飞尘弥漫，让人睁不开眼。不一会儿，有四五个长相清秀的小伙子提着木橛子逼近香案跟前，他们的动作敏捷，力量很大，一下子就把巫婆师徒三人打翻在地，临走时说："先让你吃个苦头，看你还与我们作对不！"

夫人看到这样的情景害怕极了，急忙命仆人去救那巫婆，并安慰她说道："贤师高徒，你们吃苦头了。"

巫婆勉强装出一副笑脸，说："我们本领高，这没什么，夫人怎么说是苦头！"其实她的两个徒弟一身都是血，几乎站不起来。几名丫鬟扶着她们起来。

巫婆回过头装模作样地嘱咐道："这带血的衣服最难得,回去后要好好收藏起来。"

夫人觉得奇怪,就问她收藏它干什么,巫婆说:"藏着它可以避妖精!"夫人听了大笑,命人给了她们几吊钱,把她们打发走了。

兰岩评论道:或许有人说巫婆大言不惭才遭这个报应,什么都不懂的愚夫愚妇不足以深责他们。而不可理解的是,文人学士也往往不免大言不惭,可恨的是,没有木头橛子可以惩治他们啊!

则 五

慕周听了这个故事,拍着大腿说:"这真是个奇闻!可是,我听到的某教授的事也是罕见的呀!"

慕周有位朋友是某县的教授,他们的学校里平常就有许多狐狸。那一年,他刚到学校上任几天,就收到了一个人送上名帖,上面写着:下属胡万龄敬礼。他很好奇,决定去看看。

到了约好的地方,接见他的是一位白发老者,胡子有三尺多长,神清气爽,飘飘然像仙人一般。教授对他很敬重,就问:"不知老先生是哪里人,找我何事?"

老者说:"我姓胡,原是山西人,搬到此地住已经快一百年了。今天有事要到湖北去,所以想把家眷托您照看。"

教授听他这样说,就知道他是狐狸,心里难免有些担心,但是看到他仙风道骨的样子,还是答应了他。老者行礼道谢后就走了。

傍黑时,老者就带领全家都来了,他们家有二十多人。教授把他们请到屋内,大家在一起谈得很融洽。

老者嘱托道:"我家老老少少好几十口人,全仰先生关照了,等我回来那天,一定重重报答。"

教授本来也为人豪放,捋着胡须笑着说:"老先生不必担心,我一定照顾好你的家眷,他们肯定不会受委屈。"老者听了,说了很多感激的话。

第二天,老头收拾行装上路了。教授俸钱本来不多,突然间又多了二十多张嘴,生活上便拮据起来。可是他毫不介意,还是竭尽全力地照顾他们。老者有两个儿子,三个女儿,他们个个相貌清秀,美貌非凡。他们很仰慕教授的才华和学识,于是经常到教授的房里来聊天,彼此像父子一般。

教授身边的家眷也不多,只有二儿子同教授住在一起。他的二儿子今年刚二十岁,才华横溢,相貌堂堂。只是他生性羞涩,每次见到胡家的三个女儿就很快躲开,从没有和她们说过一次话。胡家的三个女儿都爱慕他，试图挑逗他好几次，却都没有成功。

一年后，老者如约回来了，见到教授之后，他连连行礼道谢，说："你们贤父子真不是一般人啊！你们对我的恩情，我没什么酬谢的，谨送上一幅画聊表感激之意。"教授素来喜欢古玩字画，欣然接受了。

过了几天，老头领着家人告辞走了。

教授闲来无事，拿出那幅画仔细品赏，画得很平常。画上有一个老者和他的老妻并排坐着，别无他物，且画工平常，人物呆板。因不足以鉴赏，教授便将它放到一边去了。

赶上三年一次的官吏考核时，学政大人认为教授年纪太大了，叫他退休回家养老。教授一生勤俭，两袖清风，连回乡的盘缠都没有凑够，因此非常发愁。

一天，教授把自己收藏的字画都拿出来变卖，想凑些回家的路费。在店铺门口，他看见一个人从车上下来，走进店里。那人身材矮胖，衣帽整齐，跟了一大群仆人，像是富贵人家的公子。

店主很恭敬地接待他，把教授忘在了一边。教授受到了冷落，想就此走开。他刚走到门口，却听见有人叫他。他觉得很奇怪，仔细打量着那个人，好像并不认识他。那个人鞠了一躬说："难怪先生觉得奇怪。小弟叫张太学，祖祖辈辈都是盐商。犬子在县里学校读书，以前就是先生给他授课的。"

教授这才恍然大悟说："张生就是先生的少爷吗？可巧了，他的确是我教过的学生。"

张太学很高兴，说："我曾在学堂外见过先生一次，给我留下了深刻的印象。我们今日有缘遇见，请先生到我家中去坐坐，我想把我的老父亲介绍给您认识。"

两人坐在车上谈天说地，不一会儿就到了张府。见过张父之后，教授觉得他看起来很眼熟，好像在哪里见过，可是想了很久他都想不起来，也就把这件事给忘记了。

十多天后，张父暴病猝死。张太学为了怀念父亲，想请画师给他父亲画像。可是一连来了好几个画师，没有一个画得像的。为此他颇为失望。

教授听到这个消息也非常伤心。他打算到张府去慰问张太学。这时儿子走进来，手里拿着一幅画问他："父亲，你上次说要卖些字画来筹回乡的路费，可是拿出去的画都又拿了回来，我知道那些都是父亲的心头所爱。这幅画你一直扔在一边，我想父亲如果不喜欢它，就把它卖了吧，多少可以换一点钱。"

教授觉得儿子说得很对，就打开这幅画想再看上一眼。他打开画仔细一看，不觉大吃一惊。他的那幅画上的老者竟然和张父的容貌一模一样。他虽然感到很蹊跷，但还是把自己的那幅画拿出来给张太学看。

张太学打开画卷一看，顿时大吃一惊，问道："先生，请容我大胆问问，这幅画是怎么得来的？"

教授答道："不瞒先生，是一位朋友赠送的。"

张太学一边叩头，一边痛哭："先生这幅画不仅把死去的父亲的神态完全表现出来了，就连死去二十多年的母亲的神态也宛如生前啊！"

教授听了他的话于是把得画的经过全说了。张太学叹息道："这个狐狸是想通过我来厚厚报答先生的恩德啊！狐狸给的这幅画，对我来说是很贵重的，我怎么可能不按它的用意来报答先生呢？"于是他将画收起，送给教授一千两银子说："先生您不是要回家乡吗？这些银两就是我给先生的盘缠，望先生一路顺风。"

就这样，教授有了回乡的盘缠，他带着儿子回家乡去了。儿子用剩余的银两，盘下店铺做起了生意，从此，教授一家过上了富裕的生活。

闲斋评论道：一幅画使三个人了却了心愿，狐狸的法术又巧妙又神秘啊！然而，奇不害正，所以它安然住在学校里而没有被赶跑。

兰岩评论道：没钱吃不上饭，毫不介意；受妖艳的女人挑逗，总不乱来。教授父子应该得到如此厚报。

韩樾子

在令狐这个地方，有一位叫韩樾子的公子，他虽然只是商人的儿子，可是他长得十分英俊，擅长写赋，会写诗词，尤其对乐器非常精通。

在他二十岁的时候，独自一人骑着一头瘦弱的骡子打算到京城去游历。他沿井陉这条道往前走时，天空突然下起了淅淅沥沥的小雨。蒙蒙细雨中，韩樾子看见有人骑着一头毛驴或前或后与自己一同赶路，他定睛一看，原来是一个模样俊俏、唇红齿白的年轻女子。

天渐渐暗了下来，到了傍晚，雨越下越大，韩樾子想：要是有个地方可以避雨就好了。正好道路旁有几间房子，年久失修，破破烂烂的，好像空着没人住。"破房子总比没房子好。"韩樾子打算钻进去暂时避避雨，一回头，看到年轻女子也尾随他进来避雨。孤男寡女，独处一室，夜黑雨大……这一切都让韩樾子觉得浑身不自在。他想出去，无奈外面的雨下得太大了，想把女子赶出去，可这也不是自己的房子，好像也没有赶人家走的理由……只能找了一个离女子很远的角落，佯装睡觉，不管那个女子。

韩樾子辗转难眠，屋外不时传来大毛驴的叫声，他觉得很奇怪，为何今夜毛驴叫唤不止呢？原来那头大毛驴见到了自己的瘦骡子，想套近乎，于是"噢儿——噢儿"地叫唤起来，分明是在向瘦骡子示好。真是一头好色的毛驴。想到这里韩樾子不由笑出了声音。"呵呵……"韩樾子听见一阵吃吃的笑声，睁开眼睛，只见那个年轻的女子正目不转睛地瞅着自己，用衣袖掩着嘴发笑。女子衣袖半遮半掩，面似桃花，眼似繁星……韩樾子不由得脸红心跳起来，心里暗暗地想：今夜天黑雨大，周围又没人，孤男孤女，这正是成好事的时候，学那个坐怀不乱的柳下惠干什么呀？于是向女子身边靠了靠，挑逗地说："小娘子，今日大雨将你我困于这破屋之中，也是有缘。你的驴和我的骡子在外面恩恩爱爱，恰似神仙眷侣，也是有意。小娘子刚才发笑，是在笑畜生们的行为不雅观，不知礼仪吗？其实我们何不学习它们，相互依偎，相互取暖，可好？"女子假装生气地瞪了他一眼，说："我笑我觉得可笑的东西，又没有同你说话，你干吗理我？"说完转头不理他。韩樾子从身后一把将女子抱在怀中，在她耳边轻声说："今日夜黑雨大，你我可以在茫茫人海中相遇，实在是老天爷给的好机会，不要辜负你我相遇一场的缘分。这一路走来，我对娘子产生了很深的爱慕之意，我爱你，宝贝儿，你懂吗？"女子笑着转过身来，说："小奴家如果对你没意思，为什么踩着你的脚印儿，跟着你来到这破房子里头呢？我的家就在附近，正北的大树林那地方，离这才十多里地。我之所以不把你带回家，是害怕公婆脾气厉害，丈夫和大伯、小叔也都正派，回家多有不便。不过我娘家离这里倒不远，你如果愿意不妨和我去一趟，虽然有风险，但不用很担心啊。"说完，便将头靠在了韩樾子的肩膀上。韩樾子早就被她迷住了，只想抱得美人归，不再思考，于是骑上牲口跟她去了。

他们走了不久，就进入了群山之中，道路崎岖，非常难走，约莫又走了几十里地才到她娘家。这是一个很大的院落，周围是群山环抱，树木又多又高，阴森森的。靠着山涧，依着大山，只有这一个大院子，四面再也没有人家了。看到这样的情景，韩樾子的心里不由得直犯嘀咕，但是没出声。女子微微一笑，好像已经知道他的心思，笑着解释道："公子，你一定是在想，我家为什么独居在这里对吗？这是我爷爷为了隐居盖的房子，我家在这已经住了一百年了。这里山深林密，很少有人到这里来的。"他们边说边走，不一会儿已经到了大门口。只见这门口有九层台阶，台阶两侧是两只威武的石狮，朱红色的大门上两个金光闪闪的铜环。他们跳下牲口，用手中的鞭子敲门。不一会儿，有两个丫鬟应声出来，给他们开了门。这两个小丫鬟都梳着小抓髻，又俊俏又活泼，一个穿着红衣，女子管她叫小红，一个身着绿裙，女子叫她小绿。

进了大门，韩樾子更是觉得整个院落富丽堂皇，雍容华贵，花团锦簇，两边是抄手游廊，当中是穿堂，当地放着一个紫檀架子大理石的大插屏。转过插屏，小小的三间厅，厅后就是后面的正房大院。正面五间上房，皆雕梁画栋，两边穿山游廊厢房，挂着各色鹦鹉、画眉等鸟雀。女子引他进入正堂，命丫鬟奉茶，自己则起身告退回屋去换衣服。不多久女子换好衣服出来，只见她一身绣花绸裙缎袄，艳丽得像仙女，比先前增添了十倍百倍的光彩。接着，女子命丫鬟给韩樾子换了衣裳。

韩樾子问她："你让我换衣服可是要拜见你的父母？"

女子摇摇头，掩面而泣说："奴家命苦，父母已死十多年了，从小就是个孤儿。我只有一个姐姐，一个妹妹，不过她们都已出嫁了。这里就只有我一个人住，不必多礼了。"于是拉着韩樾子的手进了闺房。

闺房布置得十分精巧雅洁，几案都是楠木和檀木做的，香炉、花瓶都是金子铸成，美玉凿就。北边放一张镶玳瑁的床，南边是蛤壳镶嵌的窗，东墙挂着古画，西壁挂着合欢图，对联是董思白的手笔。一只金狮子香炉里熏着异香，地面平得像镜面似的，没有一丝灰尘。女子把韩樾子按到座位上，小丫鬟捧上香茗，芬芳扑鼻而来。奇怪的是，杯里只有一片茶叶，叫不出是什么茶。

韩樾子问女子："娘子，我们已相识，我还未请教尊姓大名？娘子可告知我你姓什么，夫家是谁，今年多大年纪了？"

女子开玩笑地说："你这么刨根儿问底儿，难道是要写下来告诉你的心上人吗？"

韩樾子笑着说："我虽然在外作客，也不过才二十来岁，对于花街柳巷的勾当却实在不懂，况且我秉性清高，注重操守。今天与你相爱是头一遭儿，之所以仔仔细细地盘问，是为了牢记在心上不忘怀，为什么怀疑我呢？"

女子认真地说："我只是逗你玩儿而已，并没有他意啊！"

于是女子告诉韩樾子，自己姓韦，名叫阿娟，家中有三个姐妹，自己排行第二。几年之前，她已经嫁给阜平的元家。可是三年前，元家的儿子与人结了仇，结果全家都被仇人杀了，幸好那天她外出没死，逃了回来，在家守寡。她的姐姐名叫阿妍，早在几年之前嫁到了上党地方；妹妹叫阿秀，也嫁到了灵丘。阿秀和韩樾子同岁，今天她本来打算去探望妹妹，可是在路上遇到韩樾子，被他的气质和样貌所吸引……阿娟深情地望着韩樾子说："我觉得能够在路上遇见你，是你我早有缘分，你觉得是吗？"

韩樾子说："我记得你说过'公婆脾气厉害，大伯、小叔正派'，这些话又怎么解释呢？"

阿娟笑着说："那不过是哄你的话罢了，不然你怎么会和我回家呢？"

韩樾子也笑着说："宝见儿，你还有一点诚实吗？在一起才半天，谎话已足够一大车了。"两个丫鬟在一旁也笑了。

过了一会儿，丫鬟们摆上酒菜，两人把酒共酌。阿娟一会儿娇滴滴的，一会儿傻呵呵的，有时靠在韩樾子身上，有时又轻轻地躺在他怀里。韩樾子乘着酒兴，对女子百般温存，真真放浪形骸。不大工夫，三星儿照窗了。他们屏退丫鬟，移开蜡烛，双双上了绣床。当夜，那万般风流实在难以尽述。二人从此情深意笃，相厮相守，不忍离开半步。从此之后，阿娟和韩樾子白天行令喝酒，夜里乘月赏花，温柔乡里的滋味无一不领略到了，过得如神仙眷侣一般。

一天，阿娟去探望姐姐。韩樾子在家无事，便独自一人靠着栏杆观鱼。正赶上小红来送茶，韩樾子见她面庞娇嫩，觉得十分喜爱，便伸出手指抓住了她的手腕。

谁知这小红竟也不推脱，只是微笑着瞟了他一眼，说："小娘子刚出门，先生就这么放荡吗？"韩樾子不听则已，一听这娇柔的声音，早就酥了半边身子，一把拥抱住她说："古人说秀色可餐，像你这样的是可以饱我肚皮了。"跟着把手伸到她怀里去乱摸一通，只觉得那肉皮儿滑溜溜的不挡手，乳房鼓溜溜的像面团，胯下那物件早就不听使唤，便三下两下扯了裤子，同她亲热起来。两个人如胶似漆，可是还没尽兴，小绿突然不知从哪里冒了出来了。看到她快要走过来，慌得韩樾子拉过裤子就往羞处盖。小绿连忙缩回脚，停住脚步，面带微笑，蹲下身子假装采花。韩樾子看着她那娇俏的模样，心里想：如果让她把这件事告诉阿娟就不好了，不如一不做二不休，同她玩玩既可以封住她的嘴，又可以享受温柔乡，何乐而不为。于是韩樾子向她招招手示意让她过来。小绿是个聪明的女子，她明白了韩樾子的意图，转身要跑，韩樾子看着她灵巧的身影，更是欲罢不能，于是扔下小红去追。眼看就要追上小绿时，忽然听到院外有说笑的声音，娇滴滴像黄莺紫燕。小绿边跑边回头笑着说："先生别闹，小娘子回来了。"韩樾子急忙停下脚步。

果然不一会儿，就传来一阵敲门声。小绿理理鬓发，打开门一瞧，高声笑着说："秀姨怎么好久不来了？难道是身体欠安吗？"小红跟着也来了，问小绿同谁说话。小绿说："红姐还不过来问好？灵丘的秀姨来了。"小红满脸通红地行了两个礼，说："小娘子到上党去了，没说什么时候回来。秀姨在这儿住下等吧。"韩樾子藏在玉兰花下边偷眼瞧去，只见一个打扮得漂漂亮亮的年轻女子，扶着一个小丫鬟，轻盈地走了进来，生得模样俊俏，风情万种。韩樾子目眩心跳，没法躲避，不得已上前作个揖。阿秀显然被他吓到了，往后退了一步，羞涩地举起袖子遮住了脸，低声问小红："这位先生是谁？"

小红还没答话，韩樾子便抢先说："在下是商人韩樾子。"

阿秀又问："你怎么在这里？"

韩樾了说："你姐姐请我来做客的。"

阿秀立刻变了脸严厉地说："姐姐守寡三年，院门以内就是五尺高的小童子也未曾进来过。你是外乡人，年纪轻轻，既不是亲戚，又不是朋友，冒冒失失地待在这里，想干什么呀？"

韩樾子被她的样子吓得跪在地上说："小人罪该万死，求秀姨饶恕。"

阿秀毫不心软地说："谁成了你的姨？本来应该将你绑起来告到官府，让你尝尝刑罚，但你说是二姐请来的，暂时先饶了你，等她回家时再当面对证。"

韩樾子听她这样说了，连忙磕头道谢。阿秀又问："你住在这里有多久了？"

韩樾子擦擦额头的汗水说："有一个多月了。"

阿秀上下打量着他问："那你整天干什么呢？"

韩樾子唯唯诺诺地说："没干什么。"

阿秀看着他的样子不由得笑了，说："不会吧？我看你精神劲头蛮足的，若不是进了房的客人，怎能这个样子？你的事我早知道喽！"

韩樾子知道阿秀已看透了自己的行径，便低下头不说话。小绿捂住嘴吃吃笑了起来。阿秀盯了小红一眼，小红的脸"刷"地红了。阿秀迈步进了屋里，叫小红来到自己的身边，在她耳边不知小声说着什么。过了好久，小红似乎明白了她的意思，点点头，捂着嘴笑着出了门，朝韩樾子点头打招呼道："来，我同先生说句话儿。"韩樾子跟她到了西窗下边，小红握着他的手悄悄告诉他："秀姨爱慕先生温文尔雅，今晚上想留下同先生谈谈，嘱咐我告诉你。明天小娘子回来，千万别泄露出去。"韩樾子听了，惊喜欲狂，说："不敢不从命！"小红转身回去复命，不一会儿，房中传出了说笑声。

太阳刚下山，韩樾子就见小绿提着灯，丫鬟们捧着盛满酒肉的盘子来来去去，小红出来邀请他说："公子，可以进去了。"韩樾子走上台阶，小红挑起帘子，阿秀迎出来笑着说："刚才闹着玩，是吓唬吓唬你，你还害怕吗？"

韩樾子答道："刚开始挺害怕，但看你的脸色并不坏，猜想也许是在唬我了。"

阿秀笑着瞟了他一眼，说："你真是个巧嘴，乱搞人家闺女还不认罪？"

韩樾子听了这话，忙请求罚酒。

小绿从旁逗他说："先生怕醉，敢勉强喝酒吗？"

小红低声说："公子，想必您抓周时只抓酒杯了。"

小绿又打趣说："我看先生哪里单抓酒杯，还抓了小红的绣鞋呢。"小红面红耳赤，不再吭声了。阿秀和韩樾子都笑了，并各自赏了她俩一杯酒。

当天夜里，韩樾子和阿秀一起睡在阿娟的床上。阿秀的皮肤和阿娟一样光滑细腻，而柔媚的表情和放荡的劲头则远远超过了阿娟。一夜云雨，韩樾子累得够呛。第二天，太阳升起老高他还在呼呼大睡。这时阿秀已经起床了，对着镜子梳妆。忽然，她的丫鬟急匆匆地跑进来报告说："娟姨回来了！"韩樾子正在睡梦中，一听见这话，立刻急得手足无措，光着身子跳下床，慌里慌张地不知往哪里躲，最后，还是藏进了帐子里。阿秀脸色一点也没变，照常擦胭脂、扑粉。

不一会儿，阿娟进屋了，一屁股坐在椅子上，横眉立眼，怒气冲冲，小红和小绿悄悄地站在门帘外，浑身发抖。韩樾子吓得憋住呼吸，躲在鸳鸯帐内听动静。

可是阿秀却依然慢条斯理地打扮自己。大约一顿饭的工夫，她打扮完了，洗洗手，理理衣裳，慢慢走到阿娟跟前，拍着她的后背，含笑问道："姐姐回来啦？听说是去探望妍姐，她近来怎样？妹妹和姐姐分开太久了，所以来看一看。姐姐，我们这么久不见了，怎么见面也不问候一声，难道是我哪里得罪了姐姐吗？"

阿娟冷笑一声道："你真是我的好妹妹，自己做的好事，还装什么糊涂？"

阿秀依然面带笑容地说："那么，姐姐为什么生气妹妹当然知道了。难道是为了帐子里的人吗？帐子里的人，妹妹怎么能认识？还不是姐姐弄来的呀。妹妹我真是太不幸，昨天一来就碰上他了。后面发生了什么，姐姐，你应该知道了。这件事情虽过去了，妹妹心里真是不好过呀！姐姐你还生气，要不是姐姐不知道从哪里找来这么一个人，也不会发生这些乱七八糟的事儿连累了妹妹，这是姐姐的不是呀，怎么反而拿我出气呢？"说罢，捂着脸哭了起来。阿娟看见妹妹真的哭了，急忙起来给她擦眼泪，安慰她道："妹妹这么大了，还尽逗着玩儿，娇惯的样子还像在妈身边时一样。我们姐妹如同一个人，还问什么呢！不过试你一试，天长日久便知道了。"阿秀这才破涕为笑。阿娟把韩樾子拉出帐外，只见他仍浑身上下一丝不挂，羞得无地自容。阿娟和阿秀互相瞅着笑了起来，让他快把衣服穿好，省得丢人现眼。

韩樾子得到两个美女的陪伴，每天都这样沉浸在欢乐之中，流连忘返，不知不觉半年已经过去了。

一天，三人正一同在花园里喝酒吟诗。韩樾子抬头看见房檐下，有几只老燕子正在衔食哺雏，不由想起离家已经好久，不知家中的老母现在如何，便动了回家看看的心思。他将想法告诉阿娟和阿秀后，二人的脸色很快黯淡下来，阿秀嘤嘤哭泣着，阿娟则凄凉地叹息道："奴家体谅公子，这是你的一片孝心啊，纵使你不愿意走，我们也该劝你起身，怎敢阻挡？只是公子不知，如果我们这一分手，从此就没有再见的时候了。"于是三个人相对而泣，闲聊家常，一宿未曾合眼。

第二天，韩樾子就启程回家了，离别之际，他信誓旦旦地说："两位娘子不要挂念，我看望过母亲，一切安好，就会来与你们相聚。"三人依依惜别之后，韩樾子就起身回家了。

可是当韩樾子回到家之后，才知道自己的老母已死去七天了，母亲临死之前还一直在叫自己的名字。韩樾子心里十分懊悔，他恨自己贪婪美色，没能为老母送终，加上又不时思念阿娟、阿秀，不久便因为郁闷生了一场大病，卧床不起了。

经过家人细心地照料，半年后，他才大病初愈。在生病期间，他时常会想起阿娟姐妹，想到她们对自己种种的好，于是便不顾家人反对，收拾好行装，沿着井陉道出发，循旧路进山，似乎又到了当初那个地方。这里山水依旧，树木依旧，风景依旧，然而宅院却不见了，只有顽石寒泉，乱云红树，空山寂寞，小鸟啼叫，四顾茫茫，杳无人迹。他徘徊到晚上，才悲伤地回去了。

韩樾子有一个表兄姓王，在京城卖布，傅属国跟他有交情，经常听他讲述韩樾子的故事。直到现在阿娟、阿秀二人是鬼是狐还是鸟兽草木成精，也没人能搞清楚。

兰岩评论道：我们也不必刻意去分清阿娟、阿秀是什么东西成精，她们两人天生丽质，温柔多情，在当今世上没有几个人能赶得上。更难得的是，在他们亲热过火时，能够用话语相劝勉；在韩樾子思念母亲时，能够劝他快回去尽孝，从头到尾都绝没有一点害人的意思，这样即使是精怪也是不多见的。再不见美人，在空山中掉泪，不只是韩樾子会伤心，听到这个故事的人也会感同身受，鼻子发酸了。

永护军

从前在阜城内的某条胡同里，有一座空房子，很久都没有人住了，长年有鬼狐出没，凡是租这房子住的人，都被吓疯后死去，因此人们说这是座凶宅。

在禁卫军里有个姓永的士兵，他平时就表现得很大胆，自己常常说自己非常勇敢。同伴们看到他一副自吹自诩的样子，就想试试他，就故意说："人们都说城里有一座凶宅，谁敢到那座凶宅里住住，我们大伙凑钱请他吃酒。"

另一个人说："还是不要去那儿了，有好多去过那里的人非死即疯，我是不去。"

又有人怂恿姓永的禁卫军："你不是常常说你很勇敢吗？有本事你就去那里住一晚，我们就真的服你。"

姓永的禁卫军说："这有什么难的，让我准备些东西，一会儿就过去。"说完挺着胸脯回家去准备东西。大家说："你如果真的能住一晚上，我们现在就给你买酒买肉。"众人真的给他买了酒肉。

傍晚时分，他独自一个人带着酒、肉，卷着铺盖去了这座空宅。这座房子因为长年无人居住，年久失修，野草长了几丈高。不过房子虽然破旧，却还可以遮风挡雨。于是他就在偏房里安顿下了，开始喝酒吃肉。大约到了二更天，他喝得半醉不醉的时候，他抽出宝剑，一边舞剑，一边砍着房柱，高声说："如果真的有鬼，你们就赶紧出来！为什么到现在还不现出原形来，躲着干什么？"吵嚷了一阵，也没有看见有什么东西，姓永的禁卫军大笑起来，躺在床上睡着了。

他睡得正香，似乎听见有脚步声。他立刻睁开眼睛，定睛一看，只见隔壁的里屋好像有灯光一闪一闪的。他下床拿起宝剑，悄悄地从门缝往里屋看。

灯下坐着一个女人对着镜子在梳头。从背影看女人很年轻，头发长如瀑布。姓永的禁卫军觉得奇怪，想要逃离，但又害怕同伴们嘲笑他。就在他犹豫要不要离开的时候，突然那个女人转过身来了，原来这是一个没有脑袋的人，只见她一只手扶着膝盖上的脑袋，另一只手拿着梳子拢头发，两只眼睛光闪闪的，直瞪着门缝儿。姓永的禁卫军被吓得呆住了，很想离开，可是脚都迈不动了。

不一会儿，那女人梳完了头，用两只手提着耳朵，把脑袋放到腔子上，腾地站起身来，慢慢地朝门口走来，好像要开门走出来似的。姓永的禁卫军吓得大喊起来，转身便跑。邻居们听到他的喊声，点上火把，操起刀枪赶过来。此时，姓永的禁卫军早已跌倒在台阶下边，胳膊肘和膝盖全跌伤了，昏死过去。人们把他抬了出去，直到第二天中午，他才醒来。醒来之后，他把之前所见向大家说了一遍，人们听了，不寒而栗。

姓永的禁卫军醒来之后，就一病不起，在床上躺了好几天才起床。从此以后，同伴们一见面就嘲笑他，他自知理亏，无法还嘴，再也不说自己胆子大了。

兰岩评论道：说大话而不知道害羞的人，动辄以为天下的事没有不能干的，谁知刚一试，就狼狈不堪，为什么不在吹嘘前事先考虑一番呢？

朱外委

从前在永平这个地方有一个姓朱的人，是一个编外小军官。有一次他外出办公事，独自一个人骑匹马，挎着弓箭，因为着急连夜里都在赶路。他走的路曲曲弯弯的，两旁都是高粱地。

当时正好是十月下旬，那天风刮得很厉害，霜也很重。夜里一片漆黑，天上连一颗星星都没有。他走着走着，忽然听到一阵似有似无的哭泣声，声音凄凉悲哀。

他觉得很奇怪，连忙抬起头向四处张望，在他的正西数十步之外有一个年轻的妇女。他觉得更奇怪了，心里想：半夜三更的哪会有什么女人，莫非是什么妖魔鬼怪？

于是，他立刻勒住马，拉弓抽箭，向空中射了一支响箭，箭发出的声音就像鹤唳一般，直冲上天际。那哭声突然就停了。他又放了一支响箭，女人突然站起来，她的身材非常高大，就如同大树一般高，迈开了步子就向他追了过来。姓朱的小军官看到她跑了过来，大吃一惊，立刻用皮鞭抽打马儿就逃跑了。

马一路狂奔，到了一座古庙边上，马儿已经气喘吁吁了，再也没有力气了。于是他跳下了马，走进了古庙里，然后紧闭上门，躲在神座下，心里一面暗暗祈祷神灵一定要保护自己，一面偷偷地从破板缝往外看，大气也不敢出一声。

不一会儿，那女人就追了过来。她先在古庙的四周来来回回地寻找。她的身材真的很高，庙外的土墙才刚刚到她的腰胯下。况且她披散着头发，脸色煞白，生气时发出一阵阵吼叫声，那样子真叫人害怕。

她找了一会儿，突然在古庙外发现了那匹马，她知道小军官一定是藏在了庙里，于是她探着身子向着古庙又抓又扑，她的身材高大，力气也很大，古庙台阶上的石头都让她碰碎了。姓朱的小军官看到这样的情景一下子吓坏了，昏了过去。

原本古庙很小，那个女人力量很大，应该一下子就被撞开。可是不知道为什么，过了许久，那个女人还撞不开门。渐渐地，她好像放弃了，庙外传来一些奇怪的声音，听起来像是吧嗒嘴的声音。没有多长时间，那声音也消失了。姓朱的小军官又害怕又担心，强撑着不睡觉，可是这一天折腾下来，他困极了，竟然不知不觉睡了过去。

第二天早上，路上的行人渐渐多了起来，他被说话声吵醒了，他一醒来立刻就大喊救命。

路人听到了叫喊声，立刻跑进了庙里来看。路人看见他躲在神龛下面瑟瑟发抖，就吃惊地问他："你这小哥，为什么待在这里？"姓朱的小军官把夜里发生的事一五一十地说了出来，听故事的人都被吓得缩起了脖子。其中有几个人说那是魍魉，另有几个人说是丧门神，众说不一。这时有人在庙外发现了死去的马，它早已被吃得精光，只剩下了马皮和马骨乱七八糟扔了一地，就连那个鞍子也成了粉末。大家看到这些都说这可不是一般的妖怪，他们互相告诫、提醒彼此千万不要在夜里走路。

姓朱的小军官没有了马，只好徒步走回兵营。之后他生了一场大病，卧床一个多月才好。从此之后，他再也不敢走夜路了。

兰岩评论道：没有制服人家的能力，就冒冒失失地触犯人家生气，几乎粉身碎骨，多么愚蠢啊！我劝世上的人要以此为戒。

锔 人

用铜铁等制成的两头有钩可以连合器物裂缝的东西，称"锔子"。这里是一个关于锔人的故事。

有一个禁卫军非常喜欢打猎。

有一年夏天，他带着鸟枪到城外打猎。突然天空下起了大雨，他急急忙忙地想找个地方去避雨，突然他看到不远处有个演武厅便跑了过去。

他在里面等了许久，雨越下越大，丝毫没有停下来的意思。不时还会传来电闪雷鸣，这些雷电绕着大厅久久不肯离开。他看到这样的情景很害怕，环视着大厅，突然他看见一只大蝎子趴在房梁上。这只蝎子很大，像一只琵琶那样大。瞬间他就明白了，雷之所以久久不肯离开，一定是因为这个东西在这里，上天要惩罚它。

他想：如果我助那雷神一臂之力，是不是也能分点功劳。他急急忙忙取下了枪，装上火药和铅子，瞄准蝎子把火点着。枪刚响，他竟然也昏倒了。原来在他开枪的同时，也有一个霹雳把他震昏了过去，倒在地上。他躺在地上一动也不能动弹，但心里却很明白。

恍恍惚惚间，他觉得好像有几个人走进了大厅。不一会儿就传来了乱哄哄的嚷嚷声："你们看，我们好像误击一人，怎么办？怎么办？"

另一个人说："我们误击了他人，可是这个蝎子怎么会死掉呢？"

第三个人说："你看他手里拿着枪，一定是他把蝎子给打死了。他帮助了我们，我们不可以见死不救。你们都过来，快看看他还能不能救了？我看难，他的筋骨都断了，好像不能活了。"

就在这时，他觉得有人走近前来查看他。那个人用手抚摸他的身体，说："我觉得不要紧，可以锔上。"

不一会儿，就有人过来锔了，他翻过来调过去地摆弄着他。过了一个时辰后这些人才散去。

禁卫军不知道过了多久，才自己清醒过来。他试了试，可以慢慢地坐起来，还能扶着枪勉强走路，全身上下感觉有点不协调，但是一点也感觉不到疼痛。他仔细地查看自己的全身，只见满身的骨节以及骨节上的皮相连接的地方都有肉铜子，二寸多长，宽五分，个个相差无几，他这才明白自己不是在做梦。

过了一会儿，他觉得体力恢复了，就打算回家。转身看到那大蝎子早已死在地上，样子凶恶可怕。他想了想把蝎子绑在枪上，扛回家去了，当成纪念留了下来。

直到今天，他的家中还保存着蝎子尾巴呢。

兰岩评论道：曾经看《聊斋志异》，上面有换脑袋的，有换心的，加上这个可以称为三奇了。

某掌班

有一个戏班子，他们的班主经常带领着戏班子里的人到苏州去演戏。

有一年从苏州演出回来，他们打算去别的地方继续演出，路途中，他们经过了某村。这个村子里有个人某乙，平时每次班主路过这里都会借宿在他家里，一来二去两个人就有了交情，班主每次路过这里就想去探望他。

某乙看到班主的到来，非常高兴，就准备了丰盛的宴席盛情款待他们这一行。某乙家是当地的大户，家里有房有地。其中有一座花园，房屋很多，都用纸糊得雪白，环境清幽，某乙一家很少到这里来住。他就在这里宴请了戏班子的人，还安排客人们住在这里。

戏班里的人很开心，某乙很久没有见到他的朋友，不由得多喝了几杯，很快就有了醉意，他对班主说自己不胜酒力，想先行告辞了，说完就尽兴而散。

某乙离去后，戏班里的人们仍然觉得未能尽兴，大家看到时间还早，于是打算一块儿玩掷骰子的游戏。他们彼此喊叫着把骰子扔进一个盆里，比赛看谁的点数大。他们玩了一会儿，忽然有人尖叫起来，原来骰子盆里滴进一滴红色的血。

当时正好是夏天，大家以为天气干燥，不知道是谁的鼻子破了，才流了鼻血。他们便互相询问，看看谁生病了。但是问了一圈，都没有人鼻子流血。于是他们也没有在意这件事，依然继续玩游戏。可是奇怪的事情发生了，随着骰子的滚动，血"吧嗒、吧嗒"落了一盆子，不一会儿就腥气四散，满屋子都是血腥味。

大家诧异地互相瞅着，全愣住了。不过这些人走南闯北见多识广，都没有害怕。只是抬起头四处查看，到底是哪里来的血。他们观察了很久，才发现顶棚上有一滩血迹，像碗口那样大。而盆里的血滴正是从屋顶那滩血里流下来的。

血迹慢慢向四处洇开，不一会儿棚纸竟然破裂了，有一件东西从屋顶上掉了下来。众人走到前面仔细一瞧，竟然是一双女人的小脚！让人害怕的是这双脚的脚后还有鲜血往下淌，好不瘆人！大家看到了这样的情景，都被吓坏了，争着夺门而逃，一边往外跑，一边尖叫着。

听到他们的尖叫声，很快就有人跑过来看发生了什么事。众戏子们早已经被吓得呆住了。来人喊了他们很久，这些人才缓过神来，结结巴巴地把他们所见的事说了一遍。听的人也很害怕，但是仗着人多，一群人点起火把，操起刀枪，又来到房间里去搜查，然而他们把屋顶仔仔细细地查看了三遍，什么也没看见。顶棚也完好无损，并没有什么血迹。所有人都觉得很惊异，戏班子的人更是不敢再在此住，于是，就搬到别的房间住了。

第二天，班主就将这件事告诉了主人。某乙听后，脸色如死灰。班主问了他很久，可是他支支吾吾地搪塞过去。某乙送给班主和戏子们许多东西，嘱咐他们千万保密，不要将此事泄露出去。

后来班主来到了京城后，仍念念不忘此事。正巧某乙的表弟某秀才进京赶考，住在了班主家。班主暗中向秀才打听那件事。秀才本来同某乙有矛盾，关系不好，于是便说出了此中秘密，班主这才解开了心中疑团。

某乙因为家里非常有钱，他们村里的几百户人家，其中一多半是他的佃户。他因为有钱有地就常常仗势横行。村子西有个姓程的农民，妻子长得非常漂亮。

有一天，他的媳妇往地里送饭，某乙正巧在收租，他一看见这个妇人，就喜欢上了她，回到家里还时时惦记着。于是，某乙就到姓程的农民家里去讨旧债。姓程的农民还不了，只好跪在地上求他宽限几天。这时某乙装成一副好心的样子说："我家里正好缺一个做针线活的女人，我看你老婆针线活儿不错，就让她来干活，做得好我还会给她发工钱。"姓程的农民没有办法只好答应了。

妇人来到他家不久，某乙和儿子都看上了这位妇人，都想要强奸她。一天晚上，某乙的大儿子把程家媳妇骗到这个花园的空房间里，想要奸污她，程家媳妇被逼得没法儿，誓死不从，还抓伤了某乙儿子的脸。某乙的儿子大怒，捆起程家媳妇的手脚，扒下她的衣服，强奸后又打了好几百板子，打得血肉横飞，当天夜里她就死了。就这样某乙的大儿子还是不解恨，他还把尸体悬到房梁上，又糊了一层纸棚，就这样毁尸灭迹。姓程的农民来到某乙家找不见媳妇，便去官府状告，两家人打起了官司。官司打了半年，某乙给了县官很多钱财，案件就不了了之了。

过了不久就赶上了荒年，程家父子出外逃荒，再也没有回过村子。某乙的儿子才把那媳妇的尸体火化了。这件事至今已过去十年，再没人过问了。

现在想来，班主同戏子们看见的，一定就是媳妇的冤魂，而他们住的那间房大概是悬尸体的屋子吧。

尸 异

有一个老人坐车想要进崇文门去，可是车没有到门口他就暴死在了车里。守城门的兵查看车子时发现了老人一动不动的，就把赶车的车夫抓住了，告到了官府。

那时天已经黑了，仵作都已经回家了，所以没有人验尸，县官就把尸体停放在一个铺子里。

半夜，巡夜的人路过这里，进去巡查时发现老人的尸体不见了。他把这件事告诉了守城门的兵士。大家都慌了，不知道该怎么办。这时巡夜的人说他知道有个地方停放了一口新棺材，还没下葬。于是他们商量着乘夜把那棺材里的尸体偷来，准备搪塞一下。大家都觉得这是一个好办法。于是他们连夜把尸体偷来放进车子里。

第二天，官吏和仵作来验尸，在尸体头发里发现一根三寸多长的铁钉子，这根铁钉子被钉进了脑袋里。根据这些证据，官吏认为车夫为了谋财，所以才杀了老人。在审问时车夫连声喊自己是冤枉的，可是证据确凿，因此官吏判了车夫死刑。

就在行刑的前几天，有一个老人忽然来到官府说要见官吏。衙役连忙报告了官吏。

老人说："我就是那天坐车的老人，车夫没有谋财害命。"

官吏看到老人死而复生很奇怪，道："老人家，你快说说发生了什么事。"

老人解释道："我那天急着赶路，早上起来没有吃饭。那天天气很热，我坐了很长时间的车，一时昏倒在了车上，假死过去了。到了半夜，天气凉爽，我又醒了，看到已经进了城，四周无人，我还有事要办，于是就下车独自离开了。我今天才听说车夫受了冤枉，心中实在不忍，所以特来说明。"

官吏听了这件事，连忙叫车夫出来辨认老人，车夫一眼就认出了老人。官吏觉得奇怪，既然老人没有死，那么尸体是从何而来的，于是便追问那具尸体的来由。查询到守城门的兵士那里，他看见再也无法隐瞒了，只好说出了实情。

官吏命人把停放棺材的人抓来审问，这家的主人是一个年轻妇女。

官吏看到她，问："棺材里的是什么人？"

她哭着说："是我的丈夫。"

官吏问她："你丈夫的尸体现在哪里？"

妇人说："已经下葬了。"

"你丈夫到底是怎么死的？为什么他的尸体丢了你也不报官？"

妇人说："他是生病死的。我没有什么可以说的。"官吏见她不说实话，就吓唬她："不从实招来我就要用严刑。"她这才吐了实情。原来她同他人通奸，被丈夫发现了，狠狠地打了她一顿，她和奸夫就起了害夫之心，所以在半夜里把丈夫钉死了。她本以为做得天衣无缝，却没料到这样快就被发觉了，实在是天网恢恢啊！

于是，官府放了车夫，判了奸夫奸妇死罪，把守城门的士兵骂了一通，但又赏了一些银钱表扬他们阴差阳错帮助破了案件。

兰岩评论道：借这个事而昭雪那个冤枉，上天安排得实在太巧了。

闵 预

闵预是浙西一个大户人家的子弟。他长得非常漂亮，容貌清秀又很善于打扮，因此看到他的人无不频频回头。他二十一岁时，他的叔叔闵青岩正好要进京赶考，他也想过去长长见识，就跟着一起去了。

闵青岩去参加科考了，他进了考场，闵预一个人也没事做。他打听到，崇文门外有个金鱼池，心里想那里大概是个风景幽美的地方，何不去玩玩。于是兴冲冲地到了那儿，一看，才发现毫无乐趣。

那时正好是秋天，他来到金鱼池，只见这个池塘的水非常的脏，金鱼寥寥无几深深地沉在脏水下面。池塘上一片荒芜，四周的草木有一半都枯萎了。池塘边虽说有几个芦棚，挂着青布酒幌，可是喝酒的人闹嚷嚷的，不值得在此停留。他看到这一切，感到索然无味，便溜溜达达地想要回去，忽然有一个人走到他跟前。

这人长相虽然不出众，可是衣帽却极整齐，他向闵预作了一个揖说："小兄弟，你今天玩得高兴吗？"

闵预在家中时，足不出书房，很少与人交往，现在在千里之外，见人更加腼腆，他很不善于应酬。碰上个生人之后，他竟然支支吾吾说不出话来。

那个人笑着说："听老兄的口音，莫非是浙江人？"

闵预想都没有想就答道："是的。"

那个人也立刻就操着浙西土语说："常言道，亲不亲，故乡人啊！我能在这里碰上你也是有缘。我们离开家乡好久了，正好遇到你，我们一起好好地谈谈家乡的情况可好？"

闵预高兴极了，他正好没事可做，就欣然答应了。

那个人指着不远的地方说："那里有个酒馆，请你挪步和我一起到那里坐坐可以吗？"说话间，他拉着闵预就走。

闵预无法推辞，只好随他进了街上一家干净的酒馆。那人也不客气，点好了菜，要了酒。不一会儿，酒菜上来，他拿起酒杯给闵预倒了满满的一杯。闵预本来酒量就小，那个人又殷勤地不停劝酒，不得已，他勉强喝了几杯。不一会儿，他的两眼就花了。那人逗他说："老兄你如果实在不能喝，这里有药，稍微吃一点，酒劲立刻就解了。无需担心，老兄只管放开海量喝。"只见那人从兜里掏出一个小红丸，放在酒杯里，催促闵预喝了。闵预喝下之后，就迷迷糊糊的什么也不知道了。

醒来后，闵预发现自己已经不在酒馆里了。他四处打量着，只见灯光照着四壁，周围一片粉白。而自己则躺在一个纱帐里，他想站起来，才发现自己身上的衣服早已不知道哪里去了，自己竟然一丝不挂地躺在红缎被子里，枕着绣花枕头。被子软乎乎，暖烘烘的，周围散发着香气，他觉得自己好像躺在富贵人家小姐的闺房里。

闵预大吃一惊，他站起来到处找衣服鞋子，可是丝毫没有踪影。他呆呆地躺在床上回想白天的事，脑子里一片空白，大多数的事情他都忘了。恍惚间他只记得同一个人在酒馆喝酒，可是不明白为什么会到了这个地方。

这里是什么地方？为什么自己会光着身子躺着，衣服和鞋怎么又不见了？他越想越疑惑，越想越害怕，睡意全无，只是侧耳倾听，可是周围一片寂静，远近并不闻鸡犬之声。

不知道过了多久，传来一阵吃吃的笑声，由远而近，逐渐到了窗下。闵预听出是女人的声音，不知是鬼是妖，他更加觉得惶恐。紧接着，他好像又听见用钥匙开门的声音，然后有人掀起了帘子。

进来的是两个尼姑，一个二十多、一个十八九，都是青青的头皮，白白的脸，身段容貌都很好。她们中一个含笑踮着脚尖去剪蜡烛，另一个把灯放在茶几上，轻手轻脚的。她们似乎早就知道床上有人，生怕惊醒了他似的。

过了一会儿，一个低声问："他怎么还没睡醒？"另一个说："为何我们不去看看呢？"说完，两人就蹑手蹑脚地一同来到床边。闵预又怕又臊，不知该怎么办，只好拽起被子蒙上脑袋，闭上眼睛，憋住气，一动也不敢动。

两个尼姑来到床边掀开被子，一起上手抚摸他。闵预一看躲不过了，就立刻坐了起来跪在枕边，叩头求饶。两个尼姑看着他的样子相视而笑。

年长的尼姑说："真是个书呆子，还是男子汉呢，你的胆子怎么像豆子那么大点儿，一点小事儿，怎么就怕成这个样子？我们又不吃人，你不用害怕。"说完，两个尼姑就一边脱衣服，一边钻进帐来，慢慢靠近他，两个人对他又亲又摸，逼他就范。闵预还未娶亲，对男女之事他还从未尝试过，看到两个尼姑这样的挑逗，他的身体也有了反应，于是他也索性抹下脸来，快活一番。

渐渐地，闵预明白了过来，自己是被人骗了，弄到这里来供尼姑享乐的。他思来想去，自己肯定一下子走不了，只好暂时待下，等机会，再想办法。

第二天，两个尼姑又带来另外两个女尼，一个四十来岁，一个三十多岁。她们也要同闵预交欢，这两人更加放荡。有时她们兴致来了，大白天也交欢。这些尼姑无比放荡，甚至光着身子在房内互相追逐。情到浓时，闵预就询问那个二十多的尼姑："这是什么地方，你们是谁，为什么把我私藏在这里？"

二十多的尼姑说："这几天交往下来，看你真是个老实人，我不妨把实话告诉你吧。这里是一座尼姑庵，地处偏远，四周幽静，很少来人。我叫景初，我师姐叫景默，年岁大的是我们的师父，叫明心，中年的是师叔，叫明悟。佛门寂寞，我们几个长年住在这里也是寂寞难耐，就会引诱那些来庙里的男子。"

闵预又问她："那我是怎么到这里的？"

二十多的尼姑继续说："同你喝酒的那个人就是庙后面的郁医生。他刚刚来到这里，也曾被我们引诱过。可是过了一段时间，他就对我师父她们说，只是他一个陪我们太没有意思了，他可以帮我们到处去访查年轻漂亮的男子，我们就付给他很多钱财。我可以见到你，真是缘分啊！你只管待在这儿，这里乐趣无穷，不要再想出去了。"闵预听了她的话暗暗叫苦。

闵预好几次提出要回家的意思，尼姑们都笑着不回答，只是朗诵鱼玄机的诗句："易求无价宝，难得有情郎。"闵预看到这样的情景知道一下子难以逃脱这班女尼的掌心。尼姑们为防备他逃跑，每次离开，必定将门反锁上，还只给了他一件薄薄的内衣。每天两顿饭都是两个小尼姑亲自送来。

每天夜里这几人就会团团围坐一处，开怀畅饮。醉了便睡在一张床上，轮番与闵预寻欢作乐，直到天亮。慢慢地，闵预不胜疲劳，很快形销骨立，失却了从前的丰韵。

一天，闵预正躺着，明心来了。一见他那副病殃殃的样子，便有了厌烦的意思。她暗中同另外三个尼姑商量："姓闵的小子成了这个狼狈样，不如杀了他，以防他泄漏口风。"景初听了大吃一惊，急忙劝阻说："师父请稍等，待徒儿再将他调理一下，想来很快就会好的。"

于是她急忙进了屋，抚摸着闵预，安慰他，叫他多多保重，不要萎靡不振。从此以后，尼姑们都不再来了，只有景初殷勤照料，闵预很感激她。

闵预在这里度日如年，想家的念头无时无刻不压迫着他。他的屋内供奉着一个观音佛龛，他早晚叩头祈祷，祈求早日离开陷阱；又翻阅案头的经卷，发现了观音咒，便诚心朗诵，每天达数千遍。

一天夜里，他正在念咒，忽听有人叫他的名字。他睁眼一看，见一个老太婆站在帐子外边招唤他道："快下床，我送你回去。迟了就耽误你的事情啦！"闵预又惊又喜，没工夫细问，披上衣服、光着脚板就跟着她走了。老太婆真的很厉害，用手摸一下门，门就自动开了。

闵预紧跟在她身后。老太婆身上仿佛有道白光闪亮，照到哪里，哪里就像白天一般。这一路就在夹道里面走，两边的墙很高，像是城墙。一连穿过了好几道门，老太婆一到门前，门就大开了。最后到了一道门前，老太婆停住脚步对闵预说："你就从这儿出去，千万不要走回头路。"闵预刚要道谢，老太婆已经消失了。他这才明白这位老太婆是救苦救难的观音化身，他一面默念着佛号，一面踉踉跄跄地跑了。估计离开尼姑庵已经很远了，他才抬头，看到星星月亮都已偏西，时间大概有四更多天了，于是他就蹲在一个小土岗子下边休息起来。

天亮后，他发现自己待的地方正是天坛北墙下边。他在尼姑庵里待有一个多月了。已经到了秋末，秋风瑟瑟，他只穿着了一件单薄的内衣，身上又有病，冷瑟瑟地缩成一团，像个刺猬。

他回到客栈时青岩叔叔已经走了。他又到同乡会馆去打听消息，才打听到青岩丢了侄儿又落了榜，几次想寻死，幸亏有乡亲们规劝，现在内城某街某胡同某旗的某贵族家中当教书先生。

闵预向同乡借了衣服和鞋子，按着同乡所说的地方找去，见到了叔叔。叔叔又惊又喜又悲又气，连忙追问他到哪里去了。闵预跪在地上，流着眼泪把遭遇说了一遍。叔叔愣了半天，才哭着说："京城这地方像大海，老于世故的人还经常落入骗局，何况毛头小伙子？你怎么可以随便同人喝酒，自投罗网？若不是观音大士慈悲显灵，你能保全性命吗？眼下，你快点治病，不要让你父母在千里之外埋怨我啊！"

这家主人听说教书先生找到了侄儿，备办下酒席庆祝。酒席上他们谈起尼姑们的事，主人不胜惊讶。主人是文士玉公子的亲戚，所以士玉跟闵预很有交情，对这件事情知道得特别详细。

兰岩评论道：淫乱的尼姑害人，令人憎恨；可是，书生因为贪酒，差点死去，也可以说是不慎重了！

章 佖

在水磨关，有一个戍卒名字叫章佖，祖祖辈辈住在那里以打猎为生。

章佖从小就很勇敢。十七岁那一年，有一天他独自一个人背着弓箭到北山里面去打山鸡野兔。不知不觉间，天色晚了，他来不及回家，可是荒郊野外无地可投宿，他只能在悬崖下面露宿。

睡到半夜时，章佖感到有什么东西碰他的面颊，他以为是有什么野兽，急忙睁开眼，借着月光一瞧，原来是个人。他觉得奇怪，大半夜里荒郊野外怎么会有人？于是猛地起身一把抓住那个人的胳膊，拉到了自己的身边，一看原来是个漂亮女子！女子被他掐住了胳膊，尖声尖气地叫了起来，侧身倒在草丛中，扭动着身子，娇声娇气地哭叫，好像经受不住疼痛的样子。章佖心一软，便松开了手。

女子起身坐在地上，慢慢地整理衣裳。月光下的她生得娇艳异常。章佖怦然心动，问她："姑娘，深更半夜怎么到这地方来？"

女子回答道："我家就在这附近，今天晚上月光皎洁，我就打算到悬崖下散步。看见你睡得正香，我心生好奇，就想逗逗你玩，没想到你竟这般粗暴。"

章佖说："既然如此，你为什么碰我的脸？"女子被他一问，含羞低下头去，没有回答。章佖看见她面容姣好，明眸善睐，突然上去把女子搂在了怀里，女子不从，使劲挣扎。两个人正在撕扯间，一个小丫鬟突然跑了过来，气喘吁吁到了跟前，厉声吆喝道："哪里来的小子，强拉人家黄花闺女？"

章佖说："是她自己来找我，哪里是我冒犯她！"

小丫鬟笑着说："强徒，强徒，还有一张利口，看来同你没有理讲。小姐，咱们回家去吧！"于是，扶着女子顺小道走了。章佖年轻欲旺，哪肯就此舍弃这样的美色？于是他就偷偷跟在女子后面。

他们穿过了高山，越过了山涧，约莫行走了五六里路，来到一处松树林。松林里有几间瓦房，周围圈着竹篱。两个女子先走进去，章佖也随之跟了进去。小丫鬟回头看他一眼，笑着说："这年轻人也太厚脸皮，深更半夜到别人家，想要干什么啊？"

女子捂着嘴，微笑着说："想必不是奸就是盗呗！"那声音清脆婉转，犹如春天的黄莺。

章佖给她们作了一个揖，说："小人刚刚得罪了小姐，现在特意上门来请罪，怎敢提什么奸、盗的呢？"

小丫鬟说："年轻人，如果你真的对我们小姐有意思，我们就要先考考你的文采，你会对对子吗？"

章佖说："就算会吧，又能怎么样呢？"

小丫鬟说："我家小姐青春年少，正当二八芳龄，现在孤单单一个人，无依无靠。她当然也想找个好人家的子弟做女婿，所以不肯轻易议婚。所以她曾作一个上联，有谁能对上的，就嫁给他。"

章佖本是一介武夫，目不识丁，但是不愿意显出自己才疏学浅，就扯谎道："在下不才，但也不妨说说是什么对子，说不定我能对上呢！"小丫鬟请女子说对子，女子把对子写在纸上。小丫鬟拿着纸对章佖念："织女星辰永相睽且一年两会。"

原来这一年正赶上闰七月，有两个七夕。章佖没有读过书，不明白念的是什么意思，就在原地转来转去，脸像火烧的一般。

小丫鬟看到他是一个老实人，有意成全他，背着女子，小声对章佖说："你只说'黎花月午尝独坐每半夜三更'。"章佖翻来覆去磕磕巴巴学了一句，还错了两个字。小丫鬟用衣袖捂着嘴，强忍着不笑出声来。女子笑着说："这肯定是丫鬟教坏的！"小丫鬟说道："这个年轻人看起来很老实，就算他不是学者，小姐不要拘泥这些小节了。"

女子想了想，就把他请进屋里。从此之后，章佖同她一块儿食宿，二人的感情很好。女子赠给章佖一只金镯子，章佖回赠一块玉玦，女子把玉玦系在了裙带上。

这个女子特别聪明，可是胃口却特别大。不要看她长得苗苗条条的，但是饭量尤其大。尤其是每次吃飞禽走兽的肉，她一个人能吃很多，就算两个人也吃不了。有时即便是她吃饱了，还眼巴巴地盯着碗里剩下的饭食。章佖因喜欢她，也不感到奇怪，为了让女子高兴，他便天天出去打猎。

女子与丫鬟每隔一天出去一次，回来时常常已经是夜深时分了。章佖奇怪，忍不住问她："你到什么地方去了，那么晚才回来，我会担心的。"

女子说："有个守寡的嫂子住在大黄山，她家里的孩子很多，所以我得经常去探望。"

章佖听了吃惊地说："大黄山那可是狼窝呀！你一个女子怎么敢频频来去，而且还深夜才回家？"女子不回答，还是来去如故。章佖非常担心忧虑，要同她一块去，可是女子坚决不同意。

章佖想，狼这个东西虽然很狡猾，但不知道饥饱，碰上东西就吃。于是他把自己腰带里放着的毒药，暗中撒在黄羊肉上，放在山路上，从北山到大黄山，放了十多处，想毒死狼，保护女子，使其免受危害。

第二天，女子与小丫鬟又出去了，一宿也没回来。章佖又惊又疑，坐等到天亮。天亮后，女子还没回来。章佖害怕了，他背着弓箭去寻找女子。找了很久，才在一处树林里看见了有两只狼死在那里，旁边扔着吃剩的毒肉。章佖见狼中毒死了，心里的石头放了下来，他觉得女子至少不会被狼所伤害。可是他在狼的尸体旁边看到了两件女子的衣服，他立刻认出是女子和丫鬟穿的，他捡起衣物查看，忽然一件东西掉落下来，摔在石头上面，啪啪作响。仔细一看，原来是自己赠给女子的那块定情玉玦。不禁大惊失色，痛哭流涕起来，他认为是狼吃掉了那俩女子。

他抱着那些女人衣服回了家，一看，哪来什么瓦房、竹篱笆？只剩下一个土窟和一堆乱柴禾，还有弯弯流水，寂寂荒山。这时，章佖才明白，那女子和丫鬟原来是狼变的，而自己又亲手毒杀了她们，不由后悔万分。章佖大哭一场，离此而去，从此终身没有娶妻。

我在金城时，章佖已升任千总了，那时他才二十四岁。每逢我问起他那女子的事情，他都悲痛溢于言表。

闲斋评论道："五凉这个地方狼很多，金城（今之永昌县）尤其多。它吃羊时单独行动，吃牛马时群起而上，吃人时搞突袭，也捕吃禽鸟。它能耍花招，可称得上有智谋了，可是，终不免一死，原因在于贪呀！

兰岩评论道：像狼这样的恶兽，却能对对子，又长得那般姣美；而章佖是人，居然目不识丁，给丫鬟笑话，未免可耻。我愿世上想稍有作为的人千万别把诗书看得一钱不值，每天只顾玩乐。一旦被狼崽子超过，自己也就没好了。

麻 林

林茂子是天津人，他是我的仆人刘忠的好朋友。他的脸上长满了麻子，所以人们都称他为麻林。

有一年，麻林跟他的一位姓宋的朋友，一同给浙江某盐司衙门的老爷当跟班。他们二人感情很好，连吃和住都在一起。

可是好景不长，盐司老爷被罢官了。他们二人流落到了江淮间，身上的钱都花完了，因为没有盘缠，他们没有办法回老家，只好相依为命。

可是没过多久，姓宋的朋友得了痢疾四处求医，最终不治而亡。麻林是个重情重义的人，他掏空了腰包箱底，用身上仅有的钱，把朋友草草安葬了。从此之后，逢年过节，或者麻林想念死去的朋友了，他都想去坟上祭奠一番，但都苦于没钱，只是有心无力罢了。

一天夜里，麻林睡得正香，忽然看见姓宋的朋友走到床前对他说："我们相好多年，你忍心让我的鬼魂挨饿吗？"麻林吓了一跳，马上答应他："过儿大，找枳攒点银子一定好好去祭奠你一番。"姓宋的这才郑重地离去了，麻林惊醒过来才发现是一场梦。

第二天夜里，他刚睡着，就又看到了姓宋的朋友，他责怪麻林不守信用。麻林回答说："不是我薄情寡义，的确是因为没钱。巧妇难为无米之炊。"姓宋的朋友不依不饶："两三吊钱就这么难办吗？那么多有钱人你不会去和他们借一点？南关的金四不是城里的有钱人吗？你可以向他借一点。"

第二天一早，天还没亮，麻林就起床了，找那金四借钱去了。可是那金四虽然有钱，却也为富不仁。他苦苦哀求了很久却没借到，心里很是烦闷。

当天夜里，姓宋的又托了梦说："清明快到了，我也去世好几个月了，你就不能想想办法破费给老朋友送点纸钱吗？"麻林叹息道："往年在浙江时，我们给盐司老爷当差，成千上万的钱喘气工夫就能搞到，没想到今天竟这样困难。老兄暂且等等，就是清明节不能给你烧纸钱，七月十五中元节一定加倍送上。"

姓宋的坐在床边哭泣着说："把我埋了才几天，就这样薄情了，以后谁知道你还会记得我吗？生死之交不该这个样子啊！"麻林每天晚上听他哭哭啼啼，受不了他的啰嗦，抓住他的胳膊坐起身来，想同他谈谈。就在这时，不知为什么，姓宋的大惊失色，用力挣扎想挣脱走掉。麻林感到奇怪，就是不松手，越是死劲挣脱麻林就抓得越紧，眼看姓宋的就要逃走了，麻林急忙拿过被子把姓宋的连头带身蒙起来，说："我不过想和你说说我的难处，你就这样不愿意听，既然你不愿意听我的难处，干吗每夜都缠着我。现在想走，我就是不放。"说完就抱着被子继续睡觉。

第二天，麻林醒了，只见被子压在身下，被子里面好像有呜呜的声音传来，好像是朋友仍然在哀求。麻林更觉得奇怪，用力按住了被子，突然他逐渐感到被子下的身体缩小了，嘶叫声也变了调。过了一会儿，就不再动弹了。麻林打开被子想看个究竟，哪里还有那个姓宋的，只见一头小猪在床上缩成一团，它好像被刚才的事情吓到了，拉了一被子的臭屎。麻林不知道发生了什么事情，可是看到小猪，笑着说："我有办法了。"

第二天一早，麻林带着小猪上市场，卖了两千大钱，他把全部的钱都用来买酒、果、纸、香……然后拿到姓宋的坟上祭奠一番后，大哭着回家了。

兰岩评论道：狐假虎威，欺压百姓，给官员们当跟班的人往往如此。流落他乡，死后成了饿鬼，也很可悲呀！最后变成一只小猪，虽然麻林卖了猪祭奠他，可他已变牲畜了。

薛 奇

薛奇是山东滕县人，他曾给皇帝当过侍卫，因为表现出色，后来他担任了陕西宜君营的参将。那时他经常随身带着一把重三十斤的铁锏。

那时候宜君附近的山里经常有老虎出没，薛奇便经常拿着他的大锏去打老虎。他力大无比，而且英勇善战。不到两年，他就杀死九十九只老虎，可是他仍然觉得不满足，还发誓要杀死一百只虎，用这一百只老虎的骨熬百虎膏。

一天，有人报告在附近山里又发现了老虎。薛奇听了异常兴奋，兴高采烈地前去打老虎。来到山里，果然发现了一只大虎，它的身体比一般的虎大一倍，全身长满黄毛白花点，看起来威风凛凛，神态自若，与其他虎不同。

随从们看到老虎的样子也感到这虎不一般，就劝薛奇："听老人说，野兽活的时间长了也会成仙成精，你看这只老虎见到人一点也不害怕，说不定就是虎精，你还是不要打了。"

薛奇不听劝告说："你从哪里听了怪理乱弹，不过就是一头野兽而已。"于是他下了马，提着铁锏冲上前去。

虎见了他，并不动弹，只是虎视眈眈地看着他，竟然说话了："我虽是一头老虎，但是从没有伤害过人畜，只不过想在山林间自由过活，你为何非要杀我？"

薛奇吆喝一声："凡是野兽都得死，你现在没有伤人，难保你以后不伤，所以我今日除了你以绝后患。"它听了薛奇的话慢慢地向北走，好像并不想与他战斗。

"畜生，哪里跑！"薛奇追上去，连打了三锏。这时老虎大吼一声，回身扑过来，将薛奇扑倒在地，坐在身下。

随从们看到这样的情景，都吓得闭上了眼睛，他们心里想薛奇死定了，一起点燃火枪准备向老虎打。老虎起身说道："你们这些人，为什么总是自以为是，我在这山中已修炼百年，眼看就要成仙，难道会为了你们的无理取闹而坏了自己的百年修行？"说完，就跑进了山林里消失了。众人被老虎的话惊呆了，过了一会儿，才跑来看薛奇，看来老虎说得没错，他居然还活着，一点儿没伤着。

从此之后，薛奇发誓不再打虎，而且当地的虎患也立刻没了。

有人说，薛奇与常人不一样，有奇特之处，每次夜里睡觉都不闭眼睛，双眼发光，特别像老虎。

兰岩评论道：勇往直前，不吝惜改过，薛奇真是位奇人。

吕　琪

岭南吕司马的弟弟名叫吕琪，因为父母双亡，就跟着做官的吕司马到了岭南。

吕司马的衙门东边有座小院，很是幽静。他就在那个院子里开辟了书房，让弟弟住在那里读书学习。

书房前有一个小亭子，周围绕着回廊。小亭子右边，有一眼古井。可是这井离得太远，水从未有人用过，只不过用来点缀罢了。井畔有两株老桂树，应该有几百年了，树高数丈，两个人都搂不住。

一个夏夜，月光皎洁，吕琪在亭中乘凉。隐隐约约地听到井中发出乒乒乓乓的声音，响个不停。吕琪壮着胆子，靠着石栏杆往井里看，想看个究竟。可是看了半天，只看见井水亮白如银，井水里面飘着一百颗红丸。它有弹子那么大，散发出如火般明亮的光。它们像一群小精灵，争相往上跳跃，而且越跳越高，有的竟然能跳到离石栏杆一尺多的地方。吕琪以为遇到了妖怪，吓得立刻跑开了，急忙去敲吕司马的门，告诉了吕司马，自己遇到妖怪了。

吕司马一听见井里有妖怪，也被吓到了。他急忙往外跑，想去看看到底发生了什么事情，慌忙间连鞋也没顾得穿，他跑到井边，看到那些小红丸，吓得跑回了房间，再也没有出来。

第二天一早，他就出了告示重赏，招募大胆的人下井探看到底是什么。有人揭了榜，下了井，查看了很久什么也没有发现，只是打捞出数十个去年落在井里的桂子。这些桂子在井里泡了很久，可是仍红彤彤的像新结的一般。

吕琪看到这些桂子，不由得笑了。看到这些桂子颜色鲜艳，钩人食欲，他就拿起井水里的桂子吃了起来，味道很好。于是他每天吃七个，吃了七天，刚好吃完，细细一算正好有四十九个桂子。吕琪后来每年都在这两棵树上摘桂子吃，但是都没有那四十九个桂子味道好。吕琪一辈子也没得过病，活到九十九岁，才离开了这个世界。

平原地方的董曲江翰林见过吕琪，问起他这件事，并记录了下来，所以董曲江之子向我谈起来十分生动确凿。

兰岩评论道：吕琪大概是仙缘吧，否则，怎么能得到这样的桂子延年益寿呢？至于符合七七四十九之数，就更奇怪了。

高参领

在镶白旗汉军里，有一位姓高的参领官，因为他武艺高强而闻名远近。跟他同时代有个姓林的福建人，在香山当教师，也因为武艺而非常有名气。

一次，高参领去访问林某，言谈之间，两人话不投机，互不服气。众人要看看两人的武艺到底谁高谁低，都怂恿他俩说："你们两个人不是武艺高强吗？在这儿吵什么，何不比试一番呢？"

听见众人这样起哄，高参领立刻撸起袖子，站在院当中，林某也不甘示弱的，接着两个人就对打了起来，这两个人都是高手，大战三百回合，过了许久还是不分高下。

众人担心他们两败俱伤，于是就从旁劝解道："两位果然都是高手，我们敬佩万分，请暂时住手。"众人劝了很久两个人才停下来。林某闭着嘴一言不发，甩着膀子大摇大摆地下山去了。众人目送他远去的背影，说道："林老师一定气坏了，你看他连一句话也不说。"高参领听到人们的议论，独自大笑起来，众人都问他笑什么，他不发一言地也下了山。

有好事之人，偷偷地跟在林某的后面，想知道他为什么一言不发。只见他走到半山腰就停住了，靠在一棵人树上，喘着气。过了一会儿，他又背过身子，不知在干什么。他在树下坐了好久才起身离开了。

等他离开，好事之人便走到跟前去看他究竟在干什么，只见地上有一滩鲜血，血中有几个疙瘩。好事之人不知那是什么东西，便用木棍拨了拨，原来是八九颗牙齿。他们这才明白，原来在交手时，林某的牙已被高参领的拳头击中。他之所以一言不发地走开，就是因为嘴里含着牙。高参领不吱声，林某闭着嘴，他们各自心里都有数了。

这件事不久就传开了。从此之后，高参领的名声更大了。不到十年的时间，高参领就升任江宁府的协领官。

有一天，军队从张家口买来的数十匹马到了，将军坐在演武厅上验看。新买来的马一涌而入，冲过了栅栏，来势不可阻挡。高协领来不及躲闪，被马头撞了，正碰在牙上，嘴里的牙掉了十几颗。有人说，这马就是林某托生的。

闲斋评论道：林某活着的时候以会打拳知名，而死后还变成马报仇，看来好名也太累了。

潘烂头

京江有个道士人称潘烂头，他不知是什么地方的人，懂得法术。潘烂头年轻时，有一次上厕所，突然念起咒语，这时阴间的一个官吏上来了。

阴官问他："你找我来，有什么事？"他故意逗弄阴官说："我上厕所忘了拿纸，你快拿手纸来！"阴官听了大怒，用笔点了一下他的额头，他"咕咚"一声跌进了茅坑。他费了九牛二虎之力，才爬出了茅坑，用手一摸额头，被笔点的地方已烂成了疮。从此之后，他脸上的疮总也不见好。后来，他发现用这疮可以给人治病。有个人得恶疽很久都好不了，药石无用，他就用自己这疮的脓血给患者的恶疮涂上，没想到不久便痊愈了。于是，"潘烂头"的绰号便被人叫开了。

潘烂头常年住在城外的古庙里。庙门前有一座石桥，四周流水环绕，景色宜人。很多人喜欢这里的幽静，经常在这里休息。

一次，江西有个张天师，从这里经过，住在古庙里，他打算第二天越过江去。有人故意对潘烂头说："你平常总炫耀你的法术高强，今天张天师来了，你敢同他斗斗法吗？"

潘烂头笑着说："张天师又怎么样？他不是要渡江吗？我不让他渡江，他也无可奈何！"

有人说："你就别吹了，你有什么办法不让天师渡江？"

潘烂头说："你们只管看吧。"只见，他往盆里倒了些水，拿来了竹篾子，编了一个巴掌大的小船，用绒线系着，在盆里从东往西，往来不停。

当时，张天师的船已经张起了帆，乘风破浪而行。奇怪的是，他的船刚到岸边就被挡头风吹走，又回到了原处，如此这般来来回回十几次，终于没能渡过江去。

官府的人迎候张天师等了很久，就是不见他的船来，不知道为什么，都感到很奇怪。有的人暗中告诉了太守，这件事是潘烂头搞出来的。太守听了之后，大吃一惊，亲自到潘烂头屋中去，叫他不要再施法术。潘烂头这才罢手，张天师因此得以渡过江去。

张天师渡江之后，不久便知道了那天过江受阻是潘烂头的缘故，心里记恨他让自己出了丑，便故意去拜访潘烂头。恰巧，那天潘烂头外出不在，潘烂头的徒弟出来接待天师。张天师环视庙前，指着石桥对潘烂头的徒弟说："我觉得这座桥妨碍风水，你们怎么不拆了它？"

徒弟说："拆桥之事，没有禀告官府，不敢擅自动手。"

张天师说："我自有办法，可以帮到你们。"于是他立即叫来工匠拆桥。刚拆一半，奇怪的事发生了，桥下飞出一只白鹤。这只白鹤羽毛尚未丰满，它伸长脖子鸣叫，一看见有人就吓飞了。可是白鹤羽毛尚未丰满，飞起不到一丈，就掉在了水里。徒弟跑来一看，白鹤已经淹死了。

张天师看见白鹤死了，于是他拂袖而去。潘烂头不久就得了病，半个月后就死了。

闲斋评论道：潘烂头为炫耀法术而丢了一命，实在是令人深感遗憾。而张天师因为这么小的怨就下这样的毒手，又哪里是真人的做法呢！世人那些有才气而行为肆无忌惮的人，都应以潘烂头为戒啊！

兰岩评论道：我早就听说过潘烂头的故事，看了这篇文章才详细知道经过。每当有人们替潘烂头感到惋惜，我却不这样认为。当初他拘来阴官时就已经是亵渎神灵了，让他用疮血给人治病，上天是给他积德行善的机会。如果他真是个神仙，张天师又怎么能破了他的机关呢？或许拆桥掘鹤，也是天意，又何必惋惜呢？

癫 犬

在广东西部有一个村庄，这个村子里有几千家居民，他们都习惯吃狗肉，因此家家户户养着狗。

有一年夏季，天气炎热，不知为什么，村中养的狗得了病，全部都疯了。这些狗见人就咬，凡是被狗咬伤的人都会死掉，每天都有几百个人会被这些疯狗咬死。

后来，村民请来了个会法术的人来驱除犬害。那个人一作法，那群狗都聚集在这人面前，它们用两条后腿像人那样站着，其中一只狗竟然说话了："你身为高人，只知道说我们害人，却不知道我们为什么而害人。"听见狗会说话，村里的人都吓呆了。

会法术的人说："无论为什么伤人，伤人就是不对的，你们本是人类所饲养的，现在伤人就有违你们的本分。"

那只狗继续说："我们伤人不对，那么人们吃我们的肉就是应该的吗？我们就是那些被你们杀了吃肉的狗的鬼魂变的。你们这个村的人不但吃大狗的肉，就连那些刚出生的小狗都不放过。我们常常听你们说什么万物平等，那么为什么我们偏偏沦为你们的下酒菜？"

会法术的人继续劝说这些狗："天地万物自有伦常，你们沦为下酒菜也是天道，但你们今天的行为却有违天道。你们生前被这些人所杀，现在你们也害死那么多人，既然仇已报，就赶紧离开。不然坏事做得太多，会影响你们来世的投胎。"

这些狗听了他的话，全都低下了头，眼泪像雨似的流个不停。会法术的人说："我念在你们生前死得可怜，给你们做场法事超度你们，不过你们以后再也不要作恶事。"于是他把自己的指头咬破，用血喷这群狗，嘴里还喃喃念着些什么，不一会儿这群狗就向四面八方跑散，不知到哪里去了。

从此之后，这个村子里的人再也不吃狗肉了。

兰岩评论道：那些屈死的冤魂变成狂犬已经报了怨仇了。世间被残害而不能伸冤的人和事多着呢，但无论如何总归会是冤有头、债有主的。

嵩杪篙

从前有个人叫嵩杪篙。有一次，他到亲戚家做客。

他刚进了亲戚家的门，突然就有一块石头飞来打坏了窗户，满屋的人顿时被吓得变了脸色，连大气都不敢出了。嵩杪篙看到这样的情景非常奇怪，就问："青天白日，什么人竟敢做出这样的坏事，你们一家这么多人，竟然没有人敢出去看看。"

亲戚连声叹息："我也不知道是得罪了哪方神灵，最近家里来了一群狐狸，天天做坏事，有时还会伤人。"

嵩杪篙听明了原因，气得摘下帽子就摔在了炕头上，然后他指着帽子上面的铜顶子高声说："什么妖狐敢如此放肆！难道不认得这是什么东西吗？这虽是个铜顶子，但不能小瞧，乃是国家的制度。你实在想要戏弄人，为什么不到我家去闹一闹？如果你真的敢到我家，我也算你真的了不起！别尽欺侮人家孤儿寡妇。欺侮孤儿寡妇，我老嵩才发火呀！"狐狸听了话果然不闹了，一点声音也没有了，也不敢作祟了。亲戚还以为是被他震住了，既高兴，又佩服，立刻摆了酒肉要请嵩杪篙吃饭。嵩杪篙更是得意了，他越发夸大自己的顶子，又百般辱骂狐狸。

嵩杪篙正在亲戚家吃喝时，突然看见他家的老仆人张着嘴，喘着大气地跑了过来，还没有站稳就来报告："老爷你还在这儿吃酒呀！家里不知怎么回事，门窗全被飞来的砖头砸碎了，老太太吓得要死。老爷快回家吧！"嵩杪篙一开始时还不相信。可是片刻间，家里的仆人接二连三地来告急，他们有的还受了伤。嵩杪篙看到这些才相信。

于是急急忙忙地往家跑，仆人也紧紧跟在后面。他跑得太急，帽子忘在了亲戚家的炕头上。那家追上来给他送帽子，嵩杪篙说："这个不用了，先留在你们家镇狐狸吧！"

兰岩评论道：那些用散发铜臭的东西吓唬狐狸的人，狐狸难道会同你比级别吗？

獭 贿

凉州这个地方多产獭，当地的吐鲁番人把獭杀死腌了卖钱，一百个大钱一只。那獭肉味道像南方的果子狸，但是比果子狸的肉更显得肥嫩。

在肤施这个地方有一个叫折兰的武生，他留着连鬓胡子，大个子，他的饭量很大，能抵好几个人的饭量。

雍正年间，折兰到塞外从军。当路过山丹这个地方，突然看见山头上有十几头獭。它们全像人那样站着，一个个前爪互相拉着在道上跑。折兰特别喜欢吃獭肉，立刻策马扬鞭，不一会儿就追上了那些獭。他下马想要捉住它们当下酒菜。可是当他靠近獭的时候，那些獭突然转过身对着他跪下，发出啾啾的声音，听起来就像在说："请饶命！请饶命！"折兰一行四个人都听到了，他们面面相觑，都感觉特别奇怪。于是，他们骑上马，扔下獭就又上路了。

当天夜里，折兰等人露宿在荒野。半夜时，他好像听见帐篷外有"刷刷"的响声。他以为是什么野兽，于是走出了帐篷一看，只见一群獭挟着草叶，放在了帐篷外面折兰等人的行李旁，就跑开了。折兰觉奇怪，打开草叶，才发现里边裹着许多沙枣，他掂了掂分量，足有二斗多沙枣。于是折兰发誓从此再也不吃獭了。

后来，有人请客席间就有一盘獭肉，见他不吃，主人劝折兰："兄弟，是不是没有吃过獭肉，它的味道鲜美极了。"折兰说："我曾经接受了獭送的东西，怎么可以再吃它的同类呢？"

闲斋评论道：我在五凉时，也常吃獭。獭吃草根，冬季冬眠。冬眠后，两腋有毒，不能吃。它们长着像人的手足那样的爪子，肝有十二叶，闰月生的多一叶。它的洞有前后两个出口，像两个洞似的。然而，只要有人用烟熏或者用狗追，它就不能幸免了。曹操假坟七十二座，真坟仍被掘了，两个洞也是难以幸免的。

兰岩评论道：獭只是以沙枣报恩罢了，可是折兰却说是贿赂。这岂不是由春风刮起而联想到豚鱼上市吗？

烽　子

我在温州时，听把总吕正阳讲了他在守上杭时的一个故事。那时他管辖的地方是个山间驿站，当地只几十家居民零星散住着，四周很是偏僻荒凉。

有一年，这里不知道为什么，三天两头就有人家丢小孩。然后这些小孩的尸体就会在附近的树林里被找到，那时孩子早已死了，脑浆子被吃得一干二净的，就剩下一个空脑壳。看到的人们都被吓坏了。

当时正是酷暑盛夏，一到夜晚，家家都锁门关窗，不敢出门。有的人甚至把小孩藏到箱子里头不让出来，这样闹腾了将近一年。

一天，有一个新招募来的看守烽火台的兵士，用火枪挑着弓箭和行李，从上杭到这个驿站来。他走到离驿站还有几里地时，天就黑了。

这时，突然天降大雨，雷电交加，刮着大风，这个兵士就想找个地方躲躲雨，旁边正好有一个小神庙，他急急忙忙跑到庙里躲雨，路过庙的东边看到散落着一些无主的坟墓。在庙的旁边有一棵枯树，而这闷雷就绕着这棵树响着，一刻不停。

兵士站在庙门口，听着这雷声觉得奇怪。一抬头，他才发现这树有些古怪，树梢上好像有个东西。他举起火把，借着闪光仔细一看，好像是一个女人。这女人大半夜怎么会在树上，该不会是什么妖魔鬼怪吧？！兵士一边想，一边仔细观察。

只见这个女人穿着样式古老的红衣服，脸色煞白，披散着头发，光着脚，尤其恐怖的是那两个眼睛，红红的像两盏灯似的。她仰着脸蹲在树梢上，手中拿一块洁白的绢子，足有五六尺长，雷声一响起，她就用绢子去拂，那雷声便小下去了。兵士观察到，只要有雷劈来，她都可以用白绢去挡。这个兵士大吃一惊，心里暗说，这是个什么样的女人，敢同雷对抗？他又仔细观察了她的样子，心里恍然大悟，这分明不是人，是死尸炸了。他心想，雷神劈它，一定是它做了什么伤天害理的事情，我何不帮雷神一把呢？也算公德一件。想到这里，他拿过火枪，装上火药、铅子，瞄准女人打了一枪。女人中了弹，掉下树来，说时迟那时快，一个响雷紧跟着劈了下来。不一会儿，雨渐渐停了，这个兵士就在小庙里睡着了。

第二天早晨，兵士准备上路，他出了庙门走过枯树时，看见了一具女人的尸体，它已经被雷把脑袋破开了。兵士走近仔细一看，这是什么女人的尸体，分明就是尸妖，它的脸上、手上都生着白毛，一寸多长。到了驿站后，他将此事告诉附近的村民。村民一块去验看，个个惊奇不已，便用柴禾把女尸烧了个干净。

从此之后，乡村又恢复了平静，再没有丢小孩子的事了。

陈景之

从前宛平县有一个人叫陈景之。

有一天，他打算到湖北去游玩，当他路过河南时，天色已晚，于是他就在附近住了下来。

当天二更天以后，有个衙役带领七个囚犯进了店门。店主人说："不好意思，客满喽，没床位了。你换个地方投宿吧！"衙役好像没有听见似的，一声也不吱声，自顾自地押着囚犯一直向后面走去。店主人笑着说："我家小店前后就是一间房，你不要徒劳往返了。"陈景之也靠在门框上发笑。可是衙役还是直向后面走。

住店的人都等着看热闹，可是过了许久，也没有见那班人出来。店主人怀疑道："他们为什么不出来呢？难道住在露天的粪坑草堆边不成？"说完他就急忙去看，可是到了后院静悄悄的，没有一个人。店主人大惊失色地跑出来告诉大伙儿。所有人都拿着灯一起前去寻找，可是在后院各处找遍了也没发现，只好各自回屋睡觉了。

第二天一早，店主后院圈中的老母猪下崽子，一数，正好七只。再看那七只猪崽，也没有什么特别之处，不过全都长着四个小白蹄。众人愣在那里，仿佛明白了什么。

兰岩评论道：轮回之说，佛家讲得真真切切，我是不怎么信的。不过人一旦干坏事，立刻没了人形；丧尽天良的人，立刻变成牲口。天下的人像禽兽的，难道还少吗？

青衣女鬼

苏州的颜勿三曾经给我说过一个故事。

在他的家乡有一个姓管的小伙子。他家邻居有一个小媳妇长得十分漂亮，每次她出门时，他总忍不住想看一眼。

有一天，他又想看看小媳妇了，可是总不见她出门。于是天一黑，他壮着胆子扒在墙头上偷看。只见小媳妇正在房檐下络丝，她皱着眉头，眼泪汪汪的，脸色很悲戚。屋里还不时传出她的婆婆嘀嘀咕咕的数落声，和时高时低的骂人声。小媳妇偷偷地抹着眼泪，一句话也没有说，好像受了很大的委屈。姓管的小伙子看到小媳妇委屈的样子不免同情起来。

这时，一个穿青色衣服的女人从角门走出来，笑容可掬，一直走进小媳妇家的佛堂，给佛像叩头。不过她叩头的样子很奇怪，直挺挺地站着，直挺挺地趴下，动作非常机械，样子就像僵尸。姓管的小伙子大吃一惊，不知道这是什么人，更加注意观察起来。

这女人拜完了佛，转身来到房檐下，不知道用两手比画着什么，还时不时地向小媳妇示意，还不停地用手指着厕所。小媳妇停止络丝，呆呆地瞅着厕所，好像在想什么。

不一会儿，小媳妇就泪如雨下，站起来到厕所去。厕所的墙很矮，刚刚能到小伙子的肩头，姓管的小伙子站在高处往下探看，把一切都看得清清楚楚。只见小媳妇进了厕所，就坐到地上，把裹脚布解了下来，系在横木上。穿青色衣服的女人在一旁，不时地说着些什么，还给她帮忙把布条系得更紧了，这时她的脸上现出很得意的样子。姓管的小伙子明白发生了什么事。他知道小媳妇要寻死，于是大叫"救人"，跳过墙来。

邻居们听到了他的喊声，所有人都慌慌张张地过来询问。姓管的小伙子没有解释，他推开人群，冲进了厕所。只见小媳妇已经上吊了，他急忙把她救下来。众人急忙找来郎中，过了一会儿小媳妇苏醒了。这时姓管的小伙子才想起去找那个青衣女人，可是她早已不知去向。看到这样的情景，婆婆也吓呆了，从此之后也没有骂过小媳妇。

不久，小媳妇的丈夫回家来了，听了这事，吓了一跳，向姓管的小伙子直道谢。然后他奇怪地问："管大哥怎么知道这件怪事呢？"姓管的小伙子骗他说："那天，我偶然在房顶上拔草，看见了这个情况。"众人叹息着说："人命关天哪！你的夫人命不该死，才碰上管先生拔草，想来这也是神佛指使的呀。"小媳妇的丈夫送钱给姓管的小伙子表示感激，小伙子没有接受。

从此之后，姓管的小伙子淫乱的念头完全打消了，不再扒墙头了。

兰岩评论道：小媳妇命不该死，借此得救了。姓管的小伙子能打消从前的邪念，还算可取。

汪 越

滇南有一个太学生叫汪琦，他从小就立志进京为官，一展宏图。那一年，他进京赶考，路过河南时，生了一场大病就死在了溆浦路上。可是过了三年，他们家里人还是不知道这个消息。

　　汪琦去世的时候,他儿子汪越才五六岁,他是个很孝顺的孩子。稍稍长大,他更是天天想念父亲,于是下定决心要北上寻父。他母亲对他说:"你年纪太小了,等你以后长大了,再去找他吧。"

　　汪越十七岁时,他又告诉母亲要北上寻找父亲。母亲见到丈夫多年未归,也不知道他是死是活,便日夜悲泣。母亲知道汪越已打定主意去找父亲,意志非常坚决,就给他准备了几十两银子,送儿子启程上路。临行前,母亲流着泪嘱咐汪越道:"孩儿,你小小年纪就远行他乡,娘我肝肠寸断。你要替为娘着想,千万要珍重。一旦见到你爹,快点回家,免得娘望穿泪眼啊!"汪越听了母亲的话,与她抱头痛哭。汪越的姐姐和年幼的弟弟也各流泪不止,恨不得一块跟了去。邻居们也都来劝慰。

　　汪越一路北上,没想到他也病倒在溆浦辰龙关的旅店里。有一天,他勉强撑着病体到市场上取药时,遇见一个老人。那老人长得瘦瘦的,留着长胡须,他看到汪越便叫住了他,说:"小伙子,我看见你的气色灰暗,不久就要死了。"

　　汪越听了大吃一惊,问道:"老人家,我的确生了重病,很久都没有好转,难道我真的要命绝于此?"

　　老人笑了笑说:"你的病虽然凶险,可是如果你能听从我的话,不仅可以免去灾祸,还能遇到好事。"汪越本来就聪明,听了老人的话,知道他不同寻常,便跪着求:"老人家,如果你能给我指点一下,在下一定感激不尽。"

　　老人打量了一会儿问:"小伙子,听口音你不是当地人,你为什么到这里来?"

　　汪越想了想说:"我的父亲叫汪琦,十几年前,他进京赶考,一去不返,我就是为了上京寻找父亲的。"

　　老人听了不由惊叹道:"这是天意啊!你的父亲汪琦,我认识他。十年前也是生病死在此地,他死时只有我在他身边。"

　　汪越听说父亲已经死了,不由得腿一软,跌坐在地上失声痛哭。老人对他说:"你父亲虽然已经死了十年了,可是他的尸体到现在还没埋葬,你只管哭有什么用呢?他死那天,县官把棺材停在山椒的土地庙里,等家里来认领,可是这么多年你才过来,还不快点去认领。同庙里的主人商量商量,张罗点钱买块地把你爹的棺材埋了。死人以入土为安哪!埋葬完父亲,一定要去山西边五里以外,你看见树林里有茅屋挂苇帘子的,我就在那里等你,不要忘了,老头子我要告诉你一些话!"说完,老人蹒跚着径自走了。

　　汪越听到了这些惊慌不已,把自己生病的事也忘了,糊里糊涂地向打柴的人问路,终于找到了土地庙里父亲的灵柩。他见棺上用红笔写着"云南监生汪君琦之柩",不由得大哭起来,昏倒在地,好久才苏醒过来。于是去找庙主商量埋葬父亲的事情。

庙主欺他年轻，故意讹诈他的钱，汪越掏空了口袋，还把行李、衣服、鞋子都卖光了，才得到一小块土地，把父亲埋葬了。之后他又折来芦苇，砍了竹子，在坟旁搭了个小棚子住下来守坟。

守坟四十九天之后，他忽然想起老人的话，便打算去拜访老人。他按老人所指的方向，朝山的西边走了七八里地，果然发现树林中有几间茅屋，门上挂着苇帘子，房屋周围环绕着篱笆。刚走到门口，就看见老人已经拄着竹杖在等他了。他见汪越穿着破烂的衣裳，不由叹息道："这孩子，几天不见你怎么成了这个样子了？！"

汪越哭着磕头说："我流落他乡，举目无亲，多谢老人家您可怜我这个没父亲的人。父亲尸骨能够安葬，全仰仗老人家的大德呀！"

老人将他扶起来，说："小孩子能孝顺，是个好材料。你如果听我的话，不愁没好处。只恐怕你的心思不坚定！"汪越暗想，自己进退两难，没个依靠，既有好处，何不先答应他。

于是，他立刻向他磕头拜了两拜，说："我爹已死，娘年纪大了，我像断了根的蓬草，无依无靠，还有什么念头不坚定的呢！"老人点点头，说："你既然这么说，我们可以商量。"

老人把他领进屋里，给他做饭吃，又让他换上了干净的衣服，然后说："年轻人，真是可喜可贺呀！"

汪越惊愕道："老人家，我有什么可贺可喜之处？"

老人说："你今天有缘分遇上了我。但是，我看你的面相，测你的心思，终究意志不坚定，故而遗憾。"

汪越哭着说："老人家为什么这样小看我呢？先请您老试试看，如果不坚定，情愿您老把我轰走也可以！"

老人说："你还是好好想想，不要后悔！"

汪越说："我的意志坚如磐石，不用想了！"老人这才点点头。

不一会儿，天就黑了。老人领着汪越出了屋，绕到房后，进入一个地洞里。洞里漆黑一团，当中放一个蒲团，老人叫汪越在上面打坐，对他说："无论古今之人，都是一样的，只有大人物才能不朽。种地而不锄草，就只能把草当作房屋；到秋天不收割，就只能把飞禽当作饭食。如果把自己弄成没有尾巴的鸡，只怕自己当牺牲品啊！你记住这些，好好琢磨，明天我再来看你。"汪越磕了一个头，表示记住了。老人便走了。

汪越平心静气地学着打坐，大约过了一顿饭的时间，他竟然渐渐入定了。又过了很久，他觉得自己一个人缓缓地在旷野中行走。

突然迎面走来一个人，他穿着一件白绸褂，头上戴着红头巾，脸瘦长，两只眼睛像灯火那样大，满脸虬须，活像只刺猬。他的手中牵着一匹骏马。这匹马也长得很特别，它的毛色像雪一般白，没有一根杂色的毛。他看见汪越，脸上一副很恭敬的样子，立在道左边，一字一板地说道："仁圣大帝派我来接先生上任。"

汪越惊讶地说："我不明白上什么任？"

那人道："仁圣大帝已经任命你为本地城隍了。"

汪越说："多谢仁圣大帝的恩典，可是我的老母亲还在家里，我要为她养老送终，这件事断不能答应。"

那人说："先生已名列仙人的队伍，可要快些到蓬莱岛上享受无限的乐趣。"

汪越难过地说："我老父亲死在外乡，老母亲又远在故乡，即使当个神仙又有什么乐趣？"

那个人笑着说："听了先生的话，就知道你是个大孝之人呀。不瞒先生，小人是先生家的奴才，奉了主人的命令，恭候先生，希望你快走，可别慢了误了时辰！"

汪越惊道："你我素不相识，怎说是我家的奴才？你肯定是搞错了。"

那人说："没错儿！快点走吧，主人想见见先生，所以派我牵马来接。"汪越正犹豫不决，那个人早已等得不耐烦，迎面走上前来，把汪越扶上马，连抽了马几鞭子。马长嘶一声跑了。

那马甩开四蹄，跑得非常迅速，一转眼间到了另一个地方，汪越刚下马想问个明白，那马一跃就不见了，那个人也不见了。汪越这才发现自己在一片草丛中，周围有很多野兽和毒蛇来往穿梭，恐怖异常。看到这些情况，他暗暗想，我活这么大，又遇到过那么多不幸，死尚且不怕，危险又算什么？只是父亲尸骨未回乡，母亲还需养老，姐姐没出嫁，弟弟没成婚，一旦死在这里，可如何是好？

于是他鼓足勇气，冲向了那些野兽、毒蛇。这时奇怪的事发生了，那些野兽、毒蛇见他无所畏惧，竟然纷纷散去了。这时有很多人簇拥着一辆四匹马拉的大车，从西南方向而来。那辆车异常华丽，车棚上装饰着孔雀和翠鸟的羽毛，声势显赫。汪越觉得奇怪，他立刻趴在树后，看着那车渐渐走近了。

只见那车子长宽足有一间房子大，车里面坐了四五个人，其中有一个女的，看到了他突然发出惊叹声，说："路边的小伙子莫不是汪越吗？"汪越听到这话，突地站了起来，仔细看车中的人，这才发现，车里坐的原来是自己的母亲和姐姐、弟弟，还有老奶妈呀！一时间，他百感交集，就趴在车下哭个不停。他母亲也下车哭起来，说："果真是我的越儿呀！孩子，你先别难过，今天我们终于团圆了。你爹在世时忠厚老实，为人和善，现在按玉皇大帝的旨意当了辰龙关的土地神，派人来接我和你姐姐、弟弟一块去享福，没想到在这里遇上了你。看你的头发像一堆乱草，肯定受了许多苦吧？快上车，去见你爹。"

汪越听了母亲的话大喜，拽住绳子上了车，同姐姐、弟弟拉着手，相互询问各自的情况。说了一会儿话，汪越又问："这个老奶妈您也带来了呀？"

母亲笑着说："家里就剩下这个老婆婆了，因为她甘心过苦日子，至死对我们家也没有二心，所以把她也带来了。"

老奶妈叹息说："老了！还能干啥哟！下厨房忘了做菜，做衣服又丢针。昨天干的事，转眼就忘了。前一阵子给姑娘拆洗白绫衫子，可是失手错浸到粥盆里去了，惹姑娘笑得直打嗝。先生还记得在家那时候，大事小情，什么也能干得了。就像秤称斗量、切菜杀鸡这些下贱活，也都是夫人帮着干。到如今还舍不得，带我升天。头几天上路时，见勾魂牌上用大字写着'义媪'而不写名字，实在想不到，修了什么福才到这地步！"

姑娘笑着说："您老人家老实巴交一辈子，对主人又是忠心耿耿的，应该得到这样的报答。等到父亲的任上后所有厨房里、仓房里的支出收入，全归您主管，还希望您老人家尽心尽力。"

老奶娘吐出舌头啧啧地说："果真这样，我这猪狗都不如的人，可就了不得了。"

在他们说话时，有个人骑马跑来，报告说："快要到了。"不一会儿，他们的车来到了一座山里，前来迎接他们的人，有黄头发的驼背老人、有穿着袍靴模样像将军的人、有系着玉带顶着饰有羽毛的帽子装成人样的老虎、有长得像夜叉手里拿着蛇的，挤挤挨挨地站在路的左边。母子几个开始时很害怕这些长相奇怪的人，可是这些人并没有伤害他们的意思，逐渐也就平静了。

他们跟着这些人继续往前走，没过多久，来到了一座府第门前，大门口站着十多个人，看见他们都争先恐后过来叩头。母子几个刚下车，就听见喝道的声音，接着又听到管弦齐奏的乐曲声。有好几排穿着宫女服装的女人，夹道而立。只见一个人从里面走出来，戴着丝头巾，披着大氅。汪越一看，原来就是他遇见的那位长着胡须的瘦老头。他正觉得疑惑，他娘已经同老头拉着手哭了起来。姐姐哭着对汪越说："弟弟不认识吗？这就是爹呀！"汪越一听，哭着跪倒便拜。

父亲抚摸着他说："这孩子真孝顺，就是当神仙也不愿干，只是一心思念父母，所以爹显灵以安慰你的心。你孝心尽了，可以回去了。你娘和你姐姐、弟弟，阳寿已终，只有你前程远大，不可在此地久留，等四十年后，爹自然会去接你来这里相会。"汪越听了这话后，还是拉着父母的衣裳不撒手。母亲抚着他的背说："只不过四十年的分别罢了，孩儿不要伤心。"姐姐和弟弟也从旁相劝，汪越还是不愿意离开。

　　父亲看他迟迟不肯离开，怒斥他道："忤逆子，各人有各人的造化，你再不快走，我立刻用斧子劈了你！"然后他又喝令旁边的人把汪越拽出去。汪越用手攀住门坎儿，仰起头看着母亲哭道："孩儿吃尽了万般苦，才得依靠膝下，还能往哪里去？"父亲命人把他从台阶上扔了下去。汪越大哭起来，冷不丁醒了。他才发现自己还坐在蒲团上。大梦初醒，他精神恍惚，冷汗淋漓，过了许久，才定下心来。

　　当他走出了地洞，周围一片荒凉，草房已经没有了，只见遍地星光。他在山洞外面徘徊了约有一个时辰，依然只是觉得心痛如绞，不知该走向何处。于是他顺着小路走了数里地，来到了寄放父亲尸体的土地庙。此时，他饥肠辘辘，想进到庙里去讨一顿饭吃。

　　走进庙里一看，里面人很多，神像前摆满了供品，巫婆神汉在跳大神。汪越不知道发生了什么事，去找庙主打听。他刚进庙主的屋子，就看见里面坐着、站着很多人，庙主已经死了，直挺挺地躺在床上，尸体发臭，膨胀了起来。汪越吓得从屋子里跑了出来。

　　这时，一个巫婆看见了他，一把将跳神用的鼓也扔到地上了，对着他磕着响头高声说："公子自己来了呀！"又把众人叫过来，告诉大家道："这位就是新上任神仙的大儿子。寻找亲人到这里，他的孝心感动了上天！"大家一听，立刻围着他不停地磕头。

　　汪越询问："到底庙主发生了什么事？"

　　巫婆说："前天半夜里，这庙的庙主梦见云南的汪老监生升任这庙的土地神。庙主带着扫帚去迎接，神仙发怒了，因为庙主想方设法欺诈公子您的财物，没安好心眼儿，神仙打了他一顿板子。庙主醒来时，屁股又青又肿，见到人就讲自己的罪孽，躺了三天就死了。村里人感激土地神有灵，集了钱作法会，让我们给神仙通通话，情愿四时上供小心敬神。神仙发下话说，公子叫汪越，十七岁，特别孝顺，正在同神相会，不几天就要回来。大家商量着去迎接，没想到您自己来了！"汪越听后，不胜惊愕。大家于是急着送上洗澡水，请汪越换衣、吃饭的人摩肩接踵而来。

　　当地的官吏听说后，担心汪越迷惑众人，把他接进衙门，以礼相待，劝他回云南去。汪越也很想念母亲，于是，当天深夜他就出关而去。

　　汪越走了一个多月，方才到家。只见家里的房早已倒塌了，满院野草，一片凄凉。他向邻居打听，才知道母亲、姐姐和弟弟以及老奶妈果然都在两个月前得病死了，四具棺材被官府埋在了乱坟岗。汪越听到这样的噩耗，险些昏死过去，邻居们可怜他，都过来劝慰他。汪越变卖了所有财产，带着四具棺材又去了溆浦，同父亲埋在一起。

　　溆浦的人尊敬汪越如同神明，大家动手帮他料理丧事，又在坟前广植柏树，顷刻之间出现了一片柏林。还在坟的旁边，给他盖了房子，供汪越居住。城里的一个有钱人，敬重汪越的为人，就打算把两个女儿嫁给他为妻。自此以后，汪越便在溆浦安家落户，以种田为生，生活很是美满。

不知不觉，四十多年后，一天傍晚，汪越看见了弟弟，他是奉父母之命来接他的。于是，他把家事安排妥当，第二天便无病而亡了。人们赞叹说，这是对大孝之人的报答啊！

兰岩评论道：恪守孝道之人，不避艰难险阻，他得到优厚的报答本是应该的。

春秋楼

从前某地有一位先生，到了今天人们已经不知道他的姓名和住处，只是他为人耿直、刚正不阿的品性被后人所称赞。

这位先生曾经在归化城某将军的衙门中当幕僚，他与这位将军的交往密切。他每次谈论历史时，一谈到忠臣烈士就慷慨激昂，同僚们听后，都偷偷地捂着嘴暗暗嘲笑他，笑他太迂腐。唯有将军一直对他很敬重，凡事都征询他的意见。

一次，陀罗海营中修建的关帝庙竣工，他们请求将军给关帝庙写一篇碑记。将军找来先生说："我是满洲人，读书不多，没有多少文采，请先生给我代笔吧。"

这位先生想了想说："关圣人威灵，充满了天地间，我曾见过的古今碑记无非是颂扬忠义的文字，千百篇如同出自一张嘴。想找一篇有些新见解、阐述为圣为神道理的，却一直没有见到。今天，请将军借给我一间小房子，给我准备好十天的饭食，我要为您竭尽全力写上一篇。"

将军听他这样说，特别高兴："先生写作不用勾抹、改动，是具备大才气的。这地方修庙的纪念文字正需先生动笔，以备传之久远。"

于是，将军命人在大营中收拾了三间干净敞亮的房子，将日常用品准备妥当，派两个小书童侍候，又下令其他闲杂人等一律不准进屋打扰先生写文章。这位先生住进去后，闭目构思，甚至废寝忘食。将军派人暗中察看，只见先生终日坐在那里一动也不动。

几天过去了，先生的构思仍没有一点儿头绪，灵感也没上来。一天刚吃晚饭，两个小书童在台阶下边打闹着玩儿，先生一见很生气，便停止吃饭，把嘴里的饭菜也吐了出来，骂道："奴才，为什么扰乱我的心思？"于是，他起身操起根棍子就要打，两个小书童很灵巧地躲开了。先生一棍子打下去，没打中，可是棍子却打在假山上，一下断为两截。不知为何，先生不再追他们，立刻扔下棍子哈哈大笑起来，急急忙忙走进屋去，把笔蘸饱了墨，在纸上刷刷地写了起来。

小书童看到先生写文章了，就偷偷地跑去报告将军。将军一听立刻跑来看，等他来时先生的文章已经写成了。

先生见将军来了，大声叫道："将军，这写文章，真像庖丁解牛一样，用起刀来哗哗的。所幸没有辱没将军的命令。"

将军把文章反复读了三遍，不由拍案赞叹道："如此流利通畅的文章，连那个韩昌黎送孟东野的序也显得堆砌了！真是至诚感神，先生难道有神力暗中相助吗？"

先生想了想说："我刚开始构思文章时，心中乱糟糟像一团麻，就连听泉水流淌和风吹松树的声音都感到厌烦；过了三天后，心静得像死了一样，没有一点思绪。今天傍晚，我还没写一个字呢。刚才对书童的淘气发火，要用棍子抽他们。看到棍子忽然折了，我的心却开了窍。我一操起笔来，自己觉得像鸟在迅飞，构思时的阻滞全没了，文思汩汩而来呀！我也实在不明白这是什么缘故。"

将军听了他的话，拍着大腿说："先生这真太奇特了！"将军赏他一百两银子作为酬劳。

自从先生写完了这篇碑记之后，名声震动了塞外。后来他科举考中，历任要职。

有一天，先生在梦里，来到了一处地方。只看见有仪仗队喝道而过，他也好奇，就上前去仔细看，只见车上坐的人竟是关圣人。

先生十分高兴地快步跑上前去，望尘而拜。关公看到他，下了车来对他说："先生为我作碑记实在费神了。我看你的时限已到，特意来告诉先生，我想让你给我当幕僚，三天后我在春秋楼等你。"关公说罢，又上车被人簇拥着走了。这时先生的梦醒了，发现自己依然躺在自己的床上，不由得暗暗称奇。想起关圣人的话，他就知道自己将不久于人世了。于是，立即辞官回家。

在回家乡的归途中，他们遇上了大雨，先生一行人躲进一座古庙中避雨。他闲来无事，站在房檐下看雨，突然发现庙的左边有一座高高的小阁，于是走上前去一看，小阁挂的匾额上写着"春秋楼"。先生登时恍然大悟，他洗了澡，穿好衣服，打发走仆人，端坐楼上而死。与此同时，空中隐隐约约传来音乐之声，过了一个时辰才停止。

棘闱志异八则

因果报应这样的事，到处都有，经常发生，然而在考场里发生的尤其之多。

有人说，举人们入考场的头天晚上，考官们都会穿上官服，诚心地请鬼神。请神用红旗，招唤亲人的灵魂用蓝色，招唤有恩怨的鬼魂用黑旗。请鬼神完毕之后，把三色旗帜插在明远楼的四角，差役们一边请鬼神，一边喊道"有冤的报冤，有仇的报仇"等等。因此，考场中奇怪的事屡屡发生，愈来愈奇。我的亲戚经常有当监考官的，我向他们打听请鬼神的事，他们也说是有这种事。于是，我把听来的那些最奇怪的事记下八件如下：

陈扶青老先生说过雍正年间，江南科考举人的故事。

有一个常熟县的考生，他都四十多岁了，参加过了三次科考。到了第三场时，他进了宿字号考房。头两场他考得挺好，很是高兴。

中秋之夜，他与熟人一起赏月，分韵作诗。他有两句诗是"皓月今宵满，红颜往日残"。其他在场的人问："这两句诗是什么含义？"

他难过地答道："诸位，咱们都是考生，不妨实话实说吧。想当年我在苏州游历时，曾在某财主家当教师。那家有四个学生，全是主人的子侄。其中有个姓柳的学生，是主人的妻侄。他长得特别帅，面容姣好，我很喜欢他。我曾三番五次地挑逗他，可是他假装不理。那天，正好是清明节，其他学生都请假去上坟了，只有我和柳生留在书房。我又作诗挑逗他，说：'绣被凭谁覆，相逢自有因。亭亭临玉树，可许凤栖身？'柳生看了诗，脸孔通红，把诗笺揉成一团，咽到肚里去了。恰巧这时朋友给送吃喝来，我平常就储有媚药，把它放到酒里喝了不但容易醉，而且会变得疯狂放荡。我哄着柳生喝了一大碗放了媚药的酒，因此，我才满足了欲望。第二天，柳生酒醒后，知道自己被污辱了，竟在寝室里上吊自杀了。全家人谁也搞不清他是为什么死的。我虽然心里明白，但怎么也不敢说出来，只是暗中流泪惋惜。后来，主人家终于搞清了柳生的死因，同我打了半年官司，才算消停。今天夜里，月色不减当年，不免引发情思，有谁能替我排遣呢？所以感慨系之，吟成此诗。"说罢，眼泪唰唰地流下来。听的人无不毛骨悚然，陆陆续续回房去了。

五更天以后，忽然听到人声嘈杂，脚步声往来不停。人们互相传告："有人吊死在茅厕了！"等问清情况，到厕所一看，原来正是那个常熟县的考生。

先生又说了一个故事。在乾隆的某年，与自己结伴考举人的同宿舍的俞生，他是江阴县的秀才。

刚考完头场，俞生就收拾了行装准备回家。

众人奇怪地问他："才考了一科你怎么就要回家了，这些年的努力不是就白费了？"

他支支吾吾地说不出话，脸色很不好看。

大家进一步追问："到底发生了什么事，说出来大家帮你想办法。"

他被逼不得已才说出真情："说起这话来可就丢人了。我父亲做了半辈子官，告老还乡时，得了痴呆病，数年不愈。临死前，他把我们弟兄四人叫到病床前，流着泪嘱咐我们说：'我一辈子没有干昧良心的事。只是在某地当县官时，曾受贿二千两银子，屈杀了两名囚犯，这是大罪孽呀！阴间报应本该砍我的头，因为祖上有搭救溺水人的阴德，所以命里让我留一个儿子传宗接代，但五辈子不得温饱。你们这子孙不知道这件事，只是一味追求功名，这是增加我的罪恶呀！你们弟兄要各自努力行善，自己修个好结果吧。'说完，闭上眼睛死了。以后，弟兄们相继死了，只剩下我一个，我考了两次举人，都因为墨汁把卷子弄脏了，没取上。昨天在考场，我文思敏捷，三更天就完稿了。突然一个人掀开帘子进来，站在灯前，吓了我一跳。我抬眼一看，原来是死去的父亲。他满脸愁容，气呼呼地责备我说：'为什么忘了我的遗嘱，屡次想入非非，参加考试，累得我奔波旅途，吃尽苦头。如果再不改过，灾祸跟着就到了！'接着，用手铐一下子把灯砸灭，砸翻砚台，人也不见了。我吓跑了，高声呼喊，等邻近的考生们来询问时，只见灯油、墨汁洒了满卷纸，什么眉目也看不出来了，便各自叹息一番，回房去了。我今年二十五岁，三次落榜，不算遗憾，但让我痛心的是先父戴罪拘押在地狱。现在我就要削发进山当和尚去了，学习目连大士救拔亡灵。我这番忏悔的心情，希望诸位谅解。"

大家听了他的话，无不吓得吐出舌头，为善的念头立刻燃起来。先生回房后，作了一首"归山诗"，送给了那个江阴秀才。

李伯瑟讲了一个他的表弟康生的故事。

康生平素以才貌双全知名。他二十二岁时，在一个大财主单家教书。

这单家三代为官，是一郡的首户。家里的书童、仆人、丫鬟、婆子百十多号人。但这单财主生性暴戾，家法特别严厉。家人稍有过失，他就会立即鞭抽板打，甚至用烙铁烫，往往打人致死，却全不在意。

康生这个人善于谄上媚下。到单家教书后，他与单财主处得很融洽。只是他年轻好事，经常捕风捉影，无事生非。他有五个学生，其中有四个，名叫修、保、杰、偲——单财主的子侄辈儿；还有一个名叫炳文的，是单财主的异母弟弟。这炳文才十七岁，但非常聪明，他作的诗文，康生多数不需改动。康生对他表面上极力夸奖，暗地里却非常嫉妒。单保同康生交情密切，所以，单家的大事小情，康生没有不知道的。他俩名义上是师生，实际上却是密友。

一次，主人家请女亲戚吃饭。天黑散席时，主妇送女客人回来，说说笑笑地经过书房门前。康生从门缝里看见主妇身后跟着一个小丫鬟，她穿着绿袄白裙，长得格外俊俏，非常惹人喜欢。康生一看见她，立刻心乱跳。正在凝想之时，书童拿着灯进来了，摆上了酒果。

康生就问："各位少爷在里面干什么呢？"

书童说："有客人留宿，少爷们正忙着呢。"

不久，二少爷出来陪老师喝酒，康生只是表面上应付了一下。

又过一会儿，单保来了，师生二人欢天喜地地对坐喝酒。

康生就问他："刚才看见的那个穿绿袄的丫鬟是谁？"

单保说："先生问的莫不是皮肤白得像雪、黑黑的眼珠、白白的牙齿、头发浓密如云黑油油的能照出人来的那个吗？"

康生说："对！就是她！"

单保说："那是三姑妈房里的丫鬟小蕙呀。这个丫头特别精灵，针线活计好，全家都偏爱她，今年十九了，还没说婆家。"

康生举起酒杯开玩笑道："这样的尤物，天天在跟前，你们弟兄都尝到滋味了吗？"

单保微笑说："谁看见她不流涎水三尺？只恨她尽是推脱的鬼点子，往往交臂而失。只有炳文平常跟她的关系比较好罢了。"

康生高兴地说："嘿嘿，这个炳文素以清高自负，没想到却是污人清白之士。我想小蕙为人端庄，恐怕炳文未必能占有她。你说的话也不过是想当然罢了。"

单保说："先生说的话也不对，我就亲眼见过他们两个人的一些蛛丝马迹！"

康生凑到单保脸前，问："你亲眼看到过什么了？"

单保说："我在浴室里偷看过小蕙洗澡，没想炳文也在。我还在花园里撞上过他们卿卿我我。"康生听了大笑一场也就作罢了。

一天，单保问起康生："蛮触的故事是怎么回事？"康生没答上来，炳文在一旁给解释了。

康生很惭愧，但转过头来警告炳文道："学生应该把十三经当作根本，二十一史当作学问，那些荒诞的子书，即使知道了与垃圾堆又有什么两样！"

炳文说："连这么一件事都不知道，也是儒生的耻辱。所以我朝才应该用读书人当宰相，因为他们知道得多，用得也多。"

康生说："读书能改变人的气质。你的气质这个样子，怎敢称儒生呢？！我虽然只比你大几岁，然而也是你的老师呀。你是学生，学生冲撞老师，这是不懂规矩！况且，你自负是懂儒家经术的人，可是奸淫人家丫鬟，败坏人家闺阁又怎么讲呢？”

炳文听了他的话，大惊失色，不敢再说了。单修哥几个也再三劝解，康生方才息怒。可自那以后，再也不同炳文说话了。

单财主知道这件事之后，打了炳文十几板子，又摆酒给康生赔礼，说：“我的小弟没有知识，先生不必同他论理。”康生满口称是，连连答应。于是，他们定好在夜里痛饮一场。

那一夜，单财主有些醉了，他兴高采烈地讲起自己平生得意的事来，叽里哇啦说个不停。

康生乘机拍马道：“老先生的文章、政绩都是不朽的，只是家法稍微松了点，未尝不是缺憾啊！”

单财主红着脸说：“老夫的家政自以为不下于石柳，先生今天说出这番话，难道有什么见闻不成？”

康生说：“承蒙老爷相爱，所以我才知无不言。但是，这件事情关系到隐私，不便于污您耳朵。”

单财主更加疑惑，挥手让两旁侍候的人退下去，低声问康生。康生于是把炳文私通小蕙的事添油加醋地告诉了他，并且说：“您的孩子亲眼所见，老先生是乡里的典范，怎么能因了小男小女之间一夜的欢快，而失去乡里的声誉，造成白璧微瑕呢！”

单财主一向以家法森严自诩，一旦被别人当面指出短处，立即暴跳如雷，摔了酒杯而去。

他大声叫小蕙出来，对她一边拷打一边审问。小蕙受不住打，吐了实情。单财主特别生气，命令扒去她的衣服，绑在房前的柱子上打。

他又命人把炳文叫来，让他站在跟前看。炳文见小蕙被打得血肉模糊，心痛得捂着脸哭倒在地。单财主边训斥边用鞭子抽炳文，声色俱厉。单财主的夫人再三求情，单财主也不饶恕。之后，让人把炳文锁进厕所后，才进屋去。夫人暗中把小蕙放了，抬到屋里，已经气息奄奄了。小蕙的鲜血浸透了床上的席子，一旁的人无不掉泪。

半夜时分，小蕙忽然翻身起来，凄声喊道：“我死了，一定变成恶鬼报复那个读书的小人！”说罢，她扯着嗓子嚎叫了几声就毙了命，家中上下人人悲哀。康生听后心里很不自在，找个理由辞去教师回家乡了。

从此之后，康生每想起小蕙，便汗流浃背。

时近初夏，一天夜里，康生在灯下读书，他母亲李氏是李伯瑟的姑母，亲手给他做了一碗鱼羹，往书房里送去。

走到窗下，她猛然看见一个光着身子的女人，浑身是血地站在那里。李氏吓得大叫起来，倒在了地上，那女人立刻不见了。康生出来扶母亲回屋，问："母亲，你因为什么吓成这样？"

母亲就把自己看见的事情都告诉了他，康生听后大惊失色。

母亲说："这房子是凶宅，不能再住了。况且眼看你就要考举人了，我们不如进省城到舅舅家暂住，如果中举了，我们另外再找房子住也行。"康生同意了，立刻雇船进省城去，寄住在李伯瑟家中。

当时，李伯瑟也因为要考举人，在贡院旁边的寺庙里温习功课。康生到后，两个人就住在了一起。

一天，闲聊时，李伯瑟忽然问康生："你的同乡有一个叫单炳文的吗？你同他相识吗？"

康生说："他是小弟的学生，大哥怎么问起他来了？"

李伯瑟说："我很早就佩服他的才学，昨天又从朋友手里得到一篇他的《惨魂篇》，真是从屈原、宋玉那里采来的珠玉般的语言呀！琢磨他的文辞，里边似乎藏着很深的恨，没想到他竟是老弟的高徒啊。"于是，拿出一张纸给康生看。那词是这样的：

夜漫漫而辗转反侧啊，心像燃烧而咚咚跳。痛惜那幽兰过早地死去啊，哀悼那芳香的蕙草提前凋零。为什么恶草到处滋生啊，伤害了小苗不分好坏？想要彻底清除它啊，皂荚扎脚荆棘刺手。求求田中的老农借把锄头铁锹啊，网罩着头钳子夹着口！希望同美人见上一面啊，白条鱼神给托了一个梦。从暗地里出来举目远望啊，看见了蓬草掩盖了坟茔。嘤嘤的声音是那样的悲哀，秋风未来已经听见。魂灵儿飘忽着要离开坟墓啊，还像老鼠那样胆小迟疑。徘徊着，犹豫着啊，再也不像从前娇媚！频频地擦眼睛仔细观瞧啊，白费心思却是鬼怪！怎想到绸缎衣服变成了蝴蝶啊，赤身露体！悲哀那冰玉之姿消亡了啊，重重叠叠乱七八糟。小奴家命薄可哀啊，都是因为公子的缘故。先生你独自活着有欢乐吗？怎不想想这个痛苦？诉说也白搭。魂灵啊归来吧，不要再踟蹰徘徊。我将要同你在一个坟里啊，心如磐石坚可是力量如薄棉！

康生看罢这篇赋后，口中连连道："炳文你这不是赋《角弓》之诗吗？小蕙你的哀怨不是同《终风》之诗一样吗？我实在负不起责任啊！"

李伯瑟说："敢问一句，你说这话是什么意思呀？"

康生把事情原委全说了给他听，并说："小弟听说佛家有忏悔的说法，待考完试，请大哥给我设一个道场追悼一番，可以不？"

李伯瑟听了他的话，悚然汗下，呆坐了许久，才叹息着说："老弟你不自责，还诿过于他人，难道想铸成大错吗？"于是，两人不欢而散。

不久，科考开始，哥俩恰巧在同一个考区。当天夜里，考场内的人都听到了女人的哭声，人们深以为怪。只有康生哭丧着脸，不吃不喝。

第二天夜里，李伯瑟文章刚作完，还要打个盹，忽然听见屋外人声往来不绝，都说出了大怪事。李伯瑟立即掀起帘子出来，看见康生的小房间外边人围着如同墙一般，心说不好，急忙挤进了人群。

只见康生光着身子坐在房檐底下，直勾勾地瞪着眼睛，大喊道："单廷献的时候还没到，先放开他；今天先把这个贼子的舌头豁开，再去对证。"说罢，用手抠自己的舌头，使劲拔出嘴来，足有四五寸长，血流到嘴角外边。李伯瑟使劲去拉康生，康生的手指甲已抠进了舌根，牢牢地拽不出来。等考官们闻讯赶来时，舌头已经连根拔出，康生昏倒在地上，不一会儿就死了。

李伯瑟不忍心把康生从前的劣行讲出去，第二天出考场时，把尸首领走了。

这次考试，李伯瑟考中了举人。后来，进京考进士。他和我的交情最好，经常听他说起这件事。炳文写完《惨魂篇》之后，过了半年也死了。他是不是要同小蕙去完结那段未了的姻缘呢？又听人说，有人把这件事给单财主传去了，单财主一笑了之，仍旧残暴如故。

兰岩评论道：把两个人置于死地，罪过能逃得了吗？康生因为小小的怨恨就萌生了嫉妒之心，拔掉舌头而死，结局也够惨的了。炳文因才能招来怨恨，也是他无从料到的。唯独可怜的小蕙，无辜惨死，真是不幸啊！

严十三说过一个江浙考生的故事。

有个人考进士时，与他同考场的一个举人是江浙地方的人。这天夜里他偶然出去上厕所，回来时，他看见自己住的那间小屋里的帘子上有个模模糊糊的人影，心里很害怕，便转悠来转悠去，不敢进屋。

于是他到门房问值班的老兵："你知道是什么人到我的房间里去了吗？"

老兵说："我不知道他是谁，想必是先生的熟人吧！"

举人说："那劳烦你去替我看一下，是什么样的人，快来告诉我。"

老兵同意了，就暗中从帘缝偷瞧，很久才来报告："那个人背着灯挺直腰板坐着，有四十多岁，瘦瘦的、黄脸膛儿，短短的黑胡子，没有什么出奇的地方。只是鬓角旁边、毡帽底下斜插一根红漆竹筷子，不知干啥用的。"

举人听后，突然吃惊地狂叫，一边喊一边跑："有鬼啊！有鬼啊！"老兵追着问他："你这是怎么了？"他只是蹲在栅栏边，拼命摆手摇头，不敢回屋里去。

老兵报告了官长。官长询问这个人时，他只管掉泪，不说话。

人们又到举人的小房间去看，哪有什么鬼，早已不知何处去了。官长担心再发生问题，派人守着这个举人。

第二天，把他送出了考场，后来始终也搞不明白红筷子是怎么回事儿。

兰岩评论道：秘密的事情，谁知道他的仇怨是怎么结下的呢。鬼既然能找到考场来，却只现了一下形状，令他惊奔狂跑躲避开，这又是什么原因呢？

乾隆丙子科顺天府考举人时，有人在卷面上写着"黄四姑娘开拆"几个大字。这是蓝榜上标明的。

国子监有个学生名叫润玉，他年轻时颇有才气，人长得也俊俏。他只要在人面前一站，就犹如玉山挺立，光彩照人。同学们都说他将来准能当上翰林，他自己也自命不凡起来，把赴鹿鸣宴、通过皇帝面试，当作捡草棍一般轻易。

润玉住的地方紧挨着某尚书的住宅。尚书有个女儿，已经许配给一位王侯家了，但还没过门。这个女儿才貌双全，名满京城。偶然间润玉见过她一次，只觉得那白净的脸隔着绿色的纱，好像春日的烟雾笼罩秋海棠一般。回家后，润玉对她倾慕不已，日思夜想。

一天，润玉在后园散步，隔着墙听见一阵女人的咳嗽声。他急忙搬过梯子架在柳树上，登上梯子往里面瞧，原来是尚书家里的厕所，如厕的正是尚书的女儿。润玉眼花缭乱，心头蹿鹿，只恨不能随意而为。

到了天黑人静时，润玉偷偷地在花草繁茂的墙根下凿去半块砖，留个小洞，以便偷觑。从此之后，他得空便在洞口偷看。因此，那女子的隐秘之处，没有一处不被润玉仔细偷看过的。

半年后，那女子出嫁了，润玉就再也没机会窥视，心里十分怅惘。于是，整日闭着眼睛想那女子的迷人之处，又写了一阕《长相思》词加以描写。这首词被一个朋友看到了，啐了一口，顺手扔到了火里，并板着脸责备润玉，告诫他不要再拿这类污秽东西给人瞧看，免得他人笑话。润玉反笑他过于迂腐。

后来，润玉参加科考，夜里梦见一个人抠他眼睛，特别痛，醒后仍疼痛不止，两只眼珠像针扎似的，不能睁眼，于是交了白卷回家了。归家三天后，他双目失明了。等发榜时，烧掉他那篇淫词的那位友人考了第一名。

兰岩评论道：说了一句规劝的话，就考上了状元；一个邪淫念头的产生，便成了双眼瞎。人们须小心警惕啊！

蔡生是江东的名士，他进京考进士时，在一个满族人家里当教师。这家主人早已去世，只留下了守寡的夫人，领着一子一女和十几个仆人过日子。这家里有个老仆人，侍候主人三代人了，人忠厚勤劳，夫人待他很好。老仆人早就听说蔡生有名气，很高兴小主人得到了一位好老师，一直很尊敬蔡生。

这年，主人家要嫁女儿，因为手头缺钱，正好郊区还有几顷田，就叫老仆人去催租。

不巧去年歉收，老仆人去了一个多月才要了八十两银子回来。夫人算了又算怎么也不够用。但夫人还是把银子交给了老仆人，说："俗话讲'饭到口，钱到手'。要是零零碎碎地花了，到时候更不够用了。你先存起来，等要齐了租子一总交吧！"老仆人答应一声退出去了。

老仆人回家一想，自己常出门，妻子脑瓜笨，不精细，如果这银子丢了，事情就糟了。于是，他拿着银子到书房来，把自己的想法同蔡生说了，并求他代为保管。当时，一旁没其他人，蔡生就把银子放进箱子里锁上了，说："你只管放心，存在这里不怕的。"老仆人道过谢就走了。

过了半个月，老仆人把剩下的租子全要齐了，回家禀告夫人。夫人向他要上次那些银子。

老仆人说："我把银子寄放在蔡先生那里，我现在就去取。"

老仆人来问蔡生取银子，可是没想到蔡生矢口否认，说："你哪有银子存在我这里？"

老仆人说："先生别说笑话了，快点把银子给我吧。"

蔡生发怒道："老奴才，你是什么东西，敢来诬陷我！我给你们家教学生，哪里是给你们家当看财奴的呢！"

老仆人大惊，与他争辩不已。

蔡生怒形于色，连说："你真是血口喷人，我无法干了！"说完就要辞去教师职务。

夫人听到后，着急了，连忙安慰蔡生说："先生别生气，我替先生责罚这个老奴才！"

夫人把老仆人叫进去，严厉地斥责道："先生是读书人，又是南方的名士，怎能贪图我们家几十两银子呢？这肯定是你拿去自己急用了，到头来还冤枉好人！我孤儿寡母，无依无靠，唯一能靠的就是你，想不到也是这个样子，我还有什么盼头呢！"说罢，捂着脸哭了起来。

老仆人自知跳进黄河也说不清，只能自己抽自己的嘴巴，骂自己无能。当天夜里，他又愧又恨，上吊死了。

第二年，蔡生参加科考。进考场后，他突然感到精神恍惚。挂上帘子，点上灯后，自己亲笔把这件事写到纸上，自述昧良心，坏了道理，罪不可免。写完，解下腰带就在小房子里吊死了。等人们发现，他的身体已经凉了。更奇怪的是，他面壁而坐，带子套儿离喉头还有一寸多，不知道他是怎么吊死的。

蔡生自己写下的那份供词，众人争相抄录。杭州的叶省三先生也抄下一份，经常拿出来给人看，警诫那些无行的文人。

兰岩评论道：我曾经见过社会上所谓的名士，拖着长长的衣裳，甩着肥肥的袖子，认为这是名士的风流；吟诗论文，下棋喝酒，认为这是名士的博雅。可是，推敲他们的主张，很少有身体力行的；考核他们的品行，则有很多不像人样的。只看他们的外表，人们未尝不异口同声地说："这是名士啊，怎么能干这些事呢？！"正因为是名士，所以才这样干；也正因为他叫名士，然后才知道人们对他深信不疑，所以才敢这么干呀！

某一科乡试的时候，一位秀才构思文章到半夜，突然看见一个人，揭开帷幕走了进来，穿着古代的衣服，戴着古代的头冠，脸上看上去很奇怪，这个秀才吓得嘴巴紧闭不敢说话。这个人伸出一只手掌，向秀才说："我是管理考试的神仙。你祖宗有阴德，这次乡试应当中举，你可以在我的手掌上写一个字，为将来填榜的证明。"秀才于是大喜，就沾上墨汁在他手上写了一个大大的"魁"字，刚写完，那人就消失了，而字却出现在秀才的试卷上，墨渍重重。因此这位秀才的试卷被考官当作不合格的试卷给贴了出来示众了。

恩茂先生说：一位秀才临考前在泡子河边的吕公祠祈梦，梦见一个人，就像画家所画的寿星，头上贴着一张白纸条，纸条好像是从头皮里面长出来的，感觉到很诧异。等到他进了考场，因为违反了考场的规定，试卷被考官贴出来示众了。因此有人解释说："那个梦大概是说他头场犯规会被贴出来的意思。"真是令人发笑。

闲斋先生评论说：考试院这个地方，是由国家设立用来选拔人才的。品德低下、行为龌龊的人，阴间的报应是明显的，丝毫都不会少。但即使是这样，为什么那些心怀鬼胎、妄图打通关节、裹挟私心的人，还敢在光天化日之下侥幸冒险呢？

兰岩评论道：秀才们进入考场，一旦有了患得患失的心理，就会在方寸之间，百般丛生，那些鬼神就会趁机玩弄和戏耍他们。上面这两个人，怎知不是因为想得太多，导致精神恍惚，而出现了幻觉呢？

夜星子

在京城有一个官吏家里，有一个他的祖父留下的妾，家中上下叫她老姨。

这个老姨已经九十多岁了，她腿脚不能动了，整天就坐在炕头上。有人来了，她既不说话也不会笑，好像不存在一样。她虽然年纪大了，却什么病也没有，只是胃口却出奇大，比一般的小伙子还能吃。她每天无所事事，就养了一只猫，与她形影不离，吃睡总在一块儿。

官吏有个还在吃奶的小儿子，从前活泼可爱。可是有一段时间，不知怎么回事，每天夜里他总是哭叫，一直到天亮才停。就这样大约有一个月了，官吏找来城中所有的名医，寻遍了所有的良方，可是总也不好，一家人很担心。这时有一个老仆人对他说："老爷，民间传说，夜里小孩哭闹是'夜星子'，我们要不然也请来一个巫师来做法。"于是，官吏派仆人请来巫师到家中来捉"夜星子"。仆人请来的巫师是一个半老女人，五十岁上下，官吏家人用厚礼招待她。

当天夜里，天刚黑小儿子就开始哭泣。只见这半老女人在小孩的身旁摆上了一个奇怪的弓箭，它的长短大小都不超过五寸。官吏觉得奇怪，她解释道："这是桑树枝做的弓和桃树枝做的箭，是除魔杀妖的法器。"

半老女人又在箭上系着几丈长的白丝，还把丝线头缠在自己的无名指上，用手拈着。到了半夜时，月光照亮窗户，小孩的哭声更响了，好像极为不舒服。

就在这时，半老女人隐隐约约看见窗纸上有影子，高六七寸，忽进忽退的，仿佛是个女人。从影子上看，那人还拿着枪，骑着马。

半老女人摆着手低声对众人说："夜星子来了，来了。"说时迟那时快，众人还没有回过神，她已经拉弓，箭已经射了出去。只听"嗖"一声，那箭射中了夜星子的肩膀，那人便"唧唧"叫了起来，扔下枪，掉转马头就跑。半老女人从窗户跳了出去，牵着丝线，带领众人追赶。那人扔下的枪，原来是一根搓线用的小竹竿。人们顺着线一直追到后房，那丝线竟从门缝进屋去了。众人高叫老姨，没人回答。于是，推开门进屋去，点上灯到处寻找，什么也没发现。

顺着血迹，忽然一个小丫鬟吃惊地指着老姨，说："老姨中箭了！"众人上前一看，果然见到小箭扎在老姨的肩上，老姨不停地呻吟着躺在床上，她养的那只猫还在她的胯下呢。众人都很惊诧，急忙给老姨拔下箭，血竟流个不止。

半老女人指着猫说："快把猫打死，它就是妖怪。"于是仆人们急忙打死了猫。小孩从此夜里再也不哭叫了。老姨就此得了病，不吃不喝，没几天就死了。

兰岩评论道：怪出于老姨，不知她怎么想的。大概是猫在作祟，老姨老态龙钟的，被它利用了吧。结果中箭而死，不是很冤枉吗？

猫　怪

有一位公子父母身体健康，兄弟之间关系很和睦。他儿子在官府当秘书，一家人过着富有的生活。

公子特别喜欢养猫。他养了有十多只猫，有白色的、黑色的、花的。公子对猫特别好，喂猫的东西都是上好的食物，给猫铺盖的也是毯子、毡子一类的好东西。每到他们吃饭时，猫都凑到桌子前边，喵喵叫着要食吃。公子就把自己碗里的食物给它们吃。

一次吃过晚饭，公子和父母在房中闲聊。老夫人因为有事叫她的丫鬟去办，可是叫了好几声也没人答应。这时他们忽然听到窗外有替夫人喊丫鬟的声音，声音很陌生，好像从来没有听见过。公子立刻掀开门帘去看是谁在叫人。可是院子里静悄悄的，没有一个人。

公子觉得奇怪，就自言自语道："难道我听错了。"正要转身进屋却发现只有一只猫蹲在窗台上，回过头朝着公子，脸上似乎还带着笑容。公子大吃一惊，进屋告诉了老夫人和弟弟们，大家一同出来看猫，都觉得好像没有见过这只猫。公子开玩笑地问猫说："刚才叫人的是你吗？"没想到猫却说话了："是的，公子。"大家一听见猫会说话，都七嘴八舌地议论开了。公子的父亲认为这只猫很不吉利，立即命人捉住这只猫。猫看到有人抓它就叫道："别抓我！别抓我！"说罢，一跃竟跳到房檐上，一转眼不见了。一连几天，这只猫也没回来。全家人都很不安，议论纷纷。

有一天，小丫鬟正在喂猫，发现那只会说话的猫又混在猫群里来吃食。小丫鬟急忙进屋暗中报告了公子的兄弟。他们就一起出去把猫捉住，绑上它打了几十鞭子。猫被打得嗷嗷直叫，脸上却露出了强硬的样子，让人看了觉得非常可怕。众公子和父亲商量要把它杀了。这位公子不让，说："猫既然能成妖，杀了它怕不吉利。何况它也没有伤害我们的家人，我觉得还不如放了它。"可是他的兄弟们还是暗中命令两个仆人用米袋子把猫装上，打算背出去扔进河里。两个仆人出城到了河边，就觉得米袋子变轻了，打开一看，发现袋子已经空了。仆人只好返回来，刚进府门就发现猫早已回来了，仆人们继续追猫。这只猫没有跑，却直接掀开帘子进了卧室。

公子兄弟们还在和父母谈论这只猫的事。大家一看见猫进来了，都愣住了。

猫跳上了板凳，怒气冲冲地瞪着公子的父亲，眼角都要裂开了。它炸着胡须，咬着牙，狠狠地骂道："你这个老东西，不就是有口气的活死尸，竟敢要淹死我吗？在你们家，自然有人把你当成老爷子。可若是在我家，他们也只会管你叫三孙子。我在你们家也不过是要一口吃的东西，你们怎么丧心病狂到要杀我的地步？！你们家灾祸已到了大门口了，自己还不警惕。如果你们可以善待我，说不定为了报恩我可以帮你们度过灾祸。可是你们还要害死我，我也只会冷眼旁观。如果不是公子仁慈，平日里对我的兄弟姐妹很好，我是不会回来说这些话的。你们怎么不反省一下，平日都干了些什么呢？你生来就只有地蛆、蚂蚁那点能力，却靠拉关系弄了个官儿当。开始时到刑部当官，因为会逼供，博得了上司的欢心，放到外地主管两个州时，却更加贪心更加狠毒。你打杀了那么多人，又对老百姓作威作福。在你当官的这二十几年里，不知道害死了多少条人命。现在居然还想告老还乡后过闲适的生活，寿终正寝，真是妄想！你才实实在在是人群里的妖精，倒反过来说我是怪物！真是怪事！"猫大骂不止，骂遍了全家。全家人听了它的话，都乱了套，一起动手想要抓住猫。有的抢起宝剑，有的摔过去铜瓶，茶碗、香炉也全都被当成了进攻的武器。猫嘲笑着起身说道："我本来不过是来提醒你们，可是没想到你们却如此对待我，我马上就走。只是你这个家眼看就要败了，却是谁也无力回天了！"猫很快地出了屋，攀上大树走了。从此，它再没有来过。

半年后，这家遭了瘟疫，每天死三四口人。公子的兄弟也因为争地被罢了官，他们的父母忧郁成疾，相继而死。不到两年，他的兄弟们、姐妹妯娌们、儿子侄儿们、奴仆们死得几乎不剩一口。只有公子夫妻俩和一个老仆人及一个小丫鬟活了下来，家中一贫如洗。或许这就是他善待猫的回报吧！

驴

以前在京城里有一个杀驴的屠夫。

一天，他去朋友家作客很晚才回家。他路过杀驴的锅坊时，已经是二更天了，锅坊的大门早已经关上了，可是里面却灯火明亮。他觉得很奇怪，这大半夜的难道有人在偷东西，还是工人们在赌博？于是他好奇地从门板的缝儿往屋里偷看。果然，有两个雇的工人在杀什么。他因为喝了酒看得不是很清楚，只觉得不太像驴。于是定睛一看，被吊起来的竟然是一个女人。她早已被开膛破肚，血肉模糊，可是那一双眼睛却直勾勾地望着他。

那人不觉毛骨悚然，急忙跑去告官。官府听到了这个消息，立刻派了步兵十多个同他去抓人。

一群人来到锅坊，推开门冲进屋里，却没有看到什么女人，只有一头死驴倒在地上。兵士们指着驴问："难道这就是你所说的女人吗？"其他人也以为是他酒喝多了，眼花看错了。

可是那人却指着驴说："哪里是驴，她分明就是一个人。"

兵士说："这明明是死驴，怎么说是人呢？你是不是酒还没有醒呢？"

那人却坚持说这就是女人，两个人争执了起来，围着看热闹的人都笑着对那人说："你一定是喝醉了，我们看见的都是驴。"那人还是不信，气哼哼地与众人争论不休。

县官听了兵士的回报，非常生气地斥责他道："指鹿为马尚且不可以，怎么能指驴为人呢！"于是就让手下打了那人一顿鞭子，将他赶走了。

那人仍是不信自己看错了，气急败坏地回锅坊又要叫来邻居，要同大家一起验看。等大家都来了，他却发现的确是一头驴子，没有什么女人。开始他很惊愕，仔细观察了半天也没有见到什么女人。过了好一会儿，他才发现这是一头母驴，肚子里还怀着一头小驴呢。从那以后，他便改行，再也不杀驴了。

兰岩评论道：驴是牲畜，同人完全不同，为什么这个人看见驴是人呢？大概就是因为他靠杀驴为生吧？他若不是糊涂这一刻，怎能发誓不再杀生！这个驴也不再是人了，这个人也不再是驴了。

异　犬

有一个人家里有世袭侯的爵位。他长得一表人才，可是到了十七岁，仍然只喜欢斗鸡蹓狗。那时，他养了一条黄狗，特别喜爱它，吃住都与狗在一起。

夏季的一天，他领着狗出了东门外的野地里去溜达。忽然，天下起了大雨，他便到一个坟前的树下去避雨。坟前有一个水坑，有几亩地那么大，长满了芦苇和荻花。他还没坐稳，就不知道从哪里冒出三个无赖，他们架着鹰、背着弓，一看见这位青年身穿华服，就知道不是平常人家的弟子，于是一行人纷纷耳语起来。其中一个无赖见青年长得白皙，念了一句顺口溜儿道："黑的黑如铁呀，红的红如血呀，白的白如雪呀。"另外两个人附和着，哈哈大笑起来。

青年听到他们的话后很害怕，拔脚要走，可是无赖人数很多，一下子就拦住了他。

青年怯怯地问："你们要干什么？"无赖们都笑着不说话，只是拉住他不放。那黄狗看见主人受了欺负，立刻汪汪大叫，冲上来撕咬他们。无赖们看到狗来了，立刻拿起武器向狗打去。其中一个无赖用大石头打中了狗的脑袋，狗昏死在地。无赖们把青年的衣服扒光，精溜溜地一丝不挂，还绑上手脚，把他按到草丛中。青年看着昏死的大狗，哭叫得嗓子都哑了，在地上来回不停地翻滚。

这时，有几个骑马的人从树林子里过来，无赖们看见他们人多，就害怕了，仓皇逃去。一个骑马的人，听到了青年的叫喊声，立刻到了跟前，替青年解开了绳子，询问原因。这时青年早已缩成一团，哭着把事情经过告诉了他们。骑马的人可怜他的遭遇，给他穿上衣服，送他回了家，还派人把狗也抬回来了。狗受了重伤，一连几天不吃食，伤口也溃烂了，没过多久，狗便死了。看到狗死了，青年很是悲痛，他祭祀了一番，将狗厚葬了。

当天夜里，青年刚睡觉，就看见狗走了过来，对他说道："主人，生前你待我太好了，我一定要报答。主人今后出门去要小心，如果遇到危难，我到时候一定会去搭救。"一觉醒后，才发现是个梦。青年感到很奇怪，还是把梦中狗的话牢牢记在心上。

一天，青年到通州去办事，回来时在大通河上乘船。他刚上船，就看见了那三个无赖，还有两个小伙子，也上了这条船，他们都盯着青年发笑。青年很害怕，却不知道该怎么办。到水闸时，停了船，船上的人都下船了。青年随着人群下了船，匆忙钻进一家酒楼中，暗中看着三个无赖走远了，才找了条小道急急忙忙地朝下水方向走去。

可是走了一里来地，那三个无赖突然从谷子地里蹦了出来，把青年拽到偏僻的地方，堵住嘴，又要扒光他的衣服。正在这时，一条大狗从短墙后跳了出来，冲上去咬住一个无赖的小腿，无赖疼得昏倒在地。狗又去追那两个无赖，一个被咬掉了腿肚子，一个被咬伤了屁股。

青年这才得以脱险，慌忙穿好衣服，蹬上鞋子，沿着田间小路猛跑。那狗一直在后面跟着他，见他不识路，又在前边为他带路，直到一座茅草房前才停下，狗趴在了篱笆下边，青年上前一看，原来是一条全身长癞的黄狗。

青年看见不是自己的狗，很是失望。场院上，有个扫麦子的老太太看见了这条狗，笑着对青年说："真是奇怪了，这是我们家的一条老狗，长了半年癞子，昨天夜里死了，今天怎么又活了。"

当夜，青年又梦见了他的狗，告诉他："主人的恩我已经报答了一点儿，阴间可怜我的忠诚，就要将我托生为人了。此时特来道别，今后你我没有再见的机会了。"说罢，狗流着泪，叩个头就走了。

青年深深感激狗的义气，计算了一下狗的死期，每过七天就给它上一次坟，至今不变。后来，听说三个无赖有两个成了残废，被咬伤小腿的那个隔了一宿便死了。

恩茂先是侯爷的妻兄，茂先清楚地知道这件事。青年如今已继承爵位三年了。我曾经在茂先为生下三天的孩子举行的汤饼会上见到过这位侯爷，真是个漂亮人物啊。

兰岩评论道："吃人家的俸禄就要报答他的主人，狗实在是忠诚的。死后仍借癞狗以抒发忠勇之气，狗真是有灵呀。狗能够如此，人可以不如狗吗？

施　二

京城的一条街上，有一座寺庙。这个庙里的殿堂高大，有僧房几十间，可是因为长年无人修缮，大部分房子都倒塌了，现在只有一个老和尚带两个徒弟在庙里生活。因为没有香火，庙里没什么收入，他们只能靠几间破旧的僧房招徕做小买卖的人住，每月得个四五吊钱，供庙里花销。

有个山西交城的人，叫施二，他每年的秋天和夏天都在家种地，可是冬天和春天闲来无事便进京卖糖糊口。他每次到京城后，就租庙里的东院住，已经好几年了。

有一天晚上，施二卖糖回来时，已经二更天了。那天刮着北风下着大雪，天气很冷。回来后，为了驱寒，他就倒了些酒喝着。忽然好像听到东隔壁有人一问一答地说话。施二好生奇怪，隔壁没人，怎么会传来说话声？于是他便放下酒杯，侧耳倾听。

夜深人静，那话音竟听得清清楚楚。有一个苍老的声音叹息道："近来我的腰疼得不比往常，厉害极了。今天又听着北风吼叫，真是太想家了。不知道儿子们是不是也想爹爹？"说罢，这个人再三慨叹。又一个人说："我怎能不了解你的愁苦呢！百日以来，我在这里守株待兔，可是地面上管得严，我们一步也不敢出庙门，又饿又冷得厉害。昨天看见和尚砍块驴肉放在砧板下边，我心里很高兴，以为可以解解馋了。没想到，一转眼的工夫被什副队长家的恶狗给舔了。我还叫这条狗咬了一口，到如今腿上还有狗咬的伤口呢！"

老人说："明天徐四回来了，他可以替代你吗？"那个人说："管地面的人已经答应我了，只要有空子可钻，就可以替我。"老人又再三叹息。不久，便没有声音了。施二听了半天，才知道说话的是鬼，听得他头发根子都直了。

第二天，有个剃头的来租东隔壁住，人很粗鲁。因为同施二是邻居，他就过来拜访过一次。施二问了他的家乡、姓名，这个人说："我是霸州的徐四。"听了他的话，施二很惊诧，立刻把自己昨夜听到的话告诉了他，并劝他另外找房住。徐四摇头表示感谢道："多谢老哥的好意，但我自有命，他又能把我怎么样？管梦的老天爷绝对不容许鬼怪害人呀！"施二见他如此说，便不好再说什么了。

过了不久，徐四给人剃头，一不小心把那个人的胡须给剃了。那个人生气骂他，徐四也不让步，两个人争持不下。于是那个人叫来一群人把徐四揍了一顿。徐四回到庙里时，仍然气哼哼的。施二看着他的样子，就与同伴到他屋里去劝慰说："我们做小买卖的，要小手艺的，凡事都要忍耐，怎么可以轻易耍脾气呢？你难道没看见茶馆酒店的墙上写的不是'和为贵'就是'忍为高'吗？"

徐四摇摇头，忍不住地说："我这个人宁可死了，也不甘心受这个欺侮。"大家见劝他不听，于是又凑了些钱，打酒来劝解他，大家一直喝到四更天才各自回屋散去。

施二回到屋里，又听到徐四的怨恨之声。不久，那个屋子有哭泣声传来。施二侧耳倾听，觉得声音渐渐不一样了。好像有人小声说："你说一个人活在这世上已经太不容易了，为什么还要这样委屈自己，还不如一死了之。"似乎是徐四的声音："我虽然一时受了些气，怎能走这条路呢？"

过了一会儿，那人又在絮絮叨叨地说着什么。只听徐四叹口气说："果然能如此，死也不遗憾。"施二一直侧耳倾听，到鸡鸣时，那个屋子的声音才静了下来。

施二感觉有点不对，他急忙披上衣服出了门，暗中从窗户向里面看。只见房中一片昏暗，好像什么也没有。他用尽全力，把屋门踢开，进门一看，才隐隐约约好像看见一个人吊在房梁上，又看见一个穿白衣服的人背着脸在他前边，两只手拽住他的脚。施二大吃一惊，就喊着跑出去，叫人帮忙。

庙里的和尚刚要上钟楼去敲晨钟，听见人喊，都赶过来瞧。不一会儿，隔壁的人都跑来看。可是众人赶来屋里时，徐四竟然已经死了。

兰岩评论道：前世的罪孽，终究不能逃避，也许有例外的。但管地面的人放纵这鬼东西杀了人代替自己，而这个死去的人又请求代替，报复有完的时候吗？何况只要得到这些管地面的人同意，就可以为所欲为，那些地府里的冥官们，竟然丝毫不加明察吗？还是因为接受他的贿赂呢？真是让人感叹不已啊！

卷三

陆水部

周南溪先生有一位朋友叫陆公荣，他已经去世了，可是周先生还时常向别人讲述他的朋友陆公荣的故事。

陆公荣以前在水部当主事时，因为他不慎得罪了权贵，而被贬官出了朝廷，被下放到了察哈尔地区去当官。

这天，陆公荣行至归化城时，他打算雇匹骆驼代步。正巧有个姓赵的牵来两匹骆驼，陆公荣便买了它们，其中一匹用来骑乘，一匹用来驮行李。

赵某对他说："你没带仆从，那就出三匹骆驼的价钱，权当我是你的仆人吧。"陆水部答应了，并立卜字据，付了银两。

可是他们快要出发时，赵某却牵出来一匹马和一匹骆驼，说："大人，乘骑骆驼上下困难，马则方便一些。"陆公荣心里知道这是在骗他，因为当时雇用骆驼的价钱是马的四倍。但是一想到，他是贪图金钱，我是为了快赶路，还挑什么骆驼和马呢？因此也就同意了。

他们刚走了一天的路，赵某便说："大人，我一个人不能干两种活计，必须两个人分开干，放牧牲口或是做饭，请大人任挑一种。"陆公想了想便选了放牧。

他们又走了几天，赵某说："大人，我病了，身体极为不舒服，不能干活，从今天开始你放牧牲畜和生火做饭吧！"陆公荣为人善良，就没有说什么。从此之后，赵某则坐等吃现成的。有一天，他们的盆里恰好还有些剩饭，陆公荣就只做了一点新饭，因此一半是凉的，一半是热的。赵某立刻抢着把热饭盛到自己的碗里，说："我生病了，就吃热饭吧！而且我也吃不惯凉饭。"

陆公荣笑着说："你是北方人，还不习惯吃凉的吗？"说完，他只好自己把凉饭吃了。

他们走了两个月，赵某什么都不做，每天好吃懒做，就连吃饭没有肉菜，他都会辱骂陆公荣，陆公荣心胸开阔假装没听见。

可是后来他竟然变本加厉，越骂越厉害了，竟骂到陆公荣的父母大人头上。陆公荣忍无可忍绷起脸对赵某说："我就算是个没有能耐的人，但也曾做过朝官，何况我的岁数又是你的两倍，你为何这个样子对待我？"

赵某则挖苦陆公荣说："那顶个屁用！免了官就是小民，而且你又老了，不定哪一天蚂蚁就领着你入土了，还有什么值得向我显摆的呢。"于是他骂得更厉害了。陆公荣拿他没有办法，不得不捂着耳朵躲到一边去。他回想起自己得志时的荣耀，又想到现在失意时备受欺辱，禁不住涕泗横流，竟仰天大哭起来，叹道："天哪！不承想我陆公荣竟落到了这个地步！"随之他又拔出随身所带的佩刀，想要弃世而去。可是他转而又一想，我是奉命来塞北当官的，虽然是个小吏，但这里也不是我该死的地方。

他正在思量，拿不定主意时，有一个约七十来岁的老人，穿着僧服，戴着老道的帽子，拄着一根竹手杖走到陆公荣跟前。他先是向陆公荣施礼作个揖，然后近前一步说："先生，为什么在这里叹气？"

陆公荣向他诉说了自己的经历和赵某的欺辱，说到伤心处时，不由得老泪纵横。

老人同情地说："你的经历太可悲啦！我没想贵人不得志，竟至如此！我家虽然寒酸，但离这里很近。不如你到我那里去，至少保证你吃个饱饭。"陆公荣听了，一时间竟拿不定主意。

老人倒笑着说："我们这里是极偏僻的荒凉塞北，若是能够有一位朝官光临，真是件值得庆幸的事。请不要因为我穿着一身僧服，而不相信我的诚意。"

陆公荣听了他的话，看到他的诚意，这才放心不再怀疑。他问老人："既然要受您的恩惠，也得先知道先生的姓名，以后有机会再报答您的款待。"

老人笑着说："我姓黎，你叫我黎公。"

说完二人立即出发一同前往黎家。他们走了儿里路，又过了一个土山包，就看见一处大宅院。这宅子四周白墙绿树，与塞北的荒凉空旷极不相称。

陆公荣一进大门，就见到了十多名高大的仆人，彼此传呼着"黎老爷把陆公请来了"，随后又出来两个穿着华丽的年轻男子走上前来迎接，恭敬有礼貌地将陆公荣迎进客厅落座。

这时，陆公荣又起身拜谢黎公一番，黎公也以礼相答。接着便是那两个年轻男子再上前施礼拜见。陆公荣急忙还礼，黎公制止道："他俩是我的猪儿与犬子，用不着给他们还礼。"

他们在客厅里坐了一会儿，黎公就命令仆人点上蜡烛，摆上筵席款待陆公荣。陆公荣看见桌上盘中都是陆地或水里所产的名贵食品，应有尽有。待酒足饭饱后，陆公荣即告辞要回原地。

黎公则说："陆主事还打算继续听那个拉骆驼的辱骂吗？老夫家里虽不富足，但总还是养了十几匹耕马，足够陆主事挑选用做骑乘代步的。"接着又说，"这件事权且搁下吧。"陆公荣点头答应了。

黎公自我介绍说："老夫我原籍是沈阳，寄居外乡已经快五十年了。所幸我与老妻共同操持了这一份家业，生下四个儿子，三个女儿。长子黎青，现去陕西探亲还未返回。小儿子黎碧太小，尚在母亲怀里吃奶。二儿子黎仓，三儿子黎白，就是你已经见过的那两个年轻男子。长女黎阿红，出嫁去了山西大同；二女黎阿黄，嫁到杭州去了。还有一个未出阁在家当姑娘的，就是三女黎阿紫了。"

说到这时，黎公便朝着他的两个儿子吩咐说："进屋里告诉你母亲，快同阿紫一块出来会见客人。"

陆公荣听了，急忙推辞说："我实在担待不起，有劳夫人小姐了！"

黎公说："我们本是世代讲礼仪的人家，不能违礼呀！"

黎公的两个儿子进屋后，待了好长时间方才出屋来，传出他母亲的话说："母亲已经在里屋把酒菜准备好了。她说客厅太冷，所以请爹爹带着客人进内室去。母亲还要亲自为陆主事端杯敬酒，表达她的欢迎之意。"

黎公听了，笑着说："还是我的老妻想得周到，陆公真应该为我有一个贤内助而庆贺一番了。"

陆公荣被请进内室。屋里燃着花烛，墙上一排山水挂屏，卧床上挂着轻纱帐帷，帷下拖着铸银的押穗，地上是贵重的毛麻混纺地毯。旁边有数十名俊俏的婢女，簇拥着站立等待的黎夫人。她的衣着极其鲜艳华丽，年龄看上去比黎公小得多。陆公荣忙近前施礼，黎夫人也款款还礼答谢。

黎公在一旁问："怎么不见阿紫出来见客人？"

黎夫人说："她是个小女孩，听说家里来了客人，想必是害羞吧。"

黎公笑着说："女孩子家总是这个样子，若是出嫁半年之后，会比她两个姐姐的脸皮还厚，胜过城墙上面的青砖头呢！"大家听了，全都笑了。黎夫人便再次叫人催促阿紫赶快出来见客人。

过了一会儿，只见从里屋走出两个盘着发辫的丫鬟，卷起门帘喊："阿紫姐姐来了。"随后用眼睛瞅了瞅陆公荣，含笑走了。待阿紫出来时，只见她脸上敷粉画眉，披着梳理整洁的长发，浑身上下散发出扑鼻香气，俊美的容貌简直无可挑剔。阿紫见了生人，果然低头不语，手捏衣袖，显得极其腼腆。

黎公见此模样，便与黎夫人同声责备阿紫说："你怎么这么没有规矩，见了客人怎么不行礼呀？"

阿紫红了脸，低头上前给陆公荣施了礼。

接着，大家又落座，继续饮酒。酒酣耳热时，陆公荣即兴赋诗一首。黎公见诗中有"碧血丹心迁客恨，云鬟玉臂故国情"两句时，即对陆公荣笑着说："看到陆公这首诗，老夫相信陆公是对小女有情意了，是吗？"

陆公荣听了，当即惶恐地离座向黎公致歉说："鄙人哪能有这样的邪心杂念呢？只不过是我自己有此同感，方才这样地写一写罢了，望黎公见谅。"

黎公说："今天，你和小女相遇也是缘分！既然小女与陆公前世有缘分，今日不期而会，那我们就赶快选定吉日，让你俩结成美满夫妻才对。"

第二天，陆公荣要告辞，说："我到此地虽然只是当一个小吏，但还是要早些去上任。"可是，黎家的两个儿子硬是死力挽留不让走，陆公荣无奈，只好答应住下不走了。

几天之后，黎公有个外甥胡秀才前来看望陆公荣说："我舅舅因为敬慕您，一心想把阿紫嫁给您做妻子，希望陆公不要嫌弃才好。"

陆公荣先是致谢，而后推辞说："我是一个鄙陋之人，年已五十，况且有罪在身，只是一个小吏，自身活命都难求，哪还敢连累别人呢？你们一家的真情我领了，这件事我却不能答应。还请您替我说说情！"

胡秀才却说："我给你相过面，你最多不过再活上两个年头。而我的舅舅得道多年，你如果靠上了他，才能使你免除祸患。更何况我表妹阿紫又长得不丑，恪守贞节，性情淑静贤惠，待人诚实。陆公不需花费，即可结成百年之好，又何乐而不为？况且你孤身一个人，为长远打算，有人在身边厮守着，总比老年孤苦伶仃的强多了吧？"

经胡秀才如此一说，陆公荣不由得心动了，就答应了这桩婚事，并拿出一尊玉制的研墨水壶，交给胡秀才，作为聘礼信物。同时，又拿出两支交桂，送给胡秀才本人，略表谢意。

临近婚日，胡秀才与黎家的两个儿子拿着酒来找陆公荣喝。真是酒助胆力，喝着喝着，陆公荣酒醉了便忘乎所以起来，放肆地说："黎老夫子，真不会给女儿起名字，大凡叫阿紫的，都是称呼狐狸的名字，乃是淫乱妇女的代名词，怎么能让女孩叫这个名字！"

陆公荣的话还没说完，胡秀才就惊恐地变了脸色。黎家的两个儿子，更是脸红到脖子根儿，竟一怒之下甩袖进屋里去了。

胡秀才说："陆公你说错话了！我为你保媒娶妻之功，至此算是全吹了，太可惜呀！"陆公荣也傻了眼，不知如何是好。

过了不一会儿，黎公领着两个儿子来了。他指着陆公荣大声责骂道："书呆子，你还以为自己是个什么东西，竟敢如此轻佻而不知羞耻！你辜负了老夫对你的关顾。这也罢了，最可恨的是你竟然害了我小女儿，这几天她饭不吃、觉不睡地为你着迷，为什么你要这样讥讽她！你如果真的看不上我的女儿也不用说这样的话伤害她。既然如此，我们的姻缘就此作罢。是你生就的没有福分，你今后爱走哪条道，与我无干。从现在起，咱们一刀两断，你请便吧！"说完，从袖子里取出一锭白银，咣啷一声扔到地上，然后便头也不回地走了，胡秀才听了他的话，也随之而去。

陆公荣这时酒醒了一半，见此情形，他也知道自己说错了话，而深感惭愧与惋惜。他借着酒劲，就伏在桌子上睡着了。

等他醒来时，天还未亮，他发现自己竟睡在一块大石头旁边，周围是一片茫茫无边的大沙漠，哪还有什么宅院房屋！再把那锭银子拿出来一看，原来却是一块朱提山上的石头。到这时，陆公荣更加忧愁不安、不知所措了，也不知道从前那个拉骆驼的赵某去了哪儿。无奈，他只好向原来放牧牲口的地方走去，结果一无所获。

后来，陆公荣遇上了周南溪先生，救了他的命。他们是患难之交，自是感激不尽。然后，陆公荣便详细地向周先生讲述了他所遇到的事。周南溪听了他的话断定这是狐狸所为。

然后他又惊讶地说："昨天我遇到一个人，他坐在道边上哭泣。我就上前询问他，那人说是山西人，姓赵，他本有一驼一马，但被强盗给抢去了。我想他就是那个不近人情的赵某。"

陆公荣又问："那人的外貌长相如何？"听完描述后得知果然就是那个姓赵的。周南溪自语道："上天报复于他，怎么竟是这样的快呢？"说完，两个人又相对叹息了良久。

陆公荣到了边地之后，花掉所有的银两，购置了一些中医书籍，认真地专攻医道。但是陆公荣的性格刚愎固执，经常讥讽朝政，所以后来他又犯下诽谤朝廷罪，被就地斩决。幸得周南溪先生与他是好友，为他收尸，把他葬在塞北。至此，周先生方才醒悟胡秀才为陆公荣相面，得有死气之说，确实应验了。

闲斋评论说：轻佻放荡的一张嘴，尤与众人已很不相同了，何况又与鬼狐之类同处，哪能不特别注意言行，经过三思之后方可说话的？

兰岩评论说：穷困失意，孤身一人放荡塞外，偏又遭到仆人杂役的羞辱，应该是心灰意冷，没有更大的欲望了。但是稍有得意之时，竟然又放荡轻佻起来，触犯他人之大忌，到头来招致了诽谤罪被斩决，身死塞外异乡，这真是太悲哀的事了。

冯 飐

汪瑾是松江人，五十多岁时，潦倒失意。他居无定所，过着漂泊的生活。深秋季节，凉风袭来时，他忽然产生了思乡情怀，遂乘船离京南下，打算回归老家。

有一天太阳落山的时候，行船暂停泊于武城县老城西边的河岸上。汪瑾正苦于清冷寂寞之际，突然见到一个累得满脸流汗的小奴仆走到跟前，送上一个名帖说："我家老爷冯二官，请求拜见您。"汪瑾看过名帖，是声称同乡眷属的晚辈人冯飐求见。汪瑾心里想自己如此穷困潦倒，连亲戚朋友见了都不愿搭理的人，哪还能有什么人会与我亲近呢？怀疑是对方弄错了，于是将名帖退还来人。小奴仆好生奇怪，问道："老先生你不是姓汪，松江府人吗？"汪瑾回答道："是呀。"小奴仆自言自语道："这下就不会弄错吧？"便转身跑了回去。

不一会儿，冯飐亲自来了。他身穿新衣，头戴新帽，年约三十岁，和汪瑾相见致礼谦让一番之后，便上船了。冯飐很懂礼节，并且谦恭和气，还送上绸缎四匹，作为见面之礼。

然后冯飐才说："我是山西人，很想去扬州看望一位上官桥巡检。现知汪兄返归松江，所以我想搭乘你的顺道船，不知你能否收容？"汪瑾看到冯飐朴素厚道，也就答应了。冯飐则又施礼拜谢一番。随后，小奴仆便提着包裹行李，进船舱安放住下了。

夜晚，二人促膝长谈，汪瑾看着名帖问道："冯老弟是西部人，我是南方人，怎么能说你是我的乡眷呢？"

冯飐说："我的祖籍原是松江，朱明亡灭，大清建立后，我们一家才迁徙到山西，入籍于汾阳。名帖称说是乡眷，表明了我是永远不忘乡土之情的。"

汪瑾又问："我看你谈吐不凡，可是你为什么不出职任官，竟虚度这样的大好年华呢？"

冯飐说："我的命运如此，不可强求。从前我参加过多次科考，都落选了。我曾行贿买官，已经花费近万两银子了，终没有得官做。我开始时也感到忧愤、郁闷，后来我便渐渐地打消了这个念头，我再仔细一想，人的才能好比袜子上的线头，拆散了就不足一寸长。我即使是做官了，也必定是僵尸占其位，干吃俸禄不干事而已。假如是因贫穷而去当官，倒可能成为一个特别有钱的人。总的看来，有才不用，或当官捞钱，是一个也不值得仿效的，所以我就甘心当个平民百姓了。汪兄不曾见江东杰出才子王文度吗？他若是决心不出仕当官，则会少年时得享美名，必定终生不会毁坏名声，更不至于被削夺权势，遭杀身之祸，留给后人耻笑责备了！"

汪瑾听了他的话哀叹说："冯老弟说得对呀。贿赂长官都不得官做，那么无钱贿赂官府者，就只好和你一样甘心白花钱，老死皆不可得官做了。"

冯飔接着说："想贿赂买官又找不到门路，并不能表明世道不好。当今正是大清王朝国运隆兴、起用优秀人才的时候。因此说想行贿并不困难，而是难为了受贿的人，无法作弊。再说受贿与行贿，都不能难倒人，唯有那些根本不受贿的官员，方才真正地难倒了行贿求官的人。然而当今世道衰败了，先是由清正变为想当官即得托人疏通，后来蜕变为想出职居官，就得贿赂官府了。乡里贫苦的文士，只好被埋没于民间。这种坏风气，继而又刮到了朝廷里，造成了是非颠倒。清正廉明者，遭罢官削职，逐出朝外；贪赃枉法的人，反倒得提拔入朝中受重用，甚至有某大臣买动了皇帝的事，有如司徒崔烈博之流。反之，还有皇帝收买臣子的怪事，要他为立其子封王做皇储卖力。因为社会风气变了，人的命运也不能像从前那样地顺畅了。在位的贤良而又有才华的人，都免不了被罢黜。那么无官的小民，又哪能有升迁的希望呢？汪兄就算是赶上了盛世，却不得任用为官，就应该认命了。这与贫穷毫无相干。"汪瑾听了，非常佩服冯飔的谈论，忧郁愤恨的心情，也顿时消散了不少。从此，汪冯二人朝夕聚会，叙谈答对，甚是欢乐。

他们的船行至淮安时，适逢中秋佳节。汪瑾特地买来了酒，请冯飔赏月。待饮酒至高兴的时候，冯飔突然叹息说："我曾听过一个遇害人临死前讲述他生平慷慨的一段故事，汪兄想听听吗？"

汪瑾当时并没在意，反倒问冯飔道："你的那位朋友官居巡检，如果是居官清正的人，那你数千里路投奔到那里，恐怕是往返徒劳了吧！"冯飔听了，没有立即回答，只是自顾自地喝酒。

过了一会儿，冯飔方才停止喝酒，声音凄切地说："十天来，我心里十分感谢汪兄厚待，曾几次想把真心话告诉给你，但又恐你听了害怕，只好暂且不说了。现在既然问到了这件事，那我就讲给你听。"

冯飔沉思了一会儿说："上官桥的巡检陈某，说是我的朋友，其实却是个仇人。

十三年前，我往苏州贩运一千捆棉布，途经荏平，与陈某同住一个旅店，正赶上天降大雨，不能行路。这时，陈某与他同屋里的旅客，赌了一天一夜，结果他一败涂地，把所带钱物输个精光，还欠下一百两银子的赌债。他无力凑足这笔钱，因之受到赌客们的欺侮与辱骂。当时我可怜他，如数地替他还清了债，事情才算完结。另外，我又送给他二十两银子做路费，让他回家。陈某对我感激备至，并发誓日后一定要报答我的厚恩。然后，他又表现出一副欲言又止的样子。经我再三追问，他才说出他想花些钱买个小官当当，以后也好用俸禄养活全家。今天遇着了大好人，只好厚着脸皮再借五百两银子。假如一旦得官，绝不忘恩负义。我见他如此落魄，又动了恻隐之心，心想好事做到底，成全了他这一回吧。遂慷慨答应，将钱借给了他。但是，付钱之时，我也太粗心大意了，竟没有立下字据。过了五年，当我再到北京城里时，听说陈某将要到扬州赴任了，但是还没有拿到任命状子，故暂时居于宣武门外。我特意前去探望他时，他先是推托外出了，后来我几次到门上等，方才见到了他，然而他却是一副很冷淡的样子，全然不提从前的事。"

汪瑾听到这里，瞪眼愤怒地插话说："人心真不可测，那姓陈的怎么能这样？！"

冯飖说："不是人心不可测，而是我们这些人的心眼太实诚。总是以君子之心去看待小人了。汪兄，你听说过东郭先生与中山狼的故事吗？"

汪瑾接着说："依我看，对这种人有什么理可以讲？应该向他讨回银子，与他绝交。"

冯飖说："当时我的想法也是如此，便当面问及还债之事。哪曾想陈某非但不还钱，反而翻脸骂人。我怒不可遏，同他争辩起来。我并不是后悔我破了财，而是怨恨陈某忘恩负义，他的行径等同于阴险的魔鬼，其毒辣也超过了恶蜂毒蝎。于是我花钱买通官吏，将他抓起来，叫他吃官司。可是没有字据可证明我有理，故此官府也无法审理，只好对陈某不加追究了。而我自己后来却染上了瘟疫，死在外乡，尸骨无法归葬。而今我在地下上告于阴曹地府，现已得知到了向陈某追偿欠债的时候了。所幸今日又亏得汪兄将我带到扬州，一路上又有机会向你说及陈某之恶，也算得了一些慰藉。因此，我将来必定要报答你对我的恩惠，虽然在九泉之下，也不会忘记。"

汪瑾听到这里，才知道他原来是鬼，心里害怕极了，脱口问道："这么说来你是鬼喽？"

冯飖答："是的。你在灯前或月下照照我就全明白了。"

汪瑾举起灯，对着冯飖照了照，果然不见影子，突生恐惧，吓得一言不发，面无人色。

冯飔见状，笑了笑，安慰汪瑾说："汪兄不必害怕，我感谢你的恩德都来不及，还能加害于你吗？"

汪瑾回想起他们交往的这一段时间，冯飔的确没有做什么伤害自己的事情。这才稍稍定下了心，但还是战战兢兢地坐立不安，如芒在背。

他们的船到达扬州时，冯飔竟是失意惆怅地对汪瑾说："你我二人从此分别了。我懂得修造佛塔的人，必定要收拢塔尖的，我也知道汪兄与扬州太守是老朋友了，所以请你明天路过扬州时，向太守说一说我的冤仇，更不能叫忘恩负义的罪魁陈某盗取清白名声，继续欺骗世人。"

汪瑾也很忧伤悲痛，他指着冯飔身后的小奴仆问道："这个小奴仆是人还是鬼呀？"

冯飔说："我本身就是鬼，哪能使唤人呢？这是我在阴间用五千钱买来的，他也是我的同乡，原本是北京南门外卖袜子的李四之子。"

冯飔领着小奴仆走后，汪瑾的恐惧之心方才完全消除，他为人谨慎，不爱多言，对于船上遇见冯飔的事，也未再向别的人透露过，因而船上的人，也就没有一个人知道这件事的。

第二天，汪瑾去拜见扬州太守，并被太守留在家里饮酒。当二人正喝到兴头时，忽然得报上官桥陈巡检，在昨天晚上得暴病死去了。太守知道后，非常惊讶地说："一个身强力壮的人，怎么说死就死了呢？"

汪瑾则在一旁叹息说："阴间的公理，也不是虚妄无实的。"随后，汪瑾便把他遇见冯飔的事，向太守详细地述说了一遍。太守听了，竟是瞠目结舌，好久说不出话来。

陈巡检的尸骨，无家可归葬，还是太守为他置办了棺材，掩埋在无主尸休的公墓中。待派人整理他做官所得的财物时，计有千两黄金，太守方知陈某是一个贪赃不法的坏官。因怨恨其人，遂将陈某所有的财物全部给了汪瑾，说："我为冯飔报了仇怨，这些钱也就权当冯飔对你报答恩德了。"汪瑾初开始时不愿接受这笔钱财，后因觉太守说得有理，方才收下了。

汪瑾回到家里，因为有了这笔钱，家境也富裕了。

后来他又从乡里人中打听到了李四这个人，知他是回民，确有一个十五岁的儿子，在两年前因患疟疾死去了。再看外貌长相，正和冯飔所带的小奴仆一模一样，于是他赠给李四一笔钱，让他好好过日子，以聊表心意。

戴监生

沈阳有一个监生叫戴懋真。

有一年，他去京城参加省试没有中，就闷闷不乐地离京回家。在回家的途中他经过永平县时，天色已晚，正好附近有一座老宅院，于是他就在正厅里住下权当在旅店过夜。

在老宅院正厅的西侧，有一段长长的土墙，它只有半圈高，还不及人的肩膀。土墙的外面，有三间茅草房，房门上的锁关闭着。这个院子应该很久没有人住了，院子内枯草满地，房前台阶上到处可见飘落的树叶。而草房的四周，长着三四棵老槐树，树下面有六七座荒坟。宅院西侧紧靠山林，荒无人迹。

戴懋真因为考试未中，心绪不佳，难以入睡。到了二更天后，他便起身走出室外，绕着土墙散步。这时，月华如水，照亮了空旷的庭院，山林间清静无声，一片静寂。

恍惚间，他好像听见草屋里有轻轻的说话声。戴懋真出于好奇，就把耳朵贴在土墙上细细听去。开始时他有些听不清楚，过了一会儿，他听到好像是个老头，一边咳嗽一边笑着说："我能不懂这个理吗？可是我已老得头发秃顶了，因而我早已心灰意冷了，不过，我还是要给你讲讲道理的。比如说鱼跳进了大海，就可以悠然自得地向深处游动吗？但是，如果不小心就受鱼饵引诱，一定会被人钓取。鸟只要逃出了罗网，就可以疾飞远去了吗？可是，如果不小心慎防机弩或弓箭射杀，一定会再次遭受兵器伤害。而你遭受的失败或打击也并不是第一次了，但仍然不知自爱，吸取教训，竟敢再干倾倒破败之事。那恐怕是要虚度光阴，失掉时机了。你应该知道臭皮囊总不能与金刚石相比呀！"

有一个少年的声音笑着说："我如果是发迹了，也立刻娶上个年轻美丽的女人，叫兄弟姊妹们和全家人都得特别地羡慕我。你知道，通过几年来修炼，我的两个腿肚子都油光水滑的。我的心与肾很健壮，现在想来我学古人长寿之道，并不是没有增益补阙的。我现在的精力仍保持在黄金时期，所以能把美妾当成一颗夜明珠，叫她永远不离开我的身边。可是你这个老头子，从前虚度光阴，行为放荡。到了现在敬神怕鬼，也只能偷看穷苦人家的感伤哀愁，或背地爱恋丑妇了。就算有着雕饰花纹窗户的好房子，里面还有挂着绣花幔帐的卧榻，也没有你这个老头子站脚的地方。好比那旅店里的臭虫，净是夜间出来偷咬臭脚男子，如果再转念想去摸一摸漂亮小姐身上的细嫩肉皮，那才是大大失算了。依我看不是老头子眼光狭窄，而说我不好，其实是嫉妒心太重所致。况且人的生死，命运兴衰，上天早有定分了。就是一块金刚石，也有个大小之分吧？"

老头听了，嘲弄地说："老夫已经年过五十岁了，从没有听到过你这样说大话，奇谈怪论的，太荒诞离奇了。就拿耍戏法讨饭吃的小孩子来说吧，只因为能在百尺竿头上打把势，卖小艺，就自以为了不起，能出人头地了。其实他根本不懂街上走的断腿人，或是吊膀子的老头，就是当年在竿子上卖艺讨饭吃的小孩子。这也就是人们常常哀叹的最大邪恶了，再没有比这条道更凶险的了！而你却以此为骄傲，竟向我炫耀一番。从大的方面说，上天是能决定人的生死盛衰命运，但是却不能控制住每个人的节约与浪费之道。假如有两个人得钱一千，各分五百，钱数虽相同，而花钱方法必不一样。其中有一人，一天花一钱，或数日才花掉一钱，即或是某日多花了一点儿，也没有超过一文钱。他还用这些钱做点生意，那么，他的钱就一生都花不完。而另一个人，开始时也是一天花一个钱，或是一天花掉四五钱，后来竟增加至一百几十文钱，什么也不做，也不想办法赚钱，那么这五百钱，不等几天就花光了。你连这一点儿道理都不明白，反而说我生下来即不知有命在天，与那些懒雀只知好花常开有什么不同。整天想着总有炎热天气，不知还有寒冬袭来，岂不是叫人听了俯仰大笑吗？"

接下去，这两个人竟很长时间都在对话争论，他们发出的声音越来越小，最后仅能听见老头子喘着粗气的声音。戴愫真觉得没意思了，正想回屋里睡觉去。

可是忽然间那老头说话的声音大了起来："咱俩也不必再争论辩驳什么了，你若能想一想秦州田大郎的事，就应该羞愧得浑身冒汗了。他也曾是自命为千年大树，万年古木了吧？而现在看来，只不过是良马跑过，从屁股后面升起的一股羊角风而已。如同朝生暮死的苔菌，哪里知道每个月的终始；也好比爱叫唤的飞蝉，不知一年有春秋一样。五百钱五天工夫就花光用尽，到头来只剩下一个死人脑瓜骨，或一副死人骨头架，其悲惨之状，老夫连看也不敢看上一眼，这些你难道还没有见到过吗？"

少年听了，则反口讥笑说："老头子怎么说起话来就没完没了的！那就等着瞧吧！我自幼就聪明的人，每做一件事情开始，准有应付的办法，这和硬逼着小孩子懂点事不一样。我肝脾上的杂质，早已清除干净了，肚子里的邪念又已全部打消了，所以内里的巨大广博，在外表上定要显示出来的。这就好像把明珠放在水晶柜里一样，不用夸耀显露，自然就是里外透明光亮，根本不同于那些糟烂的石头，无法再切磋琢磨了。"

老头一听，当即反问："这么说就没有糟烂的时候了吗？"

少年回答说："闪闪发光的美玉，哪有什么糟烂之说。"

老人听了少年一席话，竟叹息起来："见到了鸡蛋就想得到夜明珠；见到了弹弓，即想吃烧烤的大雕，你这话真是癫狂荒诞已极了！活像废弃在古庙里的木头神像，因不知房梁屋柱生了虫子，蛀蚀倒塌是因年深日久的风吹雨打，反埋怨说覆盖保护他的庙宇，是摧残毁坏他的根源，却根本不懂是什么原因所致。何况你从来不知使用斧子做工，那么又怎知木材何以能够成为棺材呢？就拿旁边空屋里住着的那个戴监生来说吧，本是不能中举的人，却忧愁得耳聋眼花，实在是自己残害自己了，正好和你一个样，都是短命鬼，根本不能与老夫争论短长高低。"

戴监生偷听至此，当即出了一身冷汗。正在惊恐之时，又听见那个少年说："算了吧。我听说皇帝对于喜怒哀乐的事，一向不动声色，冷冷淡淡，好像忘了一般。生活在底层的平民百姓也不过想追求欢喜与安乐，能够钟情的人正是我辈。我之所以敢于亲自想着占有它，乃是我有所倚仗。你现在用话来套问我，那我就坦白直爽地回答你，少来嘲弄或讥笑这一套！"

老头听到这里，也来火了，便发怒说："你这乳臭未干的小崽子，怎么敢顶撞长辈？你是公母不分、香臭不懂的一个人，有什么本事去干鬼鬼祟祟的勾当，还不就是托庇你母亲的力量，借以当着护身符吗？其实你母亲也是一个无耻的老妖精，时常幻变成美鬼迷人，而今已被同伙所唾弃，成了一个落魄失意的穷鬼，遭雷击死了。你也别忘记二十年前，你们娘俩曾跪在老夫的脚下，苦苦哀求赐教采药的方法。老夫可怜你们，才教授了你娘俩采药的技术。今天看来，你是饥饿了便向别人乞怜，吃饱了也就威扬气盛，脖梗也挺硬了呀！"

老头这么一说，那个少年的申辩顶撞反倒愈加厉害，一句也不让。随后即听到两个人吵吵嚷嚷地互相责备直至互相辱骂起来，并渐渐争吵到屋外面来。

这时，月光如同白昼，周围的一切看得清清楚楚。戴监生仔细一看，见是一个身材特别矮小的驼背老头，揪住一个少年的头发厮打不停。那少年的容貌非常俊美，脸色玉石一般的洁白。戴监生见此情景，深知他们都不是人，便顺手从墙头上抓起半块砖头，使劲地飞击过去。"扑通"一声，正打在他们两个人的脚中间，他们一下子都倒在地上，并现出了狐狸原形，惊慌地钻进屋后面的老坟丘里去了。

第二天，戴监生将昨晚见到的事情，告知了老宅院中的各位管事人。然后，他们又一起去挖坟，不一会儿只见有十余只黑狐狸从墓穴中跑出来。他们追赶了一阵子，却没有追上。

后来，戴懋真再度去投考，也没有考中。偶然间他想是那狐狸的话应验了。因此，他就弃文经商，没过几年他就成了一个富翁。

兰岩评论道：时运不好，多次考试不中举，自信自己的学问高，却遭到沉沦之苦，如同戴监生一样的人，有谁能够数得过来呢？

佟觭角

傅九是旗人的后代。

一天他出正阳门去办事。在途中他经过一个小胡同，只容一个人过的窄路，人们只能一个挨着一个地慢走慢行。这时，有一个男子朝着自己迎面飞跑过来，那速度是又猛又快。傅九正慌忙躲闪时，这个人竟到了跟前，结果两个人前胸相撞，连身子都贴到一起了。傅九经此一撞，顿时感觉到如同被冷水浇身一般，寒冷得直打哆嗦，便赶忙走进一家绸缎铺里，蹲下来，闭上眼睛想休息一下。但是他在绸缎铺里待了好长时间，不但不见好转，连头也痛得愈加厉害了，而且眼睛也越发昏黑发花了，看什么东西都模糊不清。因此，傅九只好决定不出城，雇了一辆车急忙赶回家了。

可是到了二更天，傅九忽然从床上蹦了起来，大声喊叫："我因急忙赶路，唯恐到达不了，为什么拦住不让我走，竟然耽误了我的大事？我和你势不两立！"随后，只见他拼命把头往墙上撞，狠狠扇自己耳光。看到他这样，家里的人也不明白傅九中了什么邪，干着急没办法，只好围着傅九守护了一个通宵。

邻里人知道了这件事，便对傅九的家人说："城里有一位能走阴阳的巫师，外号叫佟觭角，他最能驱除不吉利的鬼病，为何不去请他来给治病呢？"傅家也早已听到佟觭角的名气，于是便急忙去请了。

傅九听说家人要请佟觭角来治病，便一边嘲讽，一边辱骂说："不管他是铜觭角还是铁觭角，他能有什么能耐呢？我才不怕他，有本事就让他放马过来吧！"

不一会儿工夫，佟觭角就到了傅家。邻居们听说了这件事，都前来围观，一时间傅家竟拥挤得无法走路了。

佟觭角见到傅九，立刻瞪眼问道："你是哪来的妖魔鬼怪，胆敢到这里给好人降灾祸，如果你不如实招供，我就叉你下油锅烹炸！"

傅九听了他的话后，便两眼发直，说不出话来，只能不停地咬牙或大口喘粗气。佟觭角见到这个情景立刻发了大火，真的叫人把豆油倒进大铁锅里，加柴点燃猛烧。

不一会儿，油锅就开了，佟觭角即抓起钢叉，先是在傅九面前转圈摇晃，还故意震动叉上的铁环猛响，以示恐吓，然后大声斥责："你还不快快招供，不然我就开炸了！"

傅九见状，张开嘴大声号叫："别这样，我是傅九，你别冤枉我呀！"

佟觭角说："我知道你不是傅九。你无缘无故降灾祸于这个人，罪该油炸，还有什么冤枉可讲？"这时的傅九只能靠着墙壁打哆嗦，露出了非常恐惧的样子。佟觭角又再次摇动钢叉，做出了要拉开叉刺的架势，并喝令他快快招来。

傅九吓得双手扶地，跪倒讨饶，随后他便招供了。原来他是凤阳府人，几年前来到北京，因为饥寒交迫就盗掘了别人的墓穴，可是没想到官府的人上来捉拿，在恐慌之际他抡起铁锹拒捕，没想连伤两人。官府将他收押定为死刑，今天就是斩决之日，本已绑了他拉到了菜市口的刑场上，只是等候砍头处死。后来，他凭借狠劲挣扎解了绑，才脱身跑出来。正想逃脱之后，隐藏在别个地方，可是不想被这个傅九给阻拦住了，心里实在是怨恨极了，所以就抓住他不放。他请求佟觭角放他走，也不要向其他人说出他再到哪里去了才好。

佟觭角听完了他的话，气也随之消了大半说："那好吧，你赶快走，别再惹我生气了。"说完，他便将钢叉放在身背后坐下了，而那些周围观看的人，都感到惊讶和奇异。

这时的傅九，也反倒跪在地上，擦眼抹泪地哭泣不止。佟觭角对他说："你干什么不走还哭呢？难道真的一心想挨油炸吗？"

傅九又哭着说："小人在监狱关押时，因为天气冷，竟将两只脚冻裂，变成脓疮了，所以走路挪步都很艰难。先生若是能给我一双毡袜子穿，我将感谢您的大恩大德了。"

佟觭角一听，笑着说："我刚刚宽容饶恕了你，你就想要东西。不过，一双袜子值不了几个钱，我还舍得给你。"说完，佟觭角急忙吩咐傅家的人拿出白纸来，经佟觭角之手叠成了一双袜子，糊好。他又在每只袜子上画了一道符，写上一个"毡"字，然后就当众焚烧了。傅九见到了，快乐地趴在地上磕头谢恩，并伸出两脚，再用两只手在脚上比画，像在更换袜子的样子，直逗得围观的人都笑了。

佟觭角又问了他的姓名、年龄，离开这里之后将到何处安身等事。傅九回答出姓名和年龄以后说："今天得脱，我想逃往四川、云南等边远省份，以躲避搜捕。"

佟觭角听后，便说道："你的打算错了，从这里到四川、云南，有数千里远，哪是一早一晚就能到达得了的？假如你要中途被巡逻的官兵抓获，重又遭祸害落法网，那时再想抗拒逃脱则根本办不到了。倒不如听从我的指点，还可能得到一个吃饭的地方。"

傅九一听，就急忙问："如果能得到先生的可怜或收容，我必定报答您的大恩德。"佟觭角听到傅九这么一说，也很高兴。于是他就随手伸进兜里，取出一道符烧了。傅九随之倒在地上，不省人事。过了好长时间，他才苏醒过来。家人追问傅九所见时，他却什么也说不清楚，只能想起他本人得病前的一些事情。

亲戚朋友们见到傅九的病已全好了，都来向佟觭角致谢，并送上金钱或礼物。

佟觭角一一收下。后来人们才知道，就在傅家出事的这一天，也是刑部处决人犯的日子。而确实有这样的一个人遭斩杀，人头被挂在木杆上示众了。远近百姓听到了这件事，再同傅九发病和病愈的经过相比照，就愈加迷信佟觭角的神灵法术了。

佟觭角现在五十多岁，平日里他过着单身生活，持守戒律，吃素念佛经，很少与人争吵。他很喜欢睡觉，有时是一睡三四天不起床。

如果是有人到了佟觭角的家，只要一进屋里，就会发现他的家非常的清洁，甚至连一粒灰尘或半根草毛都见不到。所有的箱柜桌椅，不用擦拭，可是还清净光亮，能照出人影。有人说是佟觭角把鬼圈禁起来，轮班替他干活，每三年替换一次，因而在他家里干活的都是鬼。

兰岩评论道：我看到这个可怜的小民因饥寒交迫竟轻率地去做坏事，见到一帮子人上前抓捕，还敢抵挡挣脱。一旦自投了法网，又幻想逃走，最终无路可逃。就连已经被斩决，人头挂于街头示众之后，还想逃奔躲避。如果一个人真的在生活上颓废到如此的地步，有谁还能使他有好心呢？是鬼还是人，在外形上一时还不能辨别清楚。身为百姓父母官的人，要怜悯愚昧的山野草民，也不要以为所有的平民百姓都能干正事，认为人的本性都是善良的，但是更不能不教育就杀掉。如果那样的话，得到恩惠的人，将能有几个呢？

谭 九

北京城里，有个花农的儿子名叫谭九。

一天，谭九的父母让他去城外烟郊探亲。于是他赶着毛驴走出城门。

临近傍晚时，他遇上了一位老太太。这个老太太身穿着破破烂烂的衣服，却骑着一匹额头上长着白毛的马，这匹马的鞍座和马辔头都十分的华贵和漂亮，两边还有随从跟着她。

老太太看见谭九，就询问："小伙子，天就要黑了，你要上哪去？"谭九说："我去城外烟郊探望亲戚。"

老太太看了看天摇着头说："从这里到烟郊，还有数十里路远，况且路途又很难走，这里到处是淤泥积水，现在天将晚，城门也关闭了。再往前走，都是空旷的荒郊野外，难免不遇上强盗。我住的茅草小房就在附近，小伙子你不如先到我家住上一宿，明天早些动身岂不更好？"

谭九见天已黑，就犹豫起来。他觉得老太太说话挺诚恳，想了想就同意了。老太太在前领路，谭九紧跟其后，一起向她家走去。顺着小道走了大约二里的路，谭九隐隐约约地见到树林中露出了灯光，老太太举起马鞭，指着有灯光的方向对谭九说："到了，就在前方！"说完，她朝马加了一鞭，眨眼间就到了院门前。

只见这个院里有矮屋两间，院墙也只有与肩膀一般高。老太太跳下马打开门，把谭九请进屋去。

屋里空荡荡的，唯有一只竹制灯笼挂在墙上照亮，炕头边上躺着一个年轻的妇女，正在搂着孩子喂奶。老太太一进门即招呼她说："有客人来了，儿媳妇你快起来呀。"那媳妇听了，一边掠着鬓角上的头发，一边慢慢地下床。可是，她的小孩子却忽然哇哇啼哭不停。老太太从袖筒里掏出一个烧饼，递给小孩子吃，孩子马上止住哭声。

谭九看了看这个年轻妇女，只有二十岁左右，脸上没有擦粉，眼圈含着眼泪，没有一丝笑容。老太太吩咐儿媳妇说："你去烧菜，我出去送还马，一会儿就回来。"说完就牵马出门走了。年轻媳妇则在屋里借着灯光，将糜子秆点着烧菜。这时，谭九又仔细观察了年轻妇女一阵儿，见她上身穿着红布短袄，下身穿着绿布裤子，脚上穿一双蓝布短袜子，和两只破旧的高跟红布鞋。无论衣服和鞋子都很破烂不堪，连一只胳臂和一条腿还有两个脚后跟都露在外面。谭九年轻，看到这样的情景，他语言迟钝，不好多问什么，但在内心里却暗暗地可怜这个年轻的妇女。

不一会儿，老太太回来了，进门即对谭九说："让你久等了，实在对不起。后面大院里的人家，听说我家有客人来，也打算请你过去做客，款待一番。我推辞说时间太晚了不能去，他们则嘱托我代他们表表心意。"谭九听了，连连道谢。老太太又说："你奔走赶路劳累了半天，想必是很饿了吧？"随后，又喊她的儿媳妇说："你先去做饭，我出去喂喂客人的驴。"谭九则说："我这样地打搅你们家，实在是过意不去。至于草料钱，待我走的时候，必定多给。"老太太听后，摆了摆手说："不用说过多的客气话，一点草料才能值几个钱！"

过了一会儿，老太太喂驴回来了，她的儿媳妇也把酒菜端上来了。谭九一看，只见她们用土坯烧成的粗泥碟子盛菜，用木墩凿成的木碗盛饭，用小盆当酒壶。满桌子的菜肴，除了鱼就是肉，都是凉的，但味道很好吃。老太太挪动一下灯盏，劝谭九多喝点酒。谭九则推辞说不能多喝，所以便上饭了。饭也是冰凉冰凉的，因此，谭九好不容易才把碗里的饭强咽下去。吃完了饭，儿媳妇将桌子上的碗筷及剩饭剩菜收拾了。

饭后，老太太与谭九对面而坐，闲聊起了家常。儿媳妇则在一旁借着灯亮给她的小孩捉虱子。

谭九问道："听您老人家的口音，不像是北京城里的人。而您的儿媳妇又是满族打扮，请问您的老家是哪里？"

老太太回答说："你说得很对，我不是本地人。我原籍是凤阳，姓侯，因为年景不好遭了灾荒，才被迫离家流落到北京城里，替有钱人家洗洗涮涮或缝补衣服，挣钱穿衣吃饭。后来又和这里当地的村民郝四结婚，至今快三十年了，郝四也成了老头。我俩婚后生下了一男一女，女儿现已结婚出嫁了，儿子是个泥瓦匠，住在城里。老头也已年老体弱，现在这条驿道上的一家酒楼里当打杂的，干些提酒壶刷洗碗碟的活计。明天你必定要路过他们店门前的，如果见到有脸上长着老年斑、嘴边上长着白胡子，耳后边又鼓起一个如同鸡蛋一般大的瘤子的老伙计，那就是我的老头了。我的儿媳妇姓余，乃是后边大院里的丫鬟。她原来的主人即是巴参领，现在早已退职在家里闲居，他的儿子继承了参领官位。巴参领就是刚才借给我马骑的那个人家。"

谭九听了老太太的话，又问道："你家的生活贫穷困苦，为什么还要置办这些美酒好菜来招待我呢？"

老太太听了则笑着说："你我偶然相遇，也是有缘。我绝不可能在喘口气的工夫做出好菜好饭。因为正巧赶上了七月十五中元节，依着老规矩，我从巴参领那里分到了点残汤剩饭。现在端上来给你吃，我已是深感惭愧，有失恭敬了，哪还谈得上置办什么美酒好菜呢！"

当谭九去院中小解时，看见天上的银河已偏西，月亮也落在了树林中，知道此时约四更天了。

这时，老太太在屋里大声地对谭九喊道："夜深了，客人也该就寝睡觉了。"谭九回答道："我还不困，还想再坐一会儿。"

老太太说："既然这样，我也就不勉强了。不过明天还得赶路，还是早点休息吧，我还想求你办点事呢。"

谭九说："老人家请说。"

老太太有点不好意思地说："明日路过街里，若是能见到我家的老头，麻烦你告诉他一声，快给家里送回几贯钱来，就说家里人吃的穿的都没了。"

谭九听了叹了口气说："我一定尽心去办就是了。"

接着，老太太又很羞愧地说："因为我家太穷困了，没有被褥可以给你用，叫你一夜受委屈了。"

谭九连声谢道："您能让我在你家里得到一个晚上的平安，已经是领受您的厚待之恩了，哪还能再有过多的要求呢！"说完话，也就各自睡觉了。谭九因疲劳太甚，所以挨着枕头就睡着了。

睡梦中，谭九感觉好像有小虫在耳边鸣叫，还有萤火虫在眼前晃来晃去，他不由得惊慌地站了起来。这时他发现自己就睡在松树林中，秋夜的露水竟湿透了衣裳，全身刺骨般的寒冷。再细看一下，他的毛驴就拴在旁边的树上，还在那里不停地吃草。那间草房已无影无踪，老太太和她的儿媳妇不知到哪里去了。眼前只有两座古墓老坟，已半倾倒于蒿草丛刺之中。谭九顿时毛发竖起，万分恐慌，他急忙拉过毛驴跳了上去，慌不择路地逃了。

谭九到达烟郊，办完事情之后，他又顺着原路往回走。在路边一家酒楼休息时，看见一个刷洗碗筷的老人很眼熟，好像就是侯老太太描述的他老头的面貌。

于是他走上前来询问："老人家，你叫什么名字？"

老人说："我名叫郝四，小伙子你有什么事？"果然就是那个老人。这愈加使谭九感到奇异了。于是便把老郝头领到僻静地方，向他如实地告知了前天夜里所遇见的情形。

郝四听了，流着眼泪说："据你所见，那真是我死去的妻子与儿媳妇及短命的孙子。我的老伴已经死去两年了。儿媳妇是去年因为难产，竟在一天夜里同小孙子一块死去了。没想到她们现在还能够团聚于地下！"

谭九听了他的话，也觉得很悲痛。然后他又问："巴参领是个什么样的人？"

郝四说："他是一个旗的佐领的父亲，也已经死去十多年了。在我家的正北方，有一处高大的树林，就是巴参领的墓地。我那死去的儿媳妇，从前即是巴家丫鬟。我们老两口是他家的看坟人。前几年因为遭到连阴雨，住的房屋倒塌了，而佐领的家人又无力修缮房屋，重苫房草，于是我这个糟老头子就无处安身了，只好到这里打杂，挣点钱养活自己。前天七月十五中元节，佐领回家祭扫坟墓，还焚烧了纸船和纸马，但不知我那死去的老伴，借马到哪里去，又办的什么事呢？"

谭九听了以后，感叹了好长时间。他从兜子里掏出五百铜钱，送给了老郝头，说："死者已矣，你拿着这些钱，买些纸钱给他们焚烧，切不要叫死去的阴魂失望才好。"郝四接过钱，又再次向谭九深深致谢一番。

谭九回到家里，准备了祭品，特意到侯老太太的墓地祭拜了，随后又去寻找巴参领的墓地。果然在侯老太太坟丘的正北方，约有数十步远的地方，发现了巴参领的墓地。

兰岩评论道：一顿饭之恩，犹能感激必报，可见谭九这个人，为人诚实又重义气。这个故事是坟墓里的魂魄穷困，阴世间的鬼发愁，太使人悲伤了。郝四年高体衰，贫穷得没有安身的地方，被迫受雇于街头酒楼中，暂求吃饱一口饭。本来已是连自身都顾及不了，哪还能够去念及死去的妻子，更不知道她们在地下还在等待他去喂养了。可叹呀，鬼在穷困时，还能有阳间人去资助他们的一时困难之需，那么若是人世间有人真的贫困无路时，将向谁去寻求帮助呢？

陆 珪

我有一个朋友叫陆子瑜，名珪，他是浙江仁和人。

在他年轻的时候，有一次他乘船去四川旅游。途中他就在巫山脚下停船休息。这时有一个姓楚的同船乘客突然病死了。死者的老乡为了置办棺椁和衣物竟把开船的时间推迟了，要等五天左右的时间方能重新启航。陆珪平日里非常喜欢到处游览，现在他既厌恶船舱的窄小，又受不了准备办丧事的吵闹，因此他便下船上岸，想随意去游览一下此地风光。

陆珪上岸后，走了二里来路，脚上就打起了水泡。正好看到在乱石山中有一家旅店，就打算先住下，再租一匹马，骑着去游玩，这样就可以省去腿脚的劳累。

第二天一早，旅店里的掌柜就对陆珪说："我们这个偏僻小山村，名叫三家村，来往过路的人，都只能住在这个旅店里歇脚，附近没有其他的地方可以住。可是现在有一位去夔州赴任的参军路过此地，他的随行眷属都要在这个小店里住下，因此他包下了这个小店，所以只好请您另找一处地方过夜，待参军一家走后，你回来再住这里也可以。我们只是个小店，实在得罪不起参军，就请先生行个方便。"说罢又再三说明他并非故意撵走客人。

陆珪见到这种情景，只好拿着行李向西走出三里来路，借住于一座古庙中。这个庙里只有一个和尚，年约三十来岁，长相极为难看，走起路来也很困难，几乎是在一步步地挪动。陆珪本是一位长期闯荡江湖的人，从来不敢轻视任何人物，所以对这位和尚仍很谦恭和气。

此时正是七月中旬，虽然天早已黑了下来，月亮也高高地升了起来，可是天气依然炎热，房中闷得好像蒸笼似的。陆珪睡不着觉，于是他乘着夜色，独自到荒草院中，来来回回地溜达，权作消遣乘凉。就在这时，他听到庙门外面传来一阵敲门声。和尚听到声响，就跛着鞋子去开门。陆珪不知道发生了什么事，就躲藏在一边，偷偷地观看动静。

只见敲门的人，是三五个粗布打扮的下人，他们先作了一个揖说："我们前来传达主人吩咐，他邀请大师，到山间楼舍里饮酒赏月。"和尚欣然应允了，他开了门，随即与他们一起向西边走去。

陆珪暗想，大半夜的，有什么人邀请这个和尚去喝酒呢？我还是跟着去看看吧！想到这里，他就偷偷地跟在和尚的后面。

只见这些人左拐右拐地走了几里路之后，才来到了一座山中楼舍前。只见这座楼舍一面紧贴山间峭壁，另一面又濒临深水潭边。只看那些石砌的台阶，却呈现出了一些就要倾倒的险象。楼舍旁侧的小窗户，也已朽烂不堪。陆珪想，这些地方已经破烂不堪了，是不可强行攀登上去的。这时他看到了楼舍的墙外，长着一棵高大的松树，枝枝虬曲，树干笔直地倚靠在一块大石旁边。陆珪很轻易地爬上松树，坐在树枝上，他就可以瞅见楼内的全貌。

屋里点着两支蜡烛，地上铺着两张竹席，有三个身穿长袍、脚穿高跟鞋的男人，外貌都很高大俊美。还有一个衣着华贵的女子，容貌也特别的艳美俊俏，他们围坐在竹席上。

就在这时，楼舍里的人忽然看见那个和尚来了，便都快步出迎，问那和尚："袁师父，你怎么来得这样晚？"

和尚笑着回答说："早一点来也并不见得是好事。我这时来了，既可以不使庸俗的客人坐到贵宾席上，也免得出现丢脸扫兴的事了。"

女子插话说："袁师父，郦三娘她平日不注意小节，被人无端议论。为此她的父亲严厉地管教和责备她。使这个娇生惯养的郦三娘整天哭泣不止，两只眼睛哭得桃子似的，今天晚上不知她能否再按约定时间来这里赴会了。如果失约，未免叫袁师父太扫兴了。"

有一个穿着白色衣服的少年说："原来是这样，不过郦三娘若是知道袁师父来了，即或是眼睛肿了，也会即刻消退的；若是真的不能来，那你就正好是袁师父的第四十位妻子了！"

女子听了，便一边笑一边骂着说："你这胎毛未掉的小妖精，竟敢在老娘跟前饶舌耍嘴皮子了！"众人听了，引起一阵大笑。

和尚说："妻子我不多要，有一对足矣！"

女子转换话题说："可惜今天我有病，不能做你的妻子。"

另外一个身体肥胖、穿着黄色衣服的人则抢话说："你有病不要紧，我可有一种中间带眼的药，名叫一刀圭，足能够治好你的病。"女子听了，脸色通红，羞愧地低下了头，一句话也说不上来。

这时，有一个穿黑色衣服、留着长胡须的人，过来拍一拍女子的肩膀安慰说："回忆起我们从前，你我是好朋友，成日游乐真是快乐极了。再看看今天他们这些人都沾染了恶习，你不可以与他们谈论这些东西，更不要把这不愉快的小事情放在心上。你怎么不回想一下咱们头一次见到袁师父的情形呢？都是在说法参道，可是才过了这么几天，大家竟谈起污言秽语来了。袁师父都这个样了，还谈得上什么吃素念佛经与不开斋？为何不节省点气力，趁着月色明亮之际，来他个一醉方休，悠然自得呢？"满屋子的人听了以后，都齐声说："熊公的公允评论太对了！"随后便乱嘈嘈地重新入座，继续推杯换盏地欢快畅饮不停。

正当他们喝得热闹，只见有一个穿着粗布衣服的奴仆进屋禀报说："郦三娘子来了！"不一会儿，有梳着一对发髻的女子，从楼下走上来，她容貌非常俊美艳丽，却是面带愁容，见了在座的所有人，露出了极为恐慌的神情说："你们还在这里痛快呢！知道么？我们的寿命快要到头了！虽然现在还没有见到什么危险迹象，可是我的心神却早已慌乱了，请诸位早一点想个对策呀！"

众人一听此言，都大为惊慌失措，唯有那个穿黑衣、长着长胡子的人反倒讥笑大家说："你们都是没有胆量的迂腐小人，遇到事情就会犹豫不决，又拿不出什么主意，到时候一定会坏了大事。我们已经向四处派了人打探，即使从放牧之地那里来的人再多，又有什么值得可怕的呢？我曾同和尚去西山采药，遇到过一个农妇，当时她正来月经，但是我并没有躲避她这种邪气，到头来我们的法术照样灵验，可见我们学道的功夫已经完全成熟了。即使有点危险，也绝不能把我们怎样。"

郦三娘子听了，还是很忧愁地摇头说："我听说享福是缘分，得祸有根源。咱们近年来狂欢行乐也太厉害了，会不会物极必反乐极生悲呢？以前胡大师父在这里隐居时，他曾再三规劝告诫我们：适可而止吧，行乐不可过度，淫欲不可过于放纵，如果我们不听他的话，三年过后，必定天降灾难，横生大祸。你们想一想一旦他们攻破咱们的老窝，恐怕到时候咱们都将粉身碎骨了。这些话我还像是刚刚听过一般，现在不正应验了吗？我也很后悔，当时因为忙着要回家，竟没有详细地问明白究竟会发生什么事。落到今日这般地步，我们又一点办法都想不出来，还在讲什么大话？你们说那些话对事情的解决，能有什么用处呢？"

袁和尚听到这里，对众人说："胡大师父的住处，离我们这里还不到五百里路，我们大家不如去投靠他吧。"众人听了，都一致表示赞同。

而那个穿黑衣的大胡子却极力反对，说："胡大和尚一向清静无所求，从不贪图功名利禄，整天打坐念经。我们仅仅是为了躲避那些虚妄的灾难，就轻易地丢掉已经取得的成功基业，岂不是等于扔下苏合香丸似的好日子不过，硬是去当屎壳郎吗？很遗憾，平日里很有奇策妙计的袁师父，怎么在今天却推出了极不可取的下策了呢！"

这一伙人正在争论对策还没有个结果，突然间飞来一支响箭。陆珪大为惊讶，再偷偷地细看时，只见有一队强壮兵士，跟随着一位将军来到了楼舍前，他们个个手持长弓，腰挂箭囊，并且放出猎犬山鹰抓咬。楼舍里的众人见到这样的情景，都大为震惊。他们都慌作一团，立时作鸟兽散。而这群勇士们则骑马飞奔，逐个追赶，并猛发利箭。顷刻间，他们几个人都中箭身亡。在暗处偷看的陆珪，也吓得两腿打战，猛然间他被惊醒了，发现自己还躺在古庙的台阶上，原来他做了一场噩梦。

陆珪醒后，他顺着睡梦中见过的小道，向前走了不远，果然见到了楼舍及旁边的松树、大石，与睡梦中所见到的一模一样。他徘徊在那里好一阵子，始终无法解释清楚这究竟是怎么回事。

回到古庙后，陆珪心里害怕不止，也不敢在这里久待，于是就拿着行囊重新回到先头那个小旅店里讨宿。

走进旅店，掌柜的一见陆珪，便笑着迎接说："你来得也太巧了，那位参军昨晚出外行猎时，猎取了很多野兽。他们刚刚离开这里，这一下旅店有空地方了，你可以住到这里了。"

陆珪问道："那个参军是哪里的人？叫什么名字？"

掌柜的回答说："参军姓瞿，山东莱州人，是一位新科进士，武艺高强，名气很大。因为他从军立下了战功，所以被特例晋升出任清军驻绥宁大营的参军。昨天夜里他去山间行猎，猎获了一只熊，一只虎，一只猩猩，两只狐狸，三五只野兔子。这些倒是算不得什么稀奇的野兽，最为奇特的是他猎获了一匹白马，外貌非常骏逸壮健，虽说是山间野马，但是就在倒毙地上之后，也是如同活着一样，不知这马怎么能够这样呢？你的学问高深，是否能够告诉我这到底是怎么回事？"

陆珪听到掌柜的如此问话，虽然也无法解释清楚，但是心中却明白昨晚睡梦中所见到的众人，就是这几个野兽变幻的。穿黑衣长胡子的原来是熊，穿黄衣的原来是虎，那个姓袁的和尚则是猩猩变的人，郦三娘子和另一个女子，是两个狐狸变的，那穿着粗布衣的三五个仆人，现在看来就是那三五只兔子了。而在楼舍中见到的穿白色衣服、被女子嘲笑为胎毛未干的年轻人，可断定是那匹白马变的美男子了。

禽兽可以变化成精怪，人世间的各种事物真是不可思议。这件出奇的事，陆珪每次遇到熟人都要讲一遍，我听得可算是烂熟了。

兰岩评论道：深山老峪里什么事都有，而这件事倒是特别的出奇。

白　萍

福建延平县有个儒生名叫林澹，他生来就容貌美丽、俊俏，活像一位漂亮的姑娘。无论是谁在路上遇见了他，必定要看上他几眼，还要赞美几句。

福建地区男风盛行，而林澹反倒像处女一样地独身，连身上的肉体，也从不轻易裸露于外，生怕被人瞅见似的。因此，到了十九岁，他还没有完婚成家。

这一年，林澹因临近科考，他忙于准备功课，便在城北租了一座余家的旧花园。这座旧花园里面到处生长着参天大树，花园的后门外边有一条小河，河两岸非常幽静，很少有人来到这里。林澹搬来花园居住的时候，正值盛夏炎热时节，因此，他每天早上和晚上，一定会到河边散步。

有一天，林澹来到河边，因喜爱河水清澈，便脱下鞋袜，站在石头上洗脚。这时，忽然听见河对面有女子的嘻嘻笑声。林澹惊慌地抬头一看，只见是一个十七八岁的少女，正从河对岸蹚水过来，明明踩着水，身上却一点也没有被水沾湿。林澹见到这样的情景，心中不由很害怕，但嘴上仍大声呵斥道："你是哪里来的妖精鬼怪，还敢靠近人么？"那女子则微微一笑说："恐怕人世间再也没有像我这样的妖精鬼怪吧？"

林澹飞快地擦干了脚，穿上鞋袜，拔脚要走。没想到那女子站在他面前挡住了他的去路，并笑着说："我又不是妖精，你怕什么？"

林澹反问道："你不是妖精，为什么能在水面上行走，连衣服和鞋袜都不湿？"

那女子则辩解说："你没听说圣人的脚走在水上，从不沾衣湿鞋，而平常小民，就是在冰上滑过，也要留下痕迹？我就是趴在水中一年，也不过沾湿一星半点儿的。"

林澹说："在水上踏浪的技巧，我也听说过。可是，这里偏僻，人烟稀少，又是未婚的男子单独居住的地方，你一个女人竟然到这里来。快说，你到底想干什么？"

女子答道："我这个人喜欢到处游览，观望风景。今天来到你这里，没有提前告诉你，才使你对我产生了疑惑。假如你不是一个通情达理的人，我给你澄清说明，你仍然怀疑我是妖精，那将是我一生中最大的不幸了。就如同水晶石做的镜片，被灰尘蒙蔽，必定是昏暗不清的。所以，当我想到这些，便感觉到非常悲伤。现在看来你并不是一个高明出众又什么都懂的人，那么你我就各走各的路，不必再说什么了。"女子说完，委屈得几乎要掉下眼泪来，转身就打算离开。

林澹看见她楚楚可怜的样子，就起了怜悯之心，他本想邀请这女子同到他的书房里叙谈一番，又唯恐她不是人，因而犹豫不决。

女子一下子就猜出了他的意思，便撒娇地一笑说："看你的样子，还是个男子汉，又能说善辩。可是没有想到你的胆量却和耗子一般大。难道我一个弱女子能加害于你么？"林澹听了她的话，心里暗暗想：就算是鬼或者是妖，又能把我怎么样？

于是，两个人便肩并肩地向林澹的书房走去。快到花园门外时，迎面遇上了林澹的书童，女子急忙掩在树后。书童迎上前说："早就准备好的洗澡水都凉了，公子你上哪儿去了，这么久了才回来呀？"林澹没说什么，随书童回去。那女子随后也偷偷地进到书房里。

正当林澹洗澡的时候，那个女子走了进来，咯咯地笑个不止。林澹看着她娇媚的样子，心里十分欢喜，便大声对书童喊道："我自己洗澡，你就不必再进屋了。洗了澡，我想要早点安歇了。"书童在外面答应了。

随后，林澹将两道门关死，来到里屋，他朝少女笑着说："你的行动也太敏捷疾速了，想必是一个长期送香风到门的老手。"

少女则斜眼瞅瞅林澹说："就算是含苞未开花的少女，见有众多追求她的人也会眼花缭乱。我是真心实意地看中了你，心甘情愿地做你的妻子。"

林澹一听到她这一番缠绵之语，不由心中生爱意，顿时满面潮红，连说话也直打哆嗦，一时间不知怎样应答。女子见林澹已动情，便亲自去掩上窗户，放下窗帘，收拾起散放在桌子上的书本，再点上蜡烛，然后同林澹对面坐着闲聊。她一会儿翻开书本，读读诗文；一会儿寻找笔墨砚台，胡乱涂鸦；一会儿同林澹下棋比艺；一会儿同林澹打闹逗趣。

一会儿后，她问林澹道："你能喝酒吗？"林澹回答说："不能多喝。"女子听了，当即用折扇轻轻地捅了一下林澹的肩膀说："量浅不能多喝，不等于不会喝呀！"说完，她便急忙掀开柜橱的纱帘，从里面拿出一个大肚小口的酒坛，坛子里盛满了醇香美酒，又端出一盘色味俱佳的下酒菜来。林澹见了，颇感奇怪地问道："这些好东西是从哪里弄来的？"女子说："我很早以前就把这些好东西放在你这儿贮藏起来了，你只管喝足吃好，不必多问！"

林澹明知其中一定有奥秘，但架不住这美色诱惑，竟然也感觉不到有什么可怕之处。于是，他和女子一边慢慢地饮酒，一边细细地长谈。

女子道："我姓余，叫白萍。我曾给这座旧花园原来的主人当过丫鬟。园主人全家搬到城里去住的时候，他们只将我一个人留在这里看守院子。我今年十七岁。我的父母兄弟姊妹们也都流落异地他乡，没有固定的住处，而今连我也不知他们到哪里去了。现在，我正为着自己孤身一人而发愁，却有幸与你相遇。如果你喜爱我的话，我愿意做终日侍候你的小妾。"

林澹一听乐了，回答说："我也没有娶妻，如果能同小姐结成良缘，这岂不正是我求之不得的好事吗？"这么一说，白萍启齿一笑，举起酒杯殷勤地向林澹劝酒致意，二人推杯换盏，异常亲昵。

林澹本来就不能多喝，很快就醉了。随后，他便与白萍同床共枕，行那夫妻之事。

林澹虽是二十来岁的年轻男子，可是生殖器却发育不良，又细又小。白萍见他几度入彀不中，便嘲讽道："你幸好没有娶妻，否则她早弃你而去了。"林澹听了，深感羞愧。白萍倒也不怪罪，反而说："这不要紧，我可以想法给你治一治。"说着起身下地，将蜡烛重新挑亮，从一个布兜中抓出一把药面，掺和上唾沫，团成一个红色药丸，递给了林澹，叫他整个吞咽下去。随后两个人重新上床。

林澹服下红药丸后，全身如烈火燃烧一般，性欲大发，趴在白萍身上不肯下来，完事后便疲倦地睡了。

到了次日四更天时他才起来，却觉得两条大腿之间像是有一个沉重的东西往下坠着，十分难受。林澹惊奇地问白萍："这到底是怎么回事？"

白萍笑着打趣说："拿你个小的换了个大的，难道你还觉得不划算吗？"

林澹也跟着笑笑说："大的好倒是好极了，不过在外观上可就是太丑陋了。"

白萍说："就是因为外观看上去丑陋，方能显示出你的美丽好看，这又有什么不好的呢？"说毕，两个人又尽情地云雨一场。

从此之后，每到晚间，白萍必来林澹的书房里，二人同床共眠，相欢极乐，难舍难分。

不久，林澹进京应考，一个多月后才返回院子。白萍见他回来了，非常高兴，立刻为他摆酒接风。在席间，林澹谈起这次的科考文章，他觉得写得并不如人意，难免露出了几分失望的神色。

白萍安慰他道："公子你不用忧愁，当今的科考场上，根本不讲什么文章做得好坏。你是否真有学问不重要，只要你的祖上有德，一定保你高官得中。"

到了发榜时，林澹果然得中了第九名，一时间声名远扬，人人羡慕不已。当时，林澹有个朋友符生也得中了举人。符生乃是死去了的太守之孙，不仅年轻，容貌也很俊美，但是性情轻佻，是个浪荡公子。他邀请林澹到家中饮酒共庆，林澹找了借口推辞不去，可是符生随后亲自赶到余氏旧花园，强拉林澹上车至符家赴宴。

来符家饮酒做客的共有五个人，都是符生同时得中的老朋友，所以几个人喝酒直到深夜，才各自散去回家。林澹也要离去，却被符生留住，当天晚上他并未回余家花园书房。

那天夜里，符生带着几分醉意对林澹说："老兄平日里一向守身如玉，在朋友家宿夜，从来都是不脱衣裳就睡觉。现在你我已得中举人，不久就可出任做官了，所以不能再像从前那样如同小孩子一般了。今天晚上我和老兄同床共寝，一起谈心好吗？"林澹明白他的用意，心如鹿撞，恳求符生，还是两人分住为好。

符生则说："哎呀！你看我办事粗疏，忘了给你预先准备一张床了。"说完，便向两个书童递了个眼色，暗示他们强行脱去林澹的衣服。林澹因喝了点酒，头晕目眩。他虽死命不从，但终因撕扯不过，裤子到底被两个书童给扒下来了。符生见了林澹那物件，先是异常惊讶，继而又细细地看了一下说："这可是我从来没有见过的东西，太难得一见了！"林澹羞得无地自容，急忙用衣服掩盖住下身。

符生打发走两个书童，关上了门，随后走到林澹的床前，追问他为什么下身之物如此粗鄙。林澹红着脸，答不上一句话。而符生却板着面孔威逼道："你我颇有交情，哪能败坏你的名声呢？可是你若不如实地告诉我实情，那我可就向人们大肆宣扬了。到那时，大家必定争着撕扯查看，拿你取笑开心了。"

林澹一听这话，不由得慌了神，便赶忙向符生说出了事情的经过，并且再三叮咛说："希望你千万别对旁人说。"

符生听了，则直截了当地对林澹说："这是因为老兄到了成年还不娶妻所造成的，看来再过不了多日，你就得死去了。这个病，没有别的药方可治好，我想唯一的办法是早一点娶亲，倒可以免除这场大祸。我的妻子有个妹妹，今年十八岁，品德贤慧，性格淑静，容貌也很漂亮。老兄如果不嫌弃的话，我则可以为你牵线说媒。"

林澹家中既无长辈，又少兄弟，一切事情都由他自己做主。他又听说符生的小姨子长得很美，是一个大家闺秀，也就答应了这门亲事。

这二天，符生把他要为林澹保媒的事情，对妻子讲述了一遍。他的妻子听了也很乐意，立刻起身去娘家，转告了娘家的父母。符妻的父亲，平日里也早就仰慕林澹的才能，因而一谈即妥。

从这以后，林澹便在符生家里住下，再也没有回到余家旧花园里的书房。

几天之后，他们择定了吉日成亲。到了新婚喜日，夫妻吃过交杯酒时，林澹瞅瞅新娘，果然长得漂亮。可是洞房花烛夜，夫妻怎么也合不了房，双方因此非常不快。

新婚第三天，新娘携林澹回娘家吃熟食酒，娘家的男女亲戚来了一大帮。正在大家举杯欢乐饮酒时，突然有一个女人闯到宴席前，口口声声要找林澹。林澹一看是白萍，惊吓得后退几步，一句话也说不出来。白萍愤怒地指着林澹说："你果真是一个薄情无义的小人！我哪一点对不起你，为什么一见到美女，就很快地将我抛弃了呢？"林澹听了，低着头不敢应声。这时符生也来了，他一见白萍，立刻被她的美艳惊得瞠目结舌。可是转眼之间，白萍又不见了。在场的人深为诧异，谁也不知道发生了什么事，唯有符生心中明白。自此之后，符生就像丢了魂魄，他终日哀叹，家人都不知如何是好。

过了半个多月，一天，林澹去朋友家喝酒，直到深夜方才起身回家。当他走到城北的路上时，察觉身后边有两个人跟着他。林澹以为是巡逻的士兵，回头看了一下，但也没有看清是谁。直到两个人走到他的跟前时，他才认出原来是白萍的两个丫鬟。她俩上前扯住林澹的衣襟说："小娘子叫我俩来招呼公子到家里去，希望你不要拒绝。"

林澹虽百般推却，但因为喝了酒，无力摆脱，迫不得已，只好跟着两个丫鬟走了。

那天正好是十五，月色明亮，一切都看得很清楚。三个人沿着小路约走了三里远，眼看快到余家旧花园了。林澹因为心中感到有愧，便停下脚步，不敢再往前走。而那两个丫鬟则上前强拉林澹。就这样他们走了几步远，就看见白萍坐在不远处小河岸边的石头上，掩面哭泣。两个丫鬟将林澹强按着跪在白萍脚下，一齐大声喊道："我们把薄情郎抓来了！"

林澹吓得磕头求饶说："我知道自己有错，但请小姐看在你我曾相亲相爱过的分上，且饶我这一回吧！"

白萍听了他的话，反唇相讥道："你的记性还挺好，还能想到你我往日相处的事，而我却是全忘了。你背信弃义，就是王魁、李益那样的负心郎，也赶不上你呀。最可恨的是你喜新厌旧，见了金子就忘了玉石，致使我的清白之身被你胡乱玷污了。现在我一想起来，就痛入骨髓。我对你的怨恨，不是一朝一夕了。现在，你就像一只穷困无着落的狗，无论你怎样摇着尾巴讨怜悯，也不会有用的。我本来应该抽打你几鞭子，给你一顿羞辱，教训一下你这个轻狂的小人。但是我又不想打死你，因为你将来会有个飞黄腾达之日，去报答你那祖上的阴功阴德吧。"说完之后，她又命令两个丫鬟扒下林澹浑身上下的衣服，折一枝柳条，朝着林澹的脊背狠狠地抽打了数十下，还在林澹的下身撒了一层河里的沙子，随后将林澹扔到石头上，扬长而去。

林澹遭到如此羞辱，如同做了一场噩梦，一个晚上竟不能翻身坐起，直到第二天天亮时，他方能站起挪步走动。于是他连滚带爬地奔回了符家，并将遇见白萍之详情，全都告诉了符生。符生听了，也吓得满身淌汗，从此他们再不敢踏进余氏旧花园半步。

可是奇怪的事发生了，林澹感到他下身那东西竟如同结了冰一样的冷，而且又萎缩得像个僵死的小蚕蛹。林澹虽百般医治，最终还是不能让它勃起，不可救药了。而林澹的那个新婚妻子，也因为得不到床笫之欢，只好另求新欢了。幸亏林澹有才华，这件事才没有显露于世，还使林家祖传基业没有衰败，终于他步步高升而进入尚书省做了大官，执掌枢要重任。

后来，林澹从符生那里过继了一个儿子做养子，才使林家没有绝后。

闲斋评论道：不对呀，不对。辈分越晚，对祖上的好传统愈疏远。所以古时贤者才立下了亲生儿子继承基业的礼法。林澹的断子绝孙，是上天对林澹的报复，并不是报复林澹的祖先，因为林澹的祖上，能有中举得官做的子孙，而林澹却不能成为林家后人的祖父了。上天你为什么要有悖于古时贤人的美好愿望呢？我想恩茂先听了此事，会大声欢笑，喊出一声"绝妙"来的。

刘大宾

　　清朝时，甘肃河州地区有一位周副总戎，他的侍从官叫刘大宾。总戎府大院里有个大书房，室内宽敞，里面养着各种草本或木本的花卉，然而每天夜里常有妖精出来作怪。

　　刘大宾与总戎府的辕门官白把总是要好的朋友。一天夜里，刘大宾喝了一点酒之后，睡不着觉，就想找白把总闲聊一会儿。他出了家门，穿过大堂，见白把总的院中漆黑不见亮光，觉得很奇怪，便喊道："白二哥，你为什么睡得这样早呀？"

　　忽然间，他听到大堂右边的大旗下面有人搭腔："白老爷嫌这里有恶蚊子咬他，所以到大书房去睡觉了。"于是，刘大宾便背着手，一边大声唱着，一边慢步朝着大书房走去。

　　这天夜里碧空如洗，月光皎洁，四周寂静无声。刘大宾隐隐约约地看见了在花台的旁边，好像有一个穿红衣服的女人，倚靠着栏杆站在那里。刘大宾心里暗暗地想：今天天色很晚了，这个女人到这儿来干什么？再看她的体态及衣服颜色，又很像是杏花姑娘。

　　杏花姑娘是周副总戎的妻妹，长得颇有几分姿色。平日里，刘大宾一见了她就浑身痒痒，想动手动脚。现在看见她一个人，便乘着酒兴勃发的劲头，想上前去亲吻搂抱一下。

　　但是，他刚要靠近这个女子，她就转过身来。这哪里是什么杏花姑娘，只见这个女人满脸煞白，眼珠血红，舌头伸出嘴外三寸多长，分明就是一个女鬼。

　　刘大宾顿时被吓得大声狂叫起来，他慌慌张张抄近道跑到书房门口，狠撞大门，大声喊叫："救命啊！救命啊！"

　　一会儿，官府中值夜的人都被他的喊声惊吓起来了。他们互相一查问，都说听到了有鬼的哭叫声。因此全府上下个个毛骨悚然，浑身打战。白把总听了刘大宾所见的经过，也感到很奇怪，说："我今晚是睡在下屋里的，并没有听到有什么动静，想必是鬼在作怪了。"

　　从此之后，刘大宾就得了疯癫病，白日里胡言乱语，鬼话连篇，谁也听不懂他在说些什么。周副总戎也曾找来法师，在刘大宾身上画符驱鬼，为他治病，但是不见任何效用。刘大宾每天总是佝偻个身子，低头驼背走路，如同后背上驮着什么很沉重的东西似的。可是他一旦遇见了杏花姑娘，便又哭又笑地追撵个不停。

　　杏花姑娘因为受不了这个奇耻大辱，常常悲啼不止。周副总戎也感到这件事未免太荒唐了，就下令把刘大宾与杏花姑娘隔开，不许他们再见面。然而杏花姑娘从此以后却无精打采，如同丢魂失魄一样，她几次三番地要寻死上吊，幸好被家人发现得早，才把她解救了下来。

一天，周副总戎出外巡察河汛，所以府中上下人对杏花姑娘的防范也就松弛下来。没想到刘大宾好像清醒了一样，他在夜深人静之时，趁人不注意，就偷偷进入周副总戎的家里，径直闯到杏花姑娘的床前，解下腰带，套在杏花姑娘的脖子上，将她活活地勒死。等到家里人发现时，杏花姑娘早就断气了。可是从此之后，刘大宾的疯癫病却不治而愈。有人问起刘大宾勒死杏花姑娘之事，他则回答，根本不知道有这么一件事。

过了几天，刘大宾才知道自己勒死杏花姑娘的事情。他又遭到杏花姑娘父母的斥责羞辱，自觉万分悔恨便上吊死了。

兰岩评论道：淫乱之心一萌发，即招惹下这么多怪异反常的事，使两个人都不得好死，太可悲了。但是，唯独不能解释明白的是刘大宾与杏花姑娘前世到底有什么冤仇，不然的话，红衣女鬼哪敢出来降灾祸给他俩呢？

庄寿年

清朝乾隆初年，江西省吉州府有一位书生，姓庄名寿年。因为他成绩优异，被选送到国子监深造。从此之后，庄寿年便在北京城北的一座旧花园中，租赁了一间房子住下了。

庄寿年一进园门，就看见到处是杂草丛生，地衣苔藓遍布，应该是常年无人居住，也无人整修，因此显得格外荒芜。他只好割倒蒿草，辟出一条小道来，然后再提着行李衣物，走至园中，住进了一座小楼里。因为几天后就是科考日期，庄寿年便整点文具，准备应试。

庄寿年虽然是一个有名气的才子，但是这个年头官场黑暗，因他没有出钱贿赂考官，所以他科考落榜。他心里头难免苦闷忧愁，竟然一头病倒了，而且日益加重。到了第二年春天时，他竟病得卧倒在床席上，连起身下地都很困难了。庄寿年认识的一位同科举子邱生，见他病得这样厉害，就搬到花园里和他做伴，照料起他的饮食起居。

邱生是一个血气方刚的年轻人，因为尚未成婚，所有每当夜深人静之时，他就难免会想入非非。

到了第二年早春二月，池边的青草已开始泛绿，园中的花朵也将开放了。一天傍晚，邱生独自一个人去楼舍东面散步。突然看见了一个女子，看上去有十六岁左右的年龄。她身上穿着红色的小袄和青绿色的裙子，打扮得格外娇艳，邱生不由得眼前一亮。那女子也看见了邱生，微微一笑，随即搔首弄姿地勾引邱生。邱生不知她是哪家姑娘，也不敢轻率前往，只是直瞪瞪地看着。不一会儿，那个姑娘竟然不见了。

邱生回到楼舍，就把自己刚才所见的事情告诉了庄寿年，并说："人们常说北京城里的妇女衣着打扮丑陋怪异，既没有北方旗人穿着宽厚大方的风度，又没有南方汉人打扮轻盈柔长的风貌。而我所见到的这个女子实在是神仙一般的美丽，仅仅就看她的装束打扮，就是意想不到的好看。直到现在，我才知道通常人们所说的话，太不可信了。"

庄寿年听了他的话，立刻回答："不对，你所见到的好看女子，应该不是当地人。就拿上一次省试科考来说吧，那些能高中的举人的卷子，很少有值得一读的。说句实在话，顺天府籍贯的人，能有几个人是拔尖的！"邱生听了，不禁大笑起来。

当天夜里，邱生正在睡梦之中，突然他看见那个少女来到他的身边，而自己竟迷迷糊糊地与少女搂抱在一起，做起了云雨之事。那猥亵下流之声，四处都能听到。庄寿年也被响动惊醒了，再侧耳仔细一听，连他自己也禁不住地动情了。他听了一会儿，随之便疲劳至极，倒头沉睡，直至次日太阳升起方才醒来。而邱生起来得更晚，不仅早晨的饭量大大减少，连精神也显得萎靡不振。庄寿年看见他这样的情况，就追问昨天晚上是怎么一回事。邱生守口如瓶，只是一个劲儿地摇头。

第二天晚间，庄寿年早早就躺在床上假装睡觉，他打算半夜偷偷地起来看个明白。到了二更天，庄寿年又听到了男女做爱的响动声，那声音听上去就像是在他的身边一样。他再仔细听，还不时地传来不堪入耳的话语。他想爬起来看个明白，可是身上一点力气也没有。

第二天清晨，邱生看起来比前一天更加乏力，面色也如死灰，一点儿也打不起精神。庄寿年再次询问邱生昨天晚上的情况，他还是照样不说一句实话。看到他这个样子，庄寿年便郑重其事地对邱生说："我们两个人流落他乡，家里的人哪能不殷切地挂念？我们怎能够把父母给的血肉之躯交给鬼怪狐狸呢？你年轻，倒不怕什么，但是我却老了，哪能天天为你担惊受怕呢？"

邱生听了，也深感惭愧，又感谢庄寿年说："你的话真是治病良药了，我哪敢不遵命照办呢？假若她再来时，我必定拒绝她。"

这天夜里，那个少女也没有来找邱生求欢。因此，邱生很钦佩庄寿年的指教，庄寿年心里尤为欢喜。恰巧这时，庄寿年有个精通医术的同窗、四川涪州人刘生，偶然来到花园里看望庄寿年。他们一见面，刘生即问庄寿年："你怎么病得这么严重啊？"急忙为他诊脉。

刘生手一搭上脉，顿时变颜失色，待了好长时间方才开口说："你的年龄快奔六十岁了，哪还能得什么遗精症，纯粹是狐狸鬼怪把你整的。"庄寿年听了很是信服，立刻将邱生夜遇少女的事，全都对刘生说了。

过了一会儿，邱生来了。刘生也给邱生把脉看了，然后安慰说："这是狐狸精降祸害人，不是什么鬼迷，没有什么药可医治这种病。北京城南有个叫穆萨嘛的巫师，精通驱邪之术，可请他来驱灾除邪。"庄寿年听后点头称谢。随后他们就邀请穆萨嘛来旧花园中治病。

穆萨嘛因为有官差要忙，答应他们三天之后再来驱灾除邪。庄寿年心里着急，却也无可奈何，只好静静等待。

可是就在这一天夜里，大约三更时分，那个少女又来了。她与邱生一见面，就要求欢，邱生连连拒绝。她立刻责备邱生说："你为什么这么听信刘监生的话？难道你忘了我们在一起的快乐？还要找什么巫师来收我。"

邱生答说："这事是庄先生说得对，也是为了我好呀。如果你不是狐怪怎么会害怕起巫师来？"

少女听了他的话大怒，随后就伸出两只手，捧住邱生的脸，一边亲他一边说："我就是死了，也不能让你活下来。"说完，用舌头掀开邱生的嘴唇，然后嘴对嘴地使劲吸抽不止。邱生则不能动弹，任凭她动作，不一会儿就倒在床上，大口大口地倒气，像是被绳子捆住似的，毫无反抗地任她摆布。

这时邱生只感到心口痛得如同刀绞，五脏好像被撕裂一般难受。同在一个屋里居住的庄寿年听见了响声，就跑进来一看，只见那邱生在床上乱翻滚，喉咙里呼噜呼噜的，便连声喊叫："邱老弟！邱老弟！"

邱生并不答，他就知道是出事了，急忙叫起邱生的两个书童，点起蜡烛仔细查看，这时邱生光着身子，直挺挺地躺在床上不动弹，早已昏死过去了。大家呼叫了大半天，邱生方才缓缓苏醒过来，他拉住庄寿年的手，一边哭泣一边诉说道："老弟，我快要做鬼了，我的肉体也将要腐烂在异地他乡了。"庄寿年听了，愈加大怒，对着天空大骂一番。

到了第三天，庄寿年再次派人去请穆萨嘛来看病。消息传出去，邻里人纷纷赶来观看，不一会儿就围成了一堵墙。穆萨嘛头戴武士用的头盔，腰上挂着铜铃，一只手拿着单鼓，另一只手狠狠敲打单鼓，咚咚作响，口中念念有词，围着旧花园不停地走动。

走到花园后面的破楼前，他突然停下了脚步，瞪大眼睛朝上面察看。忽然，他扔掉手鼓，抓起铁叉，快步登上梯子，好像是在追赶什么东西。待他追到墙角处，他将手中铁叉猛力叉过去，就听一阵嗷嗷狂叫传来，如同野狗遭到暴打的声音。

随后，穆萨嘛又命人烧起油锅，将铁叉伸进油锅里猛炸，这时人们才终于见到了这是什么东西。原来是一只黑狐狸，它有獾子那么大，肠子都露在外面，死掉了。穆萨嘛又将死狐狸剥了皮，掏了心，把它的肉和皮都点火焚烧掉了。穆萨嘛又把狐狸心留下烧烤成灰，研成粉末，分成两份，叫邱生与庄寿年当药喝下了。自穆萨嘛降妖之后，花园里的鬼怪从此绝了迹似的，再也没有出来兴妖害人了。邱生与庄寿年吃了他给的药，病也慢慢地好了起来。

后来，邱生到河南拓城当了县尹。庄寿年也从翰林院教官的职位上退休，衣锦还乡。

这个故事，是庄寿年自己讲述出来的。

兰岩评论道：邪风压不住正气，这是必然的道理。邱生本来不到死的时候，难道因为狐狸一时的愤怒，竟要将他置于死地？就是邱生叫狐狸去死，不也是很应该的吗！天底下凡是像邱生这样的人，做事时都要自加检点，小心从事为好。

额都司

参领傅德是世家大族的后代，他的夫人蔡氏是额都司的姐姐。

他们两个人结婚以后生下了一子二女。傅家以前是住在北京城里的灵椿坊，后来他们才搬到北京城南泡子河居住。

傅德的新居，院庭宽广，四周围以高墙，门首壮观美丽。在城南一带，傅家的房子算是最好的。但是，自从傅家搬进了这座房子里，却常常发生一些奇异的怪事，因此，傅家里的人每到天黑之后，必得结帮成伴，才敢出来走动。就连马圈里的十多匹马，每天夜里也必定要受到两次惊吓。

傅德的儿子，刚刚娶了一个媳妇。这个媳妇也是官宦世家的姑娘，年龄仅仅十八岁。她过门不足一个月，突然间就得上了疯癫病。白日里不是唱就是哭，或者是光着两只脚到处乱跑，不知羞耻。每到夜晚，她必定要关上房门，面对着一个墙角，头伸进箱子里，两只手在箱子里忙个不停，谁也不知她在干什么。等到了半夜三更时候，她就会拿出一张纸来，将她忙活的东西包好，放在箱子里，再把箱盖盖严，留下不被外人知道的记号。家里的丫鬟们，如果是偶尔想要偷看，一定会被她发现，她对这些偷看的人不是痛骂，就是打到滚倒在地上，嚎哭不止。一家人谁也拿她没有办法，只能任凭他这样闹腾了。

半年之后，额都司来北京朝见皇帝，就住在傅德家的正厅东院里。东院外即靠近傅家的马圈。额都司来到傅家的当天，傅德特意摆下盛宴，为额都司接风洗尘。酒至半酣时，傅德对额都司说：“我家里常闹鬼，你夜晚独自一个人睡在屋里，害怕吗？”

额都司说：“我们这些当武官的人，都是亡命之徒，连死都不怕，还怕什么鬼？”说完大笑不止。

酒宴一直到后半夜方散，大家都各自回屋休息。额都司因远道劳累，再加上醉酒，一觉睡到日上三竿方才起床下地，出屋外活动。傅德见额都司一夜平安无事，也就放下心来。

就这样过了三天，到了第四天晚上，额都司刚刚熄灯，躺在床上还未入睡之时，他好像听到天棚上发出咯吱咯吱的响动声。额都司立刻起身点燃蜡烛，坐在床上仔细一听，却好像又没有声音了。

于是，额都司没有熄灯，仍像刚才那样躺在床上，侧耳倾听。不一会儿，那声音又响了起来。他仔细地看那天棚，好像有个影子踩在上面轻轻在走动。那影子走至东北角时，停了下来，响声也戛然而止。只见天棚上的一块木板被揭开了，从上面伸下来一件黑东西，看样子像是个马尾巴，有一尺多长。因为离蜡烛的光亮较远，所以影影忽忽的看不清楚。额都司吓得浑身上下毛发倒竖，静静地躺在床上，不能动弹。

不一会儿，那个黑东西渐渐地拉长了起来。这黑的下完了之后，紧接着就下白的，纯白如粉，并且很窄，只有四个指头那么宽。额都司再仔细一看，那白的上面还有两只眼睛，有如松子一般大。到了这时，额都司才知道这是一个人的脑袋瓜。可是看到这样的脑袋，额都司更加害怕了。他本打算呼喊人求救，可是又一想，人怎能怕鬼呢？况且自己过去也曾说过大话，不怕死，更不怕鬼，别人也都听见过，今天若表现出害怕，将来怎么有脸见人呢？想到这里，额都司便坐起来。

这时那人头已经露出了半面脸，鼻子和嘴也都渐渐地看清了，两个绿色的眼珠子向着灯光直瞅。一时间，灯光如豆，整个房间昏暗无比。额都司本人也像是鬼迷心窍一般，四肢麻木，僵如木头，动弹不得。随后，那个黑东西便唰啦一声，快速地降落在地上，又以旋风穿屋似的速度飞出室外。它刚刚离开，房间里的蜡烛一下子又变亮了，额都司也如同从睡梦中惊醒一样，身体恢复了灵便。这时他能听到的是前院马圈里的马被惊吓得嗷嗷直叫，可是各个房间的门仍然紧闭，没见一个人。这时，钟楼传出报时声，已是三更天了。

额都司估计黑鬼已经走远了，便急忙将蜡烛移到床边，然后拔出佩刀，放在枕头旁，穿好衣服，蹬上靴子，躺在床上，但翻来覆去不能入睡。约莫五更天时，忽听墙外马圈里的马又长声嘶鸣了，连庭院里的花草树木也被呼号的阵风刮得东倒西歪。一定是那个黑东西又快要进到屋子里了。果然屋里的灯光再次黯淡下来。那个黑东西径直扑到额都司的卧床前，额都司便大叫一声，顺手抓起佩刀，死力地向黑东西砍去。只听到咔嚓一声，桌子倒了，灯也熄灭了，屋里一片黑暗。紧接屋顶上一阵走动声响，大约过了一刻钟时间，一切都安静下来。额都司为此一夜不得安宿，疲劳已极，天快亮时，才不知不觉地睡着了。

次日早晨，额都司起床之后，他把参领傅德拉到一个僻静的地方，详细地告知了他昨晚所见到的情况，并极力劝说参领另找新居，以避灾邪。又说："我想外甥媳妇的病一定是因为这个房子闹鬼而造成的。"

傅德说："我也是很早就不想在这里住了，只是发愁一时间也找不到安静的好房子可住。"

额都司说："哪一处房子不比你这里平安呢？我的朋友萨都统的房子，正在寻找房主，你可以去看看。"

看过房子之后，傅德立即拿出三千两黄金买下了。搬家那天，傅家的儿媳妇大声哭叫，不愿离开，她的丈夫拔出宝剑恐吓她，她才害怕了，光着脚板，披头散发地跑出家门，丫鬟们追上去将她硬塞进了车里。

傅家自从搬到新居处，全家上下都安静无事，鸡犬不叫，骡马不鸣，那媳妇的疯癫病也突然之间全好了。丫鬟们打开从前疯媳妇在夜间摆弄过的衣箱，在纸包里发现用五色花线缠成的线棒，有四五尺长，像个箭杆，谁也不明白有何用场。问那媳妇，她更是什么也不知道。

后来，额都司升官为副参戎。傅德那座闹鬼的旧房子，虽然接连几次更换房主，但也都是照旧闹鬼，不得安静，而今已经颓倒成为菜园了。

孝　女

北京崇文门外，有一个地方叫作花院市，在那里住有一千多户人家，家家都以卖花为业。

有一个幼女，和她的老父亲就住在这里，他们也是以养花种花为生。幼女的老父亲患有严重的哮喘病，每到秋冬就会犯病，他们寻找了很多药方来治疗都没有效果。

这一年秋天，她的父亲又犯病了，病情特别严重，一直躺在床上，找了很多医生都说老头这种病很严重，没有什么药可以治好，只能慢慢调理。父亲的病把幼女愁得终日吃不下饭，睡不好觉，还得想方设法地安慰老父。

这时，邻居家有个老太太，聚集了一帮妇女，要去丫髻山进香。幼女听到这个消息后，偷偷地去打听进香有什么好处。老太太对她说："有的人因为患病而去进香，求得免除疾病；有的人因为没有后人而敬神，求神仙保佑得个儿子。总之，神都满足了各人的心愿和所求。而山顶上的娘娘神，又特别的灵验，有求必应。"

幼女又问："从这儿去丫髻山，有多远的路？"老太太回答说："还挺远的，有一百多里。"

幼女再次问："一里有多远的路？"老太太回答说："三百六十步为一里。"幼女听了她的话后，牢记心里不忘。

这天夜里，等到老父睡安稳之后，幼女就偷偷地走到院子里，点上一炷香，计算一下里数有多少步数，然后她绕着院子跪地拜个不停，并且默默地祷告说："小女身单力弱，老父又病重在床，家中别无一人可照看老父，因此我不能亲自上山进香朝拜娘娘。我只好按着相距的里数算成步数，一步一磕头，就如同我真的到丫髻山的庙前，亲自瞻仰朝拜佛像一样了。愿娘娘保佑我的老父，消除顽疾，尽快康复，长命百岁。我愿诚心绣制娘娘佛像，终生吃素念佛，日日对你顶礼膜拜。"就这样，幼女每晚上都朝拜娘娘，一直坚持了半个多月。

相传，在丫髻山顶的庙里，供奉着一位碧霞元君的神位，据说这位神仙无比的灵验。北京城内外，以及周边的各个府县，都知道她的美名。上至皇宫的皇后、妃子、王公、贵族，下至苍生百姓，每年四月里，都一定要去丫髻山赶庙会，进香拜佛。一路上有坐车的，有骑马的，还有走路的，接连不断，车水马龙，天天如此。尤其是在每一天的五更鸡叫时，能进殿烧上一炷香者，被称为上头香，尤其能得到娘娘赐予的大福。因而，上头香的好事，都得给皇宫里的后妃或朝中大官们留着，别的人则是不敢逾越的。

当时，有一个皇帝的侍从人称魏公的人，奉着皇太后的旨令，去丫髻山上头香。那天魏公一早出发，他到了山上时，庙门才刚刚打开。他正准备去上香却发现佛像前的香炉里，早已有人上过头香了，而且，香火的火焰还着得很高，似乎是已经燃香多时了。

魏公见到这样的情景，立刻大声地斥责管庙和尚说："太后的香还没有降下来，你们为什么先叫别人在这里烧了头香呢？"

和尚立即惊慌失措地解释说："魏老爷不来，殿门怎么敢开？小僧实在说不出这炷香是从哪里来的！"魏公暗想，我初来时，大殿方才开门，但是这炷香的香灰却已经烧过了一寸来长，这太奇怪了。因此，他想明天再早点来，看看是否有人还来烧头香。然后，他吩咐和尚说："过去的事情，我不再追究了，你们一定要恭敬谨慎地做好准备。明天，我一定再早点来，好烧上头香。"说完便走了。

和尚生怕得罪皇太后惹下大罪，于是众僧徒整宿不睡地来回巡视看守香炉，生怕别人再烧了头香。

第二天四更刚到，魏公就已经来了，众人来到香炉前一看，已经晚了，又像昨天那样，被别人抢先烧上了头香，只见有一个女子正在地上磕头膜拜。和尚立刻问道："你是哪里来的女子，庙门还没有开，你是怎么进来的？"那女子听到有人声，便急忙惊起，一转眼就不见了。众人见到这样的情景，都大为惊讶。在场的人开始议论。有人认为这个女子是鬼，也有人认为是妖怪。

魏公听了他们的话，立刻反驳说："在神人圣像之前，哪还能有什么鬼怪敢于公然现身呢？出了这样的事一定有缘故。我现在已想出处理这事的办法了。"魏公说完话，在寺庙的大厅门外，进上了第二道香，然后坐在床铺上，召集起所有的香客，把这两天来所见到的事情告诉他们，还详细地说出那个女子的年龄、容貌和衣服的颜色，要大家帮助查找。香客们听了，有些人害怕，也有人觉得好奇，议论纷纷。

这时只见人群中有位老太太走了出来，她想了一会儿说："据老爷所见到的样子，好像是我邻居家的姑娘吧？我看那个姑娘，样样处处都与你说的相符合。"

魏公又问："那个邻居女子难道是学道之人，竟能这样地梦幻变化？"

老太太摇摇头说："她不过是住在花院市街上的一个普通女孩，并没有听说她有什么特殊之处，只是很孝顺父亲，她父亲生病了，她还向我打听过怎么上香的事。"

魏公听了，便拍手说："对了，没错。肯定是这个女孩了。"

魏公急忙骑上马跑回宫中，向皇上禀报了进香的事情。皇上下令让他暗里私访。

没几天，魏公就查到了那个幼女，他见到了幼女，果然是在庙上大殿中所见到的那个女子，就故意问她："小姑娘，你这几天是不是去庙里进香了？"

幼女摇摇头说："禀告老爷，小女的父亲生了重病，小女有心前往，可是实在没有时间去啊！"

魏公又说："可是我在庙里见过你。"

幼女想了想也就如实地向魏公说了她这几天所做的事情。然后说："小女虽然没有亲自去丫髻山给娘娘进香，但是我做了一个梦，恍恍惚惚地像是亲身去了一样。我梦醒了之后没几天，我父亲的病竟然也全好了。"

听了她的话，魏公感叹地说："是你的诚心诚意感动了神仙。你真是一个孝顺的女子啊！"然后想了想说，"你可愿意当我的干女儿？"幼女磕头表示愿意。从此之后，他们就以父女相称。幼女对他也很孝顺，像对待自己的父亲一样。

幼女长大后，嫁给大兴县一户张家的儿子为妻。出嫁的时候，魏公给了她一大笔嫁妆，可值数千两黄金。女婿张家也借着这笔财富发了家，成为辈辈都是很有钱的大商人。而幼女的父亲健康快乐地活到一百岁。

兰岩评论道：人只要能做到真实与忠诚，就可以通达神灵了，甚至可以使寺庙里的和尚也信服于你。人世间倒是好人少，就看你能遇上或者遇不上了。

请　仙

我在闲暇的时候，阅读过一本《太平广记》，里面记载的都是一些难以见到的离奇古怪的小说。这本书里有好些诡怪奇异的事，我就不一个一个地说出来了。我常常听到别人讲的一些鬼怪故事，都说得确实可靠，有根有据，我在心里也暗暗地相信了。可是，有时我也会产生一些怀疑。但是想想一个质朴诚实、谨慎的文人，哪能把欺骗人的话编得确有其事呢？想一想，我自己也活了四十年，也还没有亲眼见过鬼怪事。不过，我想起我跟随祖父在陕西宜君县官府发生的一件事。

我的祖父早已故去了。他曾在宜君县官府里，当一位代理掌管印记与公文卷册的小官。那时，我的父母为了侍奉我的祖母，我们全家都跟着住进宜君县的官衙里。

一天，张夫人领着一个耍戏法的人，来到官衙里为大家表演。那人的表演很平常，没有技能也不出奇。但因为他是张公请来的，所以我祖父还是出了二两银子，想把耍戏法的艺人打发走。但是，那个卖艺人非但没有收下银子，反而说："今天观看我表演戏法的人，有一百多个，却没有一个叫好的，可见我所学到的本领太平常了，不能够使人们大开眼界。因此，我哪敢无故领受这样的厚赏？不过，小人从前也曾受过高人指教，学了一些可降伏神仙的法术，所以还是请让我留下来。今天夜里，我将向各位献丑，或许可以博得张老太太的一笑吧！"祖父想了想便答应了卖艺人的请求，并给他以酒饭招待。

到了傍晚，卖艺人决定了住在花园里的三间废楼舍。于是祖父派人将楼舍洒水打扫干净，又将破旧的窗纸重新糊好，就连墙上有脱落白粉的地方也粉刷一新。他们修缮得很认真，就连针孔大的空隙或小洞都统统堵住，用白灰抹光，最后再挂上幔幢，用以挡蔽门窗。

上灯之后，卖艺人又在西边的墙壁上画了一个门，上尖下方，好似一扇穷人家房上的小门。门前一张矮脚桌子，桌子上放着一个香炉，燃着香。卖艺人还选了两个年龄十五岁、俊秀又聪明的男孩子陪他表演。这两个男孩子，头上打着发髻，光着两只脚板，又开两腿，背着两只手，站在桌子前，听卖艺人指挥。卖艺人还为他俩各自起了个名字，一个叫清风，另一个叫明月。

表演之前，我的祖母带着姑姑和我母亲及我的几个姐姐妹妹们，坐在挂着竹帘的东屋里，等候观看。父亲则领着我和哥哥弟弟们，坐在竹帘外面的两侧陪着。

到了三更天时，卖艺人先是在香炉里点上一炷香，就着蜡烛光，焚烧了一道符，然后又叫两个男孩子弯下腰，从胯裆底下反看墙上画出的小门，问道："你们看见什么了？"两个男孩子回答说："看见开门了。"

卖艺人听到后，当即含了一口水向墙上喷去，转过身又急忙问男孩子："现在怎样了？"一个男孩子回答说："梳头啦！往脸上抹粉了！"停了一会儿另一个男孩子又说："换鞋了！穿上衣服了！"卖艺人听到这里，便说："这回可以出来了！"随后，便又含了三口水，一一向墙上喷去。

台下的人立刻看见一个女子，站在桌子的后面，身高约五尺，上身穿着红色衣衫，下身穿着素色的裙子，眉眼秀丽好看，张口微笑，一副害羞的样子。卖艺人告诉这个女子说："老太太在这里，你可要讲究礼节！"女子立刻敛起裙子，再行拜见礼。卖艺人见了则说："老太太是最尊贵的人，为什么不行大礼，竟是道了一个万福了事呢？"那女子则用衣袖掩住嘴，只是微笑着不动地方。

这时，卖艺人也笑着对众人解释："她是看见这里人多，有些害羞了！"说完，他又叫两个男孩子上前，牵拉女子的衣袖，让她到桌子前面来。男孩子使劲往前拉扯，女子则用力往后退，互不相让地坚持了好长一阵子。卖艺人则假装着急地上前制止说："她是一个修仙将成佛的人，性情粗野，你们快先放开手，我自有处置她的办法。"男孩子听他如此说，便放开了她的手，女子仍旧回到她原来站着的地方。

接着，卖艺人又再向墙上喷水，忽然间又出来一个女子，头上梳着两个发髻，下垂在耳后，年龄与先前的女子一样大，而容貌却更加俊秀美丽。她上身穿着浅红色的衣衫，腰下则围着一圈树叶，约有一尺来长，光着两只脚，不论是腿趾或手指，都长着四五寸长的像鹰爪一样的指甲。她与先前的女子并肩站在桌后，并看了那个穿红色衣服的女子一眼，对她笑了一笑。卖艺人则走过来说："你姐姐在偏僻的地方居住久了，习惯了乡下的野性，因此，见到老太太就不知道有什么礼节了。而你却是最懂礼节的人，就领着你姐姐给老太太施个礼吧！千万不要失掉礼法，而连累我遭到重罚。"

于是，新出来的女子就去推搡先前出来的那个女子，绕着圈子将她拉到桌子前，并按下她的脑袋，跪地磕头。她的举止与表情都很温柔大方，讨人喜欢，一旁观看的人都看呆了。向老太太参拜施礼完毕，两个女子又回到原来站着的地方。卖艺人向她们喷了一口水，两个女子顷刻之间不见了。

戏法表演完后，在场的人都佩服卖艺人的神奇技能，祖父便重重地赏赐了他。事后，曾有人仔细地问过那两个男孩子，在牵拉女子衣袖的时候，感到她俩到底是真人，还是假人。男孩子说："我也不知道她是不是人，但是只知抓住女子胳膊，就像是握住了棉花一样软和，而且又没有一点力气。才牵扯了四五下，就见到那女子刷刷地出汗了，还一个劲儿地喘粗气，若不是卖艺人叫我放手，再扯她两三下，就能把她拉到老太太的跟前了。"

我看这出戏法表演的时候，才十四岁。到了现在，那些具体的情节我已经是记得不清楚。可是，我每次把这件事说给别人听时，也拿不准这是怎么回事。有的人说，这是蒙蔽人的障眼法。我觉得这种说法也不能解释这个谜，因为蒙蔽人的障眼法，只能蒙混人的眼睛，把东西看错了而已，哪还能握到实在的东西呢？这一切也都无法解释明白了。

恩茂先评论道：这段记述，和那个擅长表演口技的人一样，无不都是逼真可信的。

某太医

有一个太医，系大兴府人氏，我不知道他叫什么名字，只是常常见到他穿着皮袍，骑着高头大马，奔走于皇宫内外。因为人们相传他医术高明，每天到他家里请求看病的人多得数也数不清。

然而这个太医却没有医德。不管是谁家有了病人，要想请他去看病，不到天黑时他绝对不出诊，即使是很重的病人，他也根本不顾及病人的死活。而且，他每看一个病人，只要写出一个处方，不管能治好或是治不好，一律收取一千钱。如果家属不答应的话，他绝对不给看病。因此，每天晚上他回到家里的时候，无论是背的钱搭子，还是马后驮着的钱口袋，都装满了钱。每当有人抱怨他看病来晚了时，太医会回答说他是从某王公、某公主或是什么大官老爷家看完病，转道而来的。总之，太医所提到的人，都是赫赫有名、权高势大的官员，绝非一般草民百姓可以随便张口提及的人物。

有一天，太医出外看病后回到家里，一个人睡在书斋里。夜晚他梦见一个人，那人看着非常面熟，可就是想不起他的名字。这个人手拿一张纸片，交给太医说："时候到了，你所欠的债，应该还清了。"太医接过纸片，翻来覆去地查看，见是一张白纸，上面一个字也没有写。他觉得很奇怪，正想问个明白，那个人已经不知去向。太医被他吓了一跳，立刻醒来，看看时间，已是三更天了。

就在这时，太医家里的仆人，跑过来敲打书斋的房门，向他禀报："恭喜老爷，夫人刚刚生下了一个儿子。"

太医听到他的话，很高兴，但转念一想："难道这个儿子就是那个来要债的人？"想到这里，他当即毛发倒竖，恐惧至极。

果然，太医的儿子从一出生就很难喂养，找了三四个奶妈也应付不了他。慢慢地这个孩子长大了，他既不知道孝顺父母，也不懂得勤俭持家，视家里的钱财如粪土一般，不知爱惜。他每天都要向他的母亲索要一百文钱，如果给了他拿出去当即花个精光，如果母亲不给他就把爹妈当成了仇敌，立即瞪眼骂娘，甚至拉开动武的架势。妻子惧怕这一手，只好如数把钱给儿子。他是个不折不扣的败家子，因此，太医用十年时间积攒下的家业，竟渐渐被他败光了。

看到儿子如此不孝，太医的妻子哭着把这些事告知给太医。太医听后，闭上眼睛，摇着脑袋对妻子说："你说的这些事，我都知道了。不要再说了，这个儿子，早已使我心灰意冷到了极点。"

随后，他又把从前梦中的事告诉了妻子。妻子一听，吃了一惊说："如果那是张有字的欠账单，我们倒可以按数量还清；可是现在是没有字的欠债账目，你怎能知道究竟拖欠人家多少钱呢？这哪有还完的时候呢？一定是你这个老家伙，不知用药害死了多少人，才造成新鬼翻腾冤仇，旧鬼来哭闹的场面。我们这儿子就是这帮屈死鬼的头头。他是拿着阴间的讨命文书，带着仇恨来到人间的。你怎么同他较量呢？"说着，他的妻子又大哭大叫道，"你这个老东西，一向杀人如同割茅草，随便就能狠心置人于死地，现在终于得到恶报了，这样你还牵累了我沦落到了这等地步！

你这老泼皮，算是你的命该到头了，可是为什么要牵连我这个无辜的老太婆呀！"

这时，太医的小妾在一旁听见了，便前来安慰说："老爷不要生气了。你那大儿子虽然不是个东西，但是你的小儿子也快长大成人了，我相信他一定是一个好孩子，何必因为这点事，引起老两口不和睦呢？"

太医的妻子听了，当即向小妾的脸上唾了一口唾沫说："呸，你还痴迷不悟呢！上天对老东西施以报复，就是他有一百个儿子，也都是如此，绝对不会再生出一个有道德的儿子来的。"太医听了老婆子的一顿臭骂，默默无言，只是连连唉声叹气。

不知不觉十多年过去了。一天晚上，太医刚睡着又梦见了从前那个讨债人，对他说："你欠的债已经还清了，我可以返还给你一个字据了。但是，你还有一条命没有偿还，该当你们爷俩同去见阎王老爷了！"太医醒后不久，他就得了一场大病，药石无用，他就自知没救了。于是他就把梦里的事告知了他的妻子，并嘱托赶快准备他的后事。

过了两天，太医的儿子外出喝酒时，与人发生口角，竟然被人活活打死了。太医看着儿子的尸体，流着眼泪说："儿子你先走，为父一会儿来陪你。看来，我的命也到时候了！"到了半夜，太医果然病死了。

太医的那个小儿子，慢慢长大了，竟然和哥哥一样，也是个不成才的东西。太医死后，他便开始变卖家里的财物和奴仆，然后又变卖了家里的房子和地，不出一年他已经没有东西可以变卖了。后来，他就到处流浪讨饭，成了一个叫花子。

闲斋评论说：医术不高明的医生，坑害人命，应该得到这种可悲的报应。特别是欠下一个人的债容易偿还，害死了很多人，那就难以抵偿人命了。这样循环不息的辈辈堕落，终究还有个到头的时候。没有治病本领的医生，却假充懂得诊脉，从中获取暴利，如果看了这种报应，不知能否也肯稍稍地收敛一下呢？

地 震

听老人们说过这样一个故事。

那是在雍正朝的庚戌年。有一天一个回民抱着一个三四岁的孩子，要去茶馆喝茶。

他刚到茶馆门口，这小孩子立刻抱住大人的脖子，大声哭叫着，无论大人怎么哄他，就是不肯进屋。那个抱孩子的大人觉得很奇怪，他先是斥责了孩子一顿，随后又想了想说："大概这孩子嫌这个地方人多吧！"便到别的茶馆去了。

可是奇怪的事又发生了，那孩子到了另一家茶馆门口又大哭起来。大人很无奈，于是抱住孩子又换了几个地方，也都是这个样子，哭闹不止。

那个回民觉得更奇怪了，就问孩子说："宝贝，你平日都是非常喜欢进茶馆买蜜果吃，今天为什么变样了，一到门口，就哭闹起来？"

小孩说："爸爸，我怕。今天每个茶馆里，不管是卖茶人还是来吃茶的人，他们的脖子上都戴着一副铁锁链，看起来可怕极了，所以我才不愿意进屋去。爸爸，你说奇怪不？今天我还看见在大街上那些来回走动的人，也不知为什么，他们中有很多人也戴着铁锁链。爸爸，我害怕，我要回家。"

那个大人听了，以为小孩子是胡说也没有在意。正在这时，遇到了一个邻居，问他父子俩："你们两个人想去什么地方？"

大人回答说："我是想找个茶馆坐坐，可是这孩子哭闹着不肯进，还说了一些奇怪的话。"

邻居又问："这么大点的孩子能说些什么？"父亲就把孩子说的话原原本本地说给了邻居。

邻居听了之后，笑着说："小孩家胡说的话，你也当真。"说完，他就大笑几声走开了。

小孩子看着他的背影，讥笑地说道："爸爸，他的脖子上也戴上铁锁链了，还笑话别人呢！"

孩子父亲听他这样一说，不由得也将信将疑起来。等他回到了家里，就对家人说了小孩子的话，认为孩子家眼睛干净，他所见一定有缘故，应该加以注意才是。就在这时，小孩子的两个叔伯哥哥，他们听了孩子父亲的话，都笑他连小孩的话也相信。这时小孩说："爸爸，我看见叔伯哥哥他们的脖子上也戴着铁锁链。"当天夜里，孩子父亲就带着全家人到了郊外住在了帐篷里。

没想到，他们一家刚刚安顿好，北京城就发生了大地震，几乎所有的房子都倒塌毁坏了。

第二天，孩子的父亲进城打探消息。他路过那些小孩子不愿进去的茶馆，发现没有一个不倾倒的，而里面的人统统被砸死了。他急忙跑回家，发现小孩子的两个叔伯小哥哥，也被压在墙底下。再看看隔壁的邻居，在地震时，他家的房子也倒了，他压死在屋底下了。遭难的劫数终究是不可逃脱的，别的事情可能与地震的事也是一样的吧？

兰岩评论道：所有的事情，未必都没有一定的道理。

朱佩茝

陕西宜君县有一个看守河堤的士兵，他的名字叫朱佩茝。

他有一个外甥女嫁给了一户农家做媳妇，就住在县城外的焦家坪。

在出嫁半年后，有一次她刚刚来过例假，可她还是觉得很不舒服。于是，那天晚上，她早早地就上床睡觉了。不一会儿，她看见一个身材高挑，青色的脸上长满了胡须，头上还扎着一条红色的头巾的陌生人，坐到了她的床边，要与她同床共枕。农妇先还害羞，也不知道怎么两个人就云雨起来。鸡叫时，农妇猛然醒来，才发现自己还睡在床上，原来她做了一个梦。就这样，一连三天，只要她一睡觉，就会梦见那人与自己同床。

几日之后，农妇时常感到肚子里有个东西在轻轻地动弹。只要她走动起来，就疼痛难忍，农妇因此常嚎叫不止。她的小姑子怕她的叫声被邻里听见会遭人耻笑，便强逼嫂子忍耐一下。可是农妇无法忍住剧痛，发作时依然大声哀号。小姑大怒，便上手与嫂嫂厮打起来。

这时邻居的一个老太太听到了打架声，便过来劝架。

老太太一见农妇，即惊讶地说："才几天呀！媳妇的肚子都这样大了。在媳妇肚子里怀有妖胎了！了不得，了不得！"小姑一听她的话，害怕极了，马上告诉了她的哥哥。他哥哥听了，将信将疑。

没过几天农妇要临产了，只见那天，电闪雷鸣，农妇痛得满床翻滚，大声嚎叫。左邻右舍听了，纷纷堵上耳朵，远远躲避开了。过了好长一段时间，农妇终于生了。丈夫跑去一看，竟然是一个怪物。它的身长三尺多，长着人的脑袋，蛇的身子，满头红发，脸面白如粉廥，浑身上下冰凉，见人就发出怪笑。

怪物一落地，就把接生的人给吓跑了，除了丈夫没有一个人敢进产妇的屋里。农妇想要离开，无奈怪物死死地守着她，还要她喂奶。不过，每次农妇给怪物喂奶时，她都会被吓得晕死过去。

就在这个时候，朱佩茝前来看望他的外甥女，还没有进家门，就见那个小姑子直向他摆手示意，不肯进屋里去，还把他拉到一间僻静的屋子，告知了他外甥女生下一个怪物的详情。

朱佩茝生气地说："既然知道它是个妖怪，为什么不杀掉呢？"

小姑子回答说："那个怪物，每天都盘伏蜷曲地躺在它妈妈的身旁，我们连屋子也进不去，还怎么除掉这个怪物？"

朱佩茝听了小姑子的话，便轻手轻脚地走进房中，果然见到那怪物正盘伏蜷曲成一团，躺在外甥女的身边。不过它闭上了眼睛，好像是睡着了一样。朱佩茝便偷偷地解下佩刀，握在手中，然后突然上前一步，抓住怪物的头发，当即拖出室外。那怪物猛然被惊醒，张嘴瞪眼，发出如同撞击石头一样的"咔登咔登"的叫声，并缠住朱佩茝的左腿。远远站着观看的人，纷纷大声呼叫"杀掉它！"朱佩茝则手起刀落，将怪物砍死。只见怪物身上淌出了蓝色的血，溅满朱佩茝的一身，散发出难闻的腥气，直呛得周围观看的人头痛恶心。

朱佩茝杀死怪物后，又剥下了怪物的皮，卷起来收藏起来，还对众人说："我正需要这种皮，做我的三弦胡的琴弦呢！"

朱佩茝铲除了怪物，农妇一家都非常感激；而那个农妇，从此后也没得什么病，一直平安无事至今天。

纸　钱

我有一个朋友是当护军的，名叫景君录，就住在离北京城不远的地方。

有一天晚上，景君录和他的朋友富海结伴一道回家。三更时，他们路经灵官庙。忽然间他们看见有两只粉色的蝴蝶，绕在他俩的身前或身后，轻飘飘地飞舞不停。两个人面面相觑，当时正处在隆冬季节，又是深更半夜，哪还能有什么蝴蝶呢？于是他俩仔细一看，才发现是两张给死人烧的纸钱。

两个人深感奇怪，大半夜的又没有刮风，纸钱竟能飞舞不停，真是有趣。

恰巧这时，有一个人骑马从西边走过来。景君录对朋友说："我们来和他开个玩笑，可好？"富海竟然同意了。

他们快速跑到骑马的人身边说："你胆子可真大。大晚上敢一个人跑到这荒郊野地，你就不怕遇到什么东西？"

那个人便大声喝问景君录与富海说："你们两个人是干什么的？干吗在这里危言耸听。"

富海见他不怕，便说："你可敢到处看看？说不定有鬼在哪里玩耍呢？"

那人将信将疑，用鞭子抽打着马，让它前进。可是那马竖起耳朵，鼻子里还突突喷个不停，任凭骑在马上的主人怎样地挥鞭抽打，那匹马总不肯向前挪动一步。这人只好下了马。景君录便指着纸钱，叫他过来看看。

正在这时，一个敲着梆子、专管报更时的老兵走过来，看见他们这样，警告他们说："我们各走各的路就好，何必多管闲事！就在离这里几米远的地方，已经有两个人突然倒地死去了。"骑马的人听了他的话，当即害怕得上马跑远了。

听老兵说完，景君录和富海两个人却不以为意。他们还很好奇，便径直地去追赶纸钱，一直追到一户人家的矮墙下面，那纸钱竟然飘进狗洞里，再也看不见了，他们方才各自回家。

不到一年的时间，富海就生病死去了。第二年，景君录得了重病，没过多久他也死去了。

兰岩评论道：哪能拿着两个无主的死鬼去吓唬人呢！又哪能有两个纸钱即可降灾作怪、进而致人于死地呢！这是解不开的谜。

三李明

李明是河南省光山县人，他父母早亡，家境清苦贫困，他只好替有钱人家舂米，挣钱养活自己。

李明有一个同乡人是监生，名叫钟秀。有一次钟秀外出的时候正赶上了下雨，他便在李明家的屋檐下避雨。李明见了他，很高兴地将钟秀让到屋里坐下，摆上酒菜，与钟秀共饮。钟秀很欣赏李明的为人，二人互相立下誓言，永结为好友。从此之后，他们二人经常往来，过从甚密。

有一天，钟秀的邻居家遭了火灾，大火延及钟秀家。李明知道后，便急忙跑去救火，又冒着滚滚浓烟，钻进大火里，救出了钟秀。李明在救火时，竟把眉毛与胡须全都烧光了，因此，他俩的交情愈加深厚。

后来，钟秀要到南昌总戎府当幕僚，便把李明也拉上同去了。他们买好船票南下，在坐船的途中，忽然遇上了台风，小船被刮翻。船上几乎所有的人都沉没江底死去了，但是唯独钟秀一个人被山西的老客商搭救上岸，大难不死。

那位山西老客是去南昌做买卖的，他把钟秀接到他的小船上，打算一同去南昌。钟秀问山西老客："先生的救命之恩，我深表感谢。请问先生姓甚名谁？我以后好去报答您。"

老客说："我就是一个山西的商人，叫李明。举手之劳，什么救命之恩的话就不要讲了。"

　　钟秀急忙问："您救我的时候还有没有看到其他人，我有一个朋友也叫李明，和我同坐一条船，你见到他了吗？"

　　老客说："我当时只救了你一个人，其他人都没有救上来。"

　　钟秀心里想：我的好友李明一定死了，可是如今连尸首都无法找到了，如果不是我拉他到南昌来，他也许不会死吧！想到这里他不由悲痛地大哭了一场。山西老客看到他这样难过，便劝慰道："人死不能复生，你也要保重好自己的身体才好。"钟秀想了想也对，方才罢了。

　　他们的船行至湖口时，山西老客遇到了他的同乡，同乡告诉他："你不知道吗？你刚走了几天，你母亲就得了重病，没几天，你的老母亲已经病死了。"山西老客得知了这个噩耗，也痛哭得死去活来。当即决定掉转船头，返航回老家奔丧去。

　　在与钟秀告别时，他说："母亲已经死去，我的心也碎了，来不及为你再谋划什么事，现在只能送给你八两黄金当路费，请你留下吧，你我就此分手了！"钟秀再想请教点什么，可是山西老客所乘的江船，已扬起风帆驶出老远了。

　　钟秀与山西老客分别之后，过了不多时，他就染了一场大病，只好借住在一个寺庙里。他这一病，就躺了一个多月，也不见好转。庙里的和尚很讨厌钟秀病殃殃的样子，每天都嘟嘟囔囔地说个不停。

　　附近有个老人知道了这件事，他非常同情钟秀的遭遇，也厌恶和尚如此的残忍无情，便来到庙里，对钟秀说："你用不着玷污了他这个清净地方，还是到我家里去养病吧。"说毕，他就让仆人收拾起钟秀的行李衣物，抬着钟秀来到家里住下，还请来了医生给钟秀诊脉看病，吃药救治。

　　经过他的悉心照顾，不到十天的工夫，钟秀的病便全好了。钟秀非常感激老人，向他磕头致谢说："老大爷，您对我这个鄙陋浅薄的人，有救命的恩情。晚辈请问您的尊姓大名，我将铭记心中，永志不忘。"老人听了，便一脸严肃地说："我本来就是一个热心的人，一般邻里人一时有困难的事，我都会帮助他们。我们能够遇见也算有缘，本来就应该相互帮助，请你不必介意。老某叫李明呀，今年已七十有二了。"

　　钟秀一听，这是他遇到的第三个李明了，而这三个人都对自己有救命之恩，心里不由得暗暗称奇。老人又问钟秀："公子，你有什么打算？"钟秀说："我本来想去南昌，可是一路上不顺利。"

　　老人想了想便指教他说："你为什么不去找看守江堤的官府呢？或许那几个人有什么方法帮你呢？"钟秀一听，觉得有道理。当即去了看守江堤的官府，提出了要去南昌找总戎的打算。把守江堤的士兵一听，这个人竟是总戎官的老朋友，便跑去报告了他的上司。于是，钟秀便得乘看守江堤的官府命令的江船，顺利地到达了南昌。

钟秀在南昌见到了一地之长官总戎后，详细地叙述了三个李明对他的恩情。总戎听了，赞叹不已，觉得这确是件奇事。

钟秀后来虽没有当上什么官，得到什么爵位，但却成了一个很有钱财的富翁。

闲斋评论道：三个重名的李明，并不算出奇，出奇的是三个李明都能对钟秀有如再生父母的恩情。而钟秀对他的三个恩人有什么报答的举动，竟安心于无官无爵，享受钱财了，这难道是做人的本分吗？

赵媒婆

河南彰德府有一个赵媒婆。她为人精明，因为常常囤积居奇从而获取暴利，积攒了一些钱，过着吃穿不愁、温饱有余的日子。

彰德府有一个恶棍，看中了吴秀才的女儿年轻貌美，就想娶她做妻子。他曾拿出很多的钱，找人为他牵线保媒，可是都没有成功。赵媒婆也为了钱财，便使出浑身解数，利用花言巧语从中挑唆女方，使吴秀才夫妇改变了主意，退了原来的夫家，嫁给了恶棍。可是吴秀才的女儿不愿受此羞辱，与以前的未婚夫一起上吊殉情了。被吴秀才退婚的夫家看到儿子被退婚又上吊了，非常生气，就把赵媒婆状告到了官府。赵媒婆因此吃了官司，被罚银数十两，又罚杖数十棍。赵媒婆感到又悔又愧，便暗暗发誓不再干拆散别人美满婚姻的缺德事。为此，她把家搬到了城郊的羡河铺。

有一天，赵媒婆骑着毛驴进城里去看望她的女儿，回家时已是傍晚。她走着走着，忽然看见从岔路上迎面走来一个穿着黑色衣服的女子，对她行了个礼问道："你不就是替人说媒的赵老太太吗？我正有事找你呢。"

赵媒婆上下打量着这个女子，觉得很奇怪："是呀，我们在哪里见过？"

女子说："您的大名很多人都知道。那就请你掉转坐骑，跟着我走吧！我家女主人有事要托付你办呢！"说完了话，女子即转回身子，在前头领路，准备向着她家走去。

赵媒婆说："好姑娘，我发过誓不再保媒了。你还是另请高明吧！"

女子笑着说："哪个有您赵老太太神通广大，我家主人家境殷实，少不了您的好处。"

这时，赵媒婆听了她的话在心里暗想，为吴秀才女儿的事，不但遭到一顿羞辱，还损失了一大笔银子，自已也很长时间没有再保媒了。这个女子举止行动看上去不一般，准是一个有钱有势人家的丫鬟，跟着她去，定能得到很多的赏钱，何乐而不为呢？

赵媒婆心中这么一想，颇为得意，因此就骑着毛驴跟随在那女子后面。不一会儿他们下了大道，拐上一条小路。大约走了数里路，到了一座大院落的门前，那门楼高有丈余，一派世家门第的气魄。

那女子指着院子对赵媒婆说："这就到了。家里当家的老爷有事外出，带走了一大半的书童和仆人，所以家里男人很少，您老就进屋吧！"随之又接过毛驴缰绳，拴在院子里的树上。她们到了大厅里，早有好几个丫鬟、婆子在那里等着，她们一见赵媒婆，便都欢喜地说："婷婷你果然带来一个保媒的。我这就去告诉夫人。"随后一个小丫鬟便进屋里禀告去了。

不一会儿，小丫鬟传话说，夫人让赵媒婆到上屋去坐，她在那里等候着。于是，赵媒婆在丫鬟的引领下，穿过几进院落，方才到了上房的正厅。

赵媒婆一进门，先作了个揖，才抬起头打量着屋内。只见一位四十来岁的夫人，倚在靠枕边坐着。赵媒婆当即跪在地上，连连磕了几个头。夫人叫丫鬟扶她起来，让了座位，便悠悠地说："我是山东大名府人，姓郑，十几年前流落来河南。我的丈夫姓卢，官至侍郎，现已死去多年。今天之所以叫丫鬟请你来我家，是因为我的三儿子已长大成人，却没有找到一位好媳妇。老太太若能为我家攀上一门有钱有势的人家，结为亲家，必定重重地酬谢你。"说完，她叫丫鬟将三公子请来了。赵媒婆看到，这位三公子长着高高的个子，风流潇洒，俊逸倜傥。于是她尽力地赞扬说："我们先不说这位公子是如何的聪明伶俐，才华横溢。就单单从公子这一份漂亮的外貌，便足以压过天下所有的王公诸侯了。我这个老太太若是能够倒退三十年，一定要拼命地嫁给他为妻做妾。你们看这样的美男子，谁家有姑娘，不愿意有这样的好女婿！"听她这么一说，夫人身旁的人都笑了。

夫人也笑着说："好个油滑的嘴！怪不得你当媒婆发了家呢！不过，我这个老太婆要想提的这门亲事，乃是本街偏东头薛参政的女儿，是一个世族之家。薛参政已经死去，老夫人牛氏挑选女婿的条件极苛刻，而且又好起疑心，往往是婚事已经谈妥，没过几天又反悔。赵媒婆，你先自已谋划一下，能将这事一拍即合，不要反悔吗？"赵媒婆自信地拍拍胸脯道："老身一生办事，不习惯说模棱两可的话。就凭我这三寸不烂之舌，管保让此事成功。"

夫人听了，非常高兴，立即吩咐丫鬟给赵媒婆端上饭菜，要她吃完饭后即去薛家。赵媒婆看了看天，说："现在天色已晚，老身明天早晨再去。"

卢夫人摇摇头说："这件事情不能迟缓，迟缓了恐怕半途有变动。"赵媒婆为了赚钱只好连夜去说媒。卢夫人吩咐婷婷与赵媒婆同去。她们向东走了二里来路，就到了薛家。

薛家的气势看上去比卢家还大，大门上镶着鸟形的铜钉，兽形的铁环，富丽壮观。赵媒婆讲明来意。薛夫人说："老身也早已听说过卢家的三儿子，他并不是一个恶浊肮脏的浪荡公子，可就是我们都未曾亲眼看过其人的面貌。"

赵媒婆说："夫人信得过我老婆子，我看过的人多了，没有一百也有八十，也不曾见过像卢家三公子这样才高貌美的人物！将来若不是大富大贵之人，我这老婆子就亲手挖下自己的两个眼珠子来！"

薛夫人笑着说："你不必如此说，卢家三公子我确有耳闻，他是个人才，老身决定答应这门婚事。不过这几日，小女去看望舅舅，三天后才能回来。劳烦你回去告诉卢家一声，清明节以后将彩礼送来。我们再择定吉日完婚。"说完，她又让人拿出二十两黄金，送给赵媒婆，以表谢意。然后她又下令仆人摆上酒菜，款待赵媒婆与婷婷。赵媒婆见水果盘里有棠梨，黄澄澄的非常好看，便偷偷揣了几个放在怀中。

回到卢家，赵媒婆洋洋得意地向卢夫人说了薛家的态度，又吹嘘了自己一番。卢夫人听了之后非常高兴，也赏给了她四十两黄金，外加一条红色束带。然后，她才吩咐婷婷送赵媒婆走。

赵媒婆骑上毛驴出了卢府，颠儿颠儿地向家走，嘴里抱怨着："卢夫人太小气，为何不让我老太婆住上一宿，黑天半夜地把我往回撵！真真小气！"

她到了家门口时，天才刚刚亮，她的儿子和媳妇还没有起床。赵媒婆看到儿子和媳妇这样懒惰，非常生气。于是她用赶驴的鞭子狠狠地敲打叫门。儿子听到了敲门声吓得光着脚板，急忙出来开门。

一见到赵媒婆，儿子问："母亲，你不在妹妹家多住几天，为什么这样快就回来了？就算要回家也该白天回来，怎么要走夜路？"

赵媒婆得意地把事情前后经过向儿子、儿媳说了一遍。她边说边将手伸向怀中掏那棠梨，准备交给儿媳给小孙子吃，可是打开手帕一看，只见里面竟是几十个蝌蚪，泡在墨汁一般的黑水里，尚有一两尾活的，还在慢慢地蠕动着。全家人一下子惊呆了。赵媒婆猛然一激灵，再急忙去看卢、薛家赠的黄金时，才发现也已经变成上坟用的金镏子，那条红束带也是纸折的。

赵媒婆看到这些傻呆呆地站立在那儿，如同一段木头，好一阵子，她的喉咙里"咕哇"一声，随之便吐出了一升多的脏水和无数片树叶。直到这个时候，赵媒婆方才明白她是遇见鬼了，由此得了一场大病，过了半个多月才见好。

兰岩评论道：赵媒婆改做别的行业，已经很长时间了，又被金钱打动，以致遭到鬼怪戏弄要笑。每每见到世上有些人，当他遭到羞辱、困窘已极的时候，未尝不立志向的。但是，一旦有重金引诱，便会犯老毛病，有些人甚至置身家性命于不顾，终于身败名裂，难以收拾和挽回。呜呼！故而，见利时一定不能丢弃德行与骨气呀！

三官保

我的朋友景君录，他曾对我讲过他有个表弟三官保的故事。

三官保是满族旗人，他长得非常英俊，一口白白的牙齿，一双亮亮的眼睛，身上的皮肤雪一样白净，头发蓬松茂密，非常讨人喜爱。

但是，三官保的脾气和他的外貌极不相称。他好意气用事，不肯屈居人下，好以势压人，恃勇逞强称雄，经常打架斗殴。常常和人一句话不对劲，便拳脚相加，大打出手。就是被别人打得皮开肉绽，也决不吐一句软话，很有一种北宫黝之风。因之不知道他本性的人，还能够同他接近；若是知道底细，则必定避而远之。邻里人给他送了一个外号叫"花豹子"，意思是他虽外表好看，内里却粗暴强横，凶悍无比。

那里还有一个姓佟的，叫佟韦驮，也是城北市面上的一只恶虎。佟韦驮原来并不认识三官保，有一次他俩在茶馆里相遇，两个因为一句话不对劲，两下里就殴斗了起来。佟韦驮的一伙朋友极力从中调解，也是无用。

佟韦驮对三官保发出话来："你既然自称为好汉，敢不敢于明天早晨，在地坛后面等我？"

三官保听了，用手一拍胸脯，一蹦老高，指着自己的鼻子说："我三官保岂能怕别人么？若是怕了你，我倒着爬出北京城！"约定好了，他们各自散去。

次日，天刚放亮，三官保独自一个人直奔地坛而去。不一会儿，佟韦驮带了一帮人吆五喝六地来了。

三官保见了，便迎上前去，大声叫道："我一个人，你却带了一帮人来这里，你们不是想打我吧！"

佟韦驮回答："的确如此，我们就是来收拾你的。"

三官保听了，便大笑着说："我若是害怕被你打，岂敢一个人来到这里？任凭你们这帮耗子随便来吧！我若是皱一下眉头，叫一声痛，就算不得好汉。"说完，他脱下衣服，光着膀子躺在地上说："别弄脏了我的衣裳，快来打！"佟韦驮的人蜂子一样涌上前去，木棒、铁棍如同下雨似的乱打一顿。

顷刻之间，三官保的全身被打得没有一块好地方，他的四肢都不会动弹，却依然嘲笑怒骂不停。佟韦驮见状大怒，当即又拿出一捧棘刺，狠狠刺入三官保两只脚趾的指甲缝里，又用有二寸来长的猪鬃插入三官保的尿道中，三官保却仍旧骂不绝口，毫无告饶之意。

佟韦驮看到他如此都没制服三官保，反而对他佩服得五体投地。他扔下木棒，跪倒在地，抱住三官保说："你真是一个神人了，我们这帮人自认不如你，甘居下位。我愿意侍候你一辈子，不知你肯不肯留我？"三官保见对方被自己征服，不无得意地点头同意了。

于是，佟韦驮将三官保抬回家里，为他请医治病。两个月后，方才治好他全身的创伤。从那以后，三官保与佟韦驮结拜为把兄弟，共同出入，形影不离。邻里们见此情景，都暗自担心，今后再无好日子过了。三官保的家住在安定门附近，在安定门外旧营房的东面，有一个关帝庙，三官保与佟韦驮一帮人，时常聚集在庙里饮酒作乐，比武练艺。

一天，他们正在一起谈笑，有个人走进庙中，问众人道："你们听说城南有个张阎王吗？"

三官保说："听过！可是没有见过。"

来的那个人咧嘴一笑说："那就是我呀！"

三官保问道："你来到这里干什么？"

张阎王听了，便从裤腿里拔出一把匕首，约有七八寸长，异常锋利。然后，张阎王抬起了一只脚，踩在石头上，再把匕首按在膝盖上，便炸开满脸胡子，瞪着双眼对三官保说："北京城里，谁不知道我张阎王是条好汉，我看你这长相，不过是一个女人，戴一顶男子的帽子罢了，其实只是骗了一个花豹子的虚名，这能不叫真正的好汉们丢脸现眼吗？今天我特来与你较量一番，也来正正好汉们的名声。"

三官保一听，先是用眼斜瞅了一下张阎王，而后就笑了。他回头看了一下佟韦驮，说："人们常说谁也不敢到丧门星头上找岔起刺，今天看来，还真有这样的人！试问你怎样同我较量？"

张阎王说："拿这把匕首，扎你自己的肌肉，脸上不能表露克制忍耐怕痛的样子。你能行吗？"

三官保笑着说："你要是叫我把泰山搬过北海，这个或许我办不到。但是这点小事，哪有不行的？"说完，伸手接过张阎王的匕首，后退几步坐在石头上，挽起了右腿裤子，指着大腿，问张阎王道："扎这个地方行么？"

张阎王回答说："可以。"

三官保又说："你先站好了，爷爷今天让你开开眼，长点见识。"随之一刀扎在大腿上，深深拉开口子，刀尖刻得骨头吱吱有声，瞬间划出"天下太平"四个字。只见那腿上的皮肉翻翘起来，肉块突起，鲜血汩汩流淌到脚跟。旁观者见了，无不惊心动魄，浑身打战。三官保却谈笑自如，毫无痛苦之色。

张阎王见了这般光景，倒地便拜，口口声声说天下再没有第二条这样的汉子，并央求三官保一定收留下他。三官保欣然答应。从此之后，三官保以佟韦驮和张阎王为左右手，愈加恣肆横行，没有什么可忌惮或害怕的了。

这年正月十五日，是元宵佳节的夜晚，三官保与佟、张三人在四牌楼逛灯会。

灯会结束后，他们几人到一家酒楼饮酒。邻桌有几个人，其中一个大约有三十来岁的人，他身穿狐皮袄，头戴貂皮帽，身材肥胖高大。在他的身边紧挨着一个年轻人，大约二十来岁，他头上戴着紫貂帽，身穿黑色羊羔皮袍。另外还跟着八九个健壮的仆人。他们不时向三官保等人瞟过来几眼，然后又悄声说着什么，之后就发出一阵大笑。

看这情形，三官保很清楚地知道，他们在议论自己，因他不知对方的底细，不好发作。

过了一会儿，那个年轻人站起来，走到三官保的桌前说："元宵佳节，在此相遇，一定是缘分注定的了，我们何不豪饮一场呢？"佟、张二人一听，顿时来了火，蹦起来就要动手打架。

三官保则用眼神示意二人不要动武，嘴上道："喝酒怕什么？我陪二位来喝！"于是他便走向那张桌子。那个年轻人拿起他喝剩下的酒对三官保说："小哥哥若是能把这点酒喝干了，才够得上一个好样的。"

三官保当即站起，一只手拿着酒杯，一只手握住他的胳膊，狠劲地一扭，年轻人便大声呼叫，蹲了下去。而那个中年人还以为他俩是在闹着玩，正要鼓掌欢笑时，三官保一回胳膊肘，猛地撞在他的前胸上，中年人当即仰脸倒在地上。这时，佟、张二人也上来相助，起脚猛踢狠踹，直打得那两个人滚在地上，叫苦不迭。他们带来的随从正要出手，三官保与佟、张二人则大打出手，挥舞拳脚，锐不可当，地上横七竖八地很快躺下一片，一个个哭爹叫妈的，直吓得座位上的客人纷纷逃避，而三官保等人却无一受伤。三人见打了胜手，互相递一个眼色，然后迅速地直奔楼下，逃之夭夭了。待那些官兵闻讯赶来时，三官保等人连个影子也找不到了。

第二天便传出消息说，有一个宗室公子，在一家酒楼被一帮胡子打了一顿，官府正在缉捕这帮胡子。三官保听到自己打了贵公子，好不开心。

有一年夏季，三官保带领佟韦驮和张阎王去郊外游玩。他们走到一处墓地，三官保哀叹他从未遇见过能打败他的对手。

佟韦驮说："北京这个地方，可算是广阔如同大海，哪能没有超群的人才？可惜我们这辈子没遇上罢了。"说完，他指着一处坟丘说："老弟知道这是谁的坟么？这是余斑龙的呀！余斑龙是山东临清县的一个回民，外号余大汉。他活着的时候，曾闯荡江湖，后来发家致富，家中有数千两黄金。人们说他有李存孝之勇。一次，他与勇士马猛比武，马猛挥动铁链鞭，直劈他的脑袋。可是余斑龙奋力用胳膊一抵挡，竟使铁链鞭飞出二十步开外，落在地上时又折断为三截。余大汉曾生拔鹿角，所以得个外号叫余斑龙。咱们这些人，出世较晚，没能与他同处一世，未免可惜。贤弟可不要小看天下人，恐怕余斑龙若能在阴间有知，必在地下耻笑我们的。"

三官保听这话很有些不入耳，便发怒说："余斑龙的事，传说得太离谱。我若是遇到李存孝，一定拜他为师；但是见到余斑龙，还不知谁胜谁败呢！"

他刚刚说完这句话，天上忽然下起了大暴雨，雨一直不停地下到傍晚，还没有停的意思。三个人被困在野外，无法回家。正行走间，突然他们看见在百步之外的树林里，露出了屋脊的顶端，就知道那边有座房子。

于是他们三人便疾速向前赶去，近前一看，方知是座废弃的古庙。佟、张二人高兴地说："我们三个在这里可暂时睡上一宿了！"说完，扫出一块干净的地方，打开随身带来的酒菜，便坐下喝起酒来。

过了很长时间，雨才停，雨过天晴，月亮升上了天空，夜已三更了。这时，三官保忽然感到门外有人向庙里偷看，便喝问："窗外是谁？难道你们不知道是花豹子与佟韦驮、张阎王在这里么？"

他的话还没有说完，那个人便打开门走进屋，指着三官保大笑说："今天我来同你较量，看看到底是谁胜谁败！"三官保一听大怒，飞起右脚踢将过去，那个人不慌不忙地用手一挡，只见三官保"哎呀"一声，扑通跌倒在地。那人又抓起三官保的胳膊，倒退着走出门外，将他掷出老远。三官保竟同秋风席卷的树叶一般滚落到墙外老远的地方去了。与此同时，那人也消失不见了。

佟、张二人看见了，大声呼喊着追赶了出去，可是那人早没了踪影。等他们再去寻找三官保时，发现他已经不见了。他们一直找了大半夜，到天亮的时候，方才在余斑龙的墓旁，找到了三官保，他正瞪大眼僵硬地躺在地上。看他的样子，好像是做梦招来了鬼。他俩又呼叫了好长时间，三官保方才苏醒过来，但却不能走动一步。佟、张二人只好背他回家去。到了家里，他们再仔细一看，三官保右脚上的五个脚指头都折断了，脚背和小腿也都肿胀起来。

这件事后，三官保仿佛大彻大悟了一般，性格也发生了变化。他不再聚众闹事，挥拳踢脚。从此他只是用心读书，倍加努力，为人温顺有礼，谨慎谦虚。曾经有好事者不相信他会脱胎换骨，几番试探，三官保打不还手，骂不还口，完全是文人风度，这才信服。

后来，三官保应征入伍，当上了羽林军，在从征缅甸时阵亡，死时他刚刚二十岁出头。

恩茂先评论道：一次跌倒，就能醒悟，下决心改过，所以说像三官保这样的人，才是真正勇敢的人。

倩　儿

福建潮州府有一个有钱的人，俗称老江头，世居福建南安县。他生有一个儿子，叫江澄，小名江蛮秀。自古以来，潮州地区的人，把最好的称为蛮。因为江澄从小就长得特别的俊美秀丽，所以在起名字的时候，就用了这个蛮字。江澄十七岁时，进入府学深造。

江澄的母亲姓萧，有位舅舅曾当过部郎，但是后来生病死去了。他留下守寡的舅母王氏，主持萧家的家务。舅舅死后留下了一子一女。女儿大，小名倩儿，与江澄同岁。儿子还很小，才刚刚六岁。

倩儿长得漂亮可人，所以很多官宦人家都争抢着要与萧家结亲，但都被王氏婉言谢绝。

江澄与倩儿自幼一起长大的。两人青梅竹马，两小无猜。后来他们长大，江澄要上学读书，倩儿则在家里学做针线女红，他们见面的日子就不多了。然而每次他们见面时，二人总是情意绵绵，恨时无多。

一次，王氏过生日，江澄与母亲同去祝寿。正赶上了大雨天，江澄母子不能回家，只好留宿于倩儿家里。夜里，萧氏与王氏姐妹只顾谈论一些家中琐事，江澄和倩儿无事，在大厅里玩骨牌。玩耍间，江澄几次触着倩儿温软的手腕，顿时心旌摇动，忍不住撸开倩儿的衣袖，露出洁白如雪、滑如凝脂、嫩如细藕的手臂，细细把玩。倩儿只是捂着嘴儿"吃吃"地笑。

倩儿有个丫鬟，名叫春兰，聪明俊俏，因此倩儿非常担心春兰勾引江澄，便想方设法，使春兰没有接近江澄的机会。然而春兰也有意于江澄，便对倩儿怀恨在心，天天寻找机会，想从中惹是生非。

有一天早晨，江澄有事要见王氏，王氏当时还没有起床，倩儿却早早地起来了，散乱着头发，站在栏杆旁边，一边抽着烟，一边看花。江澄看见她，便笑着凑上前去，向倩儿讨要烟袋。倩儿只顾看花，就没有搭理江澄。江澄突然向前，搂住倩儿脖颈亲吻起来。没想到这情景被春兰看见了。随后，春兰偷偷地把这件事告诉了王氏。

王氏听说之后非常生气，叫来倩儿，追问她与江澄可有亲吻之事。倩儿拒不承认，王氏说："这是春兰亲眼见到的！你个无耻的丫头，还想嘴硬么？"倩儿当即脸红到脖子根，立刻责骂春兰："你是我的丫鬟，我待你不薄，你为什么胡说八道毁我名节？"

春兰听了她的话，便含笑跪下说："奴才哪里是胡说呢！小姐当时正靠着栏杆抽烟，四少爷来了，为了抽你的烟，求了好长一阵子，小姐才让他抽了三口。要没有这事，奴才怎敢乱说呢？"倩儿羞愤至极，气得掩面大哭。王氏再找江澄时，他已溜走了。

王氏虽然很喜爱女儿，但这件事情关系到萧家门风，因此她感到特别生气，狠狠斥责了倩儿一顿。萧氏也知道了这件事后，她就告知了江澄的父亲。江父盛怒之下，狠狠地打了江澄一顿，从此不许江澄再去舅父家。倩儿哭泣不止，一整天不吃东西，到晚上便上吊死了。王氏见女儿惨死，哭得死去活来，但是悔恨已经来不及了。

倩儿死后，江澄日夜思念她，竟然神志昏乱了。他终日总是胡画乱写"咄咄怪事"四个字，同时还闹着要去倩儿的坟上，被家里人强行拦住才没有去。

到了七月十五日中元节时，江澄的父母恰巧都生病了，他们不能前去祭扫祖坟，就让江澄前去扫墓。江澄趁此机会到倩儿坟上，狠狠哭了一场，以泄久压在胸中的忧郁。

哭了很久，江澄才发现天已经黑了。因此当天晚上，他没有回家，就住在了看坟人的小房里。可是他翻来覆去就是睡不着觉。

二更天时，万籁俱寂，只有风吹树林发出呜呜的声音。几只萤火虫，发出星星点点的亮光，飘落起伏于秋天的枯草丛中。在这样荒凉的夜晚，江澄又想起了倩儿，想那昔日风采照人的弱女子已化作一抔黄土，他们一对有情人相隔于阴阳二界，再没有相见的机会，不由泪如雨下。

这时，天河出现，银河转动，树影不时掠过窗前。恍惚之中，听到门外有轻轻的敲门声，时停时敲。江澄听了，便披上衣服去开门，见有一人站在门前，仔细一看，正是倩儿。江澄喜出望外，当即上前拉着倩儿的手，进到屋里，相对而泣。两人一个说他离别的怨恨，一个倾诉分离的哀愁。彼此吐露心声后，两个有情人情深意浓地亲吻拥抱在一起。

倩儿请求江澄说："自从我们分手后，我日夜思念你。这样吧！你就对父母撒个谎，说这里读书清静，你要搬到这里来住，那么我们就可以长期厮守在这里了。"

　　江澄摇摇头说："这个办法也不妥。现在两位老人有病在身，况且家里已请了教师，所以住在这里毫无理由，还是另想别的办法吧！"倩儿点点头。过了一会儿，倩儿又说："我想回家看望我的老母，你能带我回家去吗？"江澄答应了。

　　他们刚刚走出门外，江澄就觉得自己的身体变得轻飘飘的，像是驾了云，他不由得闭上眼睛，听得两耳忽忽生风。当他再睁开眼睛时，竟然已经到了萧家。他们进了内室，只看见王氏坐在那里一边流泪叹息，一边嘱咐家里的人明天准备好香火、纸钱，她自己要去倩儿的坟上祭奠。倩儿刚要上前，又停住脚步，退了出来。江澄奇怪地问："你为什么这样来去匆忙？"倩儿回答说："五更鼓声就要响了，那时我就回不去。"说完她拔脚就走，江澄紧跟其后。他们来到一座洞前，那洞门只有灯口一般大。倩儿把江澄拉进洞里，江澄觉得自己的身子变得很小，只有几寸长。

　　洞里很小，四壁都是木板，顶棚很矮，他只能屈膝蹲着。倩儿哭泣着对江澄说："我的阳寿没有到头，阴曹地府不收留我，所以我的阴魂只能守在这里。现在，我的尸首依然完好，没有腐烂，你若是不嫌弃我的话，可告诉我母亲，去南关求那个在街上讨饭的病疥僧，为我祈祷招魂，我就可以重返人间了。"

　　这时，江澄方才知道眼前这个竟是倩儿的魂魄，这个山洞就是装殓倩儿的棺材。于是，他惊喜地答应了倩儿的嘱托。谁知倩儿说完竟不见了，江澄急得大叫，猛地坐了起来，竟把守在他身边的父母吓得后退了几步。随后，两位老人止住了哭泣，对江澄说："儿子呀！你终于醒过来了！"江澄呆呆地问父母："我怎么在这里呢？"萧氏说："儿呀，你还在做梦呢！你一睡不醒，已是一天一宿了。我们都认为你不能活了，想不到你竟醒转过来，真是上苍保佑啊！"

　　江澄始终没忘记倩儿的嘱托，回家的路上，他设法打听到了南关那个讨饭的和尚，并向他说了事情的前后经过，请他务必救人一命。和尚笑着说："不谙世事的少男少女做了错事，叫老僧又得多做一件善事了！"说完，就同江澄一起去见舅母王氏。江澄告知舅母和尚能够救活倩儿。

　　舅母王氏听了后，半信半疑。但是又一想，或许和尚能有特殊的办法，就由他随意处置。他们一群人来到倩儿墓地，掘开墓丘，取出棺材打开一看，见倩儿脸上的颜色果然未变。那和尚又用手从倩儿脑袋到脚跟统统捏了一遍，说："姑娘已死二寸了！"众人不解其意，和尚解释说："倩儿的尸体好比挂在绳索上的干鱼，虽她存留的日子不太长，但也有些腐烂。假如拖延过七天，就不能再复活了！"说完，他就将手伸进他的皮口袋里，取出了一粒如同小米般大的红药丸，塞进倩儿口中，然后再嘴对嘴地使劲吹气。过了一会儿，就听见倩儿发出细小的声音，渐渐地全身上下有了暖气，只是不能开口说话，她握住母亲的手，两行珠泪滚落下来。

王氏又惊又喜，她跪在地上给和尚连连磕头，把面额都磕肿了。那位和尚见了，笑着走开了，转眼的工夫，便没了踪影。

倩儿回到家里，卧床养病一个多月，才恢复得和以前一样，只有两只脚及后跟处，常是寒冷如冰，看来和尚所说已死了二寸之说，就是指这个了。王氏也看到江澄如此的重义气、重情义，被他的举动所感动，就决定将倩儿嫁给江澄为妻。婚后，两人的感情一直很好。

我的长官周老先生与江澄的父亲有深交，对于江澄和倩儿的事情，知道得很详细，并曾经对我讲述过这件事。

兰岩评论道：天底下的男女之间的情爱事，本来可以顺乎情理，而成全美事。但是往往生出众多的波折与意外，致使美丽而善良的少女，含冤于地下；钟情而多才的男子心中永留创伤，终成千古恨事。然而这又是通过那些不懂新事物的妇女，拘泥固执陈腐观念，轻率地加以干预所造成。所幸上天不忍心叫这一对感情特别深厚的人，因伤心而死去。就有这么一个有特异法术的和尚，出面成全了江澄与倩儿的婚事。可叹，人世间哪能常有这样的好和尚，使忠贞于爱情的人死而复活呢！

某领催

内务府有一位领催，家住阜城门外的一个村子里，离北京城有七八里远。他每天办完了公事，就骑着一匹健壮的骡子，出城回家。有时公事太多了，他也会挨到半夜才返回。

领催回家的路旁，有一口水井。领催每次路过这里，他骑乘的骡子都一定要到这口井上饮完水，然后才会继续赶路，这几乎成了他的习惯。在离这口井几十步远的地方，有一条小道。如果走这条小道回家，就会比走大道要近一里多地。虽然这条小路非常的荒凉偏僻，但是那头骡子又走惯了这条小道，领催也就随其自然。

有一天，领催离开内务府准备回家的时候，天色已晚。他刚要出城时，遇见了一位老朋友，老朋友热情地拉他到酒馆里喝酒，他盛情难却，因此又逗留了一段时间，方才回家。等他到了那口井边，骡子饮水完毕，时间已是二更。那时正是初秋季节，树叶茂密，小道两旁的庄稼地里长满了高粱、谷子。虽然天上有一轮半月，也被薄云遮蔽住了，所以周围显得黑森森的，很是怕人。

骡子刚刚踏上小路，他就看见有一点亮光从远处过来，这个亮光移动的速度很快，他隐隐约约地好像听到了马蹄声，看起来很像一个打着灯笼骑马送信的人。领催心中暗想，快半夜了，是什么要紧的事这样紧迫呢？

不一会儿，那声音又渐渐地近了，这时那头骡子竟然竖起了耳朵，用鼻子突突直喷，惊慌地跳到庄稼地里躲藏了起来。那灯光顺着小道，来到了眼前，领催仔细一看，原来并不是什么骑马送急信的人，而是一个没有上半拉脑袋的妇人，浑身上下裸着，满身是血，用两只手捂着头顶，嘴和眼睛都朝天。脖子上有血，已经干成青绿色，发出荧荧亮光。转眼的工夫那妇人便走远了。

领催吓得毛骨悚然，急忙打着骡子跑回了家。一进家门，他的脸就吓得煞白，就把刚刚见到的事向他父亲述说了一遍。领催的父亲听了以后，警告他说："夜深人静的时候，荒郊野外是什么事都可以见到的。你刚刚所遇见的事情，正如神话中传说被砍掉脑袋、葬埋于荒野、又时时出来游动的一类人物。一旦见到了这种东西，你准会遭灾。今后一定要趁着天亮早点回家。如果太晚了，不妨到亲戚或朋友家里住上一宿，再不要贪黑赶路了。"领催点头遵从了。

就这样几个月过去了。有一天，领催又有事耽搁了，出内务府时天色已很晚了。他想起家里的孩子正在出天花，心里非常着急，想回家看看。但是，心中又惧怕还会遇见怪物。思来想去，犹豫再三，还是决定回家去。当他经过曾经遇到怪物的地方时，又见到远处有灯亮，并伴随着响声向他走来。这回不是一个，而是三个了。领催见了，想立刻找个躲避的地方，因此离开小路，加鞭将骡子赶到地里。可是这时，地里的庄稼早已收割完毕，空荡荡的，一眼可以看到很远的地方。

不一会儿，三个怪物来到他的跟前，形状都和前次一样，只是增加了一个男的。领催所乘骑的骡子见到这些怪物，惊得怪声嘶叫起来，而那三个怪物则停了下来，站着向领催啾啾啾叫了几声，声音如同小孩子玩吹芦管。领催早被吓跑了魂，竟坠落在地下，昏死了过去。骡子则一路叫着跑回了家。领催的父亲见骡子跑回家来，就知道儿子出事了，立刻聚集起全家人，带上兵器，拿着火把，一路寻找过来。远远地就看见领催躺在野地里，众人将他抬回了家。呼救了半个晚上，他才苏醒过来了。领催向家里人诉说了遇见三个怪物的经过，全家人个个惊得目瞪口呆。

领催的父亲为了避邪，买来黑色的羽毛，用它来祛除儿子的灾难。但是毫无效用，领催生了一场大病，药石无用，过了几天，他便死去了。

兰岩评论道：莫不是领催前世作恶有宿仇吗？或者是人世间的势力衰败，阴府的势力强盛，导致领催的死期来到了。不然的话，那些怪物生前又不是他害死的，为什么只是两次遇上了，竟能使领催死去？

卷四

秀　姑

　　太原有个布客叫田瞵的，容貌很美，喜吟诗文。田瞵小时便失去父母，兄弟也都死去，只剩他孤身一人。这年，他刚二十岁，形单影只，凄惶不堪，亲朋故旧都不愿搭理他。田瞵觉得在家乡混不下去，便将自家田地房屋全部卖掉，卖得百两银子，到京城搞了半年运输，又挣了百两银子，便想回家娶妻。于是，他赶着毛驴携带着行李便出发了。

　　快出京城的广宁门时，到菜市口正碰上秋决犯人，在街市上置刑场，道路被阻塞，不能前行。田瞵年轻，喜欢热闹，便也挤在人群中，伸长脖子，踮起脚后跟看杀人。过了很长时间，他觉得腰间忽然轻了，用手摸去，发觉身上所带的盘缠全没了，大概是被划包的人偷走了。田瞵顿时瞠目结舌，手足无措。幸亏还有一条毛驴，田瞵便将毛驴牵到市上，连同鞍辔一道卖了五两银子。至于娶妻的念头，早就跑得无影无踪了。卖了驴，田瞵独自坐在客舍中，到晚上，翻来覆去想不出办法。猛然间，他想起姑母早年嫁到卫辉，何不去投奔姑母？于是，第二天一早，他便背着行李上了路。

　　快到顺德时，天色已昏黑。田瞵看看四周旷野，荒无人烟，便快步往前赶。隐隐约约地看见前边树林里灯光闪烁，从北向南游移。田瞵才稍稍定下心，急忙快步向有灯火的方向走去。走不多远，见一位披着头发的婢女，手提一盏白葵花灯，引着一女子在前行走。那女子绿衣红裙，约有十八九岁，是一位绝代美人。田瞵便跟随其后，相距很近。那女子回头看见田瞵在后面跟着，便催促婢女快走。田瞵也加快了脚步。女子边走边回头，像是很慌张的样子。走了几里路，女子浑身是汗，气喘吁吁。她停住脚对婢女说："稍停一下，让走得快的人先走。平白无故跟着我们，成什么体统？"那女子说话的声音就像微风吹动箫管，非常好听。田瞵听了，不禁神魂颠倒。他快步走到路边，朝那女子作了一揖，说道："小人迷了路，不知道往什么地方去，想跟随小娘子找一个住的地方，不知道小娘子肯不肯借给我一席之地呀？"女子用袖子掩住脸，侧过身咯咯地发笑，向婢女小声说："竟有这样鲁莽的人！"婢女也吃吃地笑个不停。良久，女子忍住了笑，说道："我家有母亲主家，我是百事不管也不参与。你暂时到我家，我试着为你说说情，是走是留听她决定吧！"田瞵连声表示同意，便又跟着女子前行。

又走了一里多路，才到了女子家。只见门户整洁，俨然是富庶之家的气派。婢女上前叩门，一位老妇人出来开了门，张口便唠唠叨叨地埋怨女子为什么回来得这么晚。女子答道："女儿被阿楠纠缠住了，摆脱不了，如果不是婢女假传娘的命令，几乎不能回来了。路上碰见一个迷了路的男子，再三央求给他找一个住的地方，吵闹个不停。不知道今天出门，碰撞了什么凶煞神，让人好不烦恼。"老妇人说："迷路人是什么东西，能随便向闺女家借宿？如果让我遇见，就挤掉他的两个睾丸，看他还敢不敢在人前轻薄！"女子用牙咬着衣袖笑着，斜着眼睛看着田瞵说："听见了吗？你的打算落空了，还是趁早到别的地方找住处吧，免得母亲责骂。"

田瞵来回看看，正要离开，老妇人叫住了他。她举着灯烛照着田瞵仔细打量，说道："这人的脖颈像山西人那样瘦，牙齿像山西人那般黄，这是水土造成的。看这小男子脸白而头发浓密，脚大腿长，像是山西人。你是山西人吗？"田瞵说："是的。"老妇人说："既如此，那么我们就是老乡了，在我的小舍里住有什么难的？暂且委屈住一夜吧。"说罢，将田瞵引进屋，摆酒款待。

席间，老妇人问田瞵姓什么，田瞵说姓田。老妇人说："我娘家也姓田，原籍是太原的。"田瞵道："原来如此。"老妇人又问："你是十八都田布商的本家吗？"田瞵一听，欠起身回答妇人道："田布商正是我的祖父。"老妇人吃惊地说："田布商是我的父亲啊！你父亲叫什么名字？"田瞵道："终亩。"老妇人大惊，起身握住田瞵的手，端详他的面孔，说："你果真是田十二的儿子啊！我离开家的时候，十二弟才十三岁，还没有给他说亲。离开家后，我和家里的音信隔断，将近四十年了啊，你们都长大成人了！我是你父亲的姐姐，你的姑姑。你虽年轻，难道没有听说有个三姑母嫁给卫辉杨家做媳妇的吗？"

　　田瞵猛然间听到这些，悲喜交集，急忙拜倒在姑母的膝下说："侄儿就是到卫辉来投靠姑母的，没想到竟在这里相遇了。"老妇人将田瞵拉起，哭着说："我移居在这里十二年了，不是凭借老天的缘分，我们怎么能在此巧遇呢？你父母他们好吧？"田瞵也哭着说："侄儿七八岁时，父母就去世了。两个哥哥一岁的时候，也都病死了。家中衰败，到今天只剩我孤身一人。"老妇人叹息感伤了很久，又问道："侄儿年龄有多大了？"田瞵说："二十岁。"老妇人对女儿说："他是你的表兄呢！"女子向田瞵拜了拜，田瞵也回拜了女子。老妇人说："姑母没有儿子，只生你妹妹一个，取名叫秀姑，娇生惯养，什么事也不管。今年十八岁了，还没有说亲。你姑夫死后，家中就没有男人了。幸亏侄儿你来了，可以帮我照管门户，再留心为你妹妹找一个人家，那我的心事就了结了。"田瞵说："表妹这么漂亮聪敏，不怕不被世族人家娶去。"说完眼睛直瞪瞪地盯着秀姑看。秀姑两颊飞红，默默地低头玩弄着衣带。老妇人问："侄儿娶妻了吗？"田瞵："还没有。"老妇人说："有姑母在，侄儿不要担心没有好媳妇。侄儿以前做什么生意？"田瞵说："从前在京城做小本生意，挣了些钱，没想到让盗贼偷了去。眼下除了我的身子之外，再没有别的东西了。我想，姑母是嫡系，一定不会嫌弃侄儿是多余的人，因此从千里以外前来相投。"老妇人叹口气说："咱家世世代代经商，从没有白吃饭的。侄儿命中不幸，遭到了凶祸，使祖先的业绩中断，真惭愧我帮助你太晚了。你应当节俭，积蓄些资财。侄儿不妨仍旧做布商，这样比游游荡荡混日子强多了。侄儿仔细想想，想必不会把我的话当戏言。"田瞵恭恭敬敬地答应了。

　　酒吃到三更天，田瞵推说再不能喝了，姑母才让婢女收拾残席，随即吩咐让田瞵在大厅的东厢房休息。伺候他的婢女就是刚才在前提灯的，年纪有十六七岁，极聪明伶俐。田瞵问她叫什么名字，回答说叫秋罗，田瞵就叫她秋姐。田瞵问秋罗道："刚才在路上挑灯的，是不是你？"秋罗说："是的。""你们到哪里去了？夜深了，容易着凉。"秋罗答："亲戚之间的来往，郎君何必要知道呢？"到了东厢房，秋罗铺好床铺，放下帘子，将烛头挑高，侍奉很是殷勤周到。忙毕，靠着桌子很久不离去。田瞵对她说："有劳秋姐了，现在没事了，你可以回房去休息了。"秋罗道："上房还有春罗姐姐。小人奉老太太之命，专门服侍郎君。"田瞵说："既然这样，夜深了，我也要睡了，秋姐也该早早歇息。"秋罗见田瞵这样说，便含笑朝外走。将要掀帘子，又停住脚回头看看田瞵说："如果需要什么，喊一声，我能听见。"说罢，很快离去了。田瞵觉察秋罗对自己有意，不觉神魂飘荡。第二天，老妇人把家中所有的钥匙交给田瞵，说："我有件事没办，很久以来想去彰德。因我怕离开家后，一家人被强人欺侮，所以拖至今天。现在可以放心去了。家中的事你可以自己决定，不需要多说，只耐心等半个多月，我就回来了。"田瞵说："姑母年纪大了，彰德路远，恐怕不宜独自前去。"老妇人说："侄儿别为我担心。快去多准备些干粮，明天一早我就走了。"田瞵看看秀姑。秀姑虽不说话，而脸色却很平静。田瞵由此想到姑母一走，便可对秀姑亲近，于是也就不再劝阻。

　　第二天一早，老妇人只带了一老女仆上了路。秀姑送走了母亲，招呼春罗、秋罗关了大门，对田瞵说："娘出远门了，家里更没了人。大门以内的事，我说了算；大门以外的事，兄长管，要小心从事，别辜负了老人的嘱托。"田瞵说："只怕韩寿在房中，自己防备不严密呢！"秀姑假装没有听见，收住笑进了屋。田瞵这一投石问路，知道秀姑没有推辞之意，回到房里，像掉了魂儿一般。正在胡思乱想，秋罗进来送茶，田瞵打开小竹箱，拿出一方绉纱红手帕送给秋罗，秋罗推辞不要。田瞵捉住秋罗的胳膊，硬把手帕塞到她的袖子里。秋罗笑着说道："郎君不要恶作剧，用贿赂引诱人，用猪蹄上供想求得满笼子，用蚯蚓作饵钓着大鳖。为什么拿着的人小器，而想要的人却大方？"田瞵也笑着说："东西虽说小，情意却很重，你难道不知道我想沾你的人吗？为什么还故作糊涂？让人拘谨不堪。"说完，便将秋罗拥抱在怀里。秋罗用要哭的声音说："从来没有见过这样的弱男子，不亚于女子，为什么做事这么愚蠢，这么霸道？"田瞵说："霸道的人以力服人，你可以对天发誓啊！"说罢，将秋罗按倒在床上逗闹。秋罗娇羞含嗔，两人大为合契。玩兴未尽，忽见一人掀动帘子，两人吃惊地看去，原来是春罗。春罗站在门槛外，点着头斜看着二人，向秋罗笑着，用指头在脸颊上划着，嘴里咻咻地作着羞他们的样子。田瞵又惊又愧又悔，无地自容。一会儿，春罗才走进房来，笑着说："秋妹，姑娘叫你呢。"秋罗慢慢整好衣服，理了理蓬乱的头发，与春罗一起走了。

　　田瞵呆呆地坐着，不敢出声，侧着耳朵听动静。一会儿，听见裙裾擦地的走路声。田瞵不觉心头咚咚地跳，像是一头鹿在乱撞。那声音直到他跟前停住，却是秋罗。秋罗故作娇嗔的样子说："差点害死人！我死了，你怎么能安心独自活着呢？到这时了，还吓得面如死灰，两眼无神。霸道者该欢乐也欢乐，恐怕未必像你这样。"田瞵说："莫再挖苦人了！请问春罗泄露此事没有？"秋罗从袖中取出一张纸，团着扔到桌上，说："不泄露，这东西怎么到这里呢？快快看了，姑娘等着回话呢！"田瞵猜不出是什么东西，心里又害怕了，颤着手拆开那张纸，却是一幅锦笺。上边写着几行小楷，字体秀美，宛若美女簪花一般。田瞵诵之，是一首七绝，诗云："春云一朵趁风来，有意无心冒碧苔。既有闲情能作雨，如何舒卷上阳台？"田瞵读罢，再三玩味，不由惊喜若狂，对秋罗说："真是姑娘让我看的不是？"秋罗说："越说越奇了，不是姑娘，谁还能写这玩意儿？"田瞵说："是了。那么你稍等一等，拿了和诗去，说罢磨墨濡毫，搜肠刮肚地写诗作和。一会儿，便成一首，接秀姑诗韵："春云一朵趁风来，故意氤氲冒碧苔。白日有情先作雨，夜间打点上阳台。"写罢，将诗稿给秋罗，并将实情告诉秋罗，谢谢她从中帮忙，许诺将来一定重重报答她。秋罗说："我一身赤贫，脱下布衫身上就像穿了黑罗袍。况且卖都卖不出去，还能随便将自己许人？事情到了紧急处，只不过是仗着胯间的东西，向人作丑态罢了。"田瞵听了，正要逗弄她，秋罗已笑着跑出去了，一走再没来过，田瞵的茶饭也都停了。田瞵见此光景，又生出疑心，坐卧不宁。

渐渐地到了夜深，秋罗才来，仍旧送来一诗笺。田瞵拿烛照着看去，还是一首次韵，诗云："坐待秋风出岫来，东墙月已上莓苔。娘家兄妹休回避，例有温峤玉镜台。"秋罗告诉田瞵说："姑娘让我告诉郎君，可以马上去她房里了。"田瞵大喜过望，洗脸漱口，整了整衣裳，跟随秋罗而来。刚进院门，就看见秀姑靠在栏边等他。见田瞵来了，秀姑极欢愉，摆下宴席，两人对饮起来，互诉倾慕之情。自此以后，田瞵待在秀姑房中，彼此不离开半步。秀姑生性好动，喜吟诗词，多是发幽怨之情思的。田瞵劝她要节制自己的感情，恐怕日久生出意外来。秀姑虽然答应，但仍吟咏不停。

一天下午，田瞵、秀姑两个正在说话，春罗在门外大声叫："主母回来了！"两人一听，惊得愣在那里。还没来得及下床，老妇人已走了进来。见两人的情状，老妇人大怒道："男女授受不亲，靠得那么近行吗？"田瞵吓得倒地便拜，甘愿受责罚。老妇人睁大眼睛看秀姑，只见秀姑泪流两颊，虽然羞赧，然而并无惧色。老妇人微笑道："留亲戚住下，竟成了迎盗贼入室！因为是自家的侄子，并且一副小心谨慎的样子，秀姑又不是轻薄的人，因此我毫无顾忌地将家托付给你们，一点儿也不怀疑地出门了。没料到这些亲骨肉才半个来月，为什么就这样草率，禽一般地混在一起，兽一般地相爱。如今人说'少年老成'，这话让人信服。只是这件事已错了，侄子的肉也不能吃了。今天和侄子约好，你拿着我的二千金资本，到山东贩货去。你要像老人一样立志，不要贪图安乐。如果能获利三倍，我立即就将秀姑嫁给你；否则，不要再相见了。"田瞵叩头如山响，头上因此磕起一个大包。

几天后，姑母拿出一只金斗，一枚玉瓶，交给田瞵说："拿这些去吧，将它们卖掉，可得到二千金。明天就走，路上如果遇上相识的人，只说这些东西是先世留下来的，不要吐露实情。"田瞵连连答应。

田瞵回到房里，整理着行装，边苦苦思念着秀姑。夜静更深，秋罗领着秀姑偷跑出来，来到田瞵房里。两人相对而泣，流泪不止。秋罗也在一旁悄悄哭着，替两人悲伤。秀姑取下手腕上戴的紫金手镯，送给田瞵，并赠了一首送别诗："愁对空庭月影斜，涔涔别泪恨无涯。他时相访应如梦，认取棠梨一树花。"田瞵将诗笺小心卷起，放进怀里，回送给秀姑一副白玉指环，并和秀姑诗韵作留别之念："话别匆匆月已斜，无端分手向天涯。痴情不比浮梁客，珍重东风撼落花。"秀姑见诗，泪如雨下。还没顾得说话，春罗仓皇来告诉他们说："主母已起身梳洗，就要送田郎上路了。"秀姑一听，悲不自胜，拜别道："你走吧，好自为之，多多保重。如果有一天富贵了，不要忘了我。"说罢大哭。秋罗、春罗将秀姑扶着走了。

鸡叫二遍，老妇人在庭院里为他祭神送行，她告诉田瞵道："姑母已到暮年，只有秀姑一个女儿，只好勉强把她许给你了。你举目无亲，今天我倾囊给你，一为免得盗贼暗中观望，一为有益于你振兴祖宗的业绩。有朝一日回来，如果忘了这个地方，可以到附近村里打听卫辉杨氏家，周围没有不知道的。"田瞵一一记着。他强喝下几杯酒后，向姑母拜了两拜，哭着道了别。老妇人掩面呜呜地哭泣。秀姑藏在屏风后，泪如雨下。田瞵伤心极了，但不敢和秀姑相见，背着行装出了门，心中飘忽不定，不知怎么办好，一步一回头地走了约莫半里路。这时，残月如雾，树高如山，远处的房舍已看不清了，田瞵方才大步而去。

到了山东地界，田瞵卖掉金瓶，换得金子，置下货物经起商来。从夏到秋，获利三倍。田瞵暗暗欢喜，竟会有如此好运，庆幸和秀姑的相会指日可待了。于是他把全部货物卖掉，换成金子，轻装减载，乘一匹健骡，星夜往回赶。回到杨氏旧宅，只见春林草茂，风景依旧，然而房屋院落荡然无存。田瞵回想起姑母临别时嘱咐的话，赶忙往村中打听。村人都说这里只有卫辉杨氏的坟墓，埋葬已有二十余年了，没听说什么杨氏宅第。田瞵一听大惊，重新回到原处。果然有两座坟丘，坟前各自树有碑碣，一半已埋没在土中。田瞵用手拭去尘土，读碑上的文字。一碑题"河南卫辉府杨门田氏之墓"，一碑题"卫辉府杨氏女秀姑之墓"。坟上栽有棠梨树，花已半落；树后不远，还有四五个小坟丘，田瞵知道是秋罗等埋的地方。田瞵呆呆地立在那儿，很久很久，抚胸大哭。这时他才醒悟到，自己遇到的正是姑母和表妹的鬼魂。

田瞵决心不辜负姑母之恩、表妹之情，于是在村中赁房住下，招民工百人，营建墓道，多植松柏，高筑围墙。田瞵又按杨氏旧宅样式建起一座新宅，买童仆婢女，住在宅子里，做墓道的主人，发誓终身不娶妻，只纳妾生子，以嗣田氏之后。每逢节日前几天，必定设下供品，隆重地恸哭一番，祭奠姑母和表妹。

恩茂先早先有数顷田，颍顺德经常前往那一带收租，与田氏的儿子相交。他的确是位坦诚儒雅的美少年，是隐居的田瞵的儿子。恩茂先在他家住下，有机会凭吊了秀姑的坟墓。田瞵和秀姑两人的唱和之作，恩茂先已全部录下，借以向他人表示自己亲眼所见。我因此才得以过目。恩茂先在此之前，作诗赠田氏之子，语句极其温厚，深得诗人的意旨。这些都在稿中写了，这里就不予记载了。

兰岩评论道：曾经读《西厢记》，叹息夫人的庸俗。家中没有白衣女婿，迫使张生离开，并且发誓一定能让女儿获得荣华富贵。为什么这么不近情理呢！杨氏妇人放纵自己的女儿，以致做出偷情的事，最后，再不能留驻田瞵，责令田瞵赚三倍的钱，才能和秀姑成亲。这是图利之心，与贪名之意同等。为什么天下的妇人之心，同出一辙啊！这是可笑而又可叹的。

季斋鱼评论道：山西人把钱看成命。田瞵的姑母放纵自己的女儿，而要求田瞵做生意赚三倍的钱，然后才把女儿嫁给田瞵。她的贪利之心，胜过了爱女儿。无怪乎那些庸庸碌碌的人，白着头经商，不管自己的妻子儿女呢！

玉公子

天津有一位郁公子，是显宦的后代，他有家财几十万。他喜欢在学堂吃生肉，发出"娇娇"的声音。郁公子年纪到了二十岁时，风姿清秀，神韵娇媚，人们称他为"玉公子"。玉公子的妻子章氏，也是世家出身，美丽而贤惠，秉性敦厚，夫妻俩恩爱至深。玉公子家的宅第延伸有半里多，占了一条街巷。

后来玉公子又新买了李总兵的园子，就在自己宅子的东边。这个园子虽然很荒凉，但却极宽敞。玉公子常想将园子修修，却总是因为忙于其他事而将此事搁置下来。

一天，守门的人送来一张名帖，说："公子，蔚州韦秀才来访。"玉公子很好客，他趿拉着鞋就去迎接客人。待韦秀才进得客厅，才知道来人是一位十八九岁的美少年。韦秀才长得眉清目秀，飘然若仙。玉公子一见，非常倾慕。

韦秀才拜道："我很久以来就希望看到公子，一直没有机会，现在我能一睹尊容，就了却了我的夙愿。我知道公子得到了李氏的园子，可是它一直空着不住人，实在可惜。我想每年奉送公子百千钱，将家室暂寄住在园子里，不知公子肯不肯答应？"

玉公子答道："你如果高兴来住，这是我们之间的缘分，还给什么钱，我怎么能不答应呢？"

韦秀才听了玉公子的话，满脸喜色，又向玉公子拜了拜，表示感谢。两人谈了很久，韦秀才告辞，定好当天将全家人搬来。玉公子连连答应，将韦秀才送至大门外。韦秀才又作了一揖，然后离去。

玉公子回房将韦秀才租园子的事告知妻子章氏。章氏说："一年百千钱将废园租赁给人，这想法不是不好，只是害怕韦秀才所说未必能兑现啊。"

公子说："难道像韦秀才那样温文尔雅的人也能自食其言吗？我的同窗朋友多了，他们之中没有能比过韦秀才的。如果他一家能搬到这里，不只是得到一个芳邻，而且是得到了一位密友啊！"

午后三时左右，韦秀才带仆人来了，他先向玉公子送上百千钱，玉公子立即辞却不要。韦秀才强行塞给他，转身欲离去。

玉公子追问："公子，你的家眷什么时候能搬来？"

韦秀才说："我把行李已搬进新居了，人马上就到。"

公子一听，将钱交给了章氏，立在大门外等候韦秀才及一家人。不一会儿，只见来了很多人，一起扛着箱、笼、几、榻等物，络绎不绝而来；最后是香车十余辆，"辘辘"地来到园子门前。此时天已昏黑，远远望去，人来人往仍旧不绝。只听见女眷们的笑语声，轻脱如群燕叽喳，相随着飘进园子里去。人、物气派之豪华，没有百万财富的人是不能与之相比的。

玉公子看到这样的情景，满腹疑惑地走回房去，和章氏一起猜测起来。章氏说："明天你不是要去拜访韦秀才吗？见面后详细询问一下，就什么都清楚了，用不着乱加猜疑。"公子也认为她说的话有理。

第二天，玉公子早早起身，整齐衣帽，登门拜见韦秀才。门人将名帖递与韦秀才，韦秀才急忙出来，握住玉公子的手，很是欢喜。

这时，玉公子环视厅内，只见铺设华丽，连屋子的椽子也像是新造的，不禁惊讶异常。

韦秀见他觉得奇怪，笑着说道："公子您觉得我们把这园子收拾得怎么样？我知道公子您一定亲临，担心乱糟糟的，怠慢了公子，所以在夜里督率仆人干了一宿，只不过是稍微修饰了一下而已。"玉公子一听此话，满腹疑窦顿时烟消云散，因而更加相信韦秀才家资富庶。

于是，他对韦秀才说："既然你们已经搬进来了，我应该拜见一下你的家人。"

韦秀才说："我的双亲与兄弟寄居关中，还有一姑母嫁给商南殷氏，已经两年了。在这里和我一起的，只有我新婚的妻子和三个妹妹。"玉公子一一记着。

回到家中，玉公子和章氏商议，韦秀才有妻妹，应当准备酒席，姑且尽东道之谊。章氏应允了，并亲自过园子去向韦氏一家赠送礼物。

韦秀才的妻子秦氏，年十八岁，长得非常漂亮，她的妖艳之态，无与伦比，只有韦秀才的三个妹妹相媲美。章氏本来已是非常漂亮秀雅，满城中没有比得过她的。可是如今与四位美人相比，她却自惭形秽，愧觉不如。秦氏比章氏小两岁，便和三个妹妹一起称章氏为嫂，并热情地挽留章氏吃饭，席间她们彼此言谈也很投机。

几天后，章氏也设下盛宴，回请秦氏和三个妹妹过来对饮，几人尽欢而散。从此以后，两家亲密往来，和亲戚一般。

章氏有一个儿子，还在襁褓之中。秦氏此时也有了身孕，她曾对章氏说："我如果生了男孩，就让他们做兄弟；如果生了女儿，就给嫂嫂家做儿媳妇。"

章氏说："只怕是弟妹嫌弃我儿子粗笨，不愿意！如果真的能这样，实在是我们的缘分呀！"

三个妹妹又在一旁极力促成这件事："这是好事，无论是兄弟还是夫妻都是亲上加亲。"

过了一段时间，秦氏果然生了一个女孩，两家都很欢喜，两宅之间互相赠送粥米，以示庆贺。

到孩子满月的时候，韦秀才送来请柬，邀请玉公子说："明天做满月席，亲戚们都来聚会。我的尊贵客人只有公子一人，请公子务必赏脸。"玉公子欣然应允，便准备赠送的礼品。

第二天，他身着盛服前往韦宅，只见婢女老妈子捧着柴禾拿着器具，来来往往，而堂上却听不见人说话，只听见吃面喝汤声，杂沓成一片。玉公子揭开帘子，内中坐着一位少年，看见他进来，放下筷子，站起身来，招呼韦秀才说："舅舅快来，有客人来了！"女眷们一听，仓皇回避，都退到屏风后边去了。

韦秀才出来迎见玉公子，拍手笑着说："刚才以为是哪个不速之客，鲁莽地闯进了别人的内室，原来是东道主人呐！"于是，让女眷们出来，介绍道："这是西宅的玉公子，和我们家有交情，你们为什么还躲避呢？"女眷们满面羞色，低着头，向玉公子行礼。玉公子一边回拜，一边偷偷地斜着眼睛看她们，只见那秦氏却是光艳照人，把其他人都比下去了，玉公了看了不禁意驰神荡。接着这些男客们也各自报了姓名，都是年纪轻轻而家有巨资的。其中有一个叫白生的是韦秀才的小姨夫，他和玉公子一见如故，只恨相见太晚。两人入席，边饮边谈。

酒席一直吃到晚间才散。玉公子回到家中，竟然对秦氏想念不止，将自己对秦氏的垂慕之情告诉了章氏。

章氏没有生气，反而笑着说："怎么能有做长辈的君子垂涎于亲家母的呢？"

玉公子分辩说："就算名分已经定了，也没有大妨碍，何况现在名分还没定呢！你为我筹划筹划，我忘不了你的恩情。"章氏笑着答应了。

几天后，章氏设宴招待秦氏和三个妹妹，暗中她将媚药放进酒中，给秦氏敬酒。秦氏喝下放了媚药的酒后，头晕目眩，不能自持，章氏趁机说："妹妹，你今天怎么了，还没有喝就醉了，快到我的房里休息吧！"说完便让婢女扶进自己的卧房歇息。

因为药力的作用，秦氏一上床，便立刻熟睡过去了。

章氏笑着说："秦妹妹今天真不行，只喝了几杯酒，便醉成了这样，一定是作假了。"

三个妹妹替嫂子说情道："嫂嫂酒量平日就很小，就是醉了也没事，只要稍微休息一下就会醒来的。"于是，章氏就命婢女反闭小门，告诫下人们不要再进去惊扰。安顿好后，重新入席，劝三个妹妹喝酒。

室内本来就凿有小门，藏在床后，里面通着暗室，章氏事先让玉公子藏在里边。玉公子从里往外窥伺，发生什么事情，他看得一清二楚。

看到众人离开，门也已经关闭，玉公子就迫不及待地揭开帘子，弯腰曲背地钻了出来。此时秦氏已睡得非常香甜，公子试探着摇了摇她，她连动也没动，而她那副姣好的容貌，喝了酒后益发媚态百生。

玉公子忍不住先上去亲了亲她的嘴，立刻感到一股柔香钻入脑中，惹得他欲情火一般炽热，于是他慢慢脱下秦氏的内衣，看见秦氏全身雪白如玉，在锦被绣帐中更加生出异彩来。

公子春心大动，抚摩备至，正想动念头，忽幡然有所悔悟："我与韦生是至交，今天见他的妻子美丽而动了色心，奸淫朋友的妻子，这是人所不齿的禽兽行为，如果忍耐不住这一刻，那么一生的阴德就丧失尽了！"想到这里，火一般的情欲即刻冰消雪化，他急忙为秦氏盖好身体，蹑手蹑脚退回暗室。

过了一会儿，三位妹妹进房来，催促秦氏起身，说："嫂子，天不早了，我们该回家休息了。"

这时，秦氏才缓缓起身，她掠了掠鬓发，理了理衣裳，面含羞色，又叫来丫鬟端来茶，喝了几口，便起身要走。

章氏又挽留道："弟妹还没有吃饭，怎么可以空腹而去呢？难道有夜晚回家深夜再做饭的道理吗？这样的话，会惹得你们韦叔笑我太吝啬了。"

秦氏微笑着说："你不是好人，你做了什么以为我不知道？我现在不与你计较青红皂白，明天自会有人来讨回话呢！"说完就回去了。

章氏一听此话，立刻感到面红耳赤，也不敢应酬送客。回到房里，她看见了玉公子，悄悄地盘问："公子，今天的事情是不是败露了？"

玉公子听了她的话，吃惊地说："那秦氏始终熟睡着，怎么说败露了呢？"于是将刚才自己的举动如实地告诉了章氏，并指着灯发誓说自己绝没有逾越半步。

章氏笑着说："这小妖精也太弄乖卖巧、妖言惑人了，几乎羞愧死人。明天只怕她还有什么说的，你必须预先想法对付。"公子没言语，心中却特别忐忑不安。

第二天，韦秀才果然到了玉府，一定要面见玉公子。玉公子不得已，犹豫而出。

韦秀才一见他，就笑着说："兄长几天没出来会面，在家做什么事？听说兄长平时喜欢读毛诗，一定有不少得益，为什么不诵读一二篇，让小弟我品鉴品鉴？"

玉公子听了他的话，又暗中观察韦秀才的脸上并无怒色，稍稍定下心来，也笑着说："这话从何说起！我怎么能讲毛诗？"

韦秀才说："兄长如果不读毛诗，怎么能好色而不淫色呢？"

玉公子一听此话，字字打入心坎，羞愧万分，无话相对。

韦秀才大笑着说："爱美之心人皆有之。从今以后，我更加相信兄长的为人坦荡了。昨天晚上公子所干的事，几乎和禽兽一般。然而在最后时刻，你可以转换念头，使得大祸消除了，兄长能够悬崖勒马也真是了不起的人啊！"玉公子听了他的话更加觉得羞愧了。韦秀才继续说："其实昨夜有妙手空空，暗伏在兄长卧室，窥伺了很长时间。如果不是兄长猛然省悟，那么妙手空空就会将你缠绕到于阗，化为瞧螟。兄长如果不信，可以在床下看看，可有东西？"

玉公子听了他的话惊得怔在那里，他一时不解韦秀才刚才所说的意思。等韦秀才走后，他急忙检查床下，果然看见有东西，发着白色的光，像雪一般。玉公子大惊，拿过来一看，原来是一把锋利的匕首，不觉毛骨悚然，汗如雨下。章氏也吓得两腿打战，和丈夫一起跌坐在地。

第二天，章氏负荆请罪来到了东园。秦氏扶起章氏，把她引进了房中，毫不介意，笑着向章氏道："嫂嫂何必这样？我与公子本来就有一宿的缘分，昨晚已勾掉一半了。嫂嫂为公子出主意，是有罪过。但是现在既然嫂嫂已经改了，就没有过失了，我会有什么不快的？只是这件事仍要保守秘密，如果泄漏，我就要羞死了！过不久我们还有请求，让我慢慢冉说吧。"章氏听了，万分感激秦氏之情，转而又增加羞愧之色。从此以后，两人仍互相往来，和好无间。

过了一些日子。一天，白生忽然衣冠整齐而来，执礼很恭谨。

玉公子惊奇地说："你我相交已久，为什么还这么拘束？"

白生说："平时没有升迁、婚丧、祭祀这类事，只不过谈诗饮酒招徕人而已。今天有大庆，怎么敢失却礼度呢？"

玉公子又问："今天有什么大庆？"

白生说："韦家姨夫有三个小妹，尚未许配，我们看中兄长的德行品性，姨夫想将她们全给了你当妾，想必兄长是不会推却的。"

公子初听此话，很感吃惊，转而却喜上眉梢。惊喜稍定，又生出疑惑，便笑着说："兄长不要乱说，世间怎么能有这种好事呢？"

白生道："这件事并不奇怪，为什么天下没有呢？其他事或者可以乱说，这件事怎么能乱说呢？"

玉公子说："韦君与我是至交，他的妹妹就像是我的妹妹，怎么敢这样呢？"

白生说："正因为是至交，才生出这个意思。否则就是用万金为聘礼，也不能答应，何况是三位姑娘呢！"

玉公子听了他的话，进房与章氏商量。章氏比玉公子更惊喜，极力赞成此事。

玉公子与妻子商量后出来，向白生拜道："如果这件事能如愿，我一定亲自酬谢。"白生笑着答应而去。

没过了几天，韦秀才先送来了妆盒，大小有百余抬，华丽至极，约值万金。

玉公子向韦秀才道谢，韦秀才致礼说："兄长勇于改过，实在是令我敬佩，三个妹妹得以跟随兄长，有所依靠，是很庆幸的了。"

至合卺后，夫妇美满和谐。三妾个个美丽无比，各自都有所长，与章氏也情投意合。玉公子也感到很惊讶，不晓得为什么四人关系相处得这般好，不禁喜出望外。

一天，秦氏对章氏说："我女儿可以断奶了，她自然是玉家的媳妇，应当留在你们家，我们将要远别了，你可和三个妹妹一同抚养她。"

章氏突然听见这样的话，不觉十分惊愕，就问秦氏："妹妹要到什么地方去？"

秦氏说："我们想回关中公婆家去。"

章氏回去将秦氏所说告诉了玉公子。玉公子很是失望，立即去见韦秀才。韦秀才正准备过玉宅来，两人在宅门口相遇。

韦秀才说："我们归心迫切，急着想上路，今天离别，不知何时才能相见，心中很惆怅。"

玉公子凄然地说："你我相处得正好，突然说要分开。兄长既然说出了口，弟不忍再听了。"

韦秀才说："我的三个妹妹和一个女儿，幸运地高攀上你。我的东游之愿并不虚妄，西归之念更加真挚。思念父母，回家的念头忽然很强烈，觉得刻不容缓了。十年后我们再相聚，此刻不要再伤感了。"

玉公子听了他的话，便隐忍住感情，勉强笑了笑。韦秀才安慰了他一番便告辞而去。

玉公子回房，和章氏商议，想摆下盛筵为韦秀才夫妇饯行。三位妾劝阻他们说："公子用不着了，恐怕来不及了。"玉公子不听，安顿打点完毕后，亲自往韦宅去邀请韦秀才夫妇。

可是他到了韦宅，才发现屋内早已空空的，什么也没有了，也不知道什么时候他们全家都走了。玉公子流着眼泪回来，将实情告诉妻妾们，章氏也嘤嘤地啜泣，可是三位小妾却不在意。

又过了三年，一天，三位小妾忽然仓皇地对玉公子说："君家的《贝叶梵宇宝刚经》还在吗？"

玉公子说："这是镇家的宝贝，现在正供奉在佛堂，怎么能不在呢？"

三位小妾一听，高兴地跳了起来，说："这样我们就能得以生存了！"

玉公子惊奇地问："你们今天是怎么回事，说话奇奇怪怪的。"

三位小妾面露为难的神色，如实告诉他说："其实我们本不是人，是狐狸所变。因为今年将有大劫，所以父母让兄嫂带我们东逃来此，以避灾祸。知道君家供奉《贝叶梵宇宝刚经》，就依附在君的门下。又见君能知错改过，家中祥和之气满室，灾害不会侵扰，兄嫂便把我们托付给君。如今大祸已到，午后雷雨大作的时候，请求君念我们一夕之情，把我们和侄女藏在佛座下边，君打开经卷，虔心跪诵佛经，那么我们此劫便可以逃脱了。然后，我们一起讲经修道，羽化成仙。"

玉公子一听，更是觉得惊异，但还是将三位小妾的话牢牢记着。午后，果然见西北方向奔云如墨一般，隐隐传来一阵阵雷鸣。三位小妾吓得趴在佛座下边，立即变为狐狸。玉公子很悲伤，急忙将小女藏在佛案下，用佛幡将她遮盖起来，和章氏虔心念经，向佛跪诵不止。

一会儿，雷电大作，天地震摇。玉公子与章氏伏在地上，吓得战战兢兢，跪诵得也更急迫。

过了很久，忽然听见人说话的声音，一个人说："现在怎么样？"

另一人应声说："我们应该停止了，已奉佛旨免了它们的罪孽了。"

话音刚落，四周寂静下来，雷声也渐渐远去。

这时，三位小妾才抱着侄女站立在他们面前，喜色充溢眉宇之间，上前叩谢玉公子和章氏，几人互相庆幸。

玉公子从此以后万念俱灰，每天和三位小妾讲经论道。章氏也潜心于玄学，如此这般，十年不懈。

后来，全家迁到关中，想与那韦秀才相会，后来他们发生了什么就不知道了。

章氏有个侍女叫青苹，嫁给碱商范氏的侄子当媳妇。玉公子的事，就是青苹向她的亲戚细细讲来的。

闲斋评论道：淫心一炽热，就埋藏下了祸机；正念一生，就登了仙境。人贵在能改过啊！克制自己的私欲，恢复礼仪，天下才能达到仁治。一个好的念头，可以不使事情扩大。

萤　火

在早秋的一个夜晚，恩茂先来我家里，我们两人一边饮酒一边吃蟹脚，然后在一起谈鬼论怪。

恩茂先说起他伯祖父达公做永州太守时的一个故事。

那时，他伯祖父达公有一个小书童叫淘气，年龄十七岁，模样长得很清秀。达公见他聪慧，就命他掌书写之事。

那一年的夏天，暑热难熬，到了夜晚，淘气就独自睡在书房中。他将床移到门口，光着身子躺在床上。这时他看见房檐前有一点流萤，那萤光鸡蛋一般大，淘气很感奇怪，于是看得更加出神了。转眼间，流萤又增加了五六点，绕着门口飞动。淘气暗想，这个地方的萤火虫竟有这么大，可见和其他地方不一样，这难道是气候怪异物类也特殊。

看了一会儿，他也觉得瞌睡，于是就沉沉入睡了。蒙眬之中，忽然觉得下身有个东西在动，他一惊而起看去，是一个萤火虫在那儿。他赶忙去捉，那萤火虫已经飞走了。淘气笑着说："什么小虫，也这么调皮啊？"于是他就用被子盖住下身，倒头睡去。刚刚闭上眼睛，他似乎听到有人嗤嗤地笑，并掀动他的被角。淘气睡意正浓，懒得再睁眼看，就用手挡了挡，仍然睡了过去。

可是不一会儿，有一只手竟伸进了他的被子中。他想起来看看到底是谁，可是，他迷迷糊糊地好像入了魔，不能动弹。恍惚间，他觉得有一个女子睡在他的身旁，那女子柔情似水，不知不觉他们竟行了夫妻之事，似乎过了很久女子才离去。第二天，他醒来后，感到十分疲倦，又想到昨夜与那女子相交的趣味，就算是梦，他也巴望那女子再从梦中来，所以他也没有将此事告诉任何人。

天黑以后，他洗了澡，梳理了一番，仍旧睡在昨晚睡的地方。移动床时，萤火虫已经渐渐多了，他便假装睡着，等待那女子到来。半夜时分，果然有一个女子来了，她掀动淘气的被角，淘气微微睁开眼睛，窥见那女子丰姿绰约，宛如仙子一般。淘气高兴极了，急忙跳起来将女子拉住。女子羞愧无比，挣脱淘气的手要逃。淘气低声说："既然是你自己来找人，为何又这样怕羞？"女子听了，默不作声地站在那儿，低着头，面含羞色，任凭淘气摆弄。淘气看着她娇羞的样子，心里更是一阵惊喜，他从来没有见过这样的美人，于是一把拥她过来，两个人缠绵备至。从此以后，女子每天天黑就来，五更才离去。

两个月如一日。有一次，淘气问她："我们都做了这么久的夫妻了，我还不知道你的名字呢？"

女子笑着说："妾也想诚心告诉夫君，只怕夫君害怕，不再与我来往。"

淘气回答："你实话实说，没有什么会让我害怕。"

女子听了他的话，笑着说："我姓姚，父亲是明末太守。我们一家曾经就在这个府居住。我十八岁时，就许配了人家，谁知那人竟是一个泼皮无赖。我知道了他为人不端，就想要退婚，可是父母碍于对方的权势没有答应，眼看婚期将至，我终日郁郁寡欢，因而生了一场大病，就这样一病不起，忧郁而死。"女子说到伤心处竟落下眼泪，"我生前就喜爱梨花，所以在弥留之际，我嘱托老母，将我的尸体掩埋在府里园中的梨树下。这才使我遇到了夫君，因为看到夫君你年轻貌美，才不避草露之嫌，就撩起衣服和夫君同寝。幸亏夫君没有认为我是荒野的怪物。"

淘气正爱得深，忽听女子竟然是一个鬼，吓得魂不附体，慌忙间举起枕头向她打去，女子神情悲伤，忽然不知去向。淘气连忙光着脚跑出书房，去叩宅子的大门。宅子里的人都已睡了，听见叩门声，不知此时是什么时辰，以为是失了火或是来了盗贼，急忙敲动响器去开门。淘气猛然挤进大门，全宅子的人看着他衣衫不整的样子都惊慌地回避。

这时，达公出来，将淘气喝止住。淘气跪在地下，全身战战兢兢，他语无伦次地将前情一五一十地告诉了达公，狠命叩头请求达公宽恕。达公命淘气服下丹砂，让他穿上衣裤。

第二天，达公带着仆人来到了园中的梨树下。果然在那里发现一具红色的棺木。仆人打开棺材一看，那女尸不知葬了多久，容貌并没有改变。达公知道是有蹊跷，急忙命人将棺材抬到郊外，焚烧后掩埋了。

自此以后，淘气卧病在床，一个来月后便死了。他的父母至今还在呢！

兰岩评论道：一时不知收敛，就暴露给鬼物，这是深深值得人们警惕的。而小书童开始只觉得女子艳美，而不加细察，只顾和她玩个痛快。随后，听了女子的话，而不加怜惜，用枕头打那女子，病了一个多月便死了，应该的啊！

柴 四

固原有个人叫柴四，他在磁州贩羊，但是生意做得一塌糊涂。到了秋天，秋风一起，他就开始思念家乡，就起了回家的念头。于是赶着驴踏上了归途。

一天，他走着走着就迷了路，竟然误走进一片草地中，迟迟走不到边，因此他就跳下驴来徒步而行。

走了一会儿，他感觉到累了，就想让驴子吃点枯败的芦苇，柴四想自己可以吃点干粮，休息一会儿。他坐在路边，一边远远地看着树林，一边休息还吃着干粮。

正在这时，突然从远处蹦来一只兔子，蹿出草丛中。驴看到兔子被惊吓了一跳，刚巧路旁有一口枯井，驴子迷失了方向就失足掉落井中。可是驴的缰绳正巧在柴四手中抓着，他猛然间来不及甩脱，也随着驴子掉了进去。

井内黑洞洞的，内中的泥浆很深，可以埋没人的踝骨。柴四在暗中摸索，他想不到可以出去的办法。柴四心想，这次必死无疑了，不由得哀伤自己怎么这样倒霉。

就在这时，他突然发现有一丝光亮不知从什么地方透了进来，就像一条细细的线。他走近前去，才发现一扇石门，他用力摇动，石门豁然开了。石门外，是另一个世界，细草葱茏，万花如绣，远山横黛，近水碧透，天朗气清，一目可望千里。柴四喜出望外，随即牵着驴走进石门。走过花丛有半里多路，便找到一条小路。沿小路两旁，长满了奇花异草，都是柴四平生所没有见到的。桃花千叶，朵朵都如碗口那么大。此时虽已是晚秋，而这里的风景却像是暮春时节。柴四心中很是疑惑，就骑上驴子，"得得"地沿小路走去，最后到了一个村子。只见村子四周清流环绕，绿树荫翳，房子都是一色板屋竹墙，就像在画里一般。村中的小孩老人，都面带喜色，猛然看见柴四，都非常奇怪，对他那头驴子更是好奇，他们聚在一起议论纷纷，却无人敢上近前。柴四不知道他们的意思，只是低声下气地请求他们给点饭吃。一个老人指着前方说："你向西走到石桥边，是荀孺子的家，他富庶而好礼，你可以去见见他。"

柴四按老人的指点走，果然这里有一个大宅子。这宅子面向桥，建造得很是堂皇。柴四敲了很长时间的门，一位白发老者出来开门，询问了柴四后便进去通报主人。

又过了很久，荀孺子才出来。荀孺子皮肤白皙，须髯长得很美，年纪在四十岁左右。他头戴岸帻，身着方袍，礼节均仿照古人。他看见驴子，惊讶地问："这是什么野兽？"柴四说是："这是驴子。"

荀孺子仔细观看，笑驴子的形状奇怪，说："我多在诗书中看见驴字，可是我今天才认识了它啊！"荀孺子把柴四请进堂屋，将驴子拴在庭院中的树旁，没顾上和柴四说话，就急忙招呼全家人一道来看驴子。人群中有一女郎，长得很妖艳，不时地用眼睛看柴四，好像对他很中意的样子。柴四看到这女子长相娇媚，他的心即让她勾走了。

一会儿，驴子叫了起来，全家人听到了叫声都被惊吓得四散开来，不知如何是好。荀孺子笑着说："这驴子的形状像马，它一定是不吃人的，又何必害怕呢？刚才细听它的叫声，很美妙，在宫声、羽声之间，实在是奇异的东西啊！"于是，他将柴四留在家中吃饭，招待很殷勤，并让两个童仆服侍他。

几天之后，柴四心里一直念着那女子，就找个机会向童仆打听那女子。童仆并不回答，笑着走了。

不一会儿，荀孺子来了，问道："听说君问起小女，一定是对她有心了吧？"

柴四很是惭愧，浑身冒汗，连忙赔罪道："我只是看到小姐长得很美，心里爱慕，就想问问她的情况，确实没有其他的意思，希望先生宽恕。"

荀孺子问道："君曾经听说过韦娸光的故事吗？"

柴四摇摇头说："我从小当商贩，胸无点墨，哪知道这些！"

荀孺子说："从前有个娸光，他精神激奋，渣滓销铄，以六气为餐，喝夜间的水气，漱太阳，含朝霞，能乘风云而上下。可是他一见仲鉴，就结为伉俪。今天你对我女儿有意，是上天早就定下的姻缘。如果你不嫌弃我们村野之人，我愿和君结成亲戚。"

柴四听了，心里禁不住狂喜，说道："我何德何能可以娶小姐为妻，真是高攀不起。"他虽然嘴上推辞，然而却并不坚决。荀孺子当时就索要聘礼。柴四立刻打开包裹，拿出两枚紫金镯子，奉送给荀孺子。

荀孺子说："这些东西作聘礼已经足够了。"又问柴四："您平日做什么生意？"

柴四说："我一直贩羊为生。"

荀孺子惊愕地问："你贩了有几年了？"

柴四说："我的父亲就做这种生意，我接替他做，已经两代了。我家即使算不上富户，也是小康。"

荀孺子听了他的话很不高兴地说："你不是仁人，怎么能娶我的女儿做妻子呢？"

柴四解释说："我只是贩羊却不杀羊，没有什么罪过吧？"

荀孺子说："你虽然不杀羊，可是羊因为你而死，怎么说没有罪呢？"

柴四请求荀孺子："今天听了先生的教诲我自知不对，只要你把女儿嫁给我，我一定会改从他业的。"

荀孺子摇摇头说："你家两代贩羊，被你们害死的羊已不少了，罪过也追不回来，改业也晚了。"于是将柴四的聘礼退回，将他的驴子留下，给了他一锭黄金，将他打发走了。

柴四又悔又恨，不敢争辩，极不愉快地背着行装出了荀家，在荀孺子的左邻家中住下，打算回家去。他向人打听归路，却没有人能知道，心中不由郁郁不乐。幸亏这家房主人善良，不但不要他房钱，每天还给他吃两顿饭，他什么也不缺。柴四也喜欢这个地方风景秀美，人情敦厚朴实，因此也就安心住下来了。

一天，柴四听见邻人们说是荀孺子要将女儿嫁给鲍处士家，今天就迎亲。全村男女老幼，看的人里三层，外三层，将荀家围得严严实实。柴四也挤在人群中。只见彩旗在前引路，华丽的车子在后跟随，迎娶的人鲜衣花帽，前后簇拥，浩浩荡荡。那头驴子也被盛饰起来，上骑一簪花美少年。围观的人都说骑怪兽的人是鲍家的儿子，荀家的女婿。

柴四见了那鲍家的儿子眉清目秀，又想到他要娶荀家的女儿，心中不由升起一股妒火，他冲上前挡住道路问："你为什么骑我的驴子？"

众人看到是柴四，开始觉得很惊奇，都劝他快快离开，可是柴四执意不放手，众人继而便发怒了。他们围上来，用马鞭子抽打柴四，如同雨点似的鞭雨向他打来，他只是抓住驴子不放手。

荀孺子听说了这件事，脸上勃然变了色，跑过来，看见柴四，大怒说："放羊的，怎么敢乱我的大礼？"然后他又急忙命人将柴四捆起来。

柴四在地上乱滚，大喊道："我死都不怕，还怕绑吗？"众人没办法赶他走，就将他交给官府。官府听了柴四的叙述，心中不免有些袒护他。只将他判作刁诈顽固之罪，打了三百鞭子，流放五百里，发送戍守尘界关。

尘界关的关吏命柴四守关门。柴四在关里待了一个月，没有一个人进出关门，因此他感到很寂寞。

一天，正巧关吏有事要到别处去，临行前他嘱咐柴四要谨慎看守关门，千万不要随便窥伺关外的事情。说罢，关吏就走了。柴四好不容易得到这么个机会，他立刻开了关门，拔腿便逃。

他刚一出关门，就发现这里的气候、景色和关内大不一样，非常寒冷。他一路奔走，直到天晚，才到了一个村市。

柴四向行路的人问："这是什么地方？"

路人回答："此地是湖南某县某村。"

他又问："现在是什么时候了？"

路人回答说："今年是某年十一月某日。"

柴四听了以后大惊，这里竟离他掉进那口井的地方有一千多里地，他又计算了一下落井的日期到现在，竟然已过了十多年了。

柴四看到时间过了这么久，很担心家里人。于是他连夜回到家，才发现家中房屋已换了主人。他又访求亲友，可是亲友们有的迁走，有的流落他方。他只找到了最小的弟弟，可是他却过着穷困潦倒的生活，胡子也长得很长了，衣服破破烂烂的，已经沦落到给一家酒店当雇工。柴四又去祭拜祖先的坟茔，却发现祖茔已荡然无存，只剩下了几株干枯的松柏。

柴四抚胸恸哭了一会儿，就找到了弟弟，假装是他的侄儿："我父亲已经去世了，他生前没能回到家乡，现在托我回来，找到你们，可是却只剩下你一个人了。这是我父亲给你的钱，你拿着钱好好做生意吧！但是记住不要再做那贩羊伤命的生意了，就是给儿孙积福呢。"说完，他把自己贩羊剩下的钱全部给了弟弟。这时他好像看透了世上的一切，于是出家做了和尚，从此云游四方。

闲斋评论道：掉落枯井，进入洞天，柴四应该成为仙人。却因贩过羊的缘故，立即脱离了仙籍而返回尘世，贩羊的人可以引以为鉴。

诸位夫子说，最初作俑的人没有后代，因为俑做的像人，因而就用它代替了人，这不是仁人的心啊！何况两代贩羊，更加不仁。古人选择职业很谨慎，世上谋生业的门路很多，何必一定去打鱼、狩猎、屠宰呢？从此看来，宁可当驴，也不做柴四。

兰岩评论道：选择不仁义的职业，与仙界没有缘分。掉落井中十多年，又踏进人世，可算是不谨慎啊！

吴 哲

宜兴有个人名叫吴哲。他年轻时，少年气盛，胆大过人。因为与地痞流氓打架而犯了罪，被流放到五凉一带。

当地的乡绅张氏见他年纪轻轻但重情重义，就让他掌管张家的书记之事。张氏三代都是总戎，世代都是望族。城南的别墅就是张氏家，这座别墅所建的地方很是幽邃，亭台轩榭，曲折连绵。园里有一池塘，有好几亩阔地，池塘西边架一木桥，面对着桥有一小轩，四周绕着弯弯曲曲的长廊。小轩后有一座高楼，被浓密的树林掩盖。到了夏天他们一家人常住在那里避暑，平时却很少人来住。

只有这小轩后的高楼居住着张氏的二女儿。张氏二女儿刚刚成年，她容貌姣好，身段婀娜，很早就许给了本地乡绅周方伯的儿子。可是她还没有出嫁，她的未婚夫却得了一场大病死去了。

于是，张氏又将女儿说给了凉镇马总戎的孙子。可惜马家是回纥人，又信奉外教，因此并不遂二小姐的意，加上她又思念周家的儿子，于是，她整日郁郁寡欢，日子一长，就得了病。开始她只是不思饮食，渐渐地她又口出疯话，哭笑不止。张氏请来郎中为她治病，可是看了很多郎中都无济于事。张氏不知道怎么办才好，只好将她关在小轩后的高楼里，并令仆人严密看守她。

一天傍晚，天快要黑了，吴哲独自坐在藤花下的长廊里乘凉。长廊东边偏房有几间屋，用粉墙相隔，无人居住，看起来好像已经荒废了很长时间。

周围一片寂静，吴哲眯着眼睛小憩。这时，他忽然听见房中好像有人在絮絮叨叨地说话。吴哲仔细听去，又隐隐约约地听不清楚。吴哲觉得很奇怪，就蹑脚蹑手地走过去，靠着墙偷听，但是那声音太小了，他仍旧无法听清。

他想了想，就跳过墙去，想从窗子上往里看个究竟。原来在这个房里有两位少年，一位少年穿紫衣，一位少年着绿服。他们相对而坐在地下，他们的相貌都长得很俊美，头戴方巾，身穿宽大的衣服，只是他们的打扮不像时下的装束。

吴哲觉得很奇怪，心里想：这么晚又在这么个长年无人的地方，他们一定不是人。虽然吴哲觉得他们不是人，但也不感到害怕，反而很好奇想知道他们要干什么。于是他凝神屏息，仔细观察他们在做什么。

只见那穿紫衣的少年手里玩弄着一个玉指环，一边玩一边叹息说："我喜欢它不是因为物美，而是因为它是美人送的。我从前游历过酒泉，也进关中，还客居晋阳，又在枹罕县住了三年。这一路我从临洮到了皋兰，可是最后我仍旧回到这里。我这一生经历过各种各样的奇遇，多得数都数不过来。可是像今天这样，我们亲热地坐在一起交谈，可没有遇见过。"

穿绿衣服的少年也附和着说："我们认识时间很长，可是还没有认真地谈过话呢。"

那穿紫衣的少年又说："三年前我在临洮的路上和你的叔叔劂霞公偶然相遇，我们就对坐在河边，慢慢地说着话，直到很晚。他对我说起你，他说阿咸在凉州，遇到不少机遇，可惜他的道术浅薄，害怕白白浪费了时光，修不成正果，我深深感到担心。那时我还安慰他说：我知道有一个小泉眼里的水虽然禁锢已经很久了，但是内里边是很晶莹的。只要用火去烤它，就会发着嗫嗫的声音，用杯子接着能喝五杯水，经常喝那里的水，再去练习道术，就很容易练成法术。今天和你相聚，才感到正相反，难道你叔叔以讹传讹，他说的都是没有的事吗？"

穿绿衣服的少年笑着说："我天天和你在一起，难道你还不知道我的那点事么？你真的被我叔叔愚弄了。还记得你当初遇见柳姑的时候，柳姑坚守节操，让你无隙可乘，重金和美色都不能打动她的心，直到你使用了法术，柳姑才肯跟你亲近，最后你又用了千方百计，也用了一年的时间才得到她的元神。现在张家的女儿见了我的美色就动了心。即使我有奇术，又能用在什么地方呢？就好比用干将这种利器去补鞋，远不如两文钱就能买到的锥子好用；对付那些身材矮小的人，又何必用身材高大的人去抵挡。难道你忘记了前几天的窘态吗？三战三败，贻笑大方，从胯下出来甘心受辱哇！一个指环有什么可珍贵的？"

紫衣少年大感惭愧，强笑着说："我很想和她亲近，从她那里学习法术，但是她却不为所动，这事确让我受了一场侮辱。"

绿衣少年说："你真的看中了她，愿意和她学也是一件容易的事，只是要秘密行事，不要让墙外的穷读书人听了去。"

吴哲虽然不明白他们说的法术是什么，但是突然想起鬼狐之流总是吸人的精气用来修炼的事。因此断定这二人一定是缠住了张氏的女儿，用她来修炼。

于是他飞快地跑回房中，取下腰刀和弹弓，偷偷地从窗孔空隙中弹射二人，一下子就打中了绿衣少年的眼睛。那绿衣少年立刻倒地，在地下绕着圈哀叫起来。紫衣少年看到这样的情景，惊慌地想要逃跑，吴哲的弹弓又发射出了第二颗子弹，正好打中了紫衣少年的鼻子。

吴哲随后扔掉弹弓，抽出腰刀冲进房去。这时房子早已没了少年的人影，只见有两只狐狸飞跃出窗，一下就不见了踪影，只剩下衣服和鞋袜脱在地上，还有一枚玉指环。

吴哲拿着指环让主人看，主人立刻认出那是女儿的物品，深深感到惭愧，不应该把女儿关在高楼里，他也恨透了那作祟的狐狸，让自己的女儿变得疯疯癫癫的。

从此之后，那两只狐狸不再来了，狐患也随之没了踪影。没过多久，张氏女儿的病也渐渐痊愈。她病愈之后，就嫁给了马家的儿子。马家的儿子相貌堂堂，温文尔雅，又凭借祖父的功劳，没多久便当了参戎。两人婚后的生活幸福美满。张氏女儿到了现在还生活得很好，现在她的年纪有四十多岁，我居住在凉州时经常见到她。现在吴地有"逸狐歌"，周南溪先生曾经唱和过。

兰岩评论道：张氏女儿因性情乖张，所以致使邪物乘虚而入，癫狂了几年，最后嫁给了马家。不然的话，白白地遭受侮辱！世上乖张任性的人不少，幸亏没有多少狐狸乘此作祟罢了。

周 琰

岑溪有一个人姓周名琰，字昆玉。他的家里很富有，但是闲居在乡下。周琰很爱饮酒，他的性格非常暴躁，常常会因为生一点儿气，就立即挥动拳头打人。他常常搅得全家人不得安宁，街坊邻居也不敢惹他。

同乡里有个叫廖生的，他很喜爱周琰的才华而厌恶他的专横，把他叫作周处。

周琰听说后生气地问他："你怎么能在暗地里伤害朋友呢？"

廖生笑着对他说："周处小的时候，也像你这样，性格乖戾，然而最后他却成为了志士。周琰你只要肯收敛你的脾气，将来你不一定不如周处。"周琰听说了他的话，就抢起拳头要打廖生。廖生想要走开，可是周琰追上去就打他，经过众人的劝解他才肯作罢。

有一天，有个道士来到周琰家门口，家人就送给他一些银钱和米，可是道士没有要。周琰知道这件事后，深感奇怪，便亲自出来问道士："我们给你银钱和米，你都不要，那么你一直在我家门口想要干什么？"

道士没有正面回答，只是说："贫道善于和老虎搏斗，想要为你效力。"

周琰嗤笑他说："你这道士真是可笑。纵使有虎，我自己就可以和虎搏斗，哪里还需要你？况且这里离城很近，又不在山里，怎么能有老虎？"

道士指着周琰说："你就是老虎。"

周琰发怒道："你是什么道士，竟敢指人为虎？！"

说完，周琰撸起袖子上前，拳头直捣道士的胸脯。只见那道士不慌不忙，用袖子轻轻一拂，周琰便趔趔趄趄地颠扑了丈把远，趴在地上起不来。周琰看到道士竟然有这么高强的法术，心中不免有些胆怯，满身的傲气顿时就散得一干二净。

道士笑着说："你这样软弱，也能和人较量吗？贫道来这里，是为了帮助你，而并没有坏的举动。因为如果你不知收敛，你将会变为异类，所以我才来相帮。可是为什么你却这样顽固不化？"

周琰不解地问："你这个道士真的很奇怪，到底说的是什么啊！"

道士说："你前世本来是老虎，因为没有伤人性命，这一世你有幸成了人。可是没想到你这一世竟然肆行无所顾忌，性格乖戾，任意伤害他人，上天为了惩罚你，过不了今年秋天，你将会再次变成老虎呐！"

周琰听了他的话，不由得大惊道："你如果说得对，那我应该怎么办呢？"

道士说："我也是看着你本性并不坏的份上才来帮你的。其实也不是没有办法，只要你可以平心静气，不要再生气打人，再努力干些好事，以补偿你以前所做的错事，这样才可以拯救你自己。另外我再送给你一剂好药，如果你的身体发生了什么变化，记得一定要服下去，服了以后一定会生效，好好保存，可千万不要小看它。"道士说罢留下药走了。

从那以后，周琰几天足不出户，约束自己的行为。可是时间过了不久，他又依旧如故。他的朋友听说他转变性格之后，都跑来庆贺。周琰说："你们被道士迷惑住了，我想，天命叫性，能操纵把握性的叫道。我的性情暴躁，故行为也乖戾。我能把握住性而修道，这是天所赋予的，怎么能伤害天意呢？"于是他仍旧像原先那样暴戾。

很快地，西风起，树叶纷纷落下，转眼间已经到了秋末。一天，周琰在酒肆饮酒，喝得酩酊大醉，有人不小心撞到他身上，他立刻大发雷霆，大打出手，将那人打倒在地，然后才回到家里，倒在床上酣然入睡。

睡梦中周琰觉得自己的全身卷曲了起来，似乎还听见筋骨"哔剥"发响。他猛地从梦中惊起，立刻发现他的两只手背上竟隐隐起了虎皮斑纹。周琰大惊失色，立刻解开衣服察看全身，原来身上遍体已成了虎纹。看到这样的情景，他酒已经被吓醒，立刻失声大叫。家人闻声跑来，看到他身上的虎皮，都惊愕不已。周琰不知如何是好，他忽然想到那位道士留下来的药，急忙取来吃了下去。不一会儿，他的皮肤立即恢复了原样，这时他才明白这道士果然是个奇人。

从此，周琰就决心改过自新。他努力做到平心静气，努力做好事。他还将八个字作为座右铭：放情诗酒，绝想功名。自称为"虎变居士"。我与贵筑县刘昱东是朋友，这个故事就是他说给我听的。

兰岩评论道：一个好的念头，老虎可以变成人；不轨的想法刚刚滋生，人就变成了虎。圣洁和狂暴之间的界限是很小的。虽然如此，老虎也不是一般的兽类。周琰慷慨豪爽，所以得以变成了虎；如果是世上那些邪恶庸俗之辈，恐怕想变成狗也是不可能的。作为守夜的畜生，怎敢巴望能变成虎呢？

傻 白

我认识一个太监，他的年纪有四十多岁了。他姓白，脸也生得很白，为人更为老实甚至有些白痴，所有人们叫他傻白。

有一天我遇到了傻白，两个人聊起了鬼狐之事。他却对我说，他曾经真的见过鬼。

那一年，他十六岁，正值上元节，管禁街的执金吾这天也整日开禁了。

到了晚上，灯火和月光相辉映，看起来很美。傻白跟着叔父到西城外祖母家去玩，他们和兄弟姊妹一直玩到了半夜，快要四更时，他们才向外祖母告辞回家。

可是他们走到半路，傻白忽然想起来表妹送给自己的一幅升官图和六枚骰子他忘记带了，他就要返回去取。

叔叔不耐烦地说："都是些孩子家玩的小东西，你干吗还要取，我们下次再来拿好了。"

傻白说："那是表妹赠送的，我想回去取。"

叔叔说："好了好了，你自己回去取吧！我们一会儿在西安门团茶铺中见面。"

傻白想了想就答应了，两人便约好叔叔在西安门团茶铺中等候，傻白独自回外婆家。傻白回去取了两件东西后，表妹留他，他又逗留了一会儿，然后才动身。

此时已经五更了，街市上早已没了人影。当傻白走到白塔寺后边的回廊下时，他突然看见一个人。那人离他不远，就隔着几步和他并排行走，可是不知道为什么一阵阵阴风吹来，他不由得浑身起了一层鸡皮疙瘩。

于是他仔细看了看身边那个人，他高不到三尺，看上去像一块淡黑色的东西，没有头脸耳目及手脚，就像一股浓烟，况且在月光下又没有影子。傻白看到这些几乎吓得要死，他快步急走，而那物也走得更快。这样那东西一直跟着他走了一里多路。

这时，忽然有一个人迎面而来，正和那物体相碰。那物一边退一边跳跃着，忽左忽右，样子很仓皇，来人就像没有看见它似的，毫不惧怕，照直往前走。那物却很窘迫地一闪，便成一股旋风拔地而起，有一丈多高，奔东边而去。

看管栅门的老军看见傻白呆呆地站在那里，吓了一跳，丢掉了打更用的梆子惊喊："你是什么人？在那里干什么？"

傻白答："我是路过回家的。"

老军说："不是问你的！我刚才好像看到有一个人在栅栏门前，为什么一转身就马上不见了？"傻白心中明白是鬼，漫不经心地应付了老军。

到了西安门，傻白的心仍未定，他看见叔叔坐在茶铺中，神色很沮丧的样子，就便将刚才所遇告诉叔叔，叔叔急忙摇着手阻止他，似乎有什么忌讳。

傻白有些不明白，他只是茫然地跟着叔叔回家。这时他又看到了那股黑雾好像一下子就钻进了叔叔的身体里。他想把这件事告诉叔叔，可是叔叔在路上不停地嘱咐傻白，即便刚才遇到什么，到了家千万不要说出去。傻白口中答应，心里虽有疑问，却也不方便再说什么。可是后来没有过几天，叔叔便病死了。

兰岩评论道：傻白遇到的，是他叔叔的鬼魂吧？让人不好理解。

孪 生

同州有一对孪生兄弟，他们的年纪有二十岁，相貌也长得很俊美。可无论是他们的相貌，还是他们说话谈笑的声音，几乎是一模一样。即使是家里的人也往往会认错他们。因此家里人只好用衣服的样式、颜色、鞋子的形状来区分兄弟俩。

这两兄弟命很苦，他们的父母在他们很小的时候就去世了，他们成了孤儿，只好跟随最小的叔叔在当铺当学徒。

慢慢地他们长大了，因为为人忠厚老实，渐渐地在乡里有一些名望。但是，兄弟俩的性情很多疑，常常担心对方和自己的妻子私通，彼此都防备，各自把妻子管束得很严，比用绳索捆绑还紧。

后来，老大的妻子生了一个儿子，老大看见儿子之后，就惊讶地说："这个孩子怎么这么像你的叔叔哇？你的母亲已作了陈平嫂子了！"

他的妻子听了他的话，非常怨恨他，就故意嗤笑他说："你和叔叔长得一样，你们长得有什么区别？为什么怪吃奶的孩子？"可是对于这件事，老大始终心怀疑虑，虽然故意表面放松戒备，但私下却留心观察妻子和弟弟之间有什么不轨。

老二的妻子是郡中大族家的女儿，容貌和嫂嫂一样的美丽，但是她心灵手巧，不但一手针线活儿超过了嫂嫂，还善于绘画。

一天，老二对妻子说："你既然善于绘画，为什么不画画我们二人？"

妻子说："夫君这个主意不错。"她又问，"可是我要画我们穿戴什么？还有周围布置什么景物？"

老二说："你就不要画那些俗气的，就画今天在梧桐树下、花丛中间，我们俩在赏春望月。你可以穿短衣衫，支着腮，靠着湖山；我则刚出浴，身穿单裙，不着衫，不踩履，拿着书靠在栅前。"

妻子说："这样的画似乎太轻薄了些，怎么把它拿出来让人看呢？"

老二固执地说："这是我们夫妻之间的画，不会给别人看的，你就照我说的画。"妻子拗不过他，只好开始作画。

几天后，妻子的画就画成了。只见画上的老二神情十分逼真，惟妙惟肖，妻子还给画写了古诗句，题了款："但传消息不传情，一半梨花一半莺。珍重从今常倚壁，卿须怜我我怜卿。"老二仔细玩味其中的诗意，就是不明白诗句的意思。

猛然间，他又仔细看画，忽然大生疑惑，问妻子："你这画里画谁呢？"

妻子猜不透他的意思，故意说道："我也不知道画谁呢！"

老二说："我嘱咐你画我，什么时候让你画兄长了？"

妻子听了他的话，两颊顿时生出红晕，强笑着说："你们兄弟俩的面貌本来就没什么差别，但我只知道画你，不知道画伯伯的。"

老二看见妻子脸上的红晕，马上变了脸色，说："不拿给你证据，我怎么能甘心呢？我兄长左腋下的黑痣，这件事只有我知道，你要是没有见过他光身子，那么是在什么地方见到这黑痣呢？"

妻子无言对答，取过图来仔细一看，微笑着说："我几乎被夫君弄得不好意思了，这是被蝇屎弄脏的，不是笔点的，是你自己眼力不行啊！"老二不听妻子的解释，立即握住拳头揪着她的头发狠狠地痛打，还说要休了她。

妻子一气之下就跑回了娘家。她把这件事告诉了父母，父母一听，就大吵大闹起来，他们觉得老二侮辱了女儿的清誉，于是就写下文书向太守告状。

太守接到这个状子，立刻找来老大验明正身，果然他的身上有黑痣。可是难道仅凭一颗痣就可以认定他们有奸情？

这场官司太守迟迟决断不下，他便找来县令一同商量。太守将这件事情告知县令，县令听了以后说："本职当初在沔县任职时，也有一对孪生姊妹是被夫家休了的。她们的母亲来告状。本职传讯了她们，原来是她妹夫轻佻，常常欺哄她姐夫说：'我平素与大姨要好，如果不信，她的两乳之间有红斑，可以作证。'她姐夫回家验了妻子，果然见两乳之间有红斑，像钱一般大，就相信了妹夫的话，将妻子休了。县官盘问他的连襟，他的连襟极力说是开玩笑，只是因为自己妻子两乳间有红斑，所以用此来开个玩笑，却没料想到大姨身上也是这样。县官验了他的妻子，确实不假，这场官司才算了。今天所说的不也像那件事吗？"

太守听罢觉得有道理，便让老二脱了衣服查看。果然见老二左腋下也有黑痣，与老大没有什么差异，老二才认了错。太守没有判老二的罪，将他释放了。

某王子

明朝时有一王子，他虽是侧室生的，但王爷却对他极其宠爱。但是这位王子的性情残忍，他整日闲居府第，无所事事。平时就喜欢和太监之流在一起厮混，放纵淫暴。他的妾和侍女只要有一点小过失，他就烧着烙铁，剥掉她们的衣服往身上烙，或者用未燃尽的烟灰放在她们的手掌中，看着她们的皮肤被烧焦，然后才作罢。王子每次折磨她们的时候，都不许她们挣扎动弹，如果有谁忍耐不住动了一下，他就会用重刑更残酷地折磨她们。

他家中养的猫和狗，只要他稍不快意，要是猫就分别将四腿捆在四条狗的腿上，然后用鞭子驱打，将猫的身体一分为四；倘若是狗，就将狗足绑在四头驴或四匹马的腿上，仿效古时车裂的酷刑来残杀它。

他还经常在殿中放置大锅，内中盛满沸滚的油，他命人捕捉燕雀、蝙蝠之类，将它们活活炸煎，待炸得焦黑后，蘸着椒盐用来下酒。可是好景不长，他还没有等到封袭王位的年龄，就得痨病死去了。

王子死后的第二年。府中有一位长史，一天夜里他睡着了，看见王子向他走来。

这时，王子披散着头发，光着身子，神情悲切。长史很惊奇地询问王子："王子你已经去了很久了，这是从哪里来？"

王子哭着诉说道："我活着的时候极不仁义，死了以后更是尝尽了地狱之苦。现在阴司的责令已经定了，我应当托生为驴。大人，你明日可到某大街某坊某店铺前，如果你看见一头母白草驴，既瘦又秃着尾巴的，那就是我的生母。那驴的肚子中怀着的驹子，就是我啊！希望大人你念及往日的情分，赎我们母子回来，我们才不至于死在屠刀下，那么大人你就是我的再生父母啊！"说完，他失声痛哭。

长史惊醒后才发现是一场梦，他很是诧异，叹息着再也睡不着，翻来覆去直到天亮。

第二天，他赶着车前往街市探看，果然看见了一头怀驹子的母驴，拴在铺子前，其形状、毛色和梦中王子所讲一丝不差。长史刚下车，那母驴便向他长鸣起来，两眼往下掉泪。长史见此情景，也不禁流下泪来。

他忙叫来店主问道："你这头驴子卖吗？"

店主说："这驴是我昨天用五千钱买的，今天准备杀了它卖肉，不卖活的。"

长史说："别这样，驴也是一条命，你杀了驴卖肉，不过是想多得钱而已。你只说杀这条驴可以得多少利钱，我用一倍的钱赎它。"

店主说："大人真有恻隐之心！既然大人一定要赎它，小人怎么敢过多地索要呢？连本带利给六千钱就可以了。"长史便将钱如数给了店主，牵着驴子回府。

这天夜里，长史又梦见王子和他母亲来谢恩。长史不敢隐瞒，找机会将此事告诉了王爷。

王爷突然听到此事，不禁惊愕异常，继而叹息了很久，恨恨地说："暴戾之子，本来就应该遭阴间的报应；他的母亲也阴险凶悍，又非常嫉妒，也应当遭报应。虽然如此，我们的父子之情、夫妻之恩，却不可以断绝。城外苑林地广草盛，可以将驴子放养在那里，直到他们老死。"

长史听了连连应命，就把驴子牵了过去。就在放养驴子那天，母驴生下了一头驹子。

一天，王爷路过园子来，两头驴见了王爷，伏在地上流泪，王爷试着叫它们的名字，它们立即摇着尾巴嘶叫着，像是呼叫又像是答应。王爷见状，心里不由得闷闷不乐，垂头丧气地回去了。

现在王爷已经死了，也不知道那两头驴还在不在。

兰岩评论道：王子生前极其凶暴残忍，死后变成驴，几乎死在屠刀下，也算极惨的了。世上暴戾狠毒阴险的人，还是及早回头，免得被拴在街市上时，希望人来赎救却没有人来救啊！

再　生

永平县某村，有一对老翁和老妇以卖豆腐为生。这对老夫妻俩虽然不是很富裕，但是他们的性情都很善良，无论遇见桥梁朽坏，还是道路泥泞，都会拿出钱来，全力修补，几十年如一日。

一次，他们遇到了村里的石桥被大水冲坏，来往的路不通了，阻碍了人们的出行。老翁知道了，就又召集民工开始修葺，就连他自己也亲自干活。

这天中午，他干累了，就靠在桥柱上稍稍歇息一下，刚闭上眼睛，就有两个穿青衣的人，来到他跟前，两人叫老翁："是时候了，你快跟我们走！"

老翁睁开眼睛一看，这两个人有点像是县衙里的差役。他问："你们要带我到什么地方去？"

那两个人没有正面回答，说："你先走，到了就知道了。"

老翁心里不想去，可是不知道为什么，不由自主地起身跟着二人走了。

他们走了约莫十里，就进了一个村庄，看见有一座大宅院，很是壮观。老翁认识它是某村大富豪某人的宅子。穿青衣的人催促老翁进去。

老翁不由自主地经过几道门，直接进入卧室。这时，室中有很多妇人，她们围着一位少妇，那少妇好像正要临盆。老翁惊愕得急忙想退出去，可是两个穿青衣的人一齐推挤他，他一不小心竟跌进少妇腹中，顿时觉得全身如掉进滚烫的水里。他翻来覆去地挣扎，马上又感到身上冷得厉害，就像睡在霜雪里一样。

　　这时，他听人说："恭喜娘子，你生了一个儿子啊！"老翁大吃一惊，睁开眼睛四处看，全是刚才见到的场面。再看看自己的拳头，小得像个胡桃，才领悟到原来自己死了，已经投生在这里了。

　　于是，他不由得悲从中来，哇哇地哭了。忽然，一个半老的妇人，拿着剪刀在他眼前晃了晃，他立刻感到痛入心髓，原来是剪他的脐带，他不禁失声说："老乞婆不要恶作剧！"

　　全屋的人忽然听见小儿说话，都大吃一惊。老翁说："你们不要害怕，我是某村某翁呀！现在看这情景，我是托生在你们家了。既然我生在你们家，就是你们家的儿子。可是我有一事放心不下，我有老妻，她既穷又病，现在我死了，我们又没有孩子，她将来可以依靠谁呢？你们可以把她叫到这里来，给她分两间房子，让她住下来，每天给她三顿粗粮饭食，冬天给身棉衣蔽寒，让她度过余生。我这个请求并不过分，只恐怕她的福分浅。还有一事，我的尸体还在桥柱下，求你们赶快派人去，用布衣布被装殓了，准备一口柏木棺材，埋在桥边，不要过分花费，那么我才能安心在这里。"

　　家里的人不信一个婴儿的话，这时老翁发怒了，大声催促他们。家人看到这么小的孩子就会说话，也觉得蹊跷，就打算听他的，正准备前去，老翁又说："你们去了老妇恐怕不信，你们必须抱着我亲自前去料理。"

　　家人不得已，便用绣被裹了老翁前去。到了老翁家，果然都像老翁所说的那样。老翁与老妇絮絮叨叨地一问一答，就像结发夫妻一般。老妇大哭，老翁劝她道："有我在，你不要担忧会孤寡。"

　　一会儿到了桥下，老翁的尸体已被官府查验，准备装殓。老翁再三叹息，命人换上柏木棺材，亲自看着安葬了，才和老妇一起回家去，他将老妇养在宅子里，照顾终老。

　　这家只有老翁一个儿子，他承继了家里的百万家资。没过几年，他的父亲死了，母亲二十岁守寡，爱老翁就像掌上明珠。而老翁就像上一世一样，行善好施，因此活的年龄超过了他的前生，人们认为这是上天对好人的回报。

王 侃

王侃是房山县一户农家的儿子，在家里他排行第三。

一天，他在田里耕地，天上忽然刮起了大风，飞沙走石。王侃正要躲避进芦棚里，这时一个红衣女子，披散着头发，光着两脚，冒着风而来，一边跑还一边喊叫："三郎救我！三郎救我！"

仓促间，王侃来不及详细询问情况，只问道："我怎么才能救你？"

女子说："你只要将我藏在芦棚下，一会儿有旋风来，其实那就是追我的人，你只说我已经往西去就行了。"说完，那女子就钻到棚子里去了。

片刻之后，果然有一股旋风从东北方向而来，它大如佛塔，急如奔马，只是绕着田野转了几圈，就把树叶吹了个干净。那旋风看到王侃立刻停了下来，好像在询问似的。王侃就按女子所说，对风指着西边，风立即雷鸣着向西去了，好像懂得人说话似的。

王侃看到这样的情景大惊失色，待风过去后，他才打开芦棚门，看见那女子正坐在芦棚中，她已经撕了裙子在包脚，还含笑容在绾髻。只见她香汗还在流着，已经沾湿了衣衫，大口喘着气好像还未平定心情。

这时，王侃才看清女子的长相。只见她蛾眉舒展，秀眼中跃动着光亮，走近前一看，更是妖艳无比。王侃正当少年，一见到这样美貌的女子，他又喜又惊，就慢慢安慰女子说："现在追你的人已经走了，你可以不必担心了。"

女了站起来向王侃施礼道："郎君对我的深恩大德，小女子永记不忘。"

王侃故意问她说："那么你准备用什么来报答我呢？"

女子想了想说："金帛珠玉，只要是郎君想要的东西，我都可以帮你得到。"

王侃笑道："我要这些干什么，这些东西生不带来死不带去，不是我所求的东西。"

女子觉得奇怪，问道："世人都爱金银，郎君却不愿意要。那么郎君，你最想要的东西是什么，可以说给我听吗？"王侃只笑不答，只是呆呆地看着她，眼睛里露出一丝情谊。

女子看了他一眼，笑着说："郎君你不善良，欺负我一个弱女子。"说完，她就要走，王侃立刻伸开胳膊拦住她。女子机灵，弯下腰从他腋下冲出去，动作非常轻捷和迅速，一眨眼就没了踪影。王侃心里大失所望，心里不免有些怨恨那女子。

天快黑的时候，他闷闷不乐地扛着锄头回家。

刚到了渡河边，就看见那女子坐在溪畔石头上，笑着对王侃说："郎君，不会把我忘了吧！还是把我看作中山狼？"

王侃看见她，立即化忧为喜，但还是故意装出一副生气的样子说："你已逃脱了灾祸，干吗不自己找寻快活的地方，留在这里干什么？"

女子快步上前握住他的手说："你生气了吗？我不过是试探一下你是否真心，如果你把我当成负心人，就是只知道石头而不知道其中包着玉了。"

说完，她请王侃带自己一同回去，千万不要因为她来历不明而嫌弃她。王侃听了她的话，心里禁不住狂喜异常，就带着女子一同到家。

王侃年纪刚刚二十岁，他的父母都已去世，只有他和妹妹相依为命。

这天，妹妹正在家操持家务，突然看见王侃领了一位美人回来，便惊奇地问哥哥："这女子是谁？她从什么地方来？"王侃就把自己遇见女子的情形告诉了妹妹。

妹妹听了以后，就仔细打量着女子，笑着说："她果然是一个美女，我见了都生怜爱，何况三哥呢！"

王侃说："这里人多口杂，人言可畏，你帮我想个办法。"

妹子说："以前我们还会担忧东邻的钟八，他平日里就好称霸乡里，飞短流长，可是如今他已远走，黄鹤一去不复返了，你还担心什么？我看这三嫂长得妩媚动人，外表秀美，内中一定敏慧，正好和三哥相依过日子。只怕三哥福分浅，不能消受啊！"

女子听了这话，行了礼，谢道："三郎对我有救命的大恩，我委身侍奉他，也是情理之中的事。只要小姑容得下我，我一定和他好好过日子！我这个人，笨手笨脚。还望小姑能可怜我，诸事多包涵些，那么家中就和气致祥，安泰如磐石了，别人说什么话我们也不值得惊慌。"妹子听了女子这番好话，更加高兴，便杀鸡做饭，准备让二人圆房。

当天夜里，王侃说："我还不知道，你是哪里人？也没听你说起你的家人。"

女子笑着说："我的家乡是良乡。我姓白，今年十九岁。我从小就命苦，幼年时失去父母，也没有兄弟姐妹，一直孤身一人生活。昨天我出外春游，不料碰上妖风，它见我貌美，就紧追不舍。幸亏有了三郎，不然我一定会被阎摩罗什天尊叫了去。"

王侃说："你过去一直是只身一人，那你住在什么地方啊？"

女子叹了口气说："我无枝可栖，每天像浮萍一样漂流，幸而藏身较严密，没有遭到强暴凌辱。"

王侃说："那你怎么生活呢？"

女子说："我不过给人家做些针线活糊口罢了。"

妹子说："只要心里没有污点，还在乎以前有家没家？从此以后，三哥耕作，嫂子做饭，我往地里送饭。三哥明天就去买几匹布，给嫂嫂做衣裙，哪见过农家妇女穿这种礼服的呢？"

王侃为难地说："我也想给你嫂子买些东西，可惜我现在没有钱。"

女子对王侃说："三郎你不用为难，我攒了十匹布，就藏在溪边土地祠内的香案下边，劳你去取来就是了。"

王侃听了她的话半信半疑，女子又再三催促他去。王侃觉得不妨试试看，他前去取布，果然得到十匹布。

他回来后把这件事告诉妹妹，妹妹觉得很奇怪，就问："古庙那里很荒凉，嫂嫂你什么时候在那儿放的这些布？"女子随便地应付了几句，妹妹也没有深究。

这个女子性情极其贤惠，心灵手巧，女红针线，没有不会、没有不精的，妹妹就是有一百个不到的地方，她都能原谅，因此妹妹更加敬爱嫂嫂。自此夫妻和美，至诚笃爱，女子与妹妹也相处无间。

有一年，碰上干旱蝗灾，王侃家几十亩地，只收了十之二三的粮食。王侃兄妹日夜焦虑发愁，先不说自己会不会挨冻受饿，现在没有交给官府的粮食，不知道该怎么办。可是那女子却每天满面喜悦，不以此为意。王侃和妹妹商量了一下，他们打算到同村牛大户家去借钱。

女子知道了他们的打算，立刻阻止他们说："你二人想到一起了，可是这办法行不通。牛大户是个钱奴，狼心狗肺，如果没有什么势力压他，即使是他的至亲好友对他有所求，他眼睫毛尚且都不眨不眨，像是不认识的模样，何况一个离他那么远的穷人。你年轻，脸面薄，白白地让他欺辱，难道能得到他的救济吗？不如听天由命，事情到了危急关头，自然会有解救的办法。"王侃不听，穿戴整齐，去了牛大户家，果然没有被牛大户礼遇，他禁不住忧郁万分。

他刚回到家，就看见催粮租的官吏已经等在门口。官吏看见了王侃，立刻大发威风，抓住王侃不松手。王侃极力解释，求官吏宽延一下，暂时等一会儿，自己忧心忡忡地进房，和女子商议如何款待官吏。

女子问："三郎，我们应该给多少钱？"

王侃叹了口气说："加上原先欠的一共有七两多银子。"

女子笑他道："我还以为几千两呢？就这么点银子，还值得三郎费了几天的心思？要是这样的话，有什么了不得的？土地祠内西北角地砖下，有一坛白金，三郎快快取来还完债，多余的金子，足够过日子的了。"

王侃正愁得不行，听了女子的话，非常高兴，转而一想觉得她是开玩笑。但妹妹也觉得没有办法，只能催促他说："三哥前一次取回了十匹布，这次应该也不会假，快快去，我们也没有别的办法了！"

王侃听了妹妹的话，就跳过屋后矮墙，急忙奔土地祠挖金子。他按女子所说的地点，果然挖到一只黑瓷坛子，打开一看，有满满一坛金子。他狂喜得就像是寒士突然间中了第，急忙脱下衣服包了金子，光着脊背背着金子往家走。王侃把官府的钱如数给了官吏，官吏才就此罢了休，酒足饭饱后回去交差了。王侃称了这些金子，足有五百两。

王侃用这些金子买田置室，他们的生活渐渐地富了起来。以后无论干什么营生，他都只听女子的话，因此生意获利好几倍。不到两年，便成为一乡的首富。

日子富了，王侃却老是想着没有后嗣，所以想纳一房美妾。对此，女子极不高兴，说："三郎刚刚得到温饱，过上了好日子，就想要纳妾，为什么你为人这样薄情？"

王侃说："真的不是我忘恩负义，只是害怕没有后代，自己都惭愧哪！"

女儿说："既然如此，奴家应当为郎得一子。"王侃笑她开玩笑。这天晚上，女子告诫王侃不要睡觉，她独自上床放下床帐。她在床上轧轧轧地不知道干些什么，不一会儿，就传来小儿呱呱的啼哭声。

女子换了衣服出来说："你快去看看儿子吧。"王侃大惊，打开床帐，见女子已在床上生下一个儿子。仔细看去，那儿子眉目如画。王侃又惊又喜，便告诉了妹妹。妹妹也前来看望，不由得欢天喜地，当下在房里摆下酒席庆贺。那女子边谈笑，边吃酒，和平日里没什么两样。王侃兄妹见了她的举动，不由得暗暗地生了疑心，因此给儿子取名叫异生。

同村有个大户，户主叫刘翁，拥有家资甚巨。刘翁有一个儿子叫刘璇，是个国学生，二十岁了，还没有娶妻。他听说王侃妹妹美丽妖艳，他家便派媒人来议婚。

王侃正要答应，女子却极力反对，她认为这门亲不能结。

王侃说："刘家富庶又好礼，刘璇也是少年诚恳，把妹妹嫁给了他家，是咱们天大的福分，你还阻止什么？"于是，女子说什么他也不听，答应了这门亲事。

女子叹息说："姻缘是天定的，违了天意就要遭不测。我和刘家儿子有仇，虽然成了亲戚，仍应当回避他们。到了成亲那天，三郎千万不要让他们和我见面。如果让我们见了面，那就惹祸了，此事你一定牢牢记着，不要忘记。"王侃随便应诺着。

刘璇和王侃妹妹成婚后，夫妻之间很是和美。后来，刘璇听说嫂子长得很美，就很想见见她。他极力向王侃请求见见嫂嫂，王侃也没有答应。刘璇就和妻子商量，设下酒席请王侃来吃酒。而刘璇自己却借机会偷偷跑到王侃家，正巧碰上女子在庭院中给儿子喂奶，刘璇忽然上前去，向女子作揖。

仓促间女子来不及回避，只好用衣袖掩住面孔，站在那里不敢动弹。刘璇仔细看去，大吃一惊，立刻奔回家去，面如死灰，王侃兄妹看到他的表情问："妹夫发生了什么事？"

刘璇喘息了很久，才问王侃道："尊嫂是谁的女儿？你们结婚几年了？这事非常奇怪，希望一一告诉我，不要有什么隐瞒。"王侃起初支支吾吾，不肯吐露实情。

后来，刘璇正色道："我们是至亲骨肉，没有什么作假的必要。我之所以恳切地盘问你，自然有我的原因，兄何必见外得那么厉害呢！"

王侃的妹妹心中疑惑已经很久，听刘璇所说，觉得其中必有原因，也从旁劝说哥哥道出实情。王侃不得已，便如实相告。

刘璇听了之后吓坏了，说："兄长你一定是遇到妖怪了啊！"

王侃问："何以得知她是妖怪？"

刘璇说："弟不敢欺骗兄长，弟一直慕嫂嫂贤惠，深深感到不见一面是件憾事。刚才挽留兄长饮酒，弟只身一人到府上拜见嫂嫂，我俩在庭院相遇，弟很惊异她容貌艳丽，便仔细打量她。谁晓得不是别人，而是使弟我遭祸的人哪！"

王侃问："她让你遭受了什么祸事？"

刘璇继续说："在三年前，弟到野外看墓地，在途中遇到这个女子。她长得很漂亮，我对她很倾慕，极为殷勤。回到家中，那女子已先到了家。她说她是白氏女，和弟有前世姻缘。那时弟神魂丧失，无所顾忌，于是两相欢好。两个多月后，弟身体渐渐羸弱多病。父母见了我这样，知道弟是中了邪，用了千方百计也驱逐不走邪气。正巧有一个姜道士，因为善神术在山东出了名，弟的父母便送去重礼，求姜道士作法捉妖。姜道士只用了一符朱书，命我家人在中堂焚烧一张，另一张让家人重叠地包藏起来，说几年后还会有用处。弟的父母遵照他的嘱咐，当天烧了一张符，弟亲眼见一个神人模样的——像是庙里塑的灵官——进房来捉那女子。那女子仓皇失色，披着头发光着脚，驾着风跑了，神人追了上去，也就没有再回来。从那以后，弟的病渐渐痊愈。弟今天听说兄长遇见嫂嫂的日子，正是神人逐妖的日子啊！兄长溺爱嫂嫂，一定不会相信弟所说的，朱符虽然还在，也不能用它作为凭证，假若她是妖女，身体就会发出一种奇异的香味；再者她还经常深深护着尻骨，不让人摸弄。如果尊嫂嫂也是这样，必是妖女无疑了。"

王侃听后，哆嗦着嘴唇，瞪大两眼，欲言不能。妹妹说："让不让摸尻骨我不知道，她身上有香味确实不假。三哥应该早些谋划，不要耽误了正经事情，以免事后后悔。"

王侃慢慢地叹了口气说："据妹夫所说，她是妖女无疑。但我们合卺以来，家里靠了她才富起来，靠了她才养了儿子，妹妹靠了她才嫁给了你。她对我们王家帮助很大。曾经听人说过以德抱怨，没有听说以怨报德的。何况内人她贤淑，一定不会加害于我们。虽然说她不是人，可我怎么忍心抛弃了她呢？算了吧，愚兄不忍心再听你说了。"

刘璇继续劝说："蜂蝎有毒，何况妖魅呢？兄长听不进好话，那么就在干鱼店寻兄去吧！"大家便不欢而散。

王侃走后，他的妹妹始终没有消除疑虑，就将符藏在身上，回到家中，把符在哥哥卧房门口烧掉。顿时，狂风大作，只见那女子从房中跑出来，没跑几步，就跌倒在地化为黑狐，冲出门去，逃之夭夭了。而那一股旋风随后而走，急如雷电，顷刻间便不知跑到什么地方去了。

王侃看到之后大惊，等到他定下神后，每天大哭，饭也吃不下去，没几天就病死了。那女子再也没有回来过，只剩异生孤零零一个人。

兰岩评论道：受别人的恩要想方设法报答。人都不能多得，何况异类？王侃一家都靠这位女子，他继女子之后死了，也不算过分。

台方伯

台方伯先生已经故去了，他曾经有一段时间罢官居住在家里。

有一天，他半夜里起身上茅厕，就将灯笼挂在茅厕墙壁上。不一会儿，他听见窗外咔咔作响。他抬起头忽然看见有好几尺红袖伸进窗户，慢慢地靠近墙壁，红袖一摆就将烛光掩灭了。

四周立刻一片漆黑。台方伯很生气，他以为有人恶作剧，就大声呵叱窗外的人，那袖子听到了呵叱声便很快缩回去。但是过了一会儿又将袖子伸了进来，反反复复了大约四次。

台方伯看到这样的情景，知道有古怪，心里不禁惧怕起来。他急忙站起来点亮灯烛，向茅厕的周围仔细看，可是周围没有看见什么。他百思不得其解，回去就把这件事告诉了夫人。

他的夫人平素就有些胆量，她一听此事，就立刻带着婢女举着灯烛前去看个究竟。可是她们到了茅厕门口，那婢女害怕不敢进去。

夫人唾了她一口，骂她道："你真胆小，难道独你的命尊贵？吓死你了！"说完，她一把夺过了婢女手中的灯烛进了茅厕，四面照看，忽然她隐隐约约看到屋角有个人影。

夫人壮着胆子，慢慢靠近那人，一直逼视着那人。这时她才看清原来是一位红衣女子，她的脸孔很长，并且像搽了粉一样白，嘴微微张着，皱着眉头，笔直地立在那儿，就像僵了一般。

夫人没有害怕，竟厉声问道："你是鬼吗？为什么要现形？"说完，她还一巴掌劈将了过去。说时迟，那时快，那女子忽然不见了。

这时，台方伯也紧跟着来了，可是妇人整个人好像定在那里，他连忙扶夫人回房。到了灯下，台方伯才看见夫人脸色惨白，面无人色。

几天之后，台方伯生了一场大病，紧接着他夫人也病了。两个人医药无法，没几天台方伯就病死了。又过了两天，夫人也暴亡了。

兰岩评论道：台方伯是官府要员，鬼怎么敢近身？或许是有冤魂找他。见鬼现形而不躲避，也是台方伯夫妇寿数尽了的表现。

瓦　器

京江有一位陈扶青先生，他雇了个佃户给他耕田。

一天，在耕地时，牛忽然跌倒，佃户不管怎么用鞭子抽打它也不起来。佃户上前一看，原来是牛蹄子陷进了泥淖之中，已没至膝部。

佃户帮牛拔出蹄子以后，发现里面埋着一窖瓦器。这瓦器颜色只有红、白两种，他数了一数一共十二件。他拿起一个摸了摸，觉得质地很粗糙，不像细瓷，倒像陶。那瓦器的大小，像盆又比盆小，形状类似腰鼓，不知道是做什么用的。沿器口缀着一圈磁珠，均像鸡头一般大小，下边连着一些鼓钉般的东西。

佃户在挖出瓦器时，一不小心，把上面的磁珠打落了十余枚，他带着这些瓦器回了家。

第二天早上，他再把瓦器拿出来看时，它又完好如初了。佃户把这件事告诉了陈扶青先生，让他也试一下，果然如此。先生也为此事深深感到奇怪，便命佃户仍旧将瓦器埋起来。

后来，他们听人说凿掉瓦器上的东西又重新完好，那这件瓦器一定是聚宝之物。听了这句话之后，陈先生马上命人去挖，可是却再也没有得到那瓦器。

兰岩评论道：既然掘出了瓦器却又埋了，先生究竟怀的是什么心思？然而由于瓦器已经在人们面前展示过，最终消失了，再也不能重新得到。难道是预先知道它不是人世间应有的东西，而故意消失掉了吗？

梁氏女

陕西白水县有一户村民，他的第一个妻子生病去世了，只给他留下一对子女，两个孩子都有六七岁。这个村民为了照顾孩子和操持家务，于是又娶了同村梁家的女儿为继室。

梁氏长得很漂亮，可是她的性格乖戾，自小狠毒，因此村民都知道她的厉害，她到了快二十岁还嫁不出去。她到村民家后，每天虐待前妻的子女，又打、又刺、又熨、又烙，打得两个孩子体无完肤，有时连村民也打了起来，他连自己也庇护不得。

村民家境贫寒，必须辛苦劳作才能吃得饱穿得暖。为了生计，每天，村民要披星戴月到集市上赶墟，因此梁氏很早就起来给丈夫做饭。

一年夏季，天气太热了，他们夜晚窗户都不关闭。这天半夜梁氏准备起床给丈夫做饭，突然她听到窗外有人，正倚着窗子向屋内叹息。梁氏好奇伸出头一看，原来是一个妇人，只见那个妇女皱着眉头，满脸是泪。梁氏仔细一看，原来是丈夫已经死去的妻子，她又惊又怕，继而发狂，自己打自己的脸颊。

邻人和丈夫都听见动静，急忙过来拉住她，问她发生了什么事，只听见梁氏口中大骂：“你这淫妇，怎么这样毒如蛇蝎，竟敢残害我的儿女？！我要好好惩罚你！”

众人听了她的话，才猛然醒悟，原来是村民前妇的鬼魂附在了梁氏身上，便急忙给她灌下了朱砂。过了一会儿，梁氏才稍稍定了下来。从此梁氏生了怪病，有时正常有时又癫又狂，常常自己脱下身上的衣服，让儿女狠狠鞭挞她，只有这样方才觉得快活；有时她会拿锥子刺自己，遍体流血，也不在意。

一大，村民不在家，她竟然烧了火筷子，一边烙自己的身体，烙进去很深，一边大叫“快活！”不一会儿竟然把自己给烙死了。白水县令邱公受理此案，曾经对我父亲说起过这件事。

兰岩评论道：毒害子女，最终要遭受惨报，老夫见了怎么能不高兴呢？

铁公鸡

济南有一个富翁，家资有数十万，但为人却很吝啬。

虽然他坐收高利，算计精细，但是他却每天敞着衣裳，头顶破帽，向亲戚朋友装出一副穷酸的样子。他的家中老少几十口人，但每天只买半斤肉，几斤菜，吃饭不论老小在一个灶上，早饭经常拖到午饭时刻才开，晚餐经常在夜里吃。他在家中从来不置茶和酒，一年到头也不宴请宾客，即使是骨肉至亲，也没有见过他家刀筷是什么形状。富翁自己也不懂得款待客人时应该怎样周旋，然而往往被别人请到歌舞宴席上，席间，他也显得很欢快，却又似乎一点儿也不懂得人生的乐趣。乡人送了他一个外号，叫"铁公鸡"，意思是连一根毛也拔不掉。

这个富翁年近五十岁，身边却没有儿子。他和家里的人商议纳妾的事，要求妾的身价便宜而人却要长得很美。媒人笑着说："你又要马儿跑，又要马儿不吃草，这应当在公马母马黑马黄马以外找了，如何能够很快地找到呢？"富翁嘱咐媒婆快快找寻。

不久，有个陕西客路过这里，带了一个女子来说："这个女子是我在路上遇见的，她孤苦无依，我可以不要钱，只要给她些衣服食物，不至于冻饿而死便足够了。"富翁看到那女子年纪有十八岁，美丽得就像舜华。富翁大喜过望，将她收为侧室，送给陕西客一缗钱。陕西客没讲价钱，拿着钱便走了。

富翁得到了美女，很是宠爱，什么都随她的意，而吝啬仍和往日一样。女子告诫他说："从前乌氏倮的寡妇，是穷乡的寡妇，但却闻名天下，和王侯行对等的礼，因此成为富翁。您的财富能超过国家了，可是不仅不能出名，并且将要泯灭，可惜了啊！"

富翁听了她的话很不高兴，说："你为什么这样说，倘若你仅仅是心里有这样的想法，倒还罢了，千万不能再对外人说这些话。况且你的话说得容易，做起来却难。你不知道，钱这东西，聚到一起难，却容易失掉。我从孩子时就常常买扑满，每天积攒几个钱，积了十二年，一共得到二百二十多扑满，算计了一下，共得三十多千钱。我将它们穿起来借给别人，用来养活父母子女。过了三十年，算了算刚有盈余，中间人又设下赌局，如掷骰子、押宝、看纸牌及抓大点、转格子等赌戏，我都得了头彩。到现在又有十多年了，一共经营了五十多年，才有今天。那积累财富的辛苦，我全都尝遍了啊！我一生看到听到的豪绅世家，有的倾尽家资买宅第，有的全部用来助亲友，还有老了却悖情理而不念子孙的。我用白得像雪、圆得如月的宝贝打酒买肉，和宾客欢宴，就好像和银钱这样东西有深仇大恨一般，一定要尽力消耗掉它们才罢休。我常常用这个办法处罚自己，唯恐时间久了达不到目的，而你却想要我踩这个窠臼，是不知道我物力的艰难，所以随便说了这些话。小儿女福分有多大，你自己却要丢掉这个福气。你快不要再有这个念头，罪过不小哇！"

女子笑着说："我不过是试一试你，你又何必这么惊讶！我知道你的志向牢不可破,难道真的会要把积攒这么多的家资送给什么人吗?"然而富翁听了女子这番话,始终不能解除疑虑。虽然爱那女子就像爱一件珍宝,但防备女子又像在防备盗贼。

富翁的密室中原有贮藏银钱的十来个铁柜子,封得很牢固,按惯例每月开一次,检查有没有人动过。这天,又碰上检查的日子,婢女、老妈、童仆全被他赶到大门外,他独自与女子闭门关窗,打开铁柜,这时他发现那里面藏的成串的钱全不见了,富翁大惊失色,就像失掉了左右手一般。他瞪大眼睛看着那女子,盘问她:"这到底是怎么回事?"女子笑而不答。

富翁大怒,抽出刀逼她说:"你快点说,你把钱都弄哪里去了?如果不说的话,我就杀了你!"

女子笑着说:"你以为你可以杀了我吗?"

富翁发怒说:"我一个大男人还杀不了你,难道你不是人,是鬼不成?"

女子说:"其实我的确不是人,但也不是鬼,我是狐狸!因为你的为人鄙陋刻薄,所以我将钱盗走送给别人了。"

富翁大怒,问女子:"你这个小偷,你将我一生的血汗偷到什么地方去了?"

女子说:"钱是流通的东西,我偷走了它,什么地方不能接济人?难道一定要深藏固守在一个老秃翁的手里吗?"说罢,径自走进内室。

富翁追进去寻她时,她早已没有了踪影。富翁才开始相信果然是狐狸精在作祟,便大哭,没想到他竟气绝而亡。家人按照他的习惯将他草草埋在乱坟岗,还将他所留下的财物劫夺一空,各自离去。

没有几年,宅子也随之荒废,成为菜园子了。

原来,富翁宅子后边有座楼房,早已被狐狸占据将近百年。富翁的祖父以上辈辈相沿袭,每月二十六日这一天,他们会备下鸡肉和白酒向狐狸祈福,狐狸会带给他们好运气,因此他们从不敢稍有懈怠。

可是自从富翁继承家业后,他认为这样做增加了费用,因此再不祭酒,又把楼房租给了别人。狐狸被四处惊扰,从此他们的宅子里不断生出妖异来。富翁的妻子曾经全力劝告他,他反倒愤恨不已,谩骂不休。一天,富翁见一群狐狸来告辞,说:"你是有福气的人,我们能干什么?我们搬走了,不敢再住在这里了。"从此狐狸就不再来了,富翁认为达到了目的,最终却没有料到自己会被狐狸愚弄到这种地步。

兰岩评论道:守财奴让人深深憎恶,哪里来的这样的快狐,干了这样的快活事呢!辛苦了五十年,没有享用一文钱,一旦全部丢了,大哭而死,富翁也让人可怜哪!每读一遍,让人叫三下"快活"!

多前锋

前锋多某，在家排行第二。

在他没有得到前锋的官衔之前，有一天他和一个朋友一同到东直门外瓮城下练习骑射。他骑马时，一不小心就从马上落了下来，当即昏厥了过去。朋友将他扶回家。

回到家后，过了不久，他便苏醒过来，找来大夫仔细检查，他的周身无一处损伤，但神态却显得呆痴，不再有说有笑，给他吃他便吃，不给也不要；给他喝的就喝，不给也就不喝。就这样过了半月，他的状况仍没有好转，家人见状都闷闷不乐。

家中有位婆子，有次出外买菜回来，忽然就神情呆滞，瞪大眼睛看着多某妻子，问她什么也不答话。

过了很久，这婆子突然大声说："半个月前你家多二爷因坠马而不能动弹，你们就离开他走了。今天多二爷一个人到城下，盼望家里的人，望得两眼欲穿，几次托我寄信，却没有得到回音。今天才到了这里，可以立即派人去接，千万不要再耽搁了。"

家人听了大惊，齐声答应。有人问："我家二爷现在在城下吗？"婆子说："现在东直门外角楼下边。"

又问："那么你是谁呢？"答道："我是旧营房南门口开小铺的王老西。只因去年掌柜的算账不公，呕气自缢。阴间可怜我冤屈，命我协同溺死鬼那三一同管理角楼下城湾河沿一带地方，我生前也曾蒙多二爷恩惠。"

家人听后说更加惊愕，答应说："知道了，劳动您的大驾，只请回去，我们立刻派人去接二爷。"于是家人取纸钱焚烧。那婆子说罢，跌倒在地，晕死过去，过了一会儿才醒过来，再问她，全然不知道刚才发生的事。

家中人虽然都觉得此事荒诞，但是也不敢不信。他们一群人扶着多某到落马的地方，一面烧纸钱一面叫着多某的名字招魂，反复有三四次后，多某忽然发了一阵寒颤，头脑立时清楚了起来，向着家人哭泣着道："你们为什么忍心把我抛弃在这里半个月了，都不来看一下？如果不是王二哥寄信给家里，再有十多天我就再也见不到你们了。"家人纷纷感谢王老西，无不先悲而后喜。

多某有个小兄弟，对此事感到很好奇，乘机问王老西和那三之事，果然不假。多某今年已三十岁，当前锋已有十年时间了，每年到落马那一天，必然要准备香火、纸钱、鸡鸭酒肉，在城湾呼喊王二哥、那三哥，以示祭奠，说是报答他们，希望自己长生不老。

兰岩评论道：受别人的恩一定要报答，对鬼也是一样，多某是品德厚重的人哪！

骷　髅

某甲喜欢打猎。

一天，他从野外回来，他刚到朝阳门外吕祖阁时，天色已昏黑。

这时他看见旧城下有一间草屋，屋里有灯火闪烁，一扇门半掩着，他看见了很好奇，就探身往里看去。只见有一位美丽的妇人独自坐在炕头，她面容姣好，脸上笑容可掬。她看见某甲，没有害怕，反而用手招呼他进房。某甲看到有美女，心里很高兴地准备走进去，可是他刚跨进一只脚，便跌倒在地，不省人事。

第二天，有人路过这里，叫了他半天，他才被人救活。这时他的一只脚还陷到古墓里去了。人们问某甲："你到底发生了什么事？"

某甲哭着说："起初我以为是艳遇呢，可是一只脚刚进了门，我就看见那女的变成骷髅了。"

兰岩评论道：世间乱纷纷的，尽是肉和骷髅。前人曾说过此话。然而如若不是心有所动，一定不会被骷髅所诱惑。哎，天下的奇遇，全属骷髅罢了。某甲应该从这件事悟出其中的道理，啼哭什么！

姚植之

姚壮行，字植之，他的祖上世代是名士，他应聘到甘州提督李公幕府里做事。

幕府中园林庭院风景极好，楼台池沼广大幽深，有好几百株大树，大多都有百年时间了。可是这个园子里经常有鬼现形，尤其是天一黑，人们都不敢过路。

相传康熙年间，某人当提督的时候，就会把杀了的人的尸体放在园子东边的夹缝中，到了现在那些死人骷髅还在。植之不知道此事，一天傍晚，他派了馆童去打酒，准备在园中赏月。主人李公也很豪爽，正巧带着酒食来找植之，两人便一起坐在亭边，在湖山下设宴，又邀了两个同僚，一起举杯共饮。

喝到深夜时，两个同僚都醉了，吐得满地都是，李公派人把他们抬回各自寝所，主人也带醉回去睡了。植之是海量，这时只有半醉，因此继续独自喝酒。他端着酒杯站在回廊中，搔首望月，猛然间他看见有三个人立在池畔的树荫中。

植之问："谁在那儿？"他一连问了好几声，可是对方就是不应答，一直向东走去。

植之以为是幕府中的职役在逗他，便怒呵他们。听到了他的呵斥声，两个人站在那儿不走，好像是责怪植之用恶声呵叱他们的意思。植之很不服气，就要前去问他们，就绕出回廊，走向林子，眼看就要走到他们跟前了，那两个人忽然不见了。植之这才醒悟到他们是鬼，便连声叫馆童，而馆童却不在旁边。植之极为恐惧，快步奔出园子，慌忙中误入歧路。这里花深树密，秋草遍地，风声鹤唳，无比荒凉。植之的一只鞋子掉在烂泥中，他来不及拾取，仓皇而逃。跑到一座废轩前，见前边有三个人，坐在栏杆上，植之急忙向其呼喊："救命！救命！"可是那三人并不应声，而口中却响起悲哀的声音。植之觉得奇怪，惊奇地向他们看去。原来那是二男一女，男的没有头，女的全身是血，全都赤身坐着。植之吓得狂叫了起来，返身便逃，他跌倒了爬起来，爬起来又跌倒，数不清有多少次。这时，馆童提着灯来寻找他，挽着他回到寝所，他从此便病倒在床，梦中常发出惊悸的喊叫声，两个月后才痊愈。

兰岩评论道：断头残躯，形状多么凄惨，想那黑暗的地狱，不知有多少这样的冤魂？世上掌握兵权的人，千万不要草菅人命，白白地滥杀无辜啊！

新安富人

新安有个富人名某某的，他在江西做葛布生意。可是他的性情贪婪，荒淫残忍，又和官府来往密切，当地百姓都害怕他。

他在洪都时，一天，他同几个客商游松门，他们看见一个洗衣的女子，长得婉丽动人，竟然下命童仆将洗衣女子捉进密林深处，要污辱她。那女子在地上打滚，边哭边骂，誓死不从。富人见状，顿时就觉得没了兴头，要将她放走。

可是客商中有一个姓刘的，他趁机挑唆："你不是很有办法吗？现在就放弃了，看到这样的美人白白放过，你不觉得可惜吗？"于是富人就命人用绳索绑住女子的手和脚，剥光衣服仰面绑在石头上，主客童仆轮流奸淫她。

自中午到下午，十六人轮流奸淫洗衣女子，洗衣女子竟被奸死在林子里。这伙人丧心病狂，就将尸体丢下逃走了。后来，这个女子的家人找见了尸体，告了官府，官府严命捉拿凶犯，然而一直没有抓到，事隔久了，也就作为悬案放下了。

富人有一个儿子是太学生，一个女儿年已十八岁，还没有许人。新安这个地方风俗勤俭，即使是富人家里的人，也操持劳务。此时正是采茶的季节，富人的女儿结了几个女伴进山采茶。

突然天降暴雨，众姑娘淋了雨，各自找寻避雨的地方。富人的女儿独自立在山岩下，正徘徊间，突然听见有人叫她的小名，她惊慌地四处张望，觉得声音发自石岩内。女子大惊，呆呆地站在那儿。石头说："你不要害怕，我是山神。你的父亲在客乡中恣肆横行，奸淫死别人的女儿。那女子在各阴司面前控诉，阴司对你父亲的恶行狠狠予以谴责，将要在你身上报复。大士因为你的母亲每天诵经念咒，绣佛衣吃长斋，便发了大慈悲，命我解救你的灾难。你父亲作恶多端，不念悔改，惨祸马上就要到了！你快回去，不要待在这里，这里不是好地方。"那女子很害怕，哭着向石头拜了拜，踉踉跄跄地冒着雨走了。山路很滑，她跌倒了爬起来，爬起来了又跌倒，记不清有多少次，才远远看见各位女伴聚集在积山亭下。她们惊讶地问："你刚才在什么地方躲雨？真让人担心。"富人的女儿瞒哄她们说自己迷了路。

就在这个时候，有四五个恶少相继而来，都指着那女子笑着说："你不在山岩下，为什么狂奔到这里？"恶少们盯着她看了个够，便走了。富人的女儿才省悟到山岩下不是好地方的话。没有神灵预先告知她，几乎遭强暴凌辱，她便暗诵佛号不止。回到家后，她将白天所发生的事情告诉了母亲，母亲叹着气，哭道："按你父亲平素的品行，有什么事不敢去做？神佛怎么会欺哄人呢？"自此以后，她更加严于戒律、诚心敬佛，女子也一如母亲。

富人的儿子年龄虽小，却和父亲的秉性很相像，他经常违背母亲的教诲，母亲为此很替他忧虑。

一天，有个亲戚从京师回来，富人的儿子前去问候。他们谈话间说到京师的人很多，讨论究竟什么样的人是最快乐的。

亲戚说："快乐的人很多，恐怕你我今生今世根本就不能做到。只有一种人，最值得人羡慕，就是太监。"

富人的儿子说："那是受过宫刑的人，有什么可快乐的？"

亲戚说："你只知道他们的人欲没了，一定缺少乐趣，而不知道他们可高兴的地方很多。照理说，王公是最高贵的人，然而天子居住的地方，还不能随意进出；那些宦官因为是阉人的缘故，所以出入宫门不受禁止，这是一乐；不耕地不织布，而一辈子吃穿享用不尽，此为二乐；父母不敢将他看作儿子，兄弟姊妹尊敬并且奉承他，此为三乐；家有殷实的财产，别人见不到的东西，他能见到，别人吃不到的东西，他能吃到，这是四乐；没有妻子儿女拖累，有福独自享受，不用为后人着想，此为五乐。有这五乐，还有什么乐能比得上呢？"

富人的儿子仔细听着，心动神摇，问："我们也能做太监吗？"亲戚说："谁不能当？只是多了胯下的那个东西罢了。"说罢一笑了之。

富人的儿子在回家途中，一路上想着亲戚说的话，越想越觉得有道理，下决心自己施行宫术。他害怕被母亲阻止，便将刀藏在袖中，躲进茅厕里，动手割掉了自己的睾丸，没想到有这么疼，不由得大叫起来。家中的人听见喊声，赶来看他时，他已毙了命。

过了一段时间，富人回来探家，他的妻子把女儿险遭凌辱而逃避厄运和儿子死掉的原因，一一告诉了富人，意思是劝谏丈夫。富人听了，昂首对着天空，呵呵地发着怒笑："妇人女子，害怕崇信鬼神。古人有的受腐刑，有的养几十个相好的，难道都应该向他的祖父辈报应吗？地狱的说法是荒唐的，如果有地狱，我就将向阴间王请求，一定走遍所谓的刀山剑树，来增长我的见识，又有什么可怕的？"

他的妻子微笑着说："既然真的是十八层地狱，你也就当屈尊游一游，我所担心的是怕你流连忘返，不能再看到天日，为妻担忧罢了。"富人发怒了，大喊大叫地与妻子吵了起来。从此之后，妻子就和他分开宅子，另外居住在别院里，不再见面也不再说话。

一个月后，富人就被病魔缠扰，他每天都能看见从前所奸淫的洗衣女子站在榻前，后来还和几个穿着青衣的人杂乱地坐在房内，像是等候着什么。

几天后，那女子又引来了两个青衣，他们铐着一个人来到他眼前，这个人蓬头垢面，向富人哭诉："我们在松门干的事让人发现了。"富人仔细一看，正是从前跟着他做坏事的姓刘的人。那富人从此也凄惨不堪，重病缠身，他呼唤妻子和女儿上前，哭着告诉她们自己所见到的情景，并且详细地诉说了从前那件事，哀求妻子女儿为他忏悔。他的话还没说完，就忽然气喘如牛，大叫着"我去了，我去了"，不一会儿就死了。妻子女儿知道他罪孽深重，一心向佛诵经，希望他能得到超度。富人的女儿终身不嫁，侍奉母亲到终年。后来有人从江西来，说姓刘的人在某月某日自杀了。计算了一下，恰巧死在富人殁的前一天。祁门吴金泉，曾经向我述说此事，用来勉励他人。我和几位弟弟都听得很熟了。

兰岩评论道：作恶多端而不思悔改，终于遭到报应，冥冥中怎么可能遗漏呢？

维扬生

江都有一位年轻人到宿迁去，他和两位朋友拜谒西楚霸王庙。他们在谈话中提到钜鹿之战和垓下之败，三人感叹了很久。那年轻人独持己见，说："我觉得千古以来天才无数，并且庸庸碌碌的人只有项王一个。从前，张仲坚有志夺天下，但是他见了唐太宗，自惭不如，心甘情愿地离开了，远远地住在扶余。吴越王有盖世之雄的称号，拥有东南一带，还注视着中原，始终保持着人臣的礼节。这两个人，不是不想创业垂成，做一朝列祖，传位子孙万代，而是估计了自己的能力和力量，寻机则起，也相机而止，所以不愧是豪杰，不失为英雄。难道他们都像项王那样，仗着扛起千斤的力量，就逞自己能拔山的威风？沛公豁达大度，项羽认识不到此人是天才；张良韩信有才干，他看不出二人可做国士；亚父因反间计而被气死，敢于直谏的韩生被烹杀，因此说他白担着盖世之称，空有帝王之表。太史公将他列入本纪，江淮一带的人还在高大的祠庙里祭祀他，这真是天下太不公平了！而诸位津津有味地将他放在嘴上谈论，并且还羡慕不已，让有识之士贻笑大方。"

二位朋友说："我们不这样看。因为项王残暴，所以人们看不起他，关键也是他的劫数使他这样。其实项王这个人，也有长处。比如他焚烧了秦宫室，表示坚决不袭秦朝的弊端；他晋封六国后裔，合乎道义；和刘邦相会鸿门，放走了沛公，说明他讲信义；他一生经历了七十多次战役，未曾打过败仗，这是他的勇敢所致。不杀太公，说明他仁义宽恕；一败涂地后，不愿再做霸王，这是他的果断。你的书生之见，胡乱诋毁英雄，难道不是不自量力吗？"

那年轻人听了这一番话怒道："你们可以议论古人，我就不能够了？我自己了解自己，自认为自己是可以应酬的。"便叫童仆取来笔墨，在墙壁上题诗一首："炎刘受命顺皇天，天使重瞳作獭鹯。千古中原群盗贼，让君马首一鞭先。"他题完诗就扔掉手中笔，大笑。二位朋友并不吱声，于是三人分手而去。

这天晚上，年轻人做了一个奇怪的梦。他梦见自己被人捆绑到一个大殿下，殿上有一个人。他仔细一看，只见项王手按宝剑端坐在大殿上，大发雷霆，怒斥着他。只听到那声音如同巨雷一般，震得梁柱和大殿摇摇晃晃。年轻人被震得跌倒在阶下，竟然把一条腿给摔骨折了。项王又命令拔了年轻人的舌头，随即便有几个壮士齐声答应，蜂拥到年轻人跟前，一个人抠着他的舌头，狠命拔着。年轻人大叫着醒了。

从此之后，年轻人就得了怪病。他的舌头突然卷曲，不能再从容说话，右腿也瘫痪了，终生没能治好。

兰岩评论道：项王的事已经隔了几千年了，哪来的狂妄书生，一时尽情地大发无稽之谈，遭致终身残废。由此看来，人不能不谨慎地说话啊！

市煤人

癸巳年的仲夏，我前去拜访宗室双丰将军，和双丰将军在廊下站着谈话。

这时，我看见一个人光着身子担了一副担子，进厨房去送煤炭。他的身材不高，但是胸前背后均有伤痕，长八寸多，宽一寸余。我看到那些伤口，感到很奇怪，便问将军。将军说："这真是奇闻！一会儿我们细谈。"于是，将军烫酒设席，向我仔细述说。

双丰将军说，这个人姓王，雄县人，卖煤有十多年了。在他少年的时候，家住在乡下，因为家中很贫穷，只能靠卖力气吃饭。他每天赶早担着瓜、茄等菜蔬到菜市去卖。可是他所住的地方离菜市很远，他每天鸡叫起身，唯恐落在别人后边，照例是在五更就奔菜市赶墟。

一天，他走到半路，碰上了雷雨，雨越下越大，他不能前行。在闪电光中，他突然看见路旁有一座矮房，四周环绕着篱笆。姓王的人为了躲雨，跳过篱笆往房里探视，见那门环用麻绳紧紧系着，里边空无人迹。姓王的人就解开绳索推开门，侧身进了房内，又闭上门蹲在炕头上。

不一会儿，他忽然听见"囊囊"的声音。他暗暗惊讶，没过不久，这声音竟然渐渐紧促，在"哗哗"的闪电中看见一个人，绕着他跳跃着。姓王的人极为惊骇，屏住呼吸趴在炕上不敢动弹，只有睁大眼睛看着。

一眨眼的时间，那人忽然已到了他面前。他辨不清那人的面目，只看到那人披头散发，紧皱眉头，吐着舌头，那舌头竟有数寸长。姓王的人害怕极了，一时手足无措。正惊慌间，那人的舌头忽然碰到姓王的头上，吓得他狂叫着就跑，奋力扑开窗子，纵身跳了出去，扑倒在地，昏了过去。

天亮后，他才被行人救醒。他向众人详细地诉说了昨晚发生的事，众人都很惊愕。一会儿，村里邻居们陆续来了，有人说前一天有个妇人吊死在那房中的梁上，已经报了官，尸体还没有检验，想不到她竟是这样作怪。众人一同进房看，真的有一具尸体，那妇人已经僵卧在炕下了。姓王的人惊魂稍定。这时他才觉得胸前背后像刀割一般，痛不可忍，解开衣服一看，皮肉已经绽开。众人一同猜测原因，才明白姓王的人往出逃时，因为他撞断了窗棂，所以上下相碰擦，胸、背均受了伤，没有割烂肚子拖出肠子，已是万幸了。这件事情到今天已经过了二十年，他将终身带着疤痕了。

我初听此事，感到很诧异，随后便和将军一起捧腹大笑。

兰岩评论道：那妇人生气自杀了，死后又成为厉鬼，的确不可理解。难道不得好死的人，果然都变成了厉鬼吗？姓王的人不幸遭了这样的惊痛。

鼠 狼

某佐领喜欢喝酒，也喜欢吃东西。

一天晚上，他准备回家去，买了六七个羊蹄，一瓶火酒。回到家中他坐在火炉旁独自喝着，然后又将吃剩的蹄骨扔在地上。

这时，他突然听见屋内墙角下有"窸窸窣窣"的声音，他便挑着灯火仔细看。原来那里有十多个小人，每人高不过五六寸，有男有女，他们的穿衣打扮和当时的人差不多，每个人都背着一个竹筐，弯着腰拾起蹄骨放进筐里。不一会儿，地上的蹄骨都已经被他们拾得干干净净。那佐领看到这样的情景，吓了一跳，心中又惊又怕，连忙取来火筷向小人打去。这时小人们都吓得四散而逃，只有其中一个人跌倒，跌倒在地上的那个在地上打着滚，唧唧叫着，随即化成鼠狼死去了。其余的小人看到他死去了，更是都吓得钻进了壁洞里，不见了。

兰岩评论道：为了拾取余骨，以致遭到打击，此事怪诞。同时鼠狼也是太贪婪了，为了贪财而任意攫取的人，当他正要取财物的时候，便会被人打击。

巨 人

应城王家口附近，有十多户村民。每年到了秋收庄稼的时候，人们就一同在田里搭了芦棚守护庄稼。每到晚上，他们在月光下相聚吃酒。

一天，他们又在喝酒。忽然，一股旋风从北而来，来势如山倒，在场的人都感到很奇怪。一会儿，这旋风渐渐近了，大约在离他们有两里地的地方忽然停住，不刮也不动了。

众人一看，只见那旋风的形状像座塔，只听见声震如雷，继而化成一个巨人，高二丈多，白衣白帽，手拿白幡，向众人一挥。紧接着，他又变成一股旋风，向南而去，急如奔马。众人看到这情景都惊呆了，过了很久，他们才陆续醒悟过来，立即有很多人将此事哄传乡里。几天后，那十余人接连暴死，只有三个人没事。

而这三个人，一个人念观音咒已经三年，一个人不吃牛肉，一个人大醉后熟睡，他们没有看见巨人，认为是假的，但也不敢前去寻因，事后也没有随便相传。

兰岩评论道：诵咒戒牛肉，得以免死，本来应该是这样的。至于吃酒误事，是人人都知道的，而这人独独因大醉而得以不死，这酒又能救命了，难道巨人也怕酒后狂徒吗？或者是醉酒的人也被阴间嫌弃了吧！

白莲教

京山中有位富人许翁，他家的祖辈居住在皇市之南的桑湖畔。

后来，他的儿子娶的媳妇，也是乡宦富家出身的女儿，女家妆奁极其丰厚，全乡的人都很羡慕。有个小偷叫杨三的，听说了这件事，偷偷窥伺了半年，因为许翁防守严密，无法下手。

那年，许翁的儿子考上了贡举，许翁亲自送儿子进都城去，准备在太学毕业后考取功名。杨三等许翁他们走了以后，家里人手不多时，他就深夜进入内室，躲在暗处等候机会下手。

这时，新媳妇将要坐月子，不能久坐，二更时便睡了。给她做伴的只有两个婢女，就着灯光做针线活儿。很久，她们才关门闭窗，各自去睡。临走时，将灯火移到几上，那烛火的光亮如同白昼。杨三侧耳听鼾声，知道她们已经睡熟，就打算开始行窃。

突然他看见房门自己开了，一个人打开帘子走了进来。那人深眼睛高鼻梁，黑黑的胡须环绕脖颈，背上背着一个黄布袋，那狰狞的双眼非常可怖。杨三暗地里想：我在路上并没有看见这人，其中一定有鬼。于是他便暂且屏住声息，缩在暗处，窥视那人的所作所为。

那人像鱼鹰一样环顾房中，从袖子里取出一支香，在灯烛上点燃，插在两个婢女的枕边，就站在新妇人的床前，将罗帐挂在金钩上，用秃手指打开绣被。新妇人面向里面躺着，睡意正浓，那人伸出指头闭着眼睛，口中喃喃的，好像在念什么咒语。然后他又三次用手指着新妇人的脊背，这新妇人忽然就坐了起来，光着身子向那人长跪下去。那人打开布袋取出一把小刀，剖开妇人的肚子，取出胎儿，又剖开胎儿腹部，挖下心肝，放在一个小瓷罐里，放进袋中，背上迳自走出房去。新妇人的尸体随之扑倒在床下。

杨三看见这一切，又惊怕，又愤恨，偷窃的念头跑得没了踪影，便尾随那人而去。他秘密地窥视那人所走的地方，经过了几道门，都见那人用手一甩，门自己全部打开，没有一点阻拦。

最后他到村口一处旅店。门半掩着，那人侧着身子进去后，门就关上了，并且还听见落锁的声音。杨三知道这里是那妖人寄身的地方，想到那妖人既然假作行路旅客，怎么能不出来？于是他便暂且在房檐下休息，坐着等待天亮。

鸡叫头遍，店门忽然打开，那人背着布袋出来。杨三急忙跳将起来，抓住他的胳膊说："客人请停一停，我有秘事告诉你。"说罢，将那人拖到店里，然后将他抱住，大喊道："主人快来，为你抓住一个妖人！"那人大惊，极力挣扎，想要摆脱掉杨三，杨三却抱得更紧了。

一会儿，店里的旅客全被惊起，店主人也来了，围着他们俩盘问究竟。那人说："我是四川的蜡客，要到江南去做生意，今天赶早行路，不知道这位兄弟为了什么突然纠缠住我？"

杨三说："不要听他胡说！只要检查他的布袋，便有证据了。"

众人认为很对，打开布袋一看，则见袋中有几个瓷罐垒在一起，众人又要打开看明白。

那人急忙抱住罐子叫道："罐中的金银是我一生衣食之本，怎么能侵扰，是想劫我的财物吧？"

众人都发怒道："青天白日之下，众目共睹之时，谁抢劫你的财物？无故出言伤人，显然其中有鬼！"

店主人挺身出来说："有事没事，我一个人担着，只打开看，别废话！"随即夺过一个罐子打开。只见里边尽是鲜血，腥气冲鼻。

店主人取来一个器物，将罐里的东西倒出来，仔细看去，全是小孩心肝。数了数，共七罐，三罐还空着。众人大为惊异，一齐盘问那人："你是从哪里弄来的这种东西？"

杨三说："他肯定不会承认的，让我来说。"便向众人一五一十地述说了夜里发生的事情。众人大惊失色，说："纣虐凭着自己是天下之尊，剖剔孕妇，尚且不可以。你是什么人，破人卵巢伤人胎儿，还不满足，如果不是被这个想偷东西的杨三遇到了，那么我们乡里的孕妇、小孩就没有活着的人了。"于是，众人大为激怒，争相挥动拳头打那人。

店主人害怕将那人打死，正要阻止众人，那人忽然闭着眼睛大声叱责众人，众人拳头打到他身上，像是打到了木石上，指节立即破损。店主人大惊，仓促间急忙提起一只罐子，从那人头上倾倒下去。那人嘴里连连发出恨声，说："罢了，罢了，我打不过这么多人！"众人又挥拳打他。主人说："小不忍则乱大谋，如果打坏了他，谁还能去追究他的罪责？不如捆了送官，有国法在，让县官断他的案。"

于是，众人将那人捆送到县衙。许家人已在那里，杨三又向他们前前后后叙述了一遍。许老妇人大哭道："凶犯已抓获，我不忍再到公庭上去了，让宦家闺秀的尸骸暴露着让人查看。"新妇人母亲被她的话所感动，也都罢讼，一起坐车回家。

县官仔细审讯才知道，这人是白莲教妖人，他取小孩心肝是因为那是行使邪术必需的东西。当时湘江汉水一带，孕妇被剖腹取胎的很多，直到现在大家才明白了其中的缘故。

县官继续审问，从那人口中又得到了十几名党徒的姓名、面貌，将其陆续捕获。县衙断案后，将他们在市上碎尸。杨三先被杖打二十下，是要责罚他的盗行。后来又赏给他银子五十两，是奖赏他捉住了奸人。从此之后杨三再也不偷东西了，安分守己地做起了小生意。

兰岩评论道：奸术杀人残酷至极，本来就是天人共愤的。最终因为假手小偷，败露了奸人的事，也就是很巧的。不然的话，诉讼官府，许多人被牵连进去，怎么能痛雪新妇人的冤案呢？

鬼 哭

贵阳的一位太守某公，他的母亲病情很重，渐渐危急。

亲戚邻里听到了这个消息都来问候，某公为了感谢大家便在厅上设酒款待，一直喝到三更以后方才散去。众人走后，桌上残酒剩菜还很多，太守的四五个子侄，又在书斋中聚饮。

三更后，他们忽然听屋外有哭声，好像来自北窗外，像是少妇在哭，声音很是凄惨悲切。全房的人都惊住了，默不作声地你看着我，我看着你，呆坐着。

这时有三两个胆大的，走出房去看。借着月光，他们看见有一位穿白衣的妇人，沿着墙向西走，径直进到角门里去了。这些人吓得跑回了房中，众人听了他们的话无不毛骨悚然，都知道她是鬼。

不一会儿，听见宅内悲声大恸，家人跑来告知，说老太太已气绝了。俗话有丧门吊客的说法，这个道理或许是不假的。

兰岩评论道：有这件事，但不理解其中的道理。

袁 翁

长山的袁翁小时候很贫穷，住在城外一间破屋中，几乎到了要饭的境地。

一天，他实在没办法，已饿了几天了，只好找了几件破衣裤，到当铺去当几个钱。店主看了破衣裤说："这种衣物不值一文钱，拿走吧！"

袁翁叹息道："我不是胡乱当东西，只是因为我饥饿而没有东西吃，要饭又不能，所以万不得已，用这些破衣服作抵。不过是暂且为信物，等我得到钱就来赎它们罢了。希望看在平素相识的情分上，用它们当上几十、几百文钱，让我维持一下生计吧。"店主人看到他穷困潦倒的样子，以为他在开玩笑，置之不理。

袁翁忿忿地说："只恨我一时在困苦之中，如果有一天发了迹，一定要开一个当铺。那时即使有人用死孩子来当，也一定当了。"当铺最忌讳当死孩子之类的话，店主听了这话，很不高兴，只是认为他贫穷至极，不值得和他计较，因此隐忍住了。

袁翁在回家的路上，一路想着，毫无一点生的趣味，就停住脚步，向天号哭道："天啊！袁某人扪心自问，自己做的事，都是坦坦荡荡的，可是为什么竟到了这种地步呢？"他哭了很久很久，又抬脚走路。

忽然，他的破衣裳被棘刺挂住，急促间难以摆脱。他弯身去摘挂住的衣裳，觉得棘刺下的土很松。他试着把手伸进土中去，探到土中有不少东西。取出两锭来一看，却是银子。袁翁极为惊喜，就用破衣服包了几锭，其余的仍用土掩盖起来，回家去了。

第二天晚上，他又前去取银子，多得取不过来。就这样每晚来取，几旬后才算完了，大约有两万金。袁翁不敢向外人流露，先是做些小生意，逐渐地生意大了起来。

一年之后，他就成为巨商。他购房买田，买童畜婢，就在宅子旁开了一间当铺。先前那间当铺的店主听说后，惊讶地说："真没想到，袁饿鬼果然有今天哪！从前受他的恶言恶声，每一想到此，心中实在不甘。今天趁他开市，何不前去，故意犯他的忌讳，伸伸我多时的愤恨呢？"

于是这个店主就找了两个死孩子，用褥褓布裹着，带到袁翁的当铺里，请求当十两银子。掌柜的大怒，想打那店主。袁翁此时刚好在旁边，急忙阻止住掌柜的，而向店主拱手说道："老兄想证实我为人是否诚信吧？这两个孩子的死期，正是我的小铺开市之日，不能说没缘，请如数给这位老兄当了。再派人买口小棺材，将死孩子入殓，这两个孩子不要远送，在我站的这块地方的砖下边埋了就可以了。"说完，便叫童仆拿锹，在脚下挖了一个坑穴。才一尺多深，忽然碰到一块石板，打开石板，下面摆放了十多瓮成串的钱，放得满满的，一店铺的人皆大惊。那店主人看见了这些，感叹不已，才知道袁翁强过自己，老天本来默许袁翁让他打开坑穴啊！便一再揖拜谢罪而去。

袁翁从此为一县首富。以后，他家世世代代都知书达理，子孙中有官至尚书的、督抚的、卿相的，科甲连绵，如今还很鼎盛。

堪　舆

有一位护军参领，在少年时，曾随军出征青海，被贼人所掳，送往某喇嘛处。他们走了很久，才进了一座大刹，只见一位喇嘛靠床坐着。他看起来足有一百岁，两张眼皮下垂有一寸多，遮盖了眼睛。一听说护军参领到了，便将护军参领叫到床前，侍者送上象牙筷一支，喇嘛拿筷子拨开自己的眼皮，用哈达束上，露出两个瞳仁，像绿琉璃一般，明澈得恰似蜻蜓眼睛。护军参领很诧异，顶礼再拜，祈祷喇嘛为他解脱罪孽。喇嘛说："你半年后可以返回中原，这是定数，不要侥幸自己可以逃脱。我看你没有成仙的根底，只可以教授你一法术用来养家罢了，才将你留下来，早晚都有秘术教你。"

过了六月，大将军平定青海，喇嘛向将军写信，说护军参领始终守苏武之气节。将军便将护军参领带回。护军参领屡屡升官，官至护军参领，又善于看风水，在京城中也小有名气。

与护军参领同时代，有个山西布客病死在京城，同乡的人将他埋在乱葬岗子老槐树下。十多年后，他的儿子经商很顺利，积攒了巨万资财，在家乡买了一块地，商议将父亲的灵柩送回乡里安葬，他请护军参领一起前去勘察。

护军参领到了墓地，四面看看，就说："这个墓穴木气很盛，不可以再迁地了。况且挖开后见到死者肢体，对你大为不利，你要停止做这件事。"山西商人的同乡都不愿意，说："人富了却不荣耀地归葬父亲，却把亲人遗骨抛在异地他乡，大不孝啊！"商人不听护军参领的话，雇工挖掘，没到咫尺，只见坑内槐根萦绕，绊住了铁锨。将槐根抽出来砍断，便有一股清香扑鼻而来。挖到棺木后，棺木全被桑树根缠绕住，不露一寸木头。众人用了半天的力气，才取出棺材。棺材已经腐朽，死者的一只胳膊露在外边。一个雇工将那只胳膊塞进去，胳膊却折了。商人见了大哭，周围看的人均惋惜慨叹不已。商人扶灵柩回乡时，路上不小心坠于马下，折了一只胳膊，于是成了残废，随即死在途中。他的棺木浅埋在一片荒地中。

护军统领某公为他的父亲营葬,护军参领正碰上死者的灵枢到了。灵车刚到坟穴前,护军参领快步走到某公前,告诉他道:"卑职家中贫寒,四十万钱,实在拿不出来啊!只备了些许祭品来吊丧。今天我看墓穴苍郁,而墓穴上方气色纯红,恐怕会有不测。恳请让我看一下寿棺。"某公平素知道护军参领的名气,急忙命打开棺木让他看。

护军参领看了惊问道:"坟穴已定了吗?"某公说:"定了。"

护军参领说:"暂且不要葬在这个坟穴里,莫非坟穴是张某点的不成?张某素来有名气,是个很有主见的人,但是这个墓穴不适合你的父亲。"

某公听了很不高兴,说:"你不要再啰嗦了,放弃这个坟穴难道还会再有正穴吗?"众人在一边也随声附和。于是下棺封穴。

护军参领跺着脚道:"这样做大错特错了啊!"急忙取来锹,面向墓穴的南面,掘地为沟,深一尺多,长二丈,宽一尺,说:"这样的话,他的儿子就免了灾难了。"随即用煤炭在碑阴上写了一个"火"字,便扬长而去。张某见了不住地责备。一会儿,见几个人骑马从城里飞奔来报,说宅中失火,房屋全被烧光。某公大惊,才相信护军参领法术神通。

从此以后,护军参领名声更大了。他居住的地方邻近供奉历代帝王灵位的庙宇,院子东边是富家妇女住的华丽的楼房,有人说此地不甚雅观,问他为什么不另找住的地方。护军参领说:"我如今老了,平时相信天意,拘泥于守旧,不善于攀附,依赖这几仞高的红墙,冬天可以得一外任官衔,度过余年罢了。"到了冬天,因他的特异法术,被授江南一参将,五年后弃官归回故里,家产很丰裕。只是不敢再为别人看风水,倘若看了,便两眼红肿,几天不见好。

兰岩评论道:一种法术的精到,能说起话来如响雷,寻求吉利而避免凶灾,比技法神秘,比道术进了一步,我深深相信。

尤大鼻

咸宁的尤大鼻,经常在天津贩皮货。他与布客董九是亲戚,两人之间关系很好。董九有个儿子名叫董韶,年方十七,神丰隽逸,天资聪慧,不像商人的儿子,倒像个风流才子。董九很钟爱他。

有一年,正是年节时候,尤大鼻带着董韶在河上游玩。路过闹市时,市上车水马龙,拥挤不堪。两人不慎散失，他找寻了很久都找不见。

而董韶不见了尤大鼻，独自坐在河岸旁的树下休息。看见一个肩挑白酒沿街叫卖的人，董韶便叫他过来，打了些酒，饮了起来。那白酒酒味醇香甘洌，特别适于润喉，便一下子喝了好几碗。几碗酒下肚，炎暑顿时消失得一干二净。董韶本来稚弱，从没有喝过酒，虽然是薄酒，也禁不住酒力，一时头晕目眩，就躺倒在树下，不知不觉地睡了过去。

不知过了多久，董韶才醒了过来。他却发现自己躺在一个纱帐中，床上有枕有被。董韶猛然惊醒，打算起身就逃。

这时，忽然有一个人打开了门，拿着蜡烛走进房来。走近一看，却是一位十八九岁的女郎。那女郎细眉粉脸，嫣然含笑。她将灯烛放在小几上，低头玩着衣襟，说道："白天从外婆家回来，见你醉卧在绿草中，担心你犯了风露，所以就叫仆人把你背了回来，放了榻让你睡在上面，你不要疑心。"

董韶这才明白过来，感激不尽，随即要告辞回去。女子阻拦他道："时间已经很晚了，这里距你家很远，住在这里很方便的。"

董韶说："男女授受不亲。我和你从来没有过交往，怎么敢随便住在你家？"

女子说："人流眼泪是前世定的，两个人相遇不是偶然的。我们以前虽然没有见过，现在已经是朋友，在朋友家留宿一宿有何不可？"

董韶谢过那女子说："承你的好意肯留我，我深感高兴，只是惭愧我从小不学无术，说出话来，尽是市井气味，口拙舌笨，白白地聒噪人。"

女子笑道："我听说丹漆不用饰纹，白璧不用雕凿，质地既然没有瑕疵，何必掩饰？况且我见你卑词谦语，婉转而多风趣，齿颊间都透着芬芳，依我看可以随便些。能够享受一晚和悦的容貌，死也不遗憾了。"

女子问："你叫什么名字？"

董韶说："我叫董韶，没有字。"于是，两人亲密地说起话来。

说话间，董韶也不再那么拘谨，逐渐随便起来，言谈间不无挑逗之意。女子对他的挑逗时而假装没听见，时而偶然作一点应答，那妩媚的神色光艳照人，逗引得董韶神魂颠倒，如醉如痴。

房中墙壁上悬挂着一把乐器，样子很古雅，董韶叫不出那乐器的名字。女子说："它叫参差，另一名叫洞箫。"

董韶说："既然如此，那么你一定是知音了。"

女子说："有孔则吹，有弦就拨，顺其自然，自然就能合调。这洞箫比那用胶粘的鼓瑟强多了，鼓瑟虽然有元音奏出，但从什么地方发泄呢，所以知音难寻找啊！"

女子还说："噢侬歌和子夜曲只能够在一时唱唱，怎么能在大雅之堂上演唱？混乱低下的调子，不能够成其为音节。夜深了，与其在鄂水边隔着锦屏，不如在巫山上寻觅佳梦。"董韶腼腆地听从了女子的话，一起放下床帐躺下，极尽欢爱之情。

从此之后，董韶连留几天，丝毫没有回家的念头。

这女子又将她的伙伴小兰、小蕙、小寿、秋红都介绍给他认识，这些姑娘都长得很美丽，各有春秋，更加让他乐不思蜀。

尤其是那女子名叫青翠，无论长相还是技艺都独占各位女子之冠，几位女子也自知不如青翠，对青翠百依百顺。

这时，正是盛夏暑热，四女子一同邀请董韶到莲池中洗澡。几个人玩兴正浓，青翠忽然放眼远望，大惊道："妖道也太狠毒，一直找到这里来了！"她来不及穿衣服，光着身子就往回走。四位女子也惊慌失措，提着裙子，携着裤子，狂奔乱走。

一会儿，只见一个人骑马飞跑而来，身着绣衣，头裹青巾，身材伟岸，问董韶道："那些女子到哪儿去了？"董韶在水中战战兢兢的，吓得说不出话来，只是用手乱指。那人随着他手所指的方向，绕着莲池边沿飞驰而去，最终没有找到几个女子，很是愤恨烦躁，连连鞭打他的马。那马抖着鬣毛，长嘶一声，驾着风跳将起来，急驰如闪电，眨眼间便不知去向了。

董韶抬头向天，痴立在那儿，瞠目结舌。随即听见人声喧嚣，好像有人叫他的名字。他惊奇地顺声音看去，却是他的父亲和尤大鼻，还有几个相识的人，都站立在沼泽边，扶董韶出了水，给他穿上衣服，团团围着他。

过了很长时间，他的神志才定下来，四边看看，园亭莲池都没有了，只见几株槐树，几座荒坟，坟前积了雨水，成了涝池，野草丛生。他又茫然有所失地想念起几位女子，不觉潸然泪下。众人将他用车载回家，也就散去了，只有他的父亲和尤大鼻在一旁，盘问他前些时吃住在什么地方，怎么一下子又独自待在积水池里。董韶见隐瞒不住，便一五一十地吐了实情。董九和尤大鼻二人听了，很是惊愕。

尤大鼻叹息道："自从年节时我们走散后，家中人到处打听你的下落，你父亲为你废寝忘食，害怕你遭遇不测而伤心不已，责怪我行事不谨慎，我怎么能安下心来呢？我们也曾经怀疑过可能碰上了狐仙鬼怪，便更加惶惑担忧。早就听说某庙里有个李道士身怀奇术，我就前去请求他，他给了我一道符，让我到郊外烧了。烧完后，会起狂风大浪，只要跟着风前行，一定有结果。没想到果然又见到了你，李道士真是神仙啊！只可恨这个女子，不知道是鬼还是狐精，总是如此狡猾，我一定要报复她，泄泄我心中的愤怒。"

董九说："人找到了，已经是万幸，还有闲工夫计较其他的吗？况且那女子既然能够幻化来迷人，怎么会没有办法自卫？如果我们自己找事，闯下祸就不得了了。"董韶也劝慰尤大鼻说，不要和异物计较短长。

但尤大鼻始终放不下这个念头，第二天城门刚开，他就提着一把杀猪用的短铁棍，奔到涝池前搜索，结果一无所获。最后到了一座古墓旁，看见茂盛的草丛中有一个洞穴，大如碗口，黑而深，看不见底。

尤大鼻笑着说："我总算找到狐狸精的窝了！"然而却没有办法下手。他想了又想，忽然想出一个办法来。

于是他到附近去取了很多朽木干枝，填塞住洞口，点燃火熏了起来。不一会儿，忽然有一个东西冲出烟雾逃走。尤大鼻仔细一看，是一只黑狐。那黑狐如风一般疾跑，尤大鼻觉得追不上它，就折了回来。

随后，从洞里又接连跑出四只狐狸，一只白的，三只黑的，它们仓皇四散，而后洞里就再没有狐狸蹿出来。尤大鼻笑道："这就是所谓的诸女郎哪！可惜让它们都跑了，这次白干了。"他面带喜色地回去，向董九讲述了刚才的事。

董九听了大惊道："你为什么不和我商量一下，就独自去冒这个险？它们都是邪媚之人，既然都逃走了，一定会来报复的，兄长不可以疏忽防备。为兄长考虑，不如暂时回家去，避免它们作祟。"

尤大鼻说："我正巴望它们来，怎么反要害怕得躲起来？"董九见他不听劝告，便表面称赞他勇敢，而暗中护卫着他。

一天，尤大鼻准备出城催债，董九父子请求一同前去，尤大鼻应允了。出了关，尤大鼻要解手，便到茅厕去，董氏父子站在房檐下等候。等了一会儿，听见尤大鼻在茅厕中骂人，董氏父子正在猜疑，忽听"砰"的一声，骂声顿时止住。董氏父子急忙跑进茅厕，见尤大鼻已倒在茅厕坑中，两脚一伸一缩，而茅厕中并没有一个人。两个人合力将尤大鼻救起来。茅厕到处都是粪蛆，幸好没有窒息死尤大鼻。董氏父子身上也沾满了大粪，就一起到河中洗涮。各自洗干净后，董九就盘问尤大鼻刚才和谁在吵架，以致掉进茅坑中。

尤大鼻哭着叹道："常言道：不听药石言，就受肮脏气。都怪我不听你的话，我刚蹲上茅坑，就见一个黑狐人站在壁角，向我咬牙切齿。我骂了几声，他突然来到我面前，拼力挤我。不知不觉间，我便仰面跌进茅坑中，平时的英雄气概，一扫而光了啊！"董氏父子也捧腹大笑。

三人急忙回到店里，商量回家的事。董九担心董韶招邪，也让他一同回去完婚。三人选定日子上了路。夜晚睡在一家客店。

这天半夜里，青翠忽然来了，和董韶同睡。尤大鼻听见董韶喃喃自语，仔细听去，就像是和人交媾，便猛然醒悟又是狐狸在作祟。他大声恐吓，董韶被惊醒，已不见了那女子，却遗精在床上。尤大鼻盘问他怎么回事，继而大骂狐狸，过了一会儿，两人又睡下。正睡间，尤大鼻忽然不见了，董韶起身举着灯烛到处找寻。听见鼾声从一个米瓮中传了出来，瓮上覆盖着一个瓦盆，用泥封得很牢固。

董韶急忙叫店主让人打开瓮盖。店主人说："这里边的腌菜还没熟，为什么打开？"

董韶说："有人在里边，怎么能不开？"主人听了，吃了一惊，隔着瓮听去，果然有人的声音。他便急忙打开瓮盖，却见尤大鼻蹲在瓮中，周身缠绕的都是菜，只露出头脸来。两人摇摇他，半天他才醒转来。旁人问他是怎么进到瓮中的，他茫然不知。众人猜想了很久，也不得其解。过了很长时间，尤大鼻突然醒悟道："这一定又是那只狐狸，让我进瓮里了。"

店主人恳求他讲了事情的原委，也笑着伸着舌头说："可见真有其事了。"尤大鼻一路上被狐狸捉弄，办法越来越奇，直到进入河南地界，才得以安宁。从那以后，再没有狐狸侵扰。

兰岩评论道：一夕欢爱，天缘早已定了。狐狸既然进入洞中，并没有伤害人的意思，那么已经远去了，何必再仇恨它们，以致遭到戏弄，尤大鼻也是多事人哪！

董如彪

嵩阳人董恒，字建威。他因为得罪了参将被削了官职，在家闲居。那时，他才四十多岁，称雄乡里。董恒自幼爱好武术，和他交往的都是些闲逸好斗的人。他的家里有六七个美妾，个个都长得美丽漂亮。她们每天争妍斗媚，就是为了取悦于董恒一个人。他家的庄宅雄壮，宅中有优美的园林亭榭，在这个乡里是第一。他家园中有池，可以容下数倾清泓；他又在池中造成一座水轩，四面碧绿，极为宽敞。每年到了夏天，董恒就和伙伴在水轩中演习武艺。他的父亲极力阻止他这样做，他不听劝告。父亲死后，他更是不加收敛。

董恒有两个儿子，长子叫如彪，年纪十八，次子叫如虎，年方十六，都是侧室所生。但如彪秉性却和父亲不同，外秀内慧，特别喜欢诗赋文章。而他一点也不爱好骑马舞剑，所以父亲不喜欢他，常常会因为一点小事就在他身上拳打脚踢。

董家有个老仆人叫葛封，为人朴实、憨厚、直爽，经常会当面指责主人的不是，因此董恒对他又敬又畏。葛封的儿子叫邱儿，年纪与他的儿子相仿，是如彪、如虎兄弟的馆童。邱儿长得清秀聪明，一家人很钟爱他。

这年秋季，董恒带着两个儿子和童仆三十多人，背着弩，扛着枪，呼鹰牵犬，到山里去打猎。从辰时到申时，他们虽然打的野物很少，可是却玩得很尽兴，正准备回家。

忽然一只大黑狐狸蹿出草丛中，董恒追上去射那黑狐狸，可是他连发几箭，都没有射中。狐狸忽然跑到如彪的马前，左冲右突地要逃遁。董恒急忙喊如彪快射狐狸，如彪只是笑，并不动手。于是狐狸趁机逃之夭夭了。

董恒叱责如彪道："没想到你如此懦弱，有什么脸面待在这里，不怕这些人笑话你吗？"

如彪说："父亲，家里猪羊很多，难道一定要猎食狐狸吗？"

董恒大怒说："你小子生为七尺男儿，却没有一点儿大丈夫气，难道你不是董建威的儿子吗？你想要吃猪羊，我偏要你养虎狼！"

董恒说完就喝令如彪下马，夺下他的弓箭，只给了他一支火枪，说："现在就把你留在这里，打不到狐狸不要见我。"说完回马下山。

葛封见了董恒扔掉枪，放下鞭子，哭着拉住董恒的马辔劝道："主人，我觉得大郎说的，不是没有道理，主人何必因为一时的怒气，就将大郎丢在山中不顾呢？况且做父亲的人，要用礼义来教子，而不是将他引导到邪路上去，凡是那些营营苟苟的事，不可以让子孙来效法。主人自己这样就罢了，何必冲着大郎发脾气呢？你难道想要大郎救济恶物，不怕恶物灭害他吗？"

董恒发怒道："你个狗奴才，发疯了吗？你为什么竟敢这样悖逆我？"

葛封答道："老奴不敢悖逆主人，是主人自己做错了，还不晓得自己不对罢了。人之所以从修身到齐家，是讲仁义、慈悲、孝悌。如今主人把杀兽获禽作为快意的事，不体恤上天爱护生灵的心愿，能说是仁义吗？您的父亲故去还未发葬，您就去野外郊游，能说是孝吗？把年弱的儿子丢弃在荒山中，让野兽来吃掉他，能说是慈悲吗？二郎在一旁看了，不说一句劝阻的话，难道你就是这样教给他尊敬兄长的礼义吗？即使大郎有罪，主人应当将他们分开来教训，何况他没有罪，将他丢在山中是为了什么？"

董恒听了他的话暴跳如雷，立刻举起鞭子雨点般打在葛封头上，葛封的头和脸上的皮肉顿时绽开，血流了一身，这才松了手退下来。

于是董恒策马扬鞭出山了，众人跟随他而去。葛封大骂："你们这群狼心狗肺的东西，助纣为虐，丧了良心。"

然后他叫了邱儿，嘱咐他说："你去跟着大郎，陪着他，生死与共。我老了，不能再伺候人了，你要想办法让大郎能抓到狐狸回家去，这样才不会发生什么变故。如果你能做到，那么你也就和汉帝列侯的得功狗一样了。不然的话，你我这就是最后一面了！"他哭泣着上了马，又连连催邱儿走。邱儿立刻上马飞跑而去，见如彪在山岩下，正在靠着火枪哭泣，邱儿安慰了他一番。如彪有了伙伴，感到很宽慰，二人一起寻找那只狐狸，却到处找不到它的影子。

过了不久，暮色降了下来，从远而近，渐渐地，他们什么也看不见了。而四周山野清寂，繁星满天，只听见树枝响动，流水有音，不断传来狼的奔跑声和鹗鹰凄厉的叫声。两个人蹲在石畔，相互依偎着，但是心里很害怕。

不久，月亮从峰巅后钻了出来，薄薄的雾霭笼罩了山涧沟壑，隐隐约约地，听见有几个人沿着岸边的小路走了过来，离他们越来越近了。两人仔细看去，才发现那并不是人，而是几个夜叉，露出的牙齿尖长如锯。他们像鹊一般行走，像鱼鹰一样四处看，目光幽幽地闪烁，发出咻咻的气息声。如彪战战兢兢地趴在地上，屏住气息不敢动一动。

邱儿低声说："少主，怪物不只一个，这里不是藏身的地方，不如爬到高树上，应该可以免除祸患。"

如彪说："我从来没有上过树，怎么能上去呢？你快想办法上去，明天给我收骨头，邱儿，如果稍微晚一点，我们两人都得死，别辜负了你父亲托付的好意。"邱儿不得已，悄悄地爬上一棵枝叶浓密的松树，低着头往下看，树下人的一举一动看得很清楚。

只见一个夜叉走到如彪跟前，猛然看见如彪，立刻滚在地上风一般旋转，很久才定了下来，摸着胸口跳着，像是很惊奇的样子，口中发着呜呜的声响，不知说些什么。其余几个夜叉听见这声音，都立刻围了上来。一个夜叉蹲在地上，耸着脊背；另一个夜叉提着如彪的腰胯，放在他的背上，背着走了。

看到这些邱儿的心一个劲儿地往下沉，他偷偷溜下树，暗暗地跟着他们，看往哪里去。绕过好几处危险的山路，最后它们到了一座破庙前，那里有很多夜叉，都拱手立在庙旁。庙后有几株大树，枝叶参天。邱儿又爬上树去，隐隐看见庙中有两个人，一左一右正面坐着，还有几个人分两边坐着。他们的衣帽都是古老的样式，身材很魁伟，在他们下边坐的也不下数十人，都不是夜叉的外形。邱儿还看见了很多野兽，如虎豹、熊羆、豺狼、鹿獐、狐兔等，都站在庙外，有千百头之多。

夜叉将如彪放在台阶上，匍匐着出去了，一副像是很受震慑的样子。这时坐在右边的人说："董恒暴虐不仁，报应就要到了，现在他又忍心丢掉儿子，应当快快杀了他的儿子，以平众怒。"

旁边坐的一个人说："不能这样。董恒虽然坏，他的儿子没有罪，况且制止住了父亲的行为。惩罪人不殃及他的子女，不肖的儿子还应该宽恕，况且如彪是贤良的人啊！"

坐在右边的人问："那么我们应该怎么处置他呢？"

旁边坐的那个人说："我觉得不如放了他，既可以体现天帝爱护生灵的仁慈，又可以施行明公体恤刑罚之人的恩惠。至于报德抱怨，自有主事的，不是我们的事情。"

左边坐着的人说："参军的话非常对。"

于是他就命令夜叉仍旧将如彪背了去，放在原来的地方。夜叉正要走，有一个老人跪在阶下奏道："适才受了明谕，报德抱怨自有主事的，董如彪对臣有恩，请求让我来处置此事。"

右边坐的人应道："可以。"

老人叩谢他们之后，背着如彪走出庙去，摇摇摆摆地向东去了。邱儿溜下树，跟在老人身后。他们走过几里危崖险路，到一个山洞口。老人正要进去，忽然回头发现了邱儿，惊讶地问："你是谁？为什么要跟着我？"

邱儿说："我迷了路，想找一个住宿的地方，看见了你就跟着。"老人说："这里不是你应该来的地方，更不能住宿。趁没有人发现你，你快走吧！"

邱儿说："我不能走，我的主人被你背到这里，我怎么能安然地回去呢？"

老人仔细看了看邱儿，问："不知道哪里来的小子，你不是诳我吧？"

邱儿回道："我大半夜在这山里游荡是为了找我的主人，保护他。如果不是这样，就算我好事，也不会在黑夜到深山里来冒险。"

老人点头说："你说的话很有道理，我不再怀疑你，你只跟我来，保管有你们主仆吃饭的地方。"邱儿便同老人一起进到洞里。

洞中很黑，小路崎岖很不好走。转了九转，忽然眼前一片开阔，虽然仍在山洞里，顶着石头踩着土地，但是有房有院，回廊曲室全都很齐备。有几十个男女聚在庭院。

他们看见老人背着如彪回来了，个个都兴高采烈，争着上来扶住，几个人又将如彪安顿在榻上，给他饮了一碗朱砂汤，如彪的神气才转了过来，双眼微微睁开。

邱儿见他醒了，急忙上前抱住如彪哭道："大郎你醒了，不要害怕。"如彪见了邱儿，猛地坐了起来，问邱儿："这里是什么地方？我怎么像是在梦中？"邱儿哽咽着告诉了他前前后后的经过情形。

老人说："这里是洞天，与人世隔绝。在这里就不会知道人间是什么时候了。就算你想回去也是不行的。你们就住在这里，不要悲伤。"

如彪说："谢谢老人家救我，我们就先在这里住下。可是不知道老人家该如何称呼？"

老人笑着说："我叫胡叟，我救你是为了报恩。我的儿女们很顽皮淘气，不知道这世间险恶厉害，白天多谢恩公网开一面，要不他们非肝脑涂地不可。"

听了老人的话，如彪才猛然醒悟，便向邱儿悄声说："我知道他了，他的儿女一定是我白天所放的狐狸。我既然对他们施了恩，他们也不会伤害我们，我们也没有地方可以去，住下来应该也没有害处。"邱儿觉得他说得有道理，也安下心来。

这些狐狸对他们很友善，看起来也和普通人一样地生活，慢慢地他们也不会因为他们是异物而感到害怕。这样一天一天渐渐地习惯了，就和胡叟的儿女们相熟了，一起嬉戏玩耍，即使是对姑娘们也不回避。

胡叟有两个女儿，大的叫阿笋，身子娇小，洁白如玉，媚态百生，被所有的亲戚看重。小的叫阿嫩，生得修眉细目，脸上微微有几粒雀斑，很是婉丽。胡叟想报答如彪，商量着要把一个女儿许给如彪，可是决断不下来究竟是给阿笋还是阿嫩。

胡叟的妻子说："我们不如像古人那样，用两根红丝线系住两个女儿的手腕，然后弄乱丝线，让董郎随便牵住其中一根线，线那端的就是他的妻子。"胡叟认为是个好主意，便要依此而行。

阿笋制止他们说："我虽是大姐，董郎也是不可多得的人才。但董郎对阿妹有救命之恩，把妹妹嫁给他，于情于理都不为过。"

胡叟拍着大腿说："这就是他们的缘分了。如此一来，也不必再用红线牵挂了。只是像你这般能谦让的人并不多啊。"阿笋含羞退了下来。

于是胡叟把阿嫩许给了如彪，全家都很羡慕，认为是玉蕊璃英，天赐的一对。阿笋喜爱吟咏诗文，也时常过来如彪夫妇这边来一起谈诗论文，拈韵唱和。

有一次如彪暗中和一个婢女相好，正好被阿嫩拿住，就戏弄地让他跪在地上，用手扇他的脸。众婢女在底下作为笑料相传，阿笋用诗嘲讽道："鹣鹣比翼鸟，一夕忽分单。夜静更深后，鹤行鹭伏前。雪肤依草荐，玉掌示蒲鞭。俛首无生气，郎当犊鼻边。"

如彪看了诗，笑着说："阿笋可真是揣摩到家了，但是还有没写到的地方，我试着补一补。"

就和阿笋诗另写了一首道："垂成事忽败，肘膝赴床前。方寸痴如醉，双腮热似燃。夜深孤鸟动，春老一蚕眠。不杀形尤酷，飞凫压两肩。"

阿笋诵了一遍，咬着衣袖吃吃地笑。阿嫩生气地看着如彪，说："你没有本事偷人，凭什么拿我来解嘲？"

如彪说："我写的句句实话，字字真情，怎么能有假的？"

阿嫩说："字经过写三次，乌字都能成马字。况且事情已经隔了很久，你们这些诗人就是爱附会，常常诬妄。好人哪能以此为凭？心正怕什么眼斜？随你们啰嗦去吧！"

阿笋说："妹妹凭门里之威而自鸣得意，妹夫又随口乱说，都不是我能当得起的。只是借这个机会作一个诗题，暂且排遣一下孤寂而已。"

阿嫩玩笑地拍着阿笋的肩膀说："姐姐你突发奇想，就强让人削足适履，单单不考虑腼膜的话语，传得已很长久了，白白地当乱真的赝品吗？应当赶快自己忏悔，不要向人泄漏。"

阿笋笑着说："死妮子，真不怕羞！"阿笋既然说出了软话，阿嫩暂且罢休，将诗稿一把撕碎，在灯烛上点燃烧了。三个人欢快而散，阿笋从此和如彪关系变得更好，也没有什么可回避的。凡是如彪去的地方，阿笋也一定会去，他们就像兄妹一样相互敬重。

一天，两姐妹要一同到舅舅家去，胡叟央求邱儿一同跟着保护她们。阿笋以前虽然见过邱儿几次，但都离得很远，也没有说过话。这次她在绿纱后，一路与邱儿交谈，又看见他长得清秀，回来后写了一首"如梦令"词："掷果潘郎风味，傅粉何郎风致。底事不同车，忍做执鞭之士。留意，留意，留意询伊名字。"写完后，她便出去了。

正巧阿嫩带着如彪来找，在桌上看见了那首词，两人抢着观看。阿嫩笑着说："我今天又得到诗题了！"就拿了诗笺和阿笋的词："渐识石榴滋味，蓦见莲花标致。有女正怀春，谁是诱之之士？留意，留意，留意邱儿名字。"如彪也想写一首，正要拿笔，阿笋已经回来了。她路过窗下，听见窗内有折纸声和磨墨声，猛然想起诗笺没有收起，急忙进屋去看。阿嫩见姐姐来了，乜斜着眼睛发笑。阿笋羞涩得无地自容。

阿嫩说："我们知道姐姐又得到一个诗题，因此来相贺。"说完便将和词取出来让阿笋看。阿笋很是羞愧，两个人相互调笑，很久方才离去。

胡叟听说此事后，笑着说："只要女儿高兴就好！我不能按王郑的做法办，让我的女儿憔悴而死。女儿有意，不如就成全他们吧！"就选择吉日，把邱儿赘给阿笋。

过了很长一段时间，胡叟对如彪说："你们二人可以回去看看家里人了。"

如彪怕父亲不容他，说："如果我们回去父亲再赶我们回来怎么办？"

胡叟说："有些事你们并不知道，等你们回去就知道了。我的两个女儿已经嫁给你们，你们就一起带回去，只是我也没有什么可以赠送的，实在感到惭愧。"

他们走的那天，胡叟摆下酒席为四人饯行。还赠送了一匹小驸马驾着车，胡叟让四人乘车而去。一路上车子走得很快，这辆车转眼间已不见了。出了洞口，小车有执辔的人，而小驸马不需要驱赶，自己沿着道路前行，一直抵达家门口，就像走熟路一般。四个人下了车，小驸马便掉头返了回去。

　　他们四人刚进了门，家里人见了他们，惊奇万分，以为是鬼。又看见他们带回了两个女子长得艳丽，更是诧异。

　　邱儿将他们所经历之事从头至尾详细地向董家人叙述了一遍，全家人才定下心来，争着向如彪哭诉道："大郎在外两年多，怎么知道家里一败涂地？主人丢下了大郎，回来三天，就去世了。二郎得了癫痫，跟着死了。只有葛封在一个月前，自己说上帝命他做某山山神，夜里就无病而逝了。房中各位姨娘都已经改嫁，只因是有大郎的生母还在，奴婢们才没有散去。"

　　如彪听了，大哭，进房拜了母亲，伏地请罪，伤心不已。

　　母亲说："你的父亲过于残暴，屠杀生灵，还把自己的儿子给丢弃，他暴死也是罪有应得。如今你得了媳妇回来，已经很使我感到安慰了。你这次能平安归来，多亏了葛封的忠心，邱儿的义气。现在葛封也已经去了，我就把邱儿收做儿子，给他改名如麟。你们兄弟两个相互帮扶，一起把日子过好。"

　　两人听了她的话，从此就兄弟相称了。两位女子侍奉婆婆极孝顺。他们两个经营生意又勤俭持家，没过几年，他们的家资也比过去多了十多倍，二人各生了一儿一女，生活美满。

　　后来亲戚朋友知道他们的儿女是狐狸所生，就没有肯与他们结婚的，故而男娶女嫁，都向远方求亲。

　　又过了十多年，他们的母亲故去，他们三年服孝期满，如彪把田宅全部分给了两个儿子，和如麟跟着两位女子又进了山，从此四人再没有回来。

　　后来听他们的亲故说狐女没有和人不同的地方，只是身上穿的衣服总不会旧，面貌常和十八九岁的人一般，喜欢吃鸡肉，喝火酒，有些怪异罢了。还有的说到她们娇媚的地方，凡是见了她们的人，总会变得癫狂，失掉理智的。他们的子女虽然长得美，但是和他们的母亲相比，是无论如何也比不上的。

　　兰岩评论说：董恒仗着他有钱而恣肆，抛弃儿子，不听葛封的劝谏，是不慈悲啊！他自己最后死了，家也败了，这是报应。邱儿在山中跟着如彪，经历了种种危险，即使是死也不躲避，忠义之气可嘉。他们在意外中得到了佳人，不也是应该的吗？

某别驾

　　某别驾要到岭南任职。在途中，他刚巧遇上了天降大雨，他很着急，正巧附近有一家姓许的人家，他就在那里借宿。许家虽然在山里，可是从前也是大户人家，所以宅第深广，书房后有一座红楼。别驾想要在红楼上下榻，可是许家人脸上都露出难看的颜色说："大人，我家的房子很多，你可以选择别的地方去住，不要住这个房子。"

可是别驾坚持要住："为什么不可以住？我看这座房子好漂亮，心里喜欢，就是想住在这里。"

许氏犹豫了很久，才说："大人你要在此处下榻原没有什么妨碍，但楼中所有的东西，千万不要移动。"别驾也没有问原因就答应了。许氏摆酒款待别驾，两个人把酒言欢一直到了二更天，许氏就命仆人打着灯烛引别驾上楼。别驾上了楼，看看楼中四面的物体，箱柜、几案、琴书、妆奁、床帐等物，都很整洁的。别驾暗暗想：这要么是主人的女儿住的地方，要么就是主人私会情人的处所。因为我坚持要住在这里，所以他才情愿腾开，他对我的情谊的确是很深的。可见这事情我做得很冒昧，我觉得于心不安。

第二天，他备了厚礼，用来报答许氏的情谊。两个人谈了很久，到了一更多才回房就寝。他半醉半醒地打开床帐一看，只见绿被绣枕，香味芬芳，和昨夜的情景大不相同。他心里不由得不安起来，又不知道怎么办是好，卧在床上翻来覆去，怎么也睡不着觉。

恍惚间听见"嗒嗒"的脚步声，心里很是诧异。他趴在枕头上偷偷地往外窥视，看见一位女子，长得很美丽，年纪不过十六七岁，衣裳缟素，靠在几上剪了剪灯烛，然后打开镜匣，开始卸掉晚妆。她慢慢地梳洗完毕，放置好衣架，然后就穿上一件贴身衣裳。又放了几只薰笼，焚着香，换了鞋，就将灯烛移到床前，打开床帐上床。一只脚刚进到被子里，别驾早已魂不附体，他不由自主地用手握住她的脚。女子被他这一握，吓了一跳，一惊就破窗而去。别驾立刻起身，急忙起来找那女子，可是她早已无踪无影，再看看那个窗纸却没一点破处，衣服首饰已不在了。别驾才猛然间醒悟到她不是人，于是他便大声呼喊："有鬼呀！救命！"

童仆们听到喊声都跑了来，别驾已经叫起主人，告诉了他刚才所遇之事。许氏先是惊愕，而后神色竟变得怆然，过了一会儿他便哭了起来，说："客人您是长者，我的确应该把实情告诉您。小人有个妹妹，她的相貌和技艺都很好。她长大了，我就将她许给了同村吴孝廉的小儿子吴江。两个人情投意合，可是没等到我妹妹出嫁，那吴江就得病死掉了。可是，妹妹发誓再不嫁人，就在这个楼上独自一人住了下来，她每天只是写字作画来打发日子。前年秋末，她年纪刚满十八，却一病不起，临终给我母亲留下遗言道：'女儿死了以后也不下这座楼，希望母亲不要忘了对我的珍爱，不要撤了我的床席，凡是从前玩的东西，妆奁器具，摆放位置，全都要像生前那样。'说完她便瞑目了。我母亲不忍心违背她的意愿，就按妹妹临终所嘱，一应用品，全按生前的样子摆放着。这件事到了如今已经两年了。昨天夜里，您要在这里下榻，小人之所以犹豫，就是考虑这个啊！后来想了想，妹妹人已经死了很久了，似乎没有必要再避什么嫌，所以便让您住在妹妹房中。刚才听到了您所描述的那女子的容貌，的确是我死去的妹妹。只是没想到妹妹死了这么久，还贞魂未灭，亵渎了您。母亲如果知道了，会更加悲痛的！"别驾听了他的这番话，立刻拍着书案叹道："真是一个贞烈的奇女子。"可是他心中又凄惋不堪，鼻子阵阵发酸，便写诗酹酒祭吊那女子，还详细记下了她的里居和姓氏。

天亮后，别驾告别了许氏而去。到了他的住所，刚下车，别驾就向抚军为那女子请旌表。抚军也被女子的贞节所感动，就把这件事启奏了皇帝，皇帝大为感动，就为她建了一座贞节牌坊。

兰岩评论道：贞烈之魂，和金石一起永生，实在不假呀。哎，香奁粉匣，仍保存着过去的精神；冷雨凄风，独自承受着这些悲楚。空楼静寂，独往独来，尘世萧条，自嗟自感。详细打听她的姓氏，记下她的里居，为她请旌表，希望能慰勉贞魂。

双髻道人

丰都街市上有个道人，他的脸生得很黑，长着长胡须，身体瘦长，没有人知道他的姓名，也不知道他是何方人氏，更不知道他的年龄有多大。有的猜测说："听他的口音，像是湖湘人氏。"有的说："像是河南，也好像是成都人氏。"后来人们实在猜不出来，就以他的外貌来称呼他。道士常将头发绾成双髻，人们就叫他双髻道人。

本县有一家富户吕氏，吕家生了七个儿子两个女儿。这些孩子都居住在一个大院子里，但各自分灶吃饭。他们中有商人、有客居他乡的、有从军的、有游手好闲的，只有六子吕骍，用捐粮换了个太学生。

吕骍年少有侠气，尤其喜好符咒术。他平素就爱到处买谶纬图录的书籍，每次都是装满整整一书箱，然后他就闭门谢客，在家看书。一到夜里，他便用指头指点着什么，跛着脚走路。家里人都不知道他在干什么，只有他的两个妹妹跟着他学法术。吕骍一直勤学苦练但最终也没有学成，所以他整日闷闷不乐。

　　一天，吕骅和徐、邵二位朋友出外游平都山，他们路过街市时，看见一个道人站在牌坊下，挡住他们的路，这人正是双髻道人。

　　道士对吕骅说："诸位闲游，能带我一同去吗？"

　　吕骅看着他为难地说："我们只有三匹马，怎么可让先生独自走，和小厮一样呢？"

　　道人说："你只管自己走，不要为我想那么多，我们平都山集合。"吕骅和徐、邵三人只好并辔前行，而那个道人随后步行。

　　可是到了平都山时，却发现道人已经先行到达。吕骅惊异地问道："道长，真的好厉害，人怎么来得这样快？"

　　道人说："贫道当然不如马快，我不过是从捷径走的。"吕骅摇头表示不相信。

　　在席间喝酒时，邵姓的朋友说："我的先人在九江做官，曾多次游庐山。我也听说它是名胜，只恨那些名胜路远而不能去。"

　　道人说："诸位想去庐山，为何现在不去那里游历？"徐、邵二人听了他这话都笑太荒唐，只有吕骅欣然愿往。

　　道人让吕骅闭住眼睛，脱掉他的鞋袜，用指头蘸着唾沫在他的两脚掌上画了符，喝道："起！"吕骅便觉得两只耳朵里尽是风涛汹涌的声音。不一会儿，他的脚好像已经挨着地了，他睁开眼一看，只看见白云缭绕，罡风刺骨，已经站在庐山五峰的最高处。道人拽了拽他，他才回过神来，两人一起坐在石头上。道人用袖拂了拂，霎时，风停了下来，云也散开去。吕骅俯瞰下方，发现竟然可以一眼望千里。群山俯卧在大地上，湖水波平如镜，阡陌中耕耘的男男女女，就像田螺嵌在冰盘上一般，万点风帆。而周围的几个郡县，都变成了几点绿烟，也能看得清清楚楚。

　　道人道："你知道吗？这是庐山的最高峰啊！每逢到这时，人们便会产生出尘世的念头。虽然生在这个世上的人，百件事情可以做，但是能登上最高处，也是得费一番精力的，何况是我们采用的神仙道术。另外，你喜欢菖蒲根和黑枣，的确是一求便得的。你要留意，时机不可失掉啊！"吕骅不觉跪倒在地，涕泪交流，连连答应。过了一会儿，道人说："你可以回去了。"道人按来时的方法带着吕骅回来。

　　吕骅到了家，请道人进了大厅，他就跪在地下，跪行到道人身前，拜了又拜道："开始我以为先生就是一县的犯人，从今天起才知道先生是当世的仙人啊！我愿屈膝做您的弟子，不知您肯收不肯？"

　　道人说："你的志向既然很大，看来心也是诚的！但是你学道的时候还没有到。"

　　吕骅说："请先生传授几手奇术异法给我，做好入道的准备，就算这次是我们结得良缘呀！"道人想了一想，用蓍草占了一卜，是大吉卦，就答应了吕骅。吕骅见了大喜，就叫两个妹妹出来拜见道人，然后又让人将后园一间精致的房屋打扫干净，让道人住了进去。

从此之后，吕骈和两个妹妹就跟着道人学法术。他昼夜练习，就连妻妾也见不着他的面。道人趁传授法术之机，说要让两个仙姬怀上仙胎，就奸淫了吕骈的两个妹妹。

在这半年里，道人有时去有时来，神出鬼没。吕骈和两个叔叔，他们也经常夜里出去，黎明才回来。可是吕骈的脸一天天泛出青白色，两只眼睛瞪得大大的。他真的有了登云作雾、呼神唤雨、招神使鬼的法术。他的妻子看到他这样，就告诫他，千万不要对人夸耀卖弄。可是吕骈却说："我有了法术，就可以横行天下，谁又能拿我怎么样？"于是他得意扬扬地到处宣扬，四乡的人很快都知道了这件事。

吕骈的妻子把这件事告诉他的妾说："良人一出去就是一夜，行踪很是诡秘，要不你去偷偷跟着看他干些什么？"妾觉得有道理，就应允了。

一天傍晚，吕骈的妾尾随着吕骈到他所去的地方，最后跟着他到了西门外的密林中。只见树林中已经先有六七个人围坐在一起，随后到来的有秀才、军卒、卖菜的，还有一个僧人、一个尼姑，他们的相貌都很狰狞丑恶。双髻道人就站在那些人中间。

他们看见吕骈来了，竟然都站起身来迎接道："皇帝来了！皇帝万岁！"吕骈在他们中间坐了下来，那些人分坐在两边，看样子在商量着什么。吕骈的妾藏在庄稼地里，一边听一边偷偷窥视。众人称那尼姑、道人为国师，秀才为军师，军卒为元帅，所谈论的无非是先攻取某州，占据某县，杀了某官，大部分都是要叛逆朝廷的事情。

这时尼姑问道："两位仙姑为什么不来？"

吕骈回答："两位仙姑，她们追魂的法术还不精练。我来的时候让她们练习，今天夜里她们就不来了。"

天完全黑下了后，这些人就各自起身向西走，也不清楚他们到什么地方去了。吕骈的妾看到这些又惊又怕又担忧，就跑回去告诉了吕骈的妻子。吕骈的妻子听了这些话，也极为害怕，她们悄悄跑到后园，从后门的门缝里看去。

她们看见后门外大树下有土台。台子高有一尺多，上面摆着一个小几，几上燃烧着两支蜡烛，蜡烛粗如人的胳臂。烛光下，竟放着七八架骷髅，土台的四角均燃着一盏灯。只见那两个妹妹披发赤脚，在土台上拿着木剑，脚上踏着风。吕骈的妻子看到这些，都觉得阴森吓人，便对吕骈的妾说："良人是我们的终身依靠。可是像今天这样的事情发生了，良人不能养活我们了。"二人一边相对着哭泣，一边讥讽自己的丈夫。

一个邻人路过她们家，看见她们两个人的模样，感到很奇怪，殷切地询问她们发什么事。吕骈的妻子心情很愤懑，便把实情告诉了那邻人。邻人听了很害怕，就把这件事告了官府。

官府听他把吕骅的法术说得神乎其神，担心吕骅有不轨的举动，就将这件事秘密地告诉了总戎。总戎知道了这件事，派他的儿子和标将，秘密找寻吕骅一伙所去的地方。

后来他们一行人在群山中找到了一个山洞，正好看见妖人出没于山洞中。于是总戎的儿子派飞骑去报告总戎。总戎得了消息，就亲自率领一千轻骑，风驰电掣般奔向山中，直到深夜，他们才到达山洞口。总戎指挥人用枯柴，夹着硝磺，堆积在洞口，然后用火焚烧枯柴。

不一会儿，只见烟火蔽天。大火一直到第二天的下午才熄灭了。总戎这才派了强壮的士兵进洞去拽洞中的人，结果他们拉出来了被熏死的尸体有二百多具。总戎让人写下榜文，让死者家属来认尸体。

可是榜文贴出一个多月，却没有人敢来认领。于是只好差人埋了那些尸体，堆成了一个大坟墓。这些人中的一僧一尼，人们都不认识！那一个道士和一个穿黄衣的少年，人们都认出是双髻道人和吕骅。总戎令裨将率兵士到吕家，抓获了吕骅的两个妹妹，可是没有想到那两个女子却用邪法咒挣脱了绳索跑了。总戎严令捕获她们，却都没有找到她们。

几天以后，有人在山中一处山岩下发现了两具女子的尸体，便告知了官府。官府验尸时，发现她们是被雷劈死的。还看见她们背上有用朱砂写的字："左道惑人，妖人吕氏。"这时才知道两个女子虽然侥幸摆脱国法的惩罚，却最终难免被天诛灭的命运。

兰岩评论道：有人抓住一个路人，告诉他"你是皇帝"，这个路人吓得变颜失色，仓皇而逃，因为他知道这是要遭灭族之祸的。吕骅原来心里就存有逆根，所以道人得知他的喜好而欺哄他。左道迷惑人，愚蠢的人往往被迷惑而不觉悟，最后身首异处，后悔怎么来得及？唉，可悲啊！

阮龙光

有一个新建人叫阮龙光。他入京城考取功名，刚刚抵达繁昌曹县的时候，遇到了一场大风，他急忙把船驶进偏僻港湾，停泊在一个荒废的池塘边。

到了二更天，风停了，皓月当空。附近避风的船有十多艘，全都是湖北、四川一带的客商。这些客商的船上点着火，吹着洞箫，吵吵嚷嚷又说又笑。阮龙光不愿听这些喧嚣声，便独自上岸去找僻静处，走的时候没有告诉船上的其他人。

他随意散步，不知不觉走到一块巨石前，那巨石靠在一株大树旁，阮龙光就坐在巨石上休息。突然，他隐隐约约听见石头下有人在轻声说话。他仔细去看，只见有八九个人围坐在沙滩边，离他不过几十步远。起初阮龙光并不在意，他以为是值宿防汛兵士在这里休息。

可是到了万籁俱寂时分，那些人说话的声音便清晰可辨。只听一个带着山西口音的老人说："一眨眼又一年了，黄六爷父子没有来的时候，咱们和耿先生、薛三哥、金大嫂、宋姑娘每天夜里时常聚在这里，也坐在一起饮酒。那时薛三哥还在捕鱼，一定会把船系在渡头枫树下。金嫂爱开玩笑，她常常窥视篮筐，偷取小鱼。耿先生独自守着摊子，始终不肯下筷子。我们这群人一起吵他。等薛三哥同李七侄来到后，耿先生就被他们整夜吵闹，就像逃避征酒税的一样，也是可笑。今天黄六爷……"说话声音变得很轻了，几乎听不见了。

不一会儿，一个操着江苏一带口音的人突然高喊一声："你不要污蔑人！"

不多久，他又听见一个少年的哀哭声。

又有一个人说道："你一个人躲在角落哭泣什么，我们满座的人都不快乐。想当初我们漂泊在这里，都被凄凉的窘境逼迫，就连金家姑嫂也没能逃脱干系。这时，耿先生孤身一人，无依无靠，确实让人可怜。"

另一个人讥笑少年说："他受赵抚台之托办理贡物，结果全是赝品。李总戎嘱咐他作碑文，结果全是抄袭别人的。他作诗没有韵律，写字潦草，语言前后矛盾，随笔凑合。就这样他每年还索要百两金子，每天买二斤肉，而且还四处唆使别人告状，让自己处在一个危险的环境里。他常抱怨自己身世低贱，窘迫得像个犯人。现在他冤枉地待在地下极深的地方，幸亏四肢还健全，只是别人听不见他说话，只能听见他吟唱的声音。薛三哥一生不顺利，半世漂泊，打到鱼便换酒吃，但命挺大，经常化险为夷。读书人随随便便地粗鲁，已经不足为训了，回过头来又嗷嗷地叫唤，就算忘了过去的债却记着该忘掉的过去的事。现在，先生仍有漂泊的打算，这是极不慎重的想法。"少年随之哭得更悲哀，听了让人感到凄楚万分。

这时，有一个操陕西口音的老人安慰少年说："我们也已经没有了生的兴趣，如果对酒当歌，只希望排泄一下闷气。又因为什么事在野外号哭？让人不忍心再听下去。即使李兄说得刻毒了一些，你只当听笑话就是了，又何必在意呢？就像老朽少年时把那读书及第真看成是老虎嘴上拔胡须，不知道是福是祸。一直是骄横放浪，想着和山西人分道扬镳。没有遇到严师，也不和朋友亲近，只是由着自己的性子，随心所欲，以致命运非常糟糕。白发青衫，竟然做了旁道的野草。到今天骷髅埋在土里，因想念人间生活而心酸气苦，魂魄都想念家了。不幸中有大幸，幸亏遇到了这么多朋友；无言中有话语，这是在戏弄我们，并没有什么。"听了陕西人的一番话，那少年的哭声渐渐停了下来。

接着他又唱起了歌，那歌声拖得很长很长，连续不断。歌还没唱完，在座的人都发出了叹息声。阮龙光才知道自己遇到了鬼。他正觉得害怕，看见有一星光亮，一闪一闪地由远而近。接着，阮龙光坐的树根石头下有必必剥剥的声音响起。不一会儿，豆子般大小的青色磷火，转眼之间遍地都是。

阮龙光害怕极了，他的毛发全竖了起来，他想仓皇往回逃。然而脚却怎么也挪不动步子，他觉得两只眼睛似乎被什么东西遮挡住了。他吓得七魂出窍，拼命奔走了半夜，全身没一点劲儿，等到东方发白，才像从梦中清醒过来似的。看看四周，他依旧在那石头旁边，半步也没有挪动。他顿时脸色突变，神色呆滞，跌倒在地。

早上，船上的人一起来，发现没有了阮龙光，便一同寻找他。后来人们在巨石下找到了阮龙光，将他扶上了船。阮龙光向同船的人讲述了夜里见到的一切，同船人中有的说："这是鬼打墙哪，没有什么奇怪的。可奇怪的，倒是上个月有凤翔黄监生父子二人，到苏州贩法帖，在这里翻了船。那鬼称呼的黄六爷和所听见操陕西口音的老人，一定是黄监生了。其余的既然分先后，一定有新鬼旧鬼，大概都是在江中相继溺死的人。"

阮龙光进京城后，做了咸安宫教习，我曾经听他说起过这段经历。

兰岩评论道：阮龙光在坟墓间遇到了鬼受了迷惑，也是常事，只是那些鬼说的话，清清楚楚地就如见到了他们的生平，这倒少有。

某太守

某大官，官位做到宰相。他的家有宅第成片，富甲天下，门庭若市。前来送拜谒的人，经常是一旬一月地见不到他，名帖堆得像座小山。

某太守，和宰相家奴季某相处很好，每次他进城去，就住在季某家中。季某家中很富足，拥有百万家资，喜欢结交官宦，和他家来往的都是当官的。这位太守把季某的父亲叫叔叔，季某父亲出入，太守每次给他执鞭捉缰，行子侄之礼。他这种举动被众人所羡慕，但也被君子所轻视，连他的名字也不愿意提。然而太守却自以为很得意，总是一副洋洋自得的神气。

一天，宰相做寿，季某父子都进府去供役了。太守独自坐在书斋中。夜里传来叩门的声音，他打开门看时，却看见一位纤细标致、皓齿明眸、雪肤花貌的丽人。太守惊异万分，询问丽人："姑娘不知道从哪里来？"那女子说："我就是这家的女儿，看到太守你太孤寂，就过府来与你聊聊闲话。"太守听她这么一说，不由得神思便恍惚起来。两个人竟卿卿我我，行起了夫妻之事，不一会儿就和那女子难舍难分。

之后几天，那女子每次来，都会带着醇酒美肴，满满地摆一桌子。太守看了也不问是从哪里来的。那女子真的很神奇，没有什么不会的，尤其精通秘传之术。太守看到这女子如此神通就问她："你这样神通，可知道我的功名在哪里？"

女子推算说道："按你的八字算，是二品贵人。可惜的是，你的官品高而人品低，人间的爵位虽然进了，但在天上的爵位却退了。"

太守惊问："为什么？"

女子说："人的富贵贫贱，是命运安排的，不是凭人力就可以改变的。世上的人安于命运安排，不明白其中的道理，以为人力可以改变命运。很多人甘心奴颜婢膝，倚靠冰山，千方百计苦心经营，希图找到攀附上升的路子，现在在宰相家的门庭里争相攀附、巴结的就是这种人。而宰相的官位势力越来越高，那么趋炎逢迎的就越来越多。这次他花千金做寿，那么底下的人就五倍地向他进俸。他受了万金的贿赂，这次只是用很少的一点来应酬，而趋炎附势的人就像蚊蝇逐臭一般。那些人低声下气，像奴婢一般谄媚，这般举动，连女子都认为是羞耻的，难道须眉男子反而不感到羞愧吗？他日别说是二品，即便官位达到了宰相，又有什么功名值得称道的呢？"

太守听了女子一番话，惭愧得汗如雨下，含笑谢道："敬听你的话，我要到别的地方去。"

女子说："你走了当然是对的，白圭玷污了，还可以磨掉；你要痛改前非，不要再蹈故辙才好。"

太守说："我这样做虽然是好的，但是丢下你，我自己去了，这叫什么感情？"

女子说："公子，我们的缘分已尽了，我也从此和你分别了。"

太守惊愕地问："你我感情很好，你为什么要离开我？"

女子说："我本不是人，实际是日坛中的一个老狐狸。你过去救过我，我们之间有些缘分，所以来劝说你，不要误了前程。这下我们的缘分了却了，我们也不可能再见面了。你的前程远大，今后要慎重行事。"说完就走了，从此果然再也没有来过。太守禁不住感叹万分。第二天，他便托故往他乡去了。

不到一年，相国因贪污罪被罢免宰相之职，最终伏了法。太守自那以后，深深地自我悔过，从此，他规规矩矩做人，勤勤恳恳做官，一路官运亨通。后来他果然官至某省巡抚，又升兵部侍郎，他的仕途完全就像狐女所说的那样。

闲斋评论道：人们常常把那些凭借人的势力，任意作威作福的人，叫"假虎"，这是天下耸起肩膀、装出笑脸、最善于巴结人的人，这种人还不如狐狸。如今看这只狐狸之所以规劝太守，是因为人成了狐，而狐却成了人。像这样的狐狸，本来极少见，而世上像太守一样的人，为何那么多呢？

邓县尹

衡水某村，一个年轻人状告他的婶婶与人同谋杀死了自己的叔叔。这个案子原来衡水县令已经审理，可是年轻人不服又上告到太守那里。太守就委托定兴县令邓公前去审理。邓公审了很久都理不出头绪，于是他到了衡水，反复查验，仍得不到杀人的证据。这天夜里他躺在馆舍，思绪很乱，便披起了衣服坐起来。

三更将尽，所有随从的人都睡熟了，不时发出一片鼾声。这时，从门下起了一股阴风，打得竹帘"啪啪"作响，一时间烛光也变得昏暗起来。邓公隐约看见墙角出来一个人影，忽前行忽退后，倏地跪在地下。邓公不禁毛骨悚然，他定下神来仔细看去，那人身形服色好像白天所看的那具死尸。那人轻轻地啼哭着，右耳边垂下来一个白东西。

邓公忽然醒悟，就大声说："我知道你是被害的冤魂，我一定为你雪冤，你快走吧，我知道了！"那人叩了叩头，隐去了，灯烛也随之明亮起来。不一会儿，邓公便倒身安息。

第二天，他给衡水尹写信，上写道："死者之侄瞎吵吵，胡乱写了讼词，如果不立下铁案让他闭口，那我们将用什么来严肃公令，平息刁劣之风呢？请求和公一起督责公人，一同到尸所验尸，使死的人没有冤死的遗憾，让活的人不要胡乱编造。这样，对上可以维护公府尊严，对下可以让看的人服气。"

衡水尹见了信笑道："人说邓公是书呆子，真真不假啊！当了十年县尹，还像寒士一样穷酸，他的才能也可想而知了。像这样的公案，难道是这样的笨官能办得了的吗？"

于是他们一起前去验尸。邓公喝令仵作检查尸体的右耳，仵作听了马上变了脸色，但还是从尸体右耳中取出了用水湿过的棉絮，一会儿便取出来一堆，大约有半斤的样子。邓公指给衡水尹说："这是此人真正的死因！"

衡水尹大惊，继而拜谢道："像这样的奸计，不仅没有见到过，连听也没听说过，《洗冤录》中更没有记载，没有见过我怎么能知道呢？"

邓公说："这是冤魂灵验，不是小弟的能耐。"就在尸体前提来奸夫淫妇，严刑拷打，二人如实招供。

原来这个妇人和豪强大族的人私通，被丈夫发现就谋杀了自己的丈夫。丈夫的侄子觉得事有蹊跷，就去告了官。可是奸夫用很多钱贿赂仵作，让他们袒护自己，把死者断成是误伤致死的。那个县官不能理案，就转而训斥原告是诬告，将他乱打了一通让扔出了衙门，丈夫的侄子不服气又上诉到府里。

邓公下令斩了奸夫，凌迟了淫妇。案子到此了结，一县群众都称赞邓公神明。

兰岩评论道：为官只要真心为民，细心办事，不辞辛苦，不怕繁杂，坏人之间的奸情，怎么能逃过法呢？倘若随便了结，还认为是明决，不再查究的话，几乎被奸吏欺骗！作为民众的父母官，须注意呢！

靳总兵

在无定河畔，有一个地方叫鱼河堡。那里河流动荡不定，经常不按故道流淌，有时候竟离鱼河堡三四十里的距离，村民取水很艰难。

有一年，这里的人碰上夏天零零星星下个十来天雨，堡里坑坑洼洼的地方多积满了水，村民就饮用这些积水。

在离村子不远的地方，有一处积水很深，多年没有干涸，于是就有妖怪占据在那里，开始它们会去偷吃村中的猪羊，渐渐地就连小孩都吃。村里人整夜地守护着猪羊，户户戒备很严。有人曾看见过那妖怪的模样，说是一个大黑人，高一丈多，黑衣长须，凶猛吓人。村里人听了更加忧虑。

有一年，来了一个道士，年纪将近八十，带着两个徒弟从湖南来。这个道士说："本道长自幼学道已经快百年了，能驱除邪魔妖怪。"众人听了他的话，就凑了四十大钱，让他用法术驱妖。

道士推辞说："我已经老了，只怕心有余而力不足。"他的两个徒弟说："师父教我们除魔卫道，已经好几年了，我们想要为民除害。"

道士说：“你们学习的日子还浅，你们的法术不能降住妖怪。”

徒弟说：“从前我们在川中，也曾斩杀妖怪。”

道士说：“这次不能和从前比了，那川中的水分沙漏石，容易措置，看看这个浊流，怎么摆布？”

徒弟说：“一条符一张图，就像是一流金，谅这个妖魔也不能怎么样，不足挂齿！”就不听师父的话，走到水边，跂着脚烧着符，招徕妖怪。等了很久妖怪也没来，徒弟就急忙解开衣服，拿着宝剑，泅进水里。

不一会儿，水中波涛汹涌，众人以为是道士捉住了妖怪，就大喊着给道士助威。可是没想到，顷刻间，水全变红了，只见一只臂膀浮在水面上，一会儿又是一颗头浮了出来。众人走近前去看时，却见两个道士已被肢解。众人大惊，四散奔逃。

这时，榆林总戎靳公桂正好路过这里，他看见惊慌奔走的众人，感到很惊讶。就派人询问发生了什么，才知道其中的缘故，就立刻派了三百名兵士，挖凿渠道，将积水全都抽干后，才发现池底有一条黑鱼，长两丈多，大嘴，身上没有鳞片，在泥淖中翻腾着。靳公明然，将那黑鱼杀了烹煮，分给众人食用，大家都说这种肉极难吃。

兰岩评论道：至诚则神威，这是明明白白的事，韩文公驱逐鳄鱼，也是一样道理。

藕　花

有一年，宋文学客居在杭州，他租住了一座靠湖岸的房屋。那房屋薜荔爬满墙头，满地是苔藓，地方很幽僻。柴门面向湖水，每到夏秋之时，湖中莲花开得很盛。宋文学本来就非常爱莲花，于是他写了一百多首咏莲的诗。

一天，他靠着门欣赏湖中的美景。这时，他看见湖中有二位女子，摇着小船在采莲。二位女子一个穿红衣，一个着紫衣，身材窈窕，姿态很美。尤其是那位红衣女子长得更加美艳。第二天，她们又来这里采莲。一连几天都是这样，每天大约申时来，酉时去。

宋文学看到她们心里不由得产生了爱慕之情。起初他只敢远远地看着，不敢与她们打招呼。后来因她们来的次数多了，他们彼此渐渐相熟了。

一天，他鼓起勇气，走到她们跟前询问道：“水中摇船很危险，采莲这活儿又不是什么急事，为什么姑娘们这样不怕麻烦，每天都来采莲呢？”二位女子只是笑着不答话。

宋文学看她们的样子实在可爱，就用话挑逗她们说："我的住所就在这里，二位姑娘如果不嫌弃，请到寒舍去吃杯茶吧。"二位女子互相看了看，紫衣女子说："你既然非要当这个东道主，那我们就去看着，看你怎么招待我们。"宋文学大喜过望，便请她们拢船上岸。

宋文学本来独自生活，身边只有一个仆人。仆人见他带来二位美貌女子，也觉得惊讶，便问宋文学："公子，你是从哪儿认识了两位丽人？"

宋文学不想让他知道，就欺哄他说："这两位是我家里的姊妹，来这里看我，千万不要向外人泄漏出去。"他还酬赏了仆人，仆人也就答应着去了。

宋文学亲自下厨做饭，二位女子看见他这样殷勤，只是相对而笑。紫衣女子说道："人们都说书呆子诚实，我看这都是假的，你哪里诚实了？"宋文学听她这样一说，也笑了。慢慢地三个人变得异常亲近。

这时，宋文学问起："我们相识已久，我还不知道你们姐妹的名字，你们的家住在哪里？"红衣女子说："我的名字叫藕花，紫衣服的是我的小婢女，她叫菱花，我们都是本地人，我家就住在湖上不远。"

这天晚上，宋文学就留下她们同住。两个姑娘也都同意了。三个人把酒言欢好不快活，可是到鸡叫时，这一主一婢两人就要走了，宋文学兴致正高，坚决挽留她们。女子见劝他不听，就变了脸色。宋文学奇怪地问："这就奇怪了，你们这么着急回家是因为家里管得太严吗？如果是，你们已经待了一晚上了。"

过了很久，藕花才对宋文学说："承蒙你的厚爱，怎么能忍心有一刻的别离？只是身不由己，我知道你通晓古今，请让我把实情告诉你，你也一定不会见怪的。其实我们不是人，是花妖。你明日到湖上，如果看见在莲花中间有一株，花茎特别鲜红，它的下边就有一簇菱花，就是我们了。公子，你如果不嫌弃，可一起把它们移回来，不过你要小心，千万不要伤了它们的根叶。只要你将它们栽植在盆中，用湖水养着它们，不要让畜犬惊扰，也不要让外人知道，那么我和菱花就可以和你朝夕相处了。"宋文学听了，又惊又喜，牢牢地记了下来，就放了二位女子。

第二天旭日升起，天才刚亮，宋文学就划着小船，驶向湖中，到处去寻找那一簇莲花。果然见有一茎莲花，红得赛过了朝霞，香得超过了冰麝，比其他的花大一倍还要多。再仔细看它的下边，果然有一簇和别的菱花决然不同的花。宋文学就出重赏招募渔夫，让渔夫从水中取出那朵花，连同泥一起移回来，培植在一口大瓮中。从此他闭门谢客，整天坐卧在瓮旁边。

可是他等了三天，也不见二位女子来，他心中不由得开始怀疑起那女子的话，苦思冥想，思绪乱糟糟的，还是不得其解。

到了第四天，他正闷闷地睡午觉。突然，他的耳边响起衣裙拖地的声音，他急忙睁开眼看去，果然看见那两位女子已来到榻前。三人相见之后，宋文学很是惊喜。藕花作了个揖说："承蒙君滋养我们，感激至深。只是我们资质脆弱，禁不住劳累，所以休息了几天。看你这几天寂寞难耐，我们也着实于心不忍。"

宋文学笑着说："这不算什么。只要我们以后能常在一起，暂时不见又有什么要紧？小生今年先是穷困不堪，落第后心中极不痛快，如今与二位美女为伴，即便是我死了，也心甘情愿的。"

藕花说："只要你能永远不变心，我二人还有什么说的？从此我们一心一意地过日子才是。"藕花说完，就写了一首词赠给了宋文学，词中写道："弹指韶光易老，瞥眼初阳又薰。从此朝朝暮暮，不隔秋水思君。"从此以后，他们三个人形影不离，寸步难分。二位女子互相体贴，从不分你我。

一天，宋文学有事出了门。他走后，就有二位朋友来访，他们没有见到宋文学，却见盆中菱花生得秀美异常，就采走了。傍晚时分，宋文学回来，藕花向他哭诉了菱花被伤的事，说："如果公子你不可怜她去救她，我怎么能忍心独自活着？"宋文学听了也大哭起来，就问藕花："我要救她，可是用什么办法可以救菱花？"

藕花道："公子，你只要给她的根培上土，每天清晨给她念九十九遍观音经。到了明年这个时候，她又可以活过来。"宋文学按藕花所说，每天诚心念经，还不时地给她用湖泥培土，日夜不停。

第二年花果然又开了，菱花忽然来到面前，虽然宋文学感到她瘦弱了些，然而姿态却更加艳丽。三人相见，悲喜交集，互相叙述分别后的情景，说个没完。宋文学失而复得菱花，精神激越，形气清爽，读书习文，过目成诵。

不知不觉一年过了，这年冬季，隆冬大雪，盆中结冰，整夜寒冷。二位女子再也没有来。宋文学独自居住在这里，感到万分孤寂，又不知二位女子为什么不来，因此每天食不甘味，夜不能寐，泪湿衾枕，常常对着大瓮，默默为她们祈祷。

春尽夏来。一天，藕花独自来了，可是她显得形容憔悴，愁苦不堪。宋文学将她抱到膝上，替她擦拭眼泪，整理鬓发，并问她："藕花，这么长时间你去哪里了？为什么这么的虚弱？菱花呢？她怎么没来？"

藕花哭着说："菱花已经死了，做了冻死鬼，有一年了。我也耐不住严寒，虽然还没有死，但也奄奄一息，恐怕不久也要辞别人世。我现在就是来和你永别的。"

宋文学听了藕花的话，伤心得几乎昏厥了过去。想想这些日子，多亏藕花相伴，他才不至于哀愁而死。可是现在藕花又病倒了，真不知以后的日子该怎么过。

宋文学想了想，便请了郎中给她治病。谁知那郎中一见藕花如此貌美，一时就神魂飞荡了。他神情恍惚地为藕花号了脉，随便留了一些药，留意记下宋文学家的门户所在便走了。从此，他没事就在宋文学家门外窥伺，希望再次见到那女子的面。

一天，宋文学又出门，天将晚时，还没有回来。郎中看见藕花独自在湖边散步，见她丰姿绰约，与满湖中的莲花争奇斗妍，郎中再也按捺不住了，突然奔上前去抱住藕花。藕花大惊而逃，正想要跳进湖中逃生。郎中紧追不舍，慌忙中抓住她的脚，谁知那只脚"啪"一声竟然被折断了。郎中吓了一跳，仔细一看，手中抓的竟是一节藕，才知道她是妖类，于是便急忙告诉了宋文学。

宋文学听了大惊，急忙赶到湖上哭了起来。他既怀念藕花，又深深痛恨郎中多事，想要把郎中告至官府。仆人劝他道："公子，你明明知道那是妖怪，就算告了官，难道能有理吗？"宋文学听了他的话，这才作罢。

第二天，他又到湖边痛哭，忽然看见有一朵莲花浮在水面上，还看见了那断了的一截藕仍在。他悲伤地哭着抱了回来，将它种在盆中，悉心照顾。可是只过了一夜，那节藕就萎缩了，花也凋落了。

宋文学非常伤心，就将它装在棺材里，葬在湖边，还作了一首《芙蓉词》吊唁它。过了不久他便削去黑发，当了和尚，四方出游，不知所终。

兰岩评论道：花是美人的全影，美人是花后之身，原本是没有分别的。弱体柔姿，珍惜还来不及，哪里经得住庸臣恶人不断地损折啊？彩云易散琉璃脆，我相信不是捏造的。

王塾师

白向亭是某宗室的王子。

那时候，他还没有承袭封爵时，家里给他请了位姓王的塾师，对他教授学业。这位王塾师经常玩魔术，很是奇妙。这件事慢慢地泄露了出去，渐渐地被家中的人知道了。

一天，王塾师与自家的几位亲故夜间在饮酒。其中一位客人说："这个时候要是能喝上鲜鱼汤就好了。"

王塾师笑着说："这个容易。"于是他拿出一个篮子，让馆童提着。馆童闭着眼睛提着篮子，在地上绕圈走着，一边走一边作摸鱼的样子。过了一会儿，王塾师说："停！摸到鱼了！"众人一看，果然看见篮中有一条鱼，长一尺多，在篮子内"泼刺刺"

地蹦跳着。王塾师命人将鱼烹好后，端上桌子，众人一吃，味道竟然很鲜美。众人觉得奇怪，于是盘问馆童："这鱼是怎么来的？"馆童就说："是我在水里摸到的。"

客人中有人说："我知道街市上有一家天香楼的饭菜可好吃了，我现在真想尝尝。"王塾师就取出钱按饭菜的价放在篮子中，仍旧命馆童闭着眼睛走，不一会儿便看到很多物品放在篮中，那烹饪的美味，就像天香楼刚出锅似的。像这样的事情经常发生，不一而足。那些愚笨的人惊讶王塾师这一手的神奇，聪明的人说王塾师只是用了搬运法，说法不一。

过了不久，王子白向亭忽然得了痨病，眼看着一天天地衰弱下去，换了十几个郎中诊治，用了几十味药也没见效。亲戚中凡是来探视的人，近前就安慰病人，可是退出去后则一起商议，他们都认为这个病绝对医不好了。王子的母亲某福晋只有他一个儿子，眼看着他的病越来越严重，因此她异常焦虑，寝食不安。有人对福晋说，王子的病不是一般郎中能治好的，王子的老师王先生法术玄妙，不如求求他，兴许会有办法。福晋听了认为很有道理，就命令内监请王塾师入府。福晋哭着向他诉说了儿子的病情，王塾师听了坚决推辞。福晋看到他不愿意帮忙，就哭着跪在地上苦苦央求，声泪俱下。王塾师深深地被她所感动，连忙扶起福晋低头沉思着。很久，他才说："待我回去想想，明天再行答复。"说完，他就退了出来。回到家里他嘱咐馆童道："我要睡觉，不要打扰我，等我自己醒来。"于是，他就拉下被子睡下，不一会儿就像死人一般。

王子家有处祖陵。这天夜里二更后，守陵的人在值夜时，突然看见有人由甬道径自走进宫门，仔细看去，原来是王塾师。值夜人极惊愕，暗暗想，先生在城里，深夜来这里干什么？

他们正胡思乱想时，又看见殿上有人出来相迎，他的衣上绣有四只团龙，拱卫着王塾师进入大殿，面对面坐下，执礼很恭谨，两个人好像在谈判些什么。王塾师看起来非常威严，那个人有什么事请求他似的。王塾师神态自若，反而是那个人神色慌张。他们很害怕，只好藏身窗边，屏住呼吸，仔细倾听，然后从窗户的缝隙中偷看他们的一举一动。

不一会儿，他们又听见门外响起了喝殿声，很是威严。不知从哪里来了很多侍卫，簇拥着一位皇帝进来。那位皇帝相貌魁伟，气度非凡，鞋帽衣裳都是古代的式样。王塾师和殿上的人急忙上前迎拜，一同进殿中坐了下来。皇帝正中坐，王塾师居左，殿上人居右。

王塾师突然站了起来，说："皇帝陛下，常言说得好，冤有头债有主。是白家的先祖做错了，枉杀了你，他也诚心悔过了，难道就不能给他一次机会，非要让他的错误殃及子孙吗？"但是那个皇帝并不说话。

片刻间，忽然传来一片喧嚣，只见一个将军，手中抓着另一个人的辫子，这个人光着身子。两个人一边打一边走，连滚带爬地滚到阶前一起跪在阶下。值夜人仔细一看，被抓的人竟然是王子。殿上人快步下了殿阶，向将军哀哀地恳求宽恕："我们之间的纠葛早已是陈年往事了，你我早已作古，你难道就不能放过我的子孙吗？"然后他又拜求了很久，将军始终什么话都不说，只是摇头，始终不答应，殿上人哭着进殿去。王塾师随后快步走了下来，他向将军耳边说了几句什么，可是那将军也不应允。王塾师只好回转大殿。

这时，那皇帝走出大殿，立在阶上说："我知道你们生前有很多的纠葛，但是常言道：冤冤相报何时了。将军，生前的确是白家人对不起你，可是这件事已经过去上百年了，你心中的怨气应该消了吧？"说完皇帝再三地指示他。将军听了他的话不得已，才罢手痛哭着走了，哭声很惨切。殿上人拜谢皇帝和王塾师，一副非常感谢的样子。不久，皇帝和王塾师相继走了。殿上人送他们出门，返回大殿之后，守陵人再也没有见到什么。

第二天一早，守陵的人就进城去，向福晋详细地叙述了昨夜之事。福晋说："这么说，你们小爷的病该痊愈了。"也放心了不少。

王塾师一直到了中午，才从睡梦中起来，进来告诉福晋道："昨天为了王子的病，大费周折。王子的祖上在世时，曾经枉杀过一个将军，将军向冥司诉冤，冥司先责罚了王，又罚他没有后嗣，所以只有王子死了，才能偿还将军的怨愤。我为福晋的真诚所感动，竭尽全力，才得以暂且免去王子之死。然而过去的冤仇没有解除，还需要超度亡灵，才能解脱，希望福晋不要忘了。"福晋对王塾师感激备至，一切均按王塾师所说的办，王子的病于是慢慢地痊愈了。从此以后，全府上下对王塾师敬如神明。

有一日，王子约王塾师同游西山，夜里他们就宿在山中。蓦然他们看见一个黑东西，大似牛，慢慢蠕动着来到跟前。王塾师见了虽大吃一惊，但仍然对那黑物说："我知道你是谁了。你可先到某处某潭下等我，我马上就到。"那黑物听了他的话，竟然走了。王子极为惊骇，问王塾师："老师，那是什么？"

王塾师叹道："我自己不检束，爱炫耀自己的法术。现在这黑物就是要和我较量，我的厄运到了。这黑物法术极为精到，我不是它的对手。然而和它较量是死，不较量也是死，因此，决定较量一番。请王子为我准备下棺木，明天在潭边收我的尸骨吧。"

王子大惊，极力阻止王塾师："老师，既然知道凶多吉少为什么还要去冒险呢？"

王塾师道："这是命中注定的，没有办法逃避的，我该去了。"说罢，告别王子而去。

王子不放心，就暗暗率数十名家人，尾随着王塾师到潭边，仔细察看，可是不见他的踪迹。这时只见芦苇丛中奔腾声疾，白光乱斗，像闪电般横空贯下，似烈火样拖卷而上，如数以百计的金戈铁马发出铿锵的声响，听来让人胆边生寒，见了令人双腿战栗。

直到鸡叫，那些声音才平息下去。王子等人近前看去，那黑物遍身都是箭簇，倒伏在地上，一动也不动。而王塾师赤身僵卧在潭边，胡须毛发光光的。

众人将王塾师抬回，过了一夜他才醒了过来。王子仔细盘问原因，才知道杀那黑物的剑，都是王塾师的须眉变的。王子经常向人们说起这件事，凡学识渊博的人，都认为王塾师是剑仙一流的人物。